1.

Je me présente : Max Schulz, fils illégitime mais aryen pure souche de Minna Schulz, au moment de ma naissance servante dans la maison du fourreur juif Abramowitz. Mes origines aryennes pure souche ne font aucun doute, car l'arbre généalogique de ma mère, ladite Minna Schulz, sans aller jusqu'à la bataille d'Arminius, remonte au moins jusqu'à Frédéric le Grand. Tout de même. Je ne peux pas dire avec certitude qui était mon père, mais une chose est sûre, c'était l'un des cinq suivants : Hubert Nagler, le boucher ; Franz Heinrich Wieland, le serrurier ; Hans Huber, l'apprenti maçon ; Wilhelm Hopfenstange, le cocher ; ou Adalbert Hennemann, le majordome.

J'ai fait examiner en détail les arbres généalogiques de chacun de mes cinq pères, et je peux vous assurer que l'origine aryenne de chacun des cinq a été établie de manière irréfutable. Pour ce qui est d'Adalbert Hennemann, le majordome, je peux même affirmer avec fierté que l'un de ses ancêtres portait le surnom de Hagen le porteur de clé et qu'il était l'un des écuyers de son seigneur et maître, le glorieux chevalier Siegismund von der Weide qui, en signe de sa grande confiance, lui avait confié la garde d'une certaine clé... celle de la ceinture de chasteté que portait Madame son épouse... une ceinture de chasteté en or qui devait plus tard devenir célèbre à la cour du grand Roi et rentrer dans l'Histoire.

Itzig Finkelstein habitait la maison d'à côté. Il avait mon âge ou, pour être plus précis... permettez-moi de le dire comme ça : Itzig Finkelstein a vu le jour exactement deux minutes et vingt-deux secondes après que la sage-femme Marguerite Grosbide m'eut délivré d'un coup sec et vigoureux de l'obscur ventre de ma mère... si tant est qu'on puisse parler de ma vie comme d'une délivrance... car tout compte fait, mon parcours tendrait plutôt à prouver le contraire.

Deux jours après la naissance d'Itzig Finkelstein a paru l'annonce suivante dans *Le Courrier juif* de notre bonne ville de Wieshalle, en Silésie :

Moi, Chaïm Finkelstein, coiffeur, propriétaire du salon en vue L'Homme du monde, à l'angle des rues Goethe et Schiller à Wieshalle, président du Club des boulistes juifs, secrétaire général suppléant de la Communauté du culte israélite, membre de la Société Allemande pour la Protection des Animaux, de l'association Les Amis des plantes, de la ligue Aimez votre prochain, de la Guilde des Coiffeurs de Wieshalle, auteur du manuel *La Coupe moderne sans faire d'escaliers*, j'ai l'honneur d'annoncer la naissance de mon fils et successeur Itzig Finkelstein.

Le lendemain a paru une seconde annonce dans *Le Courrier juif* disant ceci :

Nous, la Communauté du culte israélite de Wieshalle, avons le plaisir de féliciter chaleureusement le coiffeur Chaïm Finkelstein, propriétaire du salon en vue L'Homme du monde, à l'angle des rues Goethe et Schiller, président du Club des boulistes juifs, secrétaire général suppléant de la Communauté du culte israélite, membre de la Société Allemande pour la Protection des Animaux, de l'association Les Amis des plantes, de la ligue Aimez votre prochain, de la Guilde des Coiffeurs de Wieshalle, auteur du manuel *La Coupe moderne sans faire d'escaliers*, pour la naissance de son fils et successeur Itzig Finkelstein.

D'après vous : qu'est-ce que Hilda... Hilda l'asperge... la bonne des Finkelstein, a dit à Madame Finkelstein le jour où l'avis de naissance du petit Itzig a paru dans *Le Courrier juif* de Wieshalle ?

« Madame Finkelstein, elle a dit, ça me dépasse. D'accord, votre mariage est resté sans enfants pendant plus de vingt ans, mais cette annonce pour la naissance du petit Itzig, c'est quand même un peu beaucoup ! Monsieur Finkelstein n'est pourtant pas du genre à se vanter. Il a toujours été si modeste ! »

Hilda l'asperge : deux mètres de longueur, deux mètres de maigreur, visage d'oiseau, cheveux de jais.

Sara Finkelstein : petite et rondelette, pince-nez, couronne tressée grisonnante, même si elle n'était pas si vieille que ça. Elle avait toujours l'air un peu poussiéreux, à l'image des vénérables portraits de famille dans le salon vieillot des Finkelstein.

Chaïm Finkelstein : encore plus petit que sa femme, mais sans les rondeurs. Un minuscule petit bout d'homme tout maigre, l'épaule gauche tombante, comme si deux mille ans d'exil, deux mille ans de souffrance avaient choisi cette seule épaule pour s'y accrocher. L'épaule gauche, la plus proche du cœur. Le nez de Chaïm Finkelstein est difficile à décrire. Comment dire... il coulait toujours un peu... et il était aussi toujours un peu rouge... rhume chronique. Mais pas crochu. Son nez n'était ni long ni crochu. Tout ce qu'il y a de plus normal. Et il n'avait pas les pieds plats. Des cheveux ? S'il avait des cheveux ? Le coiffeur Chaïm Finkelstein ? Non. Pas de cheveux. En tout cas pas sur la tête. Mais il faut dire qu'il n'en avait pas besoin. Car Chaïm Finkelstein, ce minuscule petit bout d'homme, avait des yeux expressifs. Et quand on regardait ses yeux, on lui pardonnait son crâne chauve. Et son nez légèrement rouge qui coulait toujours un peu. Et sa silhouette minuscule. Comme ils étaient grands, ces yeux. Et clairs. Et pleins de bonté et de sagesse. Dans les yeux de Chaïm Finkelstein brillaient les paroles de la Bible et un cœur charitable. Oui. Il était comme ça, Chaïm Finkelstein, le coiffeur juif de Wieshalle.

Le 23 mai 1907 a eu lieu dans la maison des Finkelstein un événement énorme : la circoncision d'Itzig Finkelstein.

Je suppose que vous savez ce qu'est une circoncision et qu'il vous est déjà arrivé, au cas où vous seriez juif, de regarder, voire d'examiner votre membre mutilé, et de vous interroger sur la portée symbolique de cette absence de prépuce. J'ai raison ou pas ?

La circoncision est l'un des signes de l'alliance passée entre le Seigneur et le peuple d'Israël, d'où son autre appellation, *Brit milah*. Lecteur assidu d'encyclopédies, j'ai cru comprendre que la circoncision des petits garçons juifs revenait à une sorte de castration symbolique, un emblème si j'ose dire, censé représenter la chose suivante : l'ennoblissement de l'Homme, la domination de ses pulsions animales et de ses passions. Un acte symbolique que le génocidaire que je suis ne louera jamais assez.

Le jour de la circoncision d'Itzig Finkelstein une ambiance de fête régnait dans la maison Finkelstein. Le salon L'Homme du monde était fermé. La bonne des Finkelstein, Hilda l'asperge, a demandé à ma mère de lui donner un coup de main, ne sachant plus où donner de la tête. Et comme ma mère tenait aux rapports de bon voisinage, elle est allée chez les Finkelstein pour aider Hilda l'asperge dans la cuisine. Elles ont préparé du pain d'épices, des strudels aux pommes, des galettes sucrées aux raisins secs et aux amandes ainsi qu'un tas d'autres gourmandises. On n'avait pas non plus lésiné sur l'alcool, et comme ni ma mère ni Hilda l'asperge n'avaient quoi que ce soit contre un bon petit schnaps, elles ont trinqué à la santé des Juifs et d'Itzig Finkelstein.

Ma mère buvait dans la cuisine à la santé des Juifs et d'Itzig Finkelstein parce qu'elle aimait bien boire du schnaps et parce qu'elle s'amusait, mais elle n'avait pas la moindre idée de la raison pour laquelle tant d'invités affluaient chez les Finkelstein, ni de la nature de cette mystérieuse fête qu'on s'apprêtait à célébrer. Et quand finalement elle a essayé de tirer les vers du nez à Hilda l'asperge, celle-ci s'est mise à rire et a dit : « Ce qui se passe ? Notre petit Itzig a huit jours aujourd'hui. Alors, c'est le jour où on lui coupe la quéquette. C'est comme ça chez les Juifs. Le huitième jour après la naissance. Toujours.

— Mais c'est horrible, a dit ma mère. Le petit ne pourra plus pisser. Et plus tard, pas baiser.

— Pas si horrible que ça, a dit Hilda l'asperge. La quéquette va repousser. »

Puis Hilda l'asperge a expliqué à ma mère comment ça allait se passer :

« Écoute Minna, a dit Hilda l'asperge. Voilà comment ça se passe : un type va venir qu'ils appellent le mohel. Ce type, il a un long couteau avec une lame à double tranchant. Et avec ça il lui coupe la quéquette. Sur quoi il marmonne quelques formules magiques et la bite coupée repousse. Ni trop longue ni trop courte. Pile la bonne longueur. Et surtout : plus grosse et plus vigoureuse. C'est pour ça que les Juifs ont tant d'enfants.

— Quelle histoire ! a dit ma mère. Jamais entendu un truc pareil.

— C'est un signe d'alliance entre le peuple d'Israël et le Seigneur, a dit Hilda l'asperge. En tout cas c'est ce que m'a expliqué le coiffeur Chaïm Finkelstein. Et l'autre jour, quand le rabbin est venu chez nous, il a dit quelque chose dans le genre. Même qu'il a parlé d'un certain prophète... un type qui s'appelait Jérémie, je crois... Paraît qu'il aurait dit aux Juifs : “Circoncisez-vous pour dieu et ôtez le prépuce de votre cœur !”

— Que le prépuce ? a demandé ma mère.

— Oui, que le prépuce, a dit Hilda l'asperge.

— Alors, qu'on lui tranche son prépuce au petit Itzig, a dit ma mère. Et pas tout son bazar. Comme pour le cœur.

— Ma foi... a dit Hilda l'asperge, c'est pas faux... mais bon, une bite c'est pas comme le cœur... ça repousse, je te dis... c'est ce que je viens de t'expliquer. »

Hilda l'asperge ricanait. Ma mère a secoué la tête en disant :

« Quelle histoire ! Incroyable ! Qu'est-ce que les hommes ne vont pas inventer.

— Et ton petit Max, ça lui fait quel âge maintenant ? a demandé Hilda l'asperge.

— Huit jours, a dit ma mère. Exactement comme le petit Itzig, enfin pour être exacte il a deux minutes et vingt-deux secondes de plus.

— Alors, à ta place je lui ferais aussi couper la quéquette, a dit Hilda l'asperge. Écoute Minna, elle repoussera, comme pour les Juifs, ni trop longue ni trop courte, pile la bonne longueur quoi, et surtout : plus grosse et plus vigoureuse. »

Arrivés là, vous vous demandez : Comment ça se fait qu'il se rappelle tout ça dans le détail ? Avec la meilleure volonté du monde : je n'en sais fichtre rien.

Une fois la circoncision d'Itzig Finkelstein accomplie, ma mère, excitée comme une puce, est rentrée chez elle en courant. Elle a alerté mes cinq pères, m'a sorti du berceau et posé sur la table de la cuisine avec la ferme intention de me priver de mon kiki, en clair, de me le trancher. La famille Abramowitz était sortie, du coup moi, pauvre petit ver de terre sans défense, j'étais entièrement à leur merci. J'ai dû me douter de quelque chose, car je criais comme un possédé et ni ma mère ni mes cinq pères n'arrivaient à me calmer. Le serrurier tenait mes petits bras, l'apprenti maçon mes petites jambes, ma mère m'a fourré la tétine dans la bouche, le majordome et le cocher, perplexes, restaient plantés comme des piquets, tandis que le boucher sortait un long couteau en ricanant.

« La lui coupe pas, a dit ma mère subitement, c'était juste pour rigoler.

— Moi, je rigole pas, a dit le boucher. Je suis archi-sérieux.

— Elle repoussera peut-être pas, a dit ma mère. Je veux dire, il est pas juif. Et puis, le mohel, il est pas là pour marmonner ses formules magiques.

— On s'en fout du mohel et de ses formules magiques, a dit le boucher.

— Arrête, a dit ma mère, sans quoi on finira tous en cabane. »

Juste au moment où le boucher voulut choper mon kiki, il se passa une chose étrange. Moi, Max Schulz, huit jours, je sautai à la gorge du boucher en hurlant, le mordis de toutes mes forces, bien que je n'eusse pas encore de dents, me laissai tomber à terre, rampai à toute vitesse vers la fenêtre, me hissai sur son rebord, et, pour la première fois de ma vie, je vis la rue.

Une rue tout à fait banale, avec un trottoir, un caniveau, des pavés, et des maisons en briques aux toits colorés et pentus. Je vis des attelages et un grouillement de créatures à deux et quatre pattes, je vis aussi le ciel, gris cendre et noir, voilé, moucheté, barbouillé, couvert de nuages, je vis des oiseaux planer, tournoyer, mais je ne vis pas le moindre petit ange, mais alors pas du tout.

En bas, dans la rue, se formait un attroupement. Quelqu'un cria : « Nom de Dieu, qu'est-ce qui se passe là-haut ? » Et ma mère, arrivée à la fenêtre, me prit dans ses bras et répliqua :

« Que voulez-vous qu'il se passe ? »

Vous croyez probablement que je me paie votre tête. Ou bien vous ne me croyez pas et vous vous dites :

Max Schulz a un grain ! Il s'imagine qu'on voulait le tuer... Parce qu'il était bâtard... En prétextant une circoncision. Selon la coutume juive : le huitième jour après la naissance. À quoi joue Max Schulz ? Qu'est-ce qu'il veut me faire croire ? À qui est-ce qu'il veut faire porter le chapeau ? À sa mère ? Aux Juifs ? Au bon dieu ?

— Et puis, toute cette histoire de nourrisson qui se défend, de fuite, d'impressions sur le rebord de la fenêtre... foutaises ! Ça n'existe pas ! Un cauchemar ! Voilà tout !

Moi, ce que je veux, c'est vous raconter mon histoire. Méthodiquement, un fait après l'autre... ça se dit, ça ? Mais je ne vous raconterai pas tout, je veux dire : seulement le plus important, ou ce que moi, Itzig Finkelstein, à l'époque encore Max Schulz, je tiens pour le plus important.

Tous les soirs mes cinq pères rendaient visite à ma mère. Ils faisaient la queue devant la porte de sa chambre. D'habitude c'était au plus fort, c'est-à-dire au boucher, de la rejoindre en premier, puis c'était le tour du serrurier, puis de l'apprenti maçon, puis du cocher, puis du majordome. Oui, le majordome était toujours le dernier, parce que c'était le plus faible, un petit bonhomme fluet à la voix de fausset, à qui on ne laissait d'autre choix que de plonger sa queue dans le sperme de mes quatre autres pères.

Naturellement, le fourreur juif Abramowitz ne voyait pas ça d'un bon œil, ce que moi, Itzig Finkelstein, à l'époque encore Max Schulz, je conçois parfaitement. Dans le fond il n'avait rien contre moi ni contre le simple fait de mon existence, du moins tant qu'il restait convaincu que j'étais le fils de son cocher Wilhelm Hopfenstange ou de son majordome Adalbert Hennemann, car ces deux-là faisaient pour ainsi dire partie de la famille. Les choses se sont gâtées quand il a commencé à avoir des soupçons. Un jour, il est venu dire à ma mère :

« Écoutez, Minna. Ça ne peut pas continuer comme ça. Je pensais qu'il n'y avait que mon cocher et mon majordome. Mais cinq gars qui font la queue, c'est trop. C'est une maison convenable ici. J'ai pas le choix : je vous mets à la porte.

— Toutes les bonnes choses vont par trois, a dit ma mère.

— Mais pas par cinq, a dit le fourreur. Par cinq, certainement pas. C'est une maison convenable ici. J'ai pas le choix : je vous mets à la porte. »

2.

Par un jour pluvieux de juillet, je venais d'avoir sept semaines, ma mère a fait ses valises, m'a pris sur le bras et a quitté la maison Abramowitz. Aidée de mes cinq pères, évidemment. Ma mère avait pour tout bagage trois valises, un sac à dos, un filet à provisions et un parapluie. Le boucher portait la valise la plus lourde, une caisse en bois jaune fermée par un cadenas en fer, le serrurier la valise en cuir marron, l'apprenti maçon la valise bleue en toile, le cocher le sac à dos. Quant à ce gringalet de majordome, il traînait derrière avec le filet à provisions, un filet vert pomme rempli de quelques victuailles et d'autres objets indispensables tels que jarretières, bigoudis, rubans, etc.

Il faut vous imaginer ma mère comme une femme forte dont les gens disaient qu'elle pesait deux tonnes, quoique ses jambes fussent toutes minces. Elle ressemblait à un tonneau de bière monté sur échasses, des échasses qui portaient ce corps énorme avec tout juste assez de dignité. Sans oublier son épaisse crinière blonde, ses yeux bleus acier et son petit nez retroussé, aussi rigolo que son double menton avec sa verrue marron clair. Ses lèvres étaient sensuelles. Ses dents blanches et fortes, des dents qui ne manquaient jamais de faire tomber le boucher en extase, car le boucher disait toujours à ma mère :

« La vache ! Minna, chaque fois que je vois tes dents, j'ai peur que tu vas me croquer la queue. »

À quoi ma mère avait l'habitude de répondre : « T'inquiète Hubert, y a qu'au majordome Adalbert Hennemann que ça pourrait arriver, la sienne est si molle. Je ne vais quand même pas croquer dans de l'acier. Tu crois peut-être que j'ai envie de me casser les dents ?

— Non Minna, disait le boucher, on rigole pas avec les dents ! »

Quand nous avons quitté la maison, j'étais en train de dormir paisiblement dans les bras de ma mère. Mais une fois arrivé à hauteur du salon du coiffeur Finkelstein, je me suis mis à hurler. Chaïm Finkelstein a couru hors de son salon, plantant là le client qu'il était en train de savonner. Et Hilda l'asperge a ouvert la fenêtre du deuxième étage, a vu ce qui se passait et s'est précipitée dans la rue. On m'a bécoté, cajolé, sans succès. Ma mère a fini par dire : « Je ne comprends pas ce qu'il a, le petit, Monsieur Finkelstein. Votre boutique lui a jeté un sort.

— Quelle "boutique" ? a dit Chaïm Finkelstein. Il n'y a pas de boutique ici. Il y a un salon.

— Alors, c'est le salon qui lui a jeté un sort, a dit ma mère, sans quoi il ne hurlerait pas comme ça.

— Viens Minna, a dit le boucher, arrête de causer avec ce youpin... Elle est trop lourde, ta caisse en bois.

— Oui, allons-y », a dit le majordome.

Et mes autres pères se sont ralliés à son avis.

Nous ne savions pas trop où aller. Le salon de coiffure de Chaïm Finkelstein se trouvait, comme je l'ai déjà mentionné, à l'angle des rues Goethe et Schiller. Le boucher voulait à tout prix rester dans la rue Goethe, à cause du « Roi des Aulnes » je suppose. Je ne suis pas sûr qu'il connaissait le poème, mais peut-être avait-il vaguement entendu parler de la folle chevauchée dans la forêt nocturne, ou de l'histoire du père et du fils, ou encore du cheval fougueux, et ça lui avait peut-être fait une forte impression. Mais le majordome, ça je le sais, il adorait « La Cloche ». Il lui arrivait même de placer par-ci par-là quelques citations du grand poème de Schiller : « Hé Minna, j'arrive pas à bouger le piano d'un pouce, il est comme "muré dans la terre". » Et lui, évidemment, il voulait qu'on reste rue Schiller. Mes trois autres pères s'en fichaient. Le serrurier était d'avis que les serrures de la rue Goethe n'étaient pas plus solides que celles de la rue Schiller. L'apprenti maçon a opiné du chef : « Oui, y a autant de punaises dans les baraques de la rue Schiller que dans celles de la rue Goethe. » Et Wilhelm Hopfenstange, le cocher, a fait remarquer que la chaussée était aussi cahoteuse dans une rue que dans l'autre, et autant jonchée de bris de verres et de détritus. Finalement, c'est ma mère qui a tranché : « Traversons d'abord. »

Vous connaissez Wieshalle en Allemagne ? Ses rues tortueuses, étroites, si étroites que du trottoir d'en face on pouvait non seulement tout voir mais aussi tout entendre de ce qui se disait devant le salon de coiffure L'Homme du monde.

Et en face se tenait Anton Slavitzki. Anton Slavitzki, violeur d'enfants. Qui observait notre petit groupe en ricanant. Anton Slavitzki, profession coiffeur, comme Chaïm Finkelstein, mais en moins bon. Sa boutique – boutique, pas salon, ce type était dénué de toute distinction – donc, sa boutique se trouvait juste en face du salon L'Homme du monde, de telle manière que les deux coiffeurs, Finkelstein et Slavitzki, pouvaient s'observer à travers leurs vitrines respectives. Ce dont ils ne se privaient pas. Finkelstein tout sourire et bienveillant, Slavitzki rancunier et envieux.

Slavitzki ? Un type grand et maigre, les sourcils en broussaille, des yeux d'ivrogne affligés d'un léger strabisme, les cheveux dégoulinants de graisse, le nez osseux et, à croire la rumeur, une bite si longue qu'elle lui arrivait jusqu'aux genoux. Raison pour laquelle, d'après les racontars, Slavitzki la fixait toujours sur la cuisse à l'aide d'un élastique.

Nous avons traversé la rue. Au moment où notre petit groupe – mes cinq pères ahanant sous le poids des bagages, ma mère, tonneau de bière monté en équilibre instable sur deux maigres échasses, moi dans ses bras ayant fini de pleurer et sur le point de me rendormir... bref : au moment où notre petit groupe passe d'un pas ferme devant Slavitzki sans se douter de rien, le violeur d'enfants, ni vu ni connu, fait un pas en avant et pince les grosses fesses de ma mère.

Outrée, ma mère s'arrête net.

Elle : « Qu'est-ce qui vous prend, Monsieur Slavitzki ? Je suis une femme convenable. »

Slavitzki s'est mis à bredouiller. Oui, voilà l'histoire : il a bredouillé, quelque excuse à la noix, ma mère ça lui a plu et elle a dit : « Allons, allons, c'est pas grave. Mes fesses ont déjà fait tourner la tête à plus d'un homme. Mais vous, qu'est-ce qui vous attire en moi ? »

Slavitzki : « Votre cul, pardi. » Ma mère : « Tu m'étonnes ! »

Slavitzki : « Chère Madame, si un jour l'envie vous prend... d'une belle coupe à la mode, je vous la fais à l'œil, bien que je ne sois pas coiffeur pour dames. »

Et ma mère a demandé : « Une coiffure dernier cri ?

— Dernier cri, a dit Slavitzki.

— Je vous prends au mot, a dit ma mère. Alors, vous me coiffez quand ? À l'œil, s'entend.

— Tout de suite si vous voulez, a dit Slavitzki.

— D'accord, a dit ma mère. Comme on dit : "un tiens vaut mieux que deux tu l'auras". Alors je préfère tout de suite. »

Ma mère a disparu avec moi dans la boutique du coiffeur. Mes cinq pères attendaient patiemment devant la porte, mais au bout de deux heures, le boucher a dit aux autres pères : « Minna ne reviendra pas. Pas étonnant. Ce type a la plus longue de toute la rue Goethe. » Le majordome a dit : « Et aussi de la rue Schiller. » Le serrurier a dit : « La plus longue et la plus grosse. C'est de notoriété publique. Ce type est un champion de la baise. » L'apprenti maçon a dit : « Oui. C'est vrai. Et polonais avec ça. C'est louche. » Le cocher Hopfenstange a opiné du chef et dit : « Et veuf. Encore plus louche. »

Mes cinq pères ont délibéré encore un bon moment. Puis ils ont posé les affaires de ma mère devant la boutique du coiffeur Slavitzki, se sont signés et ont déguerpi.

Sordide… je ne trouve pas d'autre mot pour décrire la boutique – ou plutôt le cagibi – du coiffeur Slavitzki. Des miroirs ternis, des fauteuils éraflés, des sièges crevés desquels sortait la laine de bois, l'unique évier jaunâtre et taché, les murs fissurés, le sol craquelé, l'éclairage minable. Tout était misérable, poussiéreux, négligé. Derrière un rideau, un coin cuisine, juste à côté de la sortie de secours donnant sur l'arrière-cour, où d'ailleurs étaient les chiottes. Le coiffeur Chaïm Finkelstein et son meilleur client, le fourreur Abramowitz, taxaient la clientèle de Slavitzki de « sous-prolétariat ».

Les quelques affaires personnelles de Slavitzki étaient fourrées dans trois commodes en enfilade qui bouchaient le couloir vers la sortie de secours. Slavitzki prétendait qu'avant, quand sa femme était encore en vie, ils avaient eu un appartement. Mais ça remontait à loin. Maintenant, il habitait dans sa boutique. « Quel besoin pour un veuf d'avoir un appartement, a dit Slavitzki à ma mère. La nuit je défais le lit de camp, et au matin je le replie. Vous comprenez, Madame Schulz. C'est aussi simple que ça.

— Je comprends très bien, a dit ma mère, mais si vous voulez qu'on reste, moi et mon petit Max, il va falloir que ça change, car à nous trois, il nous faut un appartement.

— Bien bien, a dit Slavitzki, on verra ça. Une chose après l'autre. »

Expliquez-moi comment vous faites pour transformer un vieux lit de camp, couche d'un veuf solitaire, en lit conjugal convenable et bien bourgeois, pour qu'y dorme un veuf maigrichon flanqué d'une obèse de deux tonnes, jambes minces comprises, autrement dit deux personnes d'un volume corporel totalement discordant ?

Slavitzki voulait sauter ma mère tout de suite, dès la première nuit. Mais ma mère avait ses règles et l'a repoussé de ses jambes maigres et de ses mains grasses. « Ça ne se fait pas, a dit ma pauvre mère. J'ai mes règles. Ça ne se fait pas. »

Mais Slavitzki ne l'entendait pas de cette oreille. Il revenait sans arrêt à la charge, il avait défait l'élastique, se tenait tout nu devant le lit conjugal improvisé, montrant sa bite, embrouillant ma mère, lui cherchant des noises. Il s'est fourré de nouveau sous la couette. Il marchandait, il essayait de la faire changer d'avis, et finalement il s'est mis à jurer, puis à hurler comme un bouc.

Ma mère restait ferme. Que Dieu m'en soit témoin. Voilà l'histoire. Ce qui ne se fait pas, ne se fait pas. Faut avoir des principes dans la vie.

Quand Slavitzki a compris qu'il avait perdu la partie, sa colère n'a plus connu de limites. Il a sauté du lit conjugal improvisé, nu comme un ver, la queue dressée, l'écume aux lèvres, la sueur sur son front fuyant, les cheveux collés... et passé sur moi la colère qui le démangeait.

Imaginez l'ampleur du crime ! Moi, Max Schulz, sept semaines tout juste, futur massacreur mais pour l'heure innocent, je reposais comme un ange dans mon nouveau berceau, l'évier où Slavitzki avait l'habitude de pisser, mais qui là était sec car ma mère l'avait essuyé. Je reposais emmitouflé dans des langes douillets, sous une petite couverture, dormant paisiblement, rêvant de mes confrères les anges, sourire aux lèvres... avant d'être arraché brutalement à mon sommeil et à mon lit. Je voulus appeler les anges à l'aide, mais j'étais incapable de crier, j'écarquillai les yeux, horrifié, pissai de peur dans mes langes, manquai de m'étrangler, m'étouffai, gerbai un peu de lait maternel sur les mains de Slavitzki, tendis mes petits bras et mes petites jambes, bien décidé à défendre mon innocence. Je vis l'énorme queue de Slavitzki, que je pris pour un ténia géant, murmurai quelques prières ferventes bien que je n'eusse pas encore appris à prier, voulus mourir, me réfugier dans le ventre obscur de ma mère... et atterris à plat ventre sur le fauteuil de coiffure en face de l'évier.

Ma mère se tenait à côté du lit de camp : deux tonnes de chair frissonnantes, la chemise de nuit défaite, les seins pendants. Elle se tenait là sur ses jambes maigres, longues, glabres, deux cannes, mais de femme ; elle ne tremblait pas, elle frissonnait juste, et elle regardait, l'œil vitreux et endormi. Elle vit Slavitzki, vit le fauteuil de coiffure, vit ma peau de velours, aryenne, blanche comme neige, innocente. Elle humecta ses lèvres, passa la langue sur ses dents, prête à mordre, se ravisa, chercha une cigarette, finit par en trouver une derrière l'oreille droite, pas la gauche, la mit dans sa bouche, entre ses dents fortes et blanches, puis trouva une allumette derrière l'oreille gauche, pas la droite, leva une de ses jambes maigres, la gauche, frotta l'allumette contre la semelle de la pantoufle, vit la flamme, alluma sa cigarette, prit quelques bouffées, le regard fixé sur l'os de mammouth du coiffeur Slavitzki, ricana, gênée aux entournures, voyant Slavitzki en nage, gloussa... avant de se figer d'un coup.

Moi, Max Schulz, futur massacreur mais pour l'heure innocent, je poussai un cri déchirant, me cabrai, m'agrippai à la laine de bois du fauteuil éventré, relevai ma petite tête devenue toute rouge, pissai une nouvelle fois sans faire exprès, voulus aussi péter. Impossible, orifice obstrué. Je fus pris de convulsions, entendis chanter les petits anges, entendis leurs alléluias, vis voler des harpes et des flûtes de pan, vis des gammes de petites croches montantes, toutes sortes de clés, la clé de sol et d'autres, vis la grande clé en fer de mon ancêtre Hagen le porteur de clé, l'entendis grincer et crisser, vis la ceinture de chasteté en or de la femme de son maître, aperçus son entrejambe, entendis ricaner, chuchoter, vis toute la gamme des péchés et de la débauche, mais pas le moindre petit ange en vue, plus de harpe ni de flûte de pan, j'entendis le bon Dieu éclater de rire, je voulus encore prier... mais c'était trop tard.

Je sais ce que vous allez dire :
Max Schulz a un grain ! Un cauchemar ! Voilà tout !

Mais pourquoi dites-vous ça ? Le bon Dieu n'a-t-il pas inventé l'innocence pour qu'elle se fasse piétiner, écraser ici-bas... sur cette terre ? Les faibles et désarmés ne se font-ils pas bousculer par les forts ? Matraquer, violer, humilier, enculer ? Voire à certaines époques exterminer ? Vrai ou faux ? Et si c'est vrai... pourquoi dites-vous que c'est Max Schulz qui a un grain ?

3.

Passons sur les années de ma tendre enfance jusqu'à l'été 1914 : rien à signaler. À part peut-être la Grande Guerre. Elle arrivait à point nommé pour sortir les honnêtes gens des rues Schiller et Goethe de leur train-train quotidien.

Ça ne vous rappelle rien ? La Première Guerre mondiale qu'on l'appelait ! En ce qui me concerne, j'avais sept ans. J'étais un grand garçon qui savait un tas de choses que les adultes ignorent, j'avais des yeux de grenouille d'une couleur indéfinissable et qui voyaient un tas de choses, y compris celles qu'ils n'étaient pas censés voir. Nous avions déménagé dans un sous-sol, pile sous la boutique du coiffeur Slavitzki, un taudis plein de rats. Vue de là, c'est-à-dire du soupirail, la guerre avait l'air assez marrante. Pendant des jours et des jours des troupes défilaient. La musique militaire retentissait jusque dans ma chambre d'enfant. Du soupirail de ma chambre je voyais par en dessous l'artillerie lourde, les hommes et les animaux. Je me passionnais pour les sabots des chevaux, j'adorais les voir piaffer devant ma fenêtre, j'étais fasciné par le pas cadencé des bottes de soldats, j'ignorais que le monde pût compter autant de bottes. J'aimais particulièrement les bottes fringantes des officiers. Elles étaient noires, luisantes, grinçaient sur la chaussée, se fichaient royalement des bris de verre, se foutaient des pavés, dressaient leur nez avec orgueil, me faisaient des petits clins d'œil et m'emplissaient d'un désir obscur.

Mon beau-père avait disparu quelque temps de la circulation, ne laissant derrière lui qu'un grand écriteau sur la porte de sa boutique : fermé !

Durant son absence la vie dans notre cave fut un joyeux bordel. Ma mère recevait beaucoup : des soldats, des vacanciers quoi, des gars sympas qui me donnaient souvent un petit quelque chose. Au début ils venaient au compte-gouttes, puis ensuite carrément en troupeaux. Moi, j'étais de garde, devant la chambre à coucher ou dans la salle d'attente, le nouveau nom du salon. Je distribuais des tickets aux gens qui faisaient la queue. Je donnais aussi des renseignements, informant les bleus qui n'avaient jamais vu ma mère qu'elle avait des jambes de cigogne longues et maigres, qu'elle pesait deux tonnes, qu'elle était d'un naturel joyeux et qu'elle avait même un faible pour les jeux puérils, qu'elle savait non seulement aboyer comme Satan, le chien du voisin, mais aussi marcher à quatre pattes en tournant en rond.

La Première Guerre mondiale dans les rues Goethe et Schiller, ça vous intéresse ? Vous voulez que je vous raconte comment nous jouions à la guerre, les enfants de la rue Goethe contre ceux de la rue Schiller ? Ou à quoi ressemblait le nouveau gramophone dans la chambre à coucher de ma pauvre mère, ce machin qui avait l'air d'un gros entonnoir et qui faisait un boucan de tous les diables, au point que les rats dans mes pièges en devenaient fous furieux ? Bon, je suppose que ça ne vous intéresse pas.

Puis un jour mon beau-père est revenu de la guerre, qui pourtant n'était pas encore finie... Il a enlevé l'écriteau devant la porte, en a mis un autre disant : réouverture !, il a éjecté les vacanciers de la chambre de ma mère, idem pour ceux dans la salle d'attente, rebaptisée « salon », il a fracassé le gramophone, appelé ma mère « sale pute », il a juré du matin au soir, il s'est mis à la battre, à se saouler... et puis... et puis l'ancienne vie a repris : on a redémarré comme si de rien n'était la vie d'avant le départ de Slavitzki pour la guerre.

La communauté juive de Wieshalle comptait 99 âmes. Quand on considère que notre bonne ville de Wieshalle avait 33 099 habitants, force est d'admettre qu'ils n'étaient pas bien nombreux. Mais comme la plupart des Juifs habitaient dans les rues Goethe et Schiller, mon beau-père avait coutume de dire : « Minna, cette satanée ville est infestée de Juifs. »

Un beau jour, pendant le déjeuner, ma mère, Minna Schulz – debout, car suite aux perversions de Slavitzki elle ne pouvait plus s'asseoir – a eu une conversation avec mon beau-père, assis lui à sa place habituelle, déjà un peu éméché, de mauvais poil, en maillot de corps pisseux, son membre flasque dépassant du caleçon. Permettez-moi de vous la rapporter :

« Si ça continue, Minna, a dit Slavitzki, on n'a plus qu'à plier bagage. Cette ville est complètement infestée de Juifs. Et pour se faire couper les cheveux, ils vont où, les Juifs ? Chez Chaïm Finkelstein, tiens. Vu qu'il est juif. »

Ma pauvre mère a secoué la tête.

« C'est pas vrai, Anton, elle a dit. Tu sais bien que c'est pas vrai. Le concierge m'a dit : 99 Juifs. Voilà ce qu'il m'a dit. Dont 90 habitent dans le coin. 53 dans la rue Goethe et 37 dans la rue Schiller. Ça fait beaucoup. Mais c'est pas la mer à boire non plus. Tiens, fais le calcul : y a combien d'immeubles dans la rue Goethe, et combien dans la rue Schiller ? Combien d'appartements ? Je te le dis, Anton : dans ce quartier, y a plus de chrétiens que de Juifs. Et ils vont où, les chrétiens pour se faire couper les cheveux ? Chez Chaïm Finkelstein !

— C'est qu'il leur a jeté un sort, a dit Slavitzki. Sinon ils iraient pas tout le temps chez lui. Mais chez moi ! »

Ma pauvre mère a secoué à nouveau sa tête grasse.

« Je crois pas, Anton. Si c'était comme ça, Hans Baumeister, tu sais, le cordonnier catholique au coin de la rue, il se ferait pas des couilles en or... malgré la concurrence juive d'en face. Les clients des rues Goethe et Schiller ne se laissent pas ensorceler par les Juifs. Pour leur argent, ils sont en droit d'attendre qu'on les bichonne.

— Ça veut dire quoi ça, dis un peu ? a demandé Slavitzki, prêt à bondir.

— Ça veut dire..., a dit lentement ma mère, que Chaïm Finkelstein fait plus de chiffre parce qu'il est meilleur coiffeur ! Il pisse pas dans le lavabo ! Il fait pas des escaliers ! »

Enfant, je faisais des galipettes franchement bizarres. Je savais aussi faire la roue et toutes sortes de contorsions, je faisais l'équilibre, le poirier, le grand écart, je suçais mon gros orteil, faisais des grimaces, riais souvent sans raison, bégayais, jetais des cailloux sur les petites filles, donnais des coups de pied au derrière des garçons plus faibles que moi, escaladais les toits, pissais des toits sur la chaussée, et j'en passe.

Un jour mon beau-père a dit à ma mère : « Tu sais quoi Minna, je crois que ce garçon est fêlé. » Ma mère a dit : « Tu sais quoi Anton. C'est depuis la première fois.

— Hein ? a dit mon beau-père.

— Ta bite était vraiment trop grosse pour lui, a dit ma mère, et trop longue. Tu l'as embroché jusqu'à l'occiput. Jusqu'au plafond, si tu préfères. Et voilà le résultat : il a le plafond fêlé.

— Le plafond fêlé ? a dit Slavitzki.

— Oui, Anton, a dit ma mère, le plafond fêlé. »

Mon beau-père n'aimait pas me voir jouer avec Itzig Finkelstein, le fils de son rival Chaïm Finkelstein.

Mais moi, j'aimais bien jouer avec Itzig Finkelstein. Je lui montrais comment poser des pièges à rats, comment introduire de longs bâtons de réglisse dans le derrière et dans le sexe des rats assommés, je lui montrais la différence entre les aiguilles à bout rond et pointu, je lui montrais qu'un ver de terre continue à bouger même avec la tête coupée, même haché menu, signe qu'une bête du genre ver de terre n'a aucune envie de quitter son existence de ver de terre et qu'elle survit toujours à la main qui l'a tranchée. Je lui ai appris à jouer aux billes, en précisant que ce n'était pas la couleur, mais la taille des billes qui importait, même si moi, je préférais les bleues aux vertes, et les brillantes aux ternes. Je lui ai expliqué que le trou creusé dans la terre meuble où nous faisions rouler nos billes devait toujours avoir un diamètre supérieur à celui des billes elles-mêmes, elles resteraient coincées sinon, et toute chose coincée qui veut aller plus loin doit posséder sa volonté propre, mais les billes n'en ont pas, de volonté propre. Jamais de leur propre chef elles ne forceraient le passage dans la terre meuble. Il faudrait les faire avancer avec nos petits doigts, ce qui est contraire aux règles. Je lui ai aussi montré les pavés des rues Goethe et Schiller, qu'il connaissait déjà, mais pas comme moi. Je lui ai montré comment compter les pavés et lesquels étaient bons pour jouer à la marelle et lesquels ne l'étaient pas.

Une main lave l'autre, comme on dit. Mon ami Itzig Finkelstein ne s'est pas montré ingrat. Nous allions dans la même école et nous étions dans la même classe, partageant le même banc. Il va de soi qu'il me laissait copier sur lui. Il m'aidait pour les devoirs, il m'entraînait au calcul mental et m'expliquait pourquoi il faut une majuscule après le point : parce qu'un point, ce n'est pas une virgule, le point, c'est la fin, et celui qui veut rebondir après la fin ferait mieux de voir les choses en grand. Car qui a envie de commencer petit ?

Les parents de mon ami Itzig Finkelstein étaient originaires de Pohodna, une petite ville juive de Galicie. Un jour ils ont émigré en Allemagne. Parce que, c'est le coiffeur Chaïm Finkelstein qui me l'a dit, « les Juifs de Pohodna crevaient de faim. Et l'Allemagne, c'est un pays progressiste, un pays qui respecte la dignité humaine, un pays où un Juif peut lui aussi gagner sa croûte et regarder l'avenir sereinement et avec confiance. »

Dans la maison des Finkelstein on parlait yiddish, parce que c'était la langue maternelle du coiffeur Chaïm Finkelstein et de sa femme Sara Finkelstein. Le yiddish est une sorte de moyen haut-allemand, une langue plus proche de l'âme allemande que ne l'est notre haut-allemand, qui au fond, c'est le coiffeur Chaïm Finkelstein qui me l'a dit, n'est rien d'autre « qu'un yiddish estropié, disloqué et ampoulé ».

Si tous les Juifs de Wieshalle parlaient yiddish entre eux ? C'est ça que vous voulez savoir ? Non. Seulement quelques familles, les nouveaux arrivants, comme on disait. Les autres parlaient allemand, même à la maison. Car la plupart des Juifs de Wieshalle étaient des Juifs allemands, installés là depuis des lustres, vivant depuis des générations dans notre belle patrie.

Moi, Max Schulz, fils aryen pure souche de Minna Schulz, j'ai appris le yiddish chez les Finkelstein. Avec l'aide de mon ami Itzig je me suis initié à l'alphabet hébreu. Le samedi j'accompagnais mon ami à la petite synagogue de la rue Schiller. Parfois je me joignais aux prières. Par plaisir, tout simplement. Dans la synagogue j'étais assis en silence à côté des Finkelstein. Parfois je me levais aussi, en même temps que l'assistance. Je chantais avec eux, balançais mon corps au rythme de la prière et chuchotais avec ferveur :

« *Chema Israël Adonaï Elohenou Adonaï Ehad !* — Écoute Israël, l'éternel, notre dieu, l'éternel est un ! »

Souvent nous parlions de Jérusalem, Itzig et moi. Une fois, j'ai dit à mon ami : « Tu sais quoi... quand on sera grands... on fera une petite virée là-bas. Pour voir comment c'est. »

Les gosses dans les rues de notre quartier avaient formé deux équipes de foot : l'une chrétienne et l'autre juive. Que moi, le meilleur ami d'Itzig Finkelstein, j'aille jouer dans l'équipe juive allait de soi. On était les deux seuls à marquer des buts – à tour de rôle. Itzig tirait toujours du pied droit, moi du gauche. On était devenus des célébrités. Souvent conspuées. La célébrité, quoi. On s'en moquait. On se disait : « Ils sont jaloux, c'est tout. » On était cul et chemise.

Mon ami Itzig était blond aux yeux bleus, au nez droit, aux lèvres finement dessinées, à la dentition parfaite. Moi, Max Schulz, fils illégitime mais aryen pure souche de Minna Schulz, j'avais les cheveux noirs, des yeux de grenouille, un nez crochu, des lèvres charnues et des dents pourries. Vous comprendrez aisément pourquoi on nous prenait l'un pour l'autre. Les garçons de l'équipe adverse m'appelaient Itzig, prétendaient que j'avais jeté un sort sur le match, me demandaient si mon père, Chaïm Finkelstein, pissait lui aussi dans l'évier comme le beau-père de mon copain Max Schulz, et s'il bottait lui aussi les fesses de sa femme. Non ? Pourquoi non ?

Si j'en avais parlé à mon beau-père Slavitzki, tout ce qu'il aurait trouvé à dire c'est : « Tu vois ! Qu'est-ce que je te disais ! Joue pas avec Itzig. Il t'a jeté un sort. Ça saute aux yeux. Pourquoi c'est lui qui a tes cheveux blonds ? Et toi ses cheveux noirs ? Et lui, ton nez droit ? Et toi, son nez crochu ? Sans parler des yeux, des lèvres, des dents... »

Je me suis bien gardé d'en toucher mot à mon beau-père, et n'en ai parlé qu'au coiffeur Chaïm Finkelstein.

« T'en fais pas, a dit Chaïm Finkelstein. Aucun Juif ne ressemble à ça. Mais ils ne le savent pas, ces cons. Tu comprends ? Ils ont des idées toutes faites. Pour eux, un Juif, c'est comme ci ou comme ça. Et toi, t'as la gueule de l'emploi. C'est tout. »

Bien entendu, Itzig Finkelstein savait que mon beau-père me violait de temps en temps. Mais il ignorait que mon beau-père me battait. Un jour, je lui ai montré les larges stries rouges sur mon derrière. « Comment il fait ça ? m'a demandé mon ami Itzig Finkelstein.

— À coups de canne, j'ai dit. Une canne noire. Nous en avons aussi une jaune, mais elle sert uniquement pour ma mère. Après les coups, j'ai mal pendant des heures. Mais ça, c'est pas le pire. Non. Vraiment pas. Le pire c'est quand il tape ma mère. À chaque fois qu'il tape ma mère, j'ai le cul en feu. Et pas qu'un peu !

— Ça me dépasse, a dit Itzig

— Moi aussi », j'ai dit.

S'il y avait un tas de choses que je comprenais, il y en avait un tas d'autres que je ne comprenais pas. Par exemple mes rêves : souvent je rêvais d'un long couteau. Je coupais le membre de Slavitzki, le collais à la place du mien, parce qu'il était plus long, et gambadais dans ma chambre. Avec mon membre à rallonge, je faisais des galipettes, le grand écart, l'équilibre, le poirier. Je courais dans le salon, puis dans la chambre à coucher. Dans le lit, à côté de ma mère, je voyais Slavitzki sans son membre, je voyais son regard envieux, je le voyais se recroqueviller et me céder la place en rampant, je voyais ma mère ravie, je la voyais me caresser, me caresser le membre, le long membre, de ses doigts gras, et là je me réveillais.

Je rêvais aussi de la canne jaune et de la canne noire, je les voyais toutes les deux dans mes mains. Dans ce rêve je ne voyais pas Slavitzki, mais je l'entendais hurler. Très distinctement. J'entendais sa voix, et je savais lequel de nous deux prenait les coups. Ça claquait : la canne sur la chair.

4.

Quand à l'âge de dix ans Itzig Finkelstein est passé de l'école communale au lycée, comme c'était l'usage à l'époque pour les gosses des gens riches et cultivés, j'ai décidé de le suivre.

« Qu'est-ce qu'un fêlé du ciboulot comme toi irait foutre au lycée ? a demandé ma mère. Tu restes à l'école communale.

— Pas question, j'ai répliqué à ma mère.

— Pourquoi ? a demandé ma mère.

— Pourquoi pas ? j'ai dit.

— Tu parles comme un Juif, a dit ma mère. Tu déformes tout. T'es qui toi ?

— Si Itzig va au lycée, j'ai dit, j'y vais aussi.

— Pour pouvoir continuer à copier sur lui, hein ?

— Oui, j'ai dit. Il faut qu'on soit sur le même banc. C'est important.

— M'en fous, pas question, a dit ma mère.

— Tu veux que je dise à Slavitzki que le concierge passe te voir un après-midi sur deux ?

— Tu veux me faire chanter ?

— Le concierge ! » j'ai dit.

Je ne sais pas si c'était du chantage ou non. En tout cas j'ai obtenu ce que je voulais. Me voilà lycéen.

Ma mère et moi avons laissé Slavitzki croire que j'allais toujours à l'école communale. On connaissait sa jalousie. Mais il a fini par apprendre la vérité. Il me traitait au choix de petit monsieur distingué, de lycéen, d'étudiant, de futur professeur, et il s'est mis à me tabasser quotidiennement « à cause de la bouillie dans ma tête ». Mais je ne me laissais pas démonter.

Ma pauvre mère payait les frais de scolarité avec l'argent que lui filait le concierge. Les livres, cahiers, porte-plume, gommes et autres, je les achetais moi-même, car depuis l'âge de dix ans je me faisais régulièrement un peu d'argent. J'aidais les infirmes et les aveugles à traverser la rue, je berçais le bébé du cordonnier catholique Hans Baumeister, ou bien je nettoyais son atelier avec un long balai de paille, je balayais aussi chez le cordonnier juif Fritz Weber – dont mon beau-père avait coutume de dire « ce Juif qui nous a piqué un nom allemand » –, je faisais des commissions pour les ménagères, je me faisais bien voir de tout le monde, recevais des pourboires, des bonbons et des bâtons de réglisse.

Moi, Max Schulz, fils d'une putain, beau-fils d'un violeur d'enfants et bourreau de rats fêlé du ciboulot, les années de lycée m'ont fait franchir un cap. Je me développais, devenais un jeune homme instruit qui savait le latin, le grec et même l'algèbre, qui connaissait beaucoup de choses, surtout en mythologie et en histoire. Oui, surtout en mythologie et en histoire, même si dans ma tête il m'arrivait parfois de les confondre et de les mélanger. Je vous l'accorde, je n'étais pas très bon élève, mais sous la férule d'Itzig Finkelstein, assis sur le même banc d'école, j'ai quand même réussi à bourrer mon crâne de bâtard d'un tas de choses à savoir. Sachez que même Hilda l'asperge, la bonne des Finkelstein, a fini par avoir du respect pour moi. Il lui arrivait même de dire : « Max Schulz, c'est peut-être un demi-crétin, mais c'est aussi un petit monsieur qui a de l'instruction. »

Pendant ses heures de loisir Itzig Finkelstein lisait de bons bouquins, et même les grandes œuvres des poètes et penseurs qui ne figuraient pas au programme de l'école – et comme moi, Max Schulz, j'imitais tout ce que faisait Itzig Finkelstein, je lisais évidemment la même chose, ce qui me rendait encore plus brillant – presque aussi brillant qu'Itzig Finkelstein.

À seize ans Itzig Finkelstein a fondé un club de poésie. Imaginez un peu ! Itzig Finkelstein, fils du coiffeur Chaïm Finkelstein, poète ? Et oui. Ça s'est passé comme ça et pas autrement. Évidemment j'ai suivi le mouvement, et comme je ne voulais pas laisser mon ami en plan, je me suis mis moi aussi à écrire des poèmes. J'ai découvert ma veine poétique, sans savoir d'où ça venait... mais c'était là !

Les poèmes d'Itzig Finkelstein étaient de forme parfaite, les miens informes. Les siens harmonieux, les miens cacophoniques. Les siens carrés, les miens délirants. Les siens vrais et naturels, les miens absurdes et pervers. Au lycée nous étions devenus des célébrités, adulées, jalousées, détestées, et souvent nous encaissions des coups – pareil qu'au foot – mais nous continuions à écrire nos poèmes sans nous laisser démonter.

L'année 1923 tirait doucement vers sa fin. Ou disons qu'elle avait hâte de se tirer. Nous étions en pleine crise d'inflation, et l'année n'en finissait plus, bref, une année chiante, pressée de tourner la page. Alors mon ami Itzig Finkelstein m'a dit : « Bon ! Maintenant ça suffit ! Nous avons la science. Nous sommes deux grands poètes, chacun à sa manière. Il est temps que j'aille voir mon père pour apprendre son métier. »

J'ai demandé : « Et moi ?

— Toi aussi, a dit Itzig Finkelstein.

— Mais, nos études à la fac ?

— Et puis merde, a dit Itzig Finkelstein. L'Allemagne est en pleine inflation. Toute façon, c'est foutu. Le mieux à faire, c'est d'apprendre un vrai métier. Il n'est si petit métier qui ne nourrisse son maître.

— Et ton père, il en dit quoi ?

— Il pense comme moi. »

J'ai dit : « T'as pas tort. On s'y serait cassé les dents de toute façon. L'Université... tout ce que ça implique... pour se démerder... puis après, je veux dire... la poésie, ça rapporte rien.

— Que dalle, a dit Itzig Finkelstein.

— Et puis l'inflation, j'ai dit. Plus rien n'a de sens. Tu as raison. Sauf apprendre un métier. Au moins, ça nourrit son homme. »

Itzig Finkelstein était d'accord. Nous étions en parfaite intelligence. Il a posé la main sur mon épaule et il m'a dit :

« Écoute, Max. Un jour, je reprendrai la boutique. Et ce jour-là, je te prends comme associé.

— D'accord, j'ai dit. Mais quelle boutique ? Tu veux dire : le salon de coiffure L'Homme du monde ?

— C'est ce que je veux dire », a dit Itzig Finkelstein.

J'ai dit : « L'Homme du monde, c'est une mine d'or.

— Exact, a dit Itzig Finkelstein. Une mine d'or. »

5.

Slavitzki, ça va sans dire, était furieux que j'aille faire mon apprentissage chez son concurrent, mais ma mère a dit : « Le petit doit apprendre convenablement le métier et L'Homme du monde, c'est un salon de coiffure convenable. » En l'occurrence, elle était totalement de mon côté. Elle repoussait les accès de rage de Slavitzki, me soutenait et, si j'ose dire, couvrait mes arrières !

Oui. Moi, Max Schulz, je suis allé faire mon apprentissage chez Chaïm Finkelstein.

Itzig et moi, nous avions déjà passé l'âge de rentrer en apprentissage – nous avions presque dix-sept ans – et les garçons coiffeurs en faisaient des gorges chaudes. Ils se payaient notre tête, nous lançaient des vannes, se foutaient de notre gueule, nous donnaient des coups de pied au cul, mais on s'en fichait. Ils étaient jaloux, c'est tout, parce que nous avions de l'instruction, nous savions le latin et l'algèbre et un tas d'autres choses, nous avions lu de bons livres, nous savions composer des poèmes, etc. Les garçons coiffeurs nous appelaient : « Le professeur Itzig ! Le professeur Max ! » Mais comme je l'ai dit : on s'en fichait. On savait ce qu'on voulait.

Pour ma part, le métier de coiffeur m'avait toujours intéressé. Après tout, qu'y a-t-il de plus noble que le crâne d'un homme ? Et n'est-il pas jouissif de façonner cette noble chose, de lui donner une forme, de l'embellir ? Justement parce qu'on sent qu'il serait tout aussi jouissif de l'écrabouiller ? On la tient. Entre les mains. Alors parfois, ça vous démange... bizarrement, vous savez. Voilà une tête ! À la merci de vos mains !

Si j'avais de l'ambition ? Vous voulez le savoir ? J'en avais. Je voulais devenir un bon coiffeur. Parce que « la coiffure », ce n'est pas un métier ordinaire. Mais surtout, je voulais faire mieux que Slavitzki, pour pouvoir lui dire un jour : « Moi, le bâtard Max Schulz, je suis meilleur coiffeur que toi ! »

Le petit livret *La Coupe moderne sans faire d'escaliers* était devenu ma bible, et son auteur, Chaïm Finkelstein, mon modèle et mon maître.

C'est Chaïm Finkelstein qui m'a expliqué que le crâne humain compte cent mille deux cheveux, les petites têtes comme les têtes de mule. « Certains crânes, m'a dit Chaïm Finkelstein, en ont plus, mais uniquement si le cheveu est très fin, car pour être couvrante une chevelure fine doit être plus fournie, tandis qu'à l'inverse le nombre décroît pour les chevelures bouclées, c'est-à-dire plus épaisses et plus drues. Un curieux arrangement du bon Dieu, qui sait répartir les choses équitablement selon son bon vouloir.

— Et s'il ne veut pas ? j'ai demandé.

— Alors non, a dit Chaïm Finkelstein. Tout est entre ses mains. Son souffle donne la vie, et son souffle l'éteint. Il est le Dieu qui cache tout, mais aussi celui qui révèle tout au grand jour.

— C'est pour ça que certains ont la boule à zéro ?

— C'est pour ça », a dit Chaïm Finkelstein.

Chez Chaïm Finkelstein j'ai appris à couper les cheveux sans faire d'escaliers. J'ai appris à faire la distinction entre lotions capillaires, lotions après-rasage et lotions pour le visage. J'ai appris qu'une crème de jour doit être à base d'eau, mais une crème de nuit grasse. Qu'une moustache se frise au fer. J'ai appris à désépaissir correctement la barbe, avec des ciseaux à effiler sur poil sec, sur poil mouillé le rasoir étant suffisant.

C'est Chaïm Finkelstein qui m'a expliqué comment raser un homme du monde : d'abord les compresses chaudes – tremper une serviette dans de l'eau chaude, l'essorer puis la placer en son milieu sous le menton du monsieur (menton pointu ou double, même combat). L'enrouler doucement aux deux bouts, l'appliquer sur les joues, veiller à laisser dégagés la bouche et le nez. « Car chez nous le client doit respirer à son aise, pas étouffer », disait Chaïm Finkelstein.

Très important : le savonnage. Menton savonné, à moitié rasé. On rase aussi bien dans le sens du poil qu'à rebrousse-poil. Voire les deux en même temps.

En cas de saignement ne pas utiliser de pierre d'alun, mais de l'eau d'alun. C'est plus hygiénique.

Après le rasage, cela va sans dire, rincer le visage – abondamment – puis – et c'est très important – frictionner la peau avec une lotion hydro-alcoolique, de préférence de l'eau de Cologne.

C'est Chaïm Finkelstein qui m'a inculqué qu'un barbier digne de ce nom ne doit jamais oublier d'aiguiser son couteau. Il m'a expliqué qu'il y a trois sortes d'affûteurs : « l'Adam » en toile ou en fil de chanvre, avec un manche et un anneau ; l'aiguiseur souple : un lacet de cuir de Russie monté sur bois ; et le fusil à un seul manche.

Avez-vous déjà aiguisé un rasoir ? Savez-vous ce que sont un appuie-tête et des collerettes en papier ? Savez-vous qu'un barbier digne de ce nom place sous le col de son client une serviette dont il replie une bande de quatre centimètres et demi avant de la faire disparaître en la calant entre le col et le cou ?

Si je devais vous raconter tout ce que j'ai appris chez Chaïm Finkelstein, on y serait encore pour un bon bout de temps...

Vous savez à quoi ressemble un miroir de poche ? Le genre de miroir qui appartient à une dame qui n'en est pas une ? Je veux parler d'un miroir de poche comme celui de ma mère, enfoui dans son grand sac à main bon marché, coincé entre le poudrier, le vernis à ongles, le rouge à lèvres, les épingles à cheveux, le mouchoir, le petit nécessaire de couture et je ne sais quelles autres babioles. Un petit miroir cracra, gluant de rouge à lèvres et de vernis à ongles... un peu craquelé, un peu beaucoup... du verre qui file comme un collant...

Je l'empruntais parfois et le tenais devant mon visage. Voyez ce que j'ai vu ! Une multitude de visages entre les craquelures du verre... Le visage d'un barbier... Le visage d'un homme instruit... Le visage d'un demi-crétin... Le visage d'un poète... Le visage d'un pervers... Le visage d'un type normal... Le visage d'un aryen... Le visage d'un juif... Le visage d'un joueur de foot... Et encore d'autres visages, surtout quand mes yeux de grenouille commençaient à pleurer à force de fixer la glace, à ces moments-là, dans le verre filé comme un collant je voyais une foule d'autres visages... des visages d'un avenir lointain dont j'ignorais tout, en lignes brisées... des rangées de visages... et un en particulier... un visage bien précis... un visage qui bougeait, qui voulait s'en aller en dansant, qui voulait sortir du rang... des rangées de visages, comme s'il n'en faisait pas partie... ce visage... ce visage-là c'était... Le visage d'un meurtrier !... Étrange visage de meurtrier, car il semblait porter aussi les traits de tous les mortels créés à son image... un visage qui sortait du lot, même si je ne pouvais pas l'affirmer avec certitude, car mes yeux étaient brouillés de larmes, mes satanés yeux de grenouille, et puis, je n'étais pas sûr de pouvoir me fier au miroir de poche de ma mère, qui après tout était une pute.

Devant le miroir je me demandais : T'es qui toi ? comme ma mère l'avait fait. Je voulais en choisir un... un de ces visages... mais je ne pouvais pas. Ils ne voulaient rien avoir à faire avec moi. Ils me fixaient d'un air furieux, étrangement défigurés, parce que je faisais des grimaces en tirant la langue.

6.

Au cours des années suivantes, il ne s'est pas passé grand-chose. Je suis devenu un bon coiffeur, j'ai passé avec succès tous les examens. J'habitais toujours chez Slavitzki et ma mère, mais je travaillais au salon L'Homme du monde, qui soit dit en passant s'était agrandi : on était passé de cinq fauteuils et deux coiffeurs à dix fauteuils et huit coiffeurs.

Au début des années trente mon beau-père commençait à donner des signes de vieillissement. Il engraissait, ses tempes grisonnaient, du coup il les teignait et ramenait sur son front ses cheveux clairsemés pour se donner de l'allure. Il beuglait plus fort qu'avant, buvait plus de schnaps que jamais et s'était laissé pousser la moustache. Ma mère aussi avait changé. Elle avait encore grossi, n'avait plus de cou du tout, ne pouvait presque plus bouger, n'avait plus envie de jouer au petit chien, incapable d'aboyer. Quant à ses jambes, elles étaient devenues plus maigres encore.

Dans notre cave, on parlait désormais souvent d'Adolf Hitler, et Slavitzki était aux anges chaque fois que ma mère disait : « Tu sais, Anton, depuis que tu portes la moustache et que tu ramènes tes cheveux sur le front, tu ressembles au Führer. »

Et Slavitzki de répondre : « Oui Minna, c'est ce que dit aussi le cordonnier Hans Baumeister. »

Depuis 1930, Slavitzki, qui n'avait jamais lu de journaux,

achetait régulièrement le *Stürmer* et le *Völkische Beobachter*, et crachait par terre chaque fois qu'apparaissait le mot « juif ». Plus un slogan nazi était violent, plus il l'appréciait. Il se les faisait expliquer par Hans Baumeister, pour pouvoir ensuite les expliquer lui-même à ma mère qui les soulignait au vernis à ongles rouge ou rose, les découpait et en tapissait les murs de la boutique. Au-dessus de l'évier dans lequel Slavitzki avait coutume de pisser étaient collés des slogans comme : « Le sang et le sol »... « Le complot de la juiverie internationale »... « L'infamant diktat de Versailles »... « La honte de la Première Guerre mondiale »... « À bas l'asservissement aux intérêts »...

Slavitzki et ma mère, qui n'étaient jamais d'accord sur rien, étaient en parfait accord sur tout ce qui concernait « Monsieur Hitler », comme l'appelait Slavitzki.

« Il va tous nous délivrer, a dit un jour ma mère. Il va même nous venger des vacanciers qui ont souillé notre cave, il va annuler l'infamant diktat de Versailles, rompre avec l'asservissement aux intérêts, comme ils disent, et rendre leur honneur aux mères célibataires aryennes à l'arbre généalogique certifié conforme. »

Et Slavitzki a dit : « Oui Minna, c'est ce qu'il fera. J'en mets ma main au feu. Et il chassera tous les Juifs des rues Goethe et Schiller, y compris le coiffeur Chaïm Finkelstein.

— Tu sais, Anton, a dit ma mère, chaque jour tu ressembles un peu plus au Führer – avec ta mèche sur le front et ta moustache. D'ailleurs on dit qu'il en avait une aussi longue que toi, sauf qu'il n'utilisait pas d'élastique. Mais comme il est végétarien, elle s'est ratatinée.

— Oui, a dit Slavitzki, exact.

— Y a juste ton nom qui cloche, a dit ma mère. Tu devrais le changer.

— On s'en fout du nom, a dit Slavitzki. Ce qui compte, c'est le sang et la foi. Je suis pas un Polack.

— T'es quoi, alors ? a demandé ma mère.

— Un vrai Allemand, aryen pur et dur, a dit Slavitzki. Mes ancêtres étaient des Allemands de l'étranger, d'où le nom polonisé.

— Ah bon, je savais pas, a dit ma mère. Pourquoi tu m'en a jamais parlé ?

— Parce que je suis pas un vantard, moi.

— Et t'as des preuves... pour tes ancêtres, tout ça ? a demandé ma mère. T'as un arbre généalogique certifié conforme ?

— Rien du tout, a dit Slavitzki, mais je suis prêt à prouver ma mauvaise foi, et la mauvaise foi d'un Allemand, c'est du costaud.

— Oui, a dit ma mère, bien dit ! »

Slavitzki avait acheté une radio d'occasion, et soir après soir tous les deux – ma mère et Slavitzki – l'écoutaient et causaient politique et pariaient sur le jour où « Monsieur Hitler » allait prendre le pouvoir. Ils parlaient de l'honneur allemand, de sang et de sol, d'un peuple sans espace, de notre sous-sol comparé à l'appartement de Chaïm Finkelstein, de l'honneur du coiffeur allemand... même avec un nom accidentellement polack. Ils parlaient de la dignité de la mère aryenne, avec ou sans bague au doigt — « Car qu'est-ce qu'une bague ? disait Slavitzki. On s'en branle de la bague : c'est que de l'or. Et l'or, c'est qui qui l'idolâtre ? La juiverie internationale ! »

Ma mère, qui pesait désormais trois tonnes, prenait son air de Gretchen, opinait du chef et raccommodait des chaussettes qu'elle délaissait parfois pour tricoter une veste en laine pour Slavitzki. Elle souriait à Slavitzki qui buvait son schnaps et ballottait son long membre flasque en lorgnant en douce vers la canne – la jaune, pas la noire, car moi, entre-temps, j'étais devenu adulte.

7.

Je vous ai dit que j'étais membre de la société de protection des animaux de Wieshalle ? Au printemps 1932, quelques-uns de ses membres les plus éminents ont rejoint le mouvement national-socialiste. Slogan : « Adolf Hitler aime les toutous ! »

Dans la salle de notre club était affiché tout un choix de slogans du même acabit : « Tous avec le Führer, Le meilleur ami de la bestiole ! » ou « Adolf Hitler aime les bébêtes, les bébêtes aiment Adolf Hitler. » D'autres encore : « La bête sent quand on l'aime ! » « Votez Hitler, le Führer qui aime les bêtes ! »

Un jour toute la ville s'est trouvée en ébullition. Le bruit courait que le Führer allait venir à Wieshalle pour faire un discours sur le mont des Oliviers.

Vous avez déjà entendu parler du mont des Oliviers ? On l'appelle ainsi parce que la marque d'huile de table Meyer y organise annuellement un concours de tir, manière subtile de promouvoir sa fameuse huile d'olive.

Quand le grand jour est arrivé, notre ville ressemblait à un lieu de pèlerinage autant qu'à une ville assiégée. Je n'avais jamais vu autant de policiers, beaucoup à pinces, beaucoup à cheval. Brigades pédestres et brigades équestres, si on veut. Les gens se disaient à l'oreille : « Vous verrez. Quand il sera là, les cocos lanceront l'attaque. » D'autres disaient :

« Ils n'oseront pas. » La rue grouillait de gens arborant la croix gammée. Ils balançaient gaiement les bras en l'air tandis que les autres, qui ne portaient pas de brassard, se tenaient tranquilles, sans bouger les bras, je veux dire, sans frétiller : des caniches mouillés rentrant la queue entre les jambes.

Les paysans des environs – et pas que – avaient pris la ville d'assaut. Ils se saoulaient dans les bistrots. Ils flirtaient avec les petites bonnes et nounous qui traînaient dehors pour profiter de la folle ambiance ou de la douceur du soleil de mai, avant de se rendre sur le mont des Oliviers.

En ce jour historique je n'ai travaillé que le matin au salon L'Homme du monde. À midi – ou plutôt à moins cinq – j'ai pris congé de Chaïm et Itzig Finkelstein en leur disant que je devais prendre ma journée, ou plutôt mon après-midi, car je voulais le voir, « lui ».

« Qui ça, lui ? a demandé Chaïm Finkelstein en toussant. Le fils de la Providence ? Le fils ressuscité ?

— Pas la peine de tousser, j'ai dit à Chaïm Finkelstein, de toute façon, on vous fera passer l'envie de tousser. »

Et je ne savais pas pourquoi j'avais dit ça.

Je me suis dépêché de rentrer à la maison, j'ai mis mon plus beau costume – parce que je n'avais pas d'uniforme, je n'étais même pas membre du parti –, j'ai enfilé un brassard avec la croix gammée, avalé mon déjeuner à toute vitesse et dit d'un ton railleur à Slavitzki que lui aussi devait enfiler son brassard, mais pas le fixer avec un élastique, ni avec des épingles de sûreté ou autre, non, non, le coudre carrément. Slavitzki a dit que je commençais à l'ouvrir un peu beaucoup et qu'il n'avait pas encore rangé la canne. Mais il m'a assuré qu'il allait enfiler son brassard – et quel brassard ! –, car il était allemand – et quel Allemand ! C'est ce qu'a dit Slavitzki.

À quatorze heures – ou plutôt à moins cinq – nous avons quitté tous les trois notre sous-sol, heureux de voir briller le soleil, convaincus que c'était « Monsieur Hitler » qui l'avait commandé, car ça aussi il savait le faire, dixit Slavitzki. Nous portions tous les trois la croix gammée, oui, ma mère aussi. Le brassard de ma mère était le plus voyant : on avait l'impression que la graisse de son bras allait le faire éclater d'un moment à l'autre.

La ville entière – et les environs – semblait faire son pèlerinage au mont des Oliviers. Vous auriez dû voir Wieshalle, cet après-midi-là. J'ai adoré les fenêtres fleuries pour l'occasion. Il y en avait de toutes les couleurs. Les Juifs des rues Goethe et Schiller avaient mis à leurs fenêtres des fleurs d'enterrement, tout comme les pacifistes. Chez les communistes je remarquai des fleurs de haine ; chez les sympathisants des petits partis et les sans-étiquette, des fleurs incolores qui soit baissaient la tête, muettes et fatiguées, soit semblaient crier ou pleurer, désespérées. Mais les fleurs des nazis exultaient, nous acclamaient. Elles étaient choisies avec soin, compositions raffinées aux seules couleurs de la joie.

Dans la cohue, j'ai perdu Slavitzki et ma mère. Je suis parti à la recherche de ma société de protection des animaux, que je n'ai pas trouvée, mais j'ai trouvé, ou plutôt je suis tombé par hasard sur mon ancien professeur d'allemand Siegfried Stick von Sel, devenu depuis directeur. Content pour lui, je l'ai félicité en lui serrant sa paluche de prof devenue main de directeur, et ensemble nous avons joué des coudes pour avancer – il faut dire que Siegfried Stick von Sel savait comment s'y prendre. Il m'a montré sa technique, précisant bien qu'il fallait jouer des coudes avec parcimonie, seulement en cas de besoin. Finalement nous avons réussi à dénicher une bonne place debout – non loin de l'autel. En me retournant, j'ai eu un choc : derrière nous, ils étaient des millions.

« Moi qui pensais… qu'il ne viendrait que les gens de Wieshalle et des environs, j'ai dit à Monsieur Siegfried Stick von Sel. Il y en a d'autres. Beaucoup d'autres ! Je dirais des millions !

— Presque toute l'Allemagne est réunie, a dit Monsieur Stick von Sel.

— Presque toute l'Allemagne, c'est-à-dire ?

— Tous les mécontents, a dit Siegfried Stick von Sel. Ici sont réunis les mécontents de toute l'Allemagne !

— Les communistes ? »

Mon ancien professeur d'allemand a secoué la tête.

« Les autres, il a dit… les autres mécontents. Voyez-vous, il existe un autre mécontentement. Et celui-là le communisme ne pourra jamais le guérir. »

Monsieur Stick von Sel a eu un petit sourire, puis il a dit :

« Du moins pas aussi radicalement.

— Mais qui ? j'ai demandé. Qui peut le guérir ?

— Adolf Hitler, a dit Siegfried Stick von Sel. C'est lui, le grand guérisseur. »

Mon ancien professeur d'allemand s'est curé le nez un petit moment, puis il a dit :

« Ici sont réunis tous ceux qui un jour ont reçu un coup sur la tête, du bon Dieu ou des hommes.

— Ah d'accord, j'ai dit, c'est ça l'histoire.

— Oui c'est ça, a dit Siegfried Stick von Sel, ici c'est la réunion des ratés. Il y a les dégonflés, il y a les lèche-culs professionnels, et d'autres qui ont loupé le coche, soit parce qu'ils manquaient de souffle, soit parce qu'ils n'ont jamais appris à ramper dans les règles de l'art, ou que le cul qu'ils léchaient n'en avait jamais assez. »

Mon ancien professeur d'allemand a ricané un petit moment, perdu dans ses pensées.

« Et bien sûr tous les autres, il a dit, pensif, en me regardant d'un air grave. Comment j'ai dit tout à l'heure ? Tous ceux qui un jour ont reçu un coup sur la tête, du bon Dieu ou des hommes. Les chauves par exemple. Ils sont tous là. Regardez autour de vous : il y a les trop maigres, les trop gros, les trop courts sur pattes, les trop hauts sur pattes, les trop jeunes, les trop vieux, les pervers solitaires, les impuissants, les étrangleurs qu'on a empêchés jusque-là d'étrangler, n'autorisant que la caresse ; les hommes à lunettes sont là, les femmes à lunettes sont là, car "Il" a dit "Laissez venir à moi les petits enfants." Mais : ses petits enfants sont frustrés. Oui, c'est ça, a dit Monsieur Stick von Sel, des frustrés. Pas que. Mais quand même. Des qui aimeraient y arriver, mais qui n'y arrivent pas.

— Mais vous, pourquoi êtes-vous là, Monsieur Stick von Sel ? j'ai demandé. Pour vous, tout baigne, non ?

— À cause du poivre, a dit Siegfried Stick von Sel.

— Quel poivre ? j'ai répondu.

— Celui que ma femme verse tous les matins dans mon café, a dit Siegfried Stick von Sel en chouinant.

— Pourquoi elle fait ça ?

— Aucune idée, a dit Siegfried Stick von Sel.

— Et il y a rien à faire ?

— Rien du tout, a dit Siegfried Stick von Sel, abattu. Je ne peux rien faire. La nuit je ronfle pour me venger, mais ça ne change rien.

— C'est affreux, j'ai dit. Et moi qui pensais... que quelqu'un avec une belle position comme vous, il a toutes les raisons de sourire. »

Monsieur Stick von Sel a ricané en grimaçant. Gêné aux entournures, il a calé une cigarette entre les lèvres, cligné des yeux, l'air absent, émietté la cigarette avec sa main de directeur, et soudain l'a recrachée, comme s'il n'osait pas fumer sur le mont des Oliviers. J'aurais aimé lui demander : Monsieur Stick von Sel, pourquoi les autres ne sont pas venus sur le mont des Oliviers pour entendre le Sermon sur la montagne... ? Dites-moi, Monsieur Stick von Sel... les autres... je veux dire les officiels... vous voyez qui je veux dire... les grands, les petits, les minuscules... les porte-parole des divers groupes d'intérêts – c'est comme ça qu'on dit, non, Monsieur Stick von Sel ? – qu'ils viennent de notre belle ville allemande de Wieshalle ou d'ailleurs... ceux qui veulent prendre le pouvoir grâce au Führer... En temps normal, ils sont toujours là quand « Il » prononce un sermon, non ? Il n'y en a pas parmi eux qui seraient frustrés ? Et les frustrés, ils sont tous là ? Et ceux qui ne le sont pas, ils ne sont pas là, c'est ça ? Et d'abord, est-ce qu'ils peuvent se le permettre, je veux dire : ne pas être ici avec les frustrés ? Ils sont automobilistes, c'est ça ? Ils ne pouvaient pas venir parce qu'ici, c'est un pèlerinage ? Et ça ne se fait pas en voiture ? Parce que nous sommes sur le mont des Oliviers ? Et le sermon, c'est le Sermon sur la montagne ? Mais au fait, pourquoi un automobiliste ne pourrait-il pas faire son pèlerinage sans sa bagnole ? Ils ont tous les pieds plats ou quoi ? Mais moi aussi j'ai les pieds plats ! Vous aussi vous avez mal à la tête, Monsieur Stick von Sel ? C'est le soleil hein ? Faut dire qu'il fait vachement chaud. Je ne devrais pas rester là... je veux dire, en plein soleil... avec ma tête fêlée...

Mais à cet instant j'ai été emporté par la foule. Quand j'ai retrouvé Monsieur Stick von Sel, il m'a fait signe de me taire.

Je ne sais pas combien de millions de frustrés s'étaient réunis sur le mont des Oliviers, mais je me suis dit, vu de là-haut, ça doit lui faire l'effet d'une fourmilière au bon Dieu. Car la montagne était en perpétuel mouvement. Mais nous, nous n'étions pas des fourmis, n'est-ce pas ? Et puis, nous n'avions pas non plus l'intention de déplacer la montagne. À moins que ? Nous étions sur les pentes du mont des Oliviers, non ? Ou alors étaient-ce nous qui portions le mont des Oliviers sur nos épaules ? Ou alors étaient-ce d'autres épaules qui le portaient, et nous avec ? La montagne semblait tanguer, balancée par le vent sous le ciel bleu radieux du joli mois de mai. La montagne s'étirait, se contractait. Puis elle s'est mise à trembler à l'arrivée du « Führer ». Elle a dressé ses oreilles comme une bête, elle aurait voulu piaffer, se cabrer, mais pas moyen. Elle s'est sentie portée, alors elle s'est calmée – d'un coup elle s'est calmée.

Vous aimez les oiseaux ? Vous êtes parfois tenté d'observer le vol des oiseaux ? Surtout des oiseaux chanteurs ? Vous savez à quoi ça ressemble un oiseau qui descend du ciel pour se poser sur le sol ? Ou beaucoup d'oiseaux ? Une nuée d'oiseaux ? Vous aussi vous aimez entendre le chant des oiseaux ? Surtout au joli mois de mai ? Et vous savez l'effet que ça fait quand tous les oiseaux se taisent, d'un seul coup, sans qu'on s'y attende ?

Quand le Führer est monté sur l'autel, la foule a retenu son souffle. Mais il fallait bien respirer, si on ne voulait pas étouffer.

Alors nous avons tous fermé la bouche et respiré par le nez.

Quand j'ai vu le Führer pour la première fois, ça m'a fait un choc, parce que je croyais voir Slavitzki, mais je me suis tout de suite dit : Non ! Ça ne peut pas être Slavitzki. Slavitzki, il a une grosse bite et il est carnivore, tandis que ce type-là, il a une petite bite et il est végétarien. Et Slavitzki, il a des yeux d'ivrogne et un regard vide, tandis que ce type-là, il a les yeux d'un prophète. J'ai aperçu une dernière nuée d'oiseaux, surgie de nulle part, qui se posait des deux côtés du Führer. Tels des oiseaux funèbres, sans piailler, sans chanter, ils étaient assis sur le chêne de l'autel et l'étoffe des drapeaux, regroupés bizarrement : un, puis neuf, puis trois, puis trois. 1933, j'ai pigé tout de suite. Mais ça voulait dire quoi ? Bravant l'interdit, j'ai donné un coup de coude à Siegfried Stick von Sel en lui glissant à l'oreille : « Ça veut dire quoi ?

— En 1933, cet homme prendra le pouvoir, a chuchoté Siegfried Stick von Sel, c'est clair comme l'eau du Rhin.

— D'où tenez-vous que l'eau du Rhin est claire ? j'ai demandé.

— Fermez-la, a dit Siegfried Stick von Sel. Ne voyez-vous pas qu' "Il" lève les yeux au ciel ? Il va implorer le ciel. Attention, ça va commencer.

— Qu'est-ce qui va commencer ? j'ai demandé.

— Le discours, espèce de crétin », a dit Siegfried Stick von Sel.

D'abord Adolf Hitler a parlé des origines du mouvement, il a parlé de la marche sur la Feldherrnhalle, du sang des camarades tombés au combat, des morts qui n'étaient pas morts car ils vivaient toujours en nous. Ensuite, il nous a expliqué pourquoi il fallait fabriquer des canons, et que lui il allait en fabriquer – et quels canons ! – car il l'avait juré à son Père, le Seigneur Tout-Puissant. Il nous a expliqué que le canon lambda ne faisait que tirer à boulets rouges mais que les siens sauraient produire du beurre et du pain complet et du fromage et de la choucroute-saucisses. Hitler nous a expliqué qu'une chemise brune c'était quand même mieux que n'importe quelle autre chemise. Qu'un pantalon culotte de cheval c'était quand même mieux qu'un pantalon qui flotte. Qu'une bande molletière c'était grotesque. Que c'était quand même mieux de faire disparaître le tibia dans la tige de la botte, comme tout ce qui se trouve au-dessous du genou, donc en position basse, et non pas au-dessus, donc en position haute. Il a parlé du traité de Versailles qu'il fallait annuler. Il nous a expliqué qu'un zéro c'était un cercle avec un trou au milieu, un vrai trou, car un demi-trou, ça n'existe pas : un trou est un trou !

Hitler a parlé des esprits boutiquiers et des sangsues, de souillure et de conspiration ; il nous a expliqué que l'honneur était héréditaire, comme le courage et la fidélité ; il a parlé du complot de la juiverie internationale, qui tenait dans ses griffes l'honneur allemand, le courage allemand et la fidélité allemande en otage, les empêchant de se déployer.

J'écoutais à peine, j'étais déjà au courant, j'avais déjà lu ou entendu tout ça X fois à la radio. Je contemplais les oiseaux funèbres, je contemplais l'autel en bois de chêne couvert de drapeaux, je comparais sa mèche à celle de Slavitzki, sa moustache à celle de Slavitzki. Mais lorsque le Führer s'est mis à faire un cours d'histoire, remontant de plus en plus loin jusqu'à Jérusalem, alors je suis redevenu tout ouïe. J'ai claqué des talons, respiré par le nez, cessé de comparer moustaches et mèches, oublié les oiseaux funèbres sur l'autel en bois de chêne recouvert de drapeaux : je n'avais plus d'yeux que pour « Lui ».

Le Führer avait ouvert la Bible. Tournant les pages, d'abord dans l'Ancien Testament, puis le Nouveau, il remonta sa mèche, fronça les sourcils et, après un silence, annonça : « Saint Luc, chapitre 23, versets 27-29 ».

Puis, d'une voix éraillée, il se mit à lire :

« Or il était suivi d'une grande multitude de peuples et de femmes qui se frappaient la poitrine, et qui pleuraient. Mais Jésus, se retournant vers elles, dit : "Filles de Jérusalem, ne pleurez point sur moi, mais pleurez sur vous-mêmes et sur vos enfants ; car il viendra un temps où l'on dira : bénies les stériles et les entrailles qui n'ont point porté d'enfants, et les mamelles qui n'en ont point nourri." »

Le Führer referma la Bible, joignit les mains, leva ses yeux de prophète au ciel et dit :

« En vérité, en vérité, je vous le dis : le Seigneur a maudit ce peuple. La malédiction est restée lettre morte. Mais moi, je suis venu pour l'accomplir. »

Et le Führer dit :

« Bénis soient les forts, car le royaume terrestre sera à eux.

Béni soit le poing ; c'est lui qui fera un trou dans le cercle, un vrai trou, non pas une moitié de trou, car les moitiés de trous ça n'existe pas !

Bénis soient ceux qui ont le sang épais, car ils règneront sur tout ce qui existe sous le soleil. Plus le sang est dilué, plus il s'évaporera. Et ce qui n'est plus, n'est plus. Comment régner alors ? »

Et le Führer dit :

« Vous avez entendu ce qui fut dit aux anciens : Tu ne tueras point ; et celui qui tue sera jugé. Mais moi je vous le dis : celui qui tue l'ennemi du peuple sanctifie mon nom. Et celui qui sanctifie mon nom, partagera ma sainteté. »

Et le Führer dit :

« Vous l'avez entendu : œil pour œil, dent pour dent.

Mais moi, je vous demande : n'est-ce pas agir en publicain ? Qu'est-ce qu'un œil ? Et qu'est-ce qu'une dent ? Ne reste-t-il pas l'autre œil ? Ne reste-t-il pas trente et une autres dents ? En vérité, la récompense est maigre ! Moi, je vous le dis : deux yeux pour un. Trente-deux dents pour une seule. Ôtez la vue à vos ennemis et édentez-les pour l'éternité. Car l'aveugle ne verra plus. Et l'édenté ne mordra plus. Pour régner, frappez fort. Si vous aspirez au royaume terrestre auquel je vous convie, suivez mes commandements. Amen. »

Et le Führer dit :

« Maudit soit le bâton dans la main du faux maître. Mais si le bâton change de maître et que le nouveau maître est un vrai maître, alors qu'il soit sanctifié. »

Et le Führer dit :

« Béni soit le bâton dans la main du vrai maître. Ce n'est pas le bâton qui ennoblit la main, mais la main qui ennoblit le bâton. En vérité, je vous le dis : dans la main du vrai maître, le bâton deviendra glaive et la main règnera pour toute l'éternité. Amen. »

Le Führer avait à peine prononcé ces dernières paroles que le ciel fut pris d'épouvante, tant ce discours était puissant. Le tonnerre et les éclairs se déchaînèrent. Les nuages s'amoncelèrent au-dessus du mont des Oliviers, tournoyant au-dessus de l'autel. Mais la pluie prit peur, et les nuages se dispersèrent. La foule était silencieuse comme la mort.

Pendant la dernière partie de ce discours historique, ça s'était mis à me démanger sévèrement. Mes fesses ! je pensai. Pourquoi elles me démangent comme ça ? Les démangeaisons empiraient, toujours plus, une douleur brûlante. Je vis le bâton jaune, le bâton noir, je vis aussi le membre de Slavitzki qui pendait aux bâtons jaune et noir – les trois ne faisant plus qu'un – et ricanait avec mépris comme le symbole de mon impuissance. Les paroles du Führer martelaient mon crâne sans répit : « Maudit soit le bâton dans la main du faux maître. Mais si le bâton change de maître... » La tête me tournait.

Je sentais comme une boule dans la gorge. Qui m'étranglait. Je voulus la recracher.

« Béni soit le bâton dans la main du vrai maître. Car... »

C'est alors que je me suis dit : « Oui, c'est vrai ça, pourquoi ? Maintenant, ça suffit. » Et je me suis dit : « Max Schulz. Plus jamais tu ne tendras tes fesses. Il est grand temps que tu te saisisses toi-même du bâton. Du jaune et du noir. »

Siegfried Stick von Sel se tenait à mes côtés, immobile, les yeux fixés droit devant lui.

« Ici sont réunis les mécontents de toute l'Allemagne ! » C'est pas ça qu'il a dit tout à l'heure ? « Ici sont réunis tous ceux qui un jour ont reçu un coup sur la tête... du bon Dieu ou des hommes. »

J'aurais voulu demander à mon ancien professeur d'allemand si tout le monde ici, tout ce peuple pendu aux lèvres du Führer et qui le dévorait des yeux avait connu un faux maître avec un bâton à la main, mais je n'ai pas osé, car Siegfried Stick von Sel regardait droit devant lui, bizarrement immobile. Peut-être que les autres ont eu droit à d'autres bâtons, pas forcément jaunes ou noirs ? j'ai pensé. Verts peut-être, ou bleus, ou rouges, ou violets ? Il y avait sûrement plein d'autres bâtons, il y en avait sûrement de toutes les couleurs. À cette idée, je sentis que la grosse boule dans ma gorge recommençait à m'étouffer. Et cette fois, je voulus la recracher pour de bon. Soudain je vis des millions de bâtons fouetter l'air au-dessus du mont des Oliviers, et cette myriade de couleurs se réfléchissait dans le miroir au-dessus de nos têtes, dans ce ciel qui n'était plus bleu mais un océan de couleurs. Pas étonnant que le Führer ait chassé la pluie !

À ma droite se tenait une vieille femme – une femme avec un visage gris, un visage que le bon Dieu, de son bâton, avait sans pitié raviné, saccagé, comme si ce visage n'avait pas été créé à son image. La vieille bougeait les lèvres, en prière. De ses murmures, une seule phrase parvint à mes oreilles : « Le ciel et la terre disparaîtront, mais mes mots ne disparaîtront pas. »

Au moment où la vieille s'était mise à prier, d'autres s'y étaient mis aussi. Il y eut comme un frémissement dans la foule. Et d'un seul coup... oui, c'est comme ça que ça s'est passé... d'un seul coup ! quelqu'un a crié. Nous avons tous crié. Notre main droite. Partie dans les airs. Toute seule. Tous nous criions comme des possédés. Nous criions : Amen ! Amen ! Amen ! nous entraînant les uns les autres. Ensemble nous hurlions. Ensemble nous nous déchaînions. Ensemble nous pleurions. Le sauveur, il était là ! Quelqu'un dans la foule cria dans un râle : « Mon Führer, donne-moi aussi un bâton ! » Un autre : « À moi aussi ! donne-moi la foi ! » Bientôt deux chœurs s'étaient formés, un à droite, un autre à gauche. Ceux de gauche criaient : « Vois nos derches ensanglantés ! » Et ceux de droite criaient : « Fais de nous les vrais maîtres, et nous aurons foi en toi ! »

Savez-vous l'effet que ça fait quand on crache une boule coincée dans la gorge ? Et savez-vous l'effet que ça fait, des millions de boules recrachées qui s'envolent ?

Vous aimeriez bien savoir si je lui ai pris son bâton à Slavitzki, je veux dire, plus tard, au moment opportun ? Ou plutôt ses deux bâtons. Pas vrai ? Et si je l'ai fessé, comme lui m'a fessé ? Et si je l'ai violé comme lui m'a violé ?

Non. Je lui ai laissé ses bâtons. Trop vieux et trop usés. Comme Slavitzki. Et puis, en fin de compte, Slavitzki n'avait-il pas eu lui aussi affaire à un faux maître – à un moment de sa vie ? Peut-être même qu'il l'avait toujours sur le dos, qu'il n'arrivait pas à s'en débarrasser ? Pensez-y à l'occasion ! D'ailleurs : Slavitzki, c'est qui ? Et puis : n'y avait-il vraiment eu qu'un seul Slavitzki dans ma vie ? N'y avait-il pas eu des tas de Slavitzki ? Et le bon Dieu, n'est-ce pas un Slavitzki, à sa façon ? Un Slavitzki avec bâton ? Et mis à part le bâton du Seigneur, le bâton du Slavitzki invisible, et les bâtons jaune et noir du Slavitzki terrestre, n'y avait-il pas eu d'autres bâtons dans ma vie ? Peut-être pas forcément des bâtons principaux. Mais des secondaires à tous les coups ? Ni violets, ni rouges, ni verts, ni bleus, car ça, c'étaient les bâtons des gens autour de moi. Leurs bâtons principaux. Non, je veux parler des bâtons secondaires, incolores, comme ceux de mes cinq pères qui, d'un seul coup de bâton m'avaient, moi, Max Schulz, un rien, un néant, propulsé dans la vie. Ensuite, songez aux bâtons secondaires et incolores de mes adversaires de foot, de mes professeurs qui m'ont torturé, de mes camarades d'école qui m'ont dénigré et dont je n'ai pas encore parlé parce que je ne veux pas tout dire tout de suite, parce que je ne veux pas abuser de votre patience. Donc, pour ce qui est des bâtons jaune et noir, Slavitzki était-il vraiment le seul à les brandir ? Ma mère ne l'avait-elle jamais poussé au crime ? Comme elle l'avait fait pour mes cinq pères et leurs bâtons secondaires ? Où commence-t-elle, cette ronde ? Quand est-ce qu'elle finira ? Où est le bon Dieu ? Entre-t-il dans la ronde ? Est-il au-dessus ? Et puis d'abord, qui voulez-vous que je frappe ?

Non, j'ai laissé ses bâtons à Slavitzki. Je me suis procuré de nouveaux bâtons, de meilleurs bâtons. Meilleurs que les anciens lorsqu'ils étaient flambant neufs. Je ne les ai pris ni en jaune ni en noir, mais dans les couleurs de mon choix. Et puis, il me fallait plus qu'une seule victime. C'est vrai ça, une seule victime, ça rime à quoi ? Moi, il m'en fallait une pour chaque blessure. Une pour chaque sourire narquois, que ce soit du bon Dieu ou de mon voisin de palier, de qui vous voulez.

Aujourd'hui je comprends pourquoi les boulettes que nous avions crachées dans le ciel ce jour-là ont porté aussi loin et fini par frapper les innocents : nous n'avions pas cherché à viser. Nous nous sommes juste raclé la gorge. Pensions-nous.

À l'époque je n'ai pas pigé.

8.

Le lendemain du Sermon sur la montagne, j'ai rejoint le parti du Fils de la Providence. J'ai pris ma carte, quoi. Ma mère aussi. Et Slavitzki aussi, qui n'était plus polonais mais allemand. Slavitzki et moi, nous avons fait notre demande d'adhésion à la SA, mais nous avions décidé d'attendre l'arrivée du Führer au pouvoir avant d'acheter les bottes et uniformes obligatoires. Car les bottes et les uniformes coûtaient un bon paquet de fric. Et un paquet de fric, c'est pas rien. On sait jamais. Deux précautions valent mieux qu'une.

Ma mère trouvait ça raisonnable. Elle a dit : « Nous aimons le Führer, mais il vaut mieux être sûr. » Et elle a dit à mon beau-père : « N'est-ce pas, Anton ? Deux précautions valent mieux qu'une, non ? »

Le grand jour où Hitler nous a grimpé dessus, autrement dit : où il s'est mis en selle en criant « Allez, hue ! », Slavitzki et moi, nous nous sommes précipités dans la première boutique venue pour acheter deux uniformes pimpants et deux paires de bottes reluisantes. Nous avons serré la jugulaire et nous nous sommes saoulé la gueule. Nous titubions à travers les rues. Partout nous tombions sur des groupes en uniforme qui tabassaient les ennemis du peuple. Nous leur prêtions main forte et tabassions aussi, suant, rotant, rigolant, nous branlant, pétant... On s'est marrés comme des fous, je vous promets. Plus tard, Slavitzki a chipé un cabas et nous sommes partis, titubant et braillant, direction la maison. Mais plutôt que de rentrer directement dans notre sous-sol, nous avons zigzagué encore à travers les rues Goethe et Schiller pour aller casser du Finkelstein... enfin, les vitres de leur appartement et du salon. Après quoi, toujours bourrés, nous sommes entrés dans le salon L'Homme du monde, barbouillant les précieux miroirs de croix gammées et de petites queues de cochon, remplissant le cabas de tout ce qui nous tombait sous la main : lotions pour le visage, lotions après-rasage, crèmes de luxe, savons, mais aussi blaireaux, tondeuses dernier cri, ciseaux, peignes, brosses. Nous avons botté le cul de Chaïm et aussi d'Itzig Finkelstein en disant « Sale Juif ! », en disant « Youpin ! » Slavitzki a éructé : « Mon fils démissionne. Effet immédiat ! *Heil Hitler* ! Vous lui avez jeté un sort. Il a la gueule d'un youpin ! Putain... La gueule d'un Itzig Finkelstein ! »

En nous voyant débarquer avec nos bottes et nos pimpants uniformes, ma mère, bouche bée, a écarquillé les yeux, trémoussé son gros cul, gloussé, montré ses petites jambes maigres, et sentant la chaleur monter elle a dit à Slavitzki : « Mais dis donc, Anton, t'es plus mec que jamais ! » Et à moi : « Toi aussi. Mais toi, trouve-toi un autre cul. » Et Slavitzki a dit : « Nous avons fait des emplettes. On ne t'a pas oubliée. Un assortiment de crèmes. Y en a même une pour tes miches. » Et ma mère a dit : « Putain, Anton ! » Et Slavitzki a dit : « Putain, Minna ! »

« Et pour les rats, qu'est-ce qu'on fait ? j'ai demandé.

— Fiche-moi la paix avec les rats, a dit Slavitzki. Le Führer n'a pas parlé de rats.

— Mais des Juifs si. »

Et claquant des talons j'ai dit : « Le Seigneur a maudit ce peuple. La malédiction est restée lettre morte. Mais moi, je suis venu pour l'accomplir.

— Il a jamais dit ça, le Führer, a dit Slavitzki. Tu délires.

— Je lui avais pourtant dit de ne pas rester au soleil avec rien sur la tête, a dit ma mère.

— Je comprends rien à ce qu'il raconte, a dit Slavitzki. T'y piges quelque chose, Minna ?

— Que dalle, a dit ma mère. C'est du chinois pour moi.

— Il veut exterminer les Juifs, j'ai dit.

— Et alors ? C'est quoi le problème ? a dit Slavitzki.

— J'ai pensé aux rats, j'ai dit. Aux rats dans notre sous-sol. Une fois les rues Goethe et Schiller débarrassées des Juifs, il y aura des logements pour tout le monde, non ?

— Oui, bordel de Dieu ! » a dit Slavitzki. Et ma mère : « Jésus, Marie, Joseph ! »

« Et alors, nous pourrons emménager dans l'appartement des Finkelstein, j'ai dit. Et alors, fini les rats !

— Oui, bordel de Dieu, a dit Slavitzki.

— Jésus, Marie, Joseph, a dit ma mère.

— Je m'y étais fait aux rats, j'ai dit. Même que je jouais avec eux. Mais bon, il faut bien que ça cesse un jour.

— C'est clair, a dit Slavitzki.

— Y a aussi des rats à deux pattes, a dit ma mère.

— C'est clair », a dit Slavitzki.

9.

Deux frères luttent à qui aura le pouvoir. Vous savez comment c'est ? Vous ne le savez pas ? Moi non plus. Je ne le sais pas vraiment parce que moi, à l'époque encore Max Schulz, je suis fils unique de la pute Minna Schulz. Je n'ai pas de frère.

Mais chez nous, dans le parti, il y avait quelque chose comme une lutte fratricide : les uniformes bruns et les uniformes noirs se disputaient le pouvoir. Les SA, les bruns, contre les SS, les noirs.

L'uniforme de Slavitzki et le mien, ils étaient bruns, ou plutôt marronnasses – et un jour ma mère nous a dit : « On dirait du chocolat au lait. Au début, j'aimais bien, mais maintenant, j'aime plus. »

Et mon beau-père Slavitzki a dit : « Alors quoi ?

— Alors, quand on ressemble à du chocolat au lait, faut pas s'étonner, c'est insipide, a dit ma mère. Fais gaffe mon pote : bientôt le vent tournera en faveur des uniformes noirs ! »

Ma mère avait raison. Évidemment. Après la nuit des longs couteaux en 1934 et l'assassinat du général des bruns, les clairvoyants ont laissé tomber le brun pour le noir. Les malvoyants, eux, n'ont rien vu venir.

J'étais convaincu que ma mère voyait juste : l'avenir de l'Allemagne serait noir à coup sûr. Pas brun. Pour moi, ce serait donc le noir. Quelques semaines après la liquidation du général des bruns, moi, Itzig Finkelstein, à l'époque encore

Max Schulz, j'ai décidé de me faire muter à la SS. Du coup, j'ai laissé tomber la société pour la protection des animaux. Moi, Itzig Finkelstein, à l'époque Max Schulz, j'avais choisi.

Mon ancien professeur d'allemand, Siegfried Stick von Sel, m'avait dit un jour : « Max Schulz, n'importe quel type qui sait lâcher une perle peut entrer chez les bruns de la SA, mais pas chez les SS ! » Car la SS, c'était l'union des « puritains noirs », l'élite de l'Allemagne nouvelle. Pour un souriceau à la Max Schulz, plus proche du sous-homme que de la race supérieure... si, si, parfaitement... pour un type qui, au vu de sa gueule, ne comprendrait jamais rien à l'éthique du génocide, mais alors que dalle... pour un type comme lui, entrer à la SS n'était pas une mince affaire.

Qu'est-ce que j'ai dit ? Pas une mince affaire ? Exact. Cela dit, permettez-moi d'ajouter qu'avoir de bonnes relations, avec les bonnes personnes, joue souvent un rôle décisif dans la vie.

Si j'avais des relations ? Vous voulez le savoir ? Évidemment que j'avais des relations. Mon ancien professeur Siegfried Stick von Sel était depuis quelque temps déjà membre de la SS, et il avait son petit mot à dire. Car Siegfried Stick von Sel était le cousin du général SS Helmut von Vocifère, un type très haut placé à Berlin.

Siegfried Stick von Sel m'a pris sous son aile. Et pas que lui, car deux anciens potes de la société pour la protection des animaux siégeaient dans la commission raciale des escadrons noirs de Wieshalle.

Comme tout aspirant SS, moi Itzig Finkelstein, à l'époque Max Schulz, je devais faire mes preuves et être passé au crible de la tatillonne enquête raciale des escadrons noirs. Une affaire pénible, et beaucoup de temps perdu. Mais j'ai réussi.

Mon sang n'était pas dilué, mon visage seulement victime d'un mauvais sort.

Slavitzki ! Lui aussi voulait rejoindre la SS. Pensez donc ! Il avait très envie de fanfaronner avec son pimpant uniforme noir et la casquette à tête de mort. Mais qui allait appuyer la demande d'un type pareil ? La SS l'a recalé. Quelque chose clochait dans son arbre généalogique. Et aussi avec sa grosse bite. Molle elle était, et molle elle restait. Même un gros derche et un bâton jaune ne pouvaient rien y changer. Et ce n'était pas chez nous qu'une chose aussi molle et inerte allait faire son trou.

Néanmoins les affaires roulaient mieux que jamais pour Slavitzki et ma mère. Ma mère avait fixé sur la porte de la boutique un nouvel écriteau qui disait : Commerce aryen, Minna Schulz & Co – Arbre généalogique certifié conforme.

Comme l'écriteau ne suffisait pas, Slavitzki donnait un petit coup de pouce en jouant l'agent publicitaire de l'entreprise Minna Schulz & Co : parfois, il se plantait de l'autre côté, sur le trottoir d'en face, devant le salon L'Homme du monde ; il restait là, jouant les gros bras avec sa blouse de barbier crasseuse, la croix gammée à la manche, apôtre terrifiant du Troisième Reich, braillant d'une voix de stentor sur les clients qui se rendaient chez Chaïm Finkelstein : « Quoi ? Vous allez vous faire couper les cheveux chez un sale youpin ? Vous soutenez l'ennemi du peuple, c'est ça ? Êtes-vous derrière notre Führer Adolf Hitler, oui ou non ? Qui n'est pas avec nous est contre nous ! »

Les trouillards affluaient dans notre boutique. Les courageux restaient chez Finkelstein.

Pour moi, Itzig Finkelstein, à l'époque Max Schulz, tout allait pour le mieux. Je travaillais chez Slavitzki. À présent nous avions une meilleure clientèle et Slavitzki avait besoin d'un bon coiffeur. Il avait besoin de moi. Je gagnais bien et me faisais de gros pourboires, car aucun de nos clients n'aurait osé rogner sur les pourboires d'un SS, porteur de l'uniforme noir. Je n'avais pas à me plaindre.

10.

Les Juifs ! Ils en bavaient chez nous. Nous, l'Allemagne nouvelle, nous leur avons montré aux Juifs ce qui se passe quand au lieu d'un sang épais ne coule dans les veines que de l'eau. « Car plus le sang est dilué, plus il s'évaporera ! » Nous, l'Allemagne nouvelle, nous les avons évincés des postes-clés et de l'administration publique, nous les avons intimidés dans les règles de l'art, nous leurs avons extorqué leurs biens, nous avons petit à petit confisqué tout ce qu'ils possédaient et leur avons interdit l'exercice de la plupart des professions. Les Juifs ont été exclus de l'armée et du service militaire, dénigrés publiquement via la presse, la radio, le cinéma et tous les moyens dont nous disposions. Leurs tronches s'étalaient sur les colonnes publicitaires et squattaient la une du *Stürmer*. La populace cassait leurs vitrines et jetait des boules puantes dans leurs boutiques. On tabassait les Juifs en pleine rue, et ils n'avaient pas intérêt à protester. Tout prétexte était bon pour les arrêter et les faire disparaître, pour un temps ou pour toujours. Une époque difficile pour les Juifs. Et pourtant ce n'était rien encore comparé à ce qui allait arriver. Un prélude quoi. Le prélude à la grande catastrophe juive.

À cette époque-là, je n'étais encore qu'un petit poisson. Je m'étais vendu au diable. Avec mes bottes et mon uniforme, je m'étais accroché à la roue de l'Histoire, mais je ne pesais pas lourd. Qu'est-ce qu'un petit poisson ? Qu'est-ce qu'un uniforme ? Et qu'est-ce qu'une paire de bottes ? Mais les millions de petits poissons, avec ou sans uniforme, avec ou sans bottes, tous ces petits poissons qui à l'époque ont dit OUI et qui comme moi se sont accrochés à la roue de la fortune... ce sont eux qui l'ont mise en mouvement.

Si à l'époque je tuais déjà des Juifs ? Vous voulez le savoir ? Non, pas à l'époque. Plus tard, plus tard. À l'époque je n'étais que membre. Membre de la SS. Qui me formait. Qui me préparait pour ma mission future.

Voilà l'histoire. Membre j'étais, membre je restais. La SS non plus ne me lâchait pas. Elle avait autant besoin de moi que Slavitzki qui avait toujours eu besoin de moi. Ils avaient besoin de mes mains. Et ils avaient besoin de mes fesses, pour le cas où, sait-on jamais, la grande roue de la fortune sur laquelle nous étions accrochés, la grande roue de l'Histoire, viendrait à changer de sens.

Les Juifs d'Allemagne savaient que la corde autour de leur cou se resserrait. Je veux dire, les Juifs avisés le savaient. Seuls les Juifs cons croyaient encore en 1936 qu'on allait pouvoir renverser le gouvernement de l'intérieur. Beaucoup de Juifs avaient déjà émigré ou étaient sur le point de le faire. Mais beaucoup d'autres, non.

Pour ce qui est des Juifs de Wieshalle, je veux dire : des Juifs des rues Goethe et Schiller, eux, ils restaient. En d'autres termes : ils n'avaient pas émigré. Espéraient-ils un miracle ? Je n'en sais rien.

Les Finkelstein non plus n'avaient pas émigré. J'avais dû me tromper : finalement Chaïm et Itzig Finkelstein étaient des Juifs cons qui ne savaient pas ce qui leur pendait au nez. Même chose pour Sara Finkelstein, femme de Chaïm Finkelstein et mère d'Itzig Finkelstein.

Le sergent Franz Revêche, qui à l'époque ne pouvait pas

savoir que moi, Max Schulz, j'allais devenir quelques années plus tard sergent à mon tour – et même sergent-chef ! – me traitait, moi Max Schulz, le petit poisson, avec une bienveillance toute paternelle.

Un jour le sergent Franz Revêche m'a dit par-dessus son verre de bière : « Max Schulz ! Les Juifs de Wieshalle sont des Juifs cons. Ils ne veulent pas émigrer. »

J'ai dit : « Oui, sergent. »

Mon sergent a roté un coup, trop de bière, et m'a dévisagé avec ses petits yeux bleus rusés. Il a ricané, pensant peut-être aux fesses de ma mère ou à autre chose, il a ôté de son uniforme noir et pimpant quelques fils imaginaires, quelques poussières tout aussi imaginaires, il a roté encore une fois, puis il m'a dit : « Max Schulz ! Que vous ayez bossé il y a quelques années chez ce sale Juif Finkelstein, c'est pas grave. Le passé, c'est le passé. Exact ?

— Exact, j'ai dit. D'ailleurs ça fait un bail que je lui ai donné ma démission à ce Juif. »

Le sergent Franz Revêche a hoché la tête. « Et que vous ayez été ami avec le Juif Itzig Finkelstein, c'est pas grave non plus. Le passé, c'est le passé. Exact ?

— Exact, j'ai dit.

— Votre mère m'a dit que le Juif Itzig Finkelstein avait voulu faire de vous son associé. Exact ?

— Exact, j'ai dit. Mais ça ne s'est pas fait. Primo parce que le vieux Finkelstein se porte comme un charme, et deuzio parce que je suis membre du parti.

— Exact, a dit mon sergent. Exact.

— Exact, j'ai dit. Et voilà l'histoire. »

Mon sergent a vidé sa bière, repoussé sa casquette à tête de mort et lissé ses cheveux trempés de sueur. « Vous ne trouvez pas, Max Schulz, il a dit d'un air finaud, qu'il est grand temps de virer les commerces juifs des rues Goethe et Schiller – je veux dire par là : d'aryaniser le commerce ?

— Grand temps, sergent, j'ai dit.

— C'est pas pour dire, mais ces rues portent les noms de poètes et de penseurs allemands, a dit Franz Revêche.

— Ça s'arrose, sergent », j'ai dit.

Franz Revêche a hoché la tête, vidé sa bière, en a repris une autre et l'a vidée aussitôt. Pendant un moment on s'est regardés en silence. Franz Revêche a recommandé des bières. Et puis encore des bières. Sa soif semblait inextinguible. À un moment il s'est levé et il est sorti en titubant. Quand il est revenu, il m'a gueulé dessus, complètement bourré : « Dites-moi, elles sont comment déjà les maisons rue Goethe et Schiller ?

— Infestées de punaises, j'ai dit.

— Rien à foutre, a dit Franz Revêche en se rasseyant.

Cul aryen, punaise ne craint.

— Oui, sergent, j'ai dit. Punaise ne craint. Et pour ce qui est des logements juifs ?

— Oubliez les logements, a dit Franz Revêche, comme mon beau-père Slavitzki avait dit « Oublie les rats. »

— Priorité aux commerces, a dit Franz Revêche.

— Oui, sergent, j'ai dit. Les commerces !

— Surtout un... celui du Juif Finkelstein !

— Oui, sergent, j'ai dit.

— Vous êtes un bon coiffeur, Max Schulz ?

— Oui, sergent, j'ai dit.

— Et vous savez ce que le Führer a dit des coiffeurs aryens ?

— Oui, sergent, j'ai dit. Le Führer a dit : « Faut pas confondre coiffeur aryen et coiffeur juif. »

— Exact », a dit Franz Revêche.

Franz Revêche a roté, commandé d'autres bières, roté encore un coup, lâché un vent, s'est gratté, et tout d'un coup il a tapé du poing sur la table en hurlant: « Max Schulz ! Vous allez reprendre la boutique... de ce sale Juif Finkelstein ! C'est un ordre !

— Ce n'est pas une boutique, j'ai dit. C'est un salon. Le salon de coiffure L'Homme du monde !

— Alors, a beuglé Franz Revêche, je vous ordonne de reprendre – et il redonna un coup de poing sur la table – le salon de coiffure L'Homme du monde ! »

Petite note en marge : Max Schulz n'a jamais repris le salon de coiffure L'Homme du monde au coin des rues Goethe et Schiller. Son sergent était bourré, c'est tout.

Voilà l'histoire. Il était bourré, c'est tout. Il n'y a pas eu de mandat d'arrêt contre les Finkelstein – du moins pas à l'époque, en 1936. Et même si j'aurais bien aimé reprendre la boutique – pardon : le salon – je n'avais pas mon mot à dire. Je ne pouvais pas arrêter les Finkelstein tout seul vu que je n'étais qu'un petit poisson. Mon sergent aussi n'était qu'un petit poisson, quoique légèrement plus gros que moi.

Voilà l'histoire. Nous avons laissé les petits commerces juifs des rues Goethe et Schiller survivre encore un petit bout de temps, nous les avons laissés souffler un peu, si vous voulez.

Pourquoi ? Vous voulez savoir pourquoi ? Comment le saurais-je ? Je n'étais qu'un petit poisson. Peut-être parce que notre général Helmut von Vocifère a dit : « Tout doux ! Pensez à la presse étrangère, attendez le moment opportun. » Franchement, je n'en sais rien.

Souvent la nuit je restais étendu sur mon lit, éveillé, à regarder dans le noir, les yeux scotchés au soupirail – et dans mon imagination, je voyais des coupures de presse et des gros titres phosphorescents :

LE COIFFEUR JUIF — UN DANGER NATIONAL ! L'ENNEMI DU PEUPLE N°1 ! SA BOUTIQUE : INSTALLÉE EXPRÈS AU COIN DES RUES GOETHE ET SCHILLER. AU COIN ! LÀ OÙ DEUX POÈTES ALLEMANDS SE TENDENT LA MAIN ! C'EST LÀ QU'IL EST VENU SE FOURRER ! LE JUIF ! EXPRÈS ! COMME UN TRAIT DE DÉSUNION. POUR SEMER LA DISCORDE ! POUR EMPÊCHER LES MAINS DE SE JOINDRE ! POUR BOUSILLER L'IDENTITÉ NATIONALE ! ATTENTION DANGER ! SOULÈVE-TOI, PEUPLE ALLEMAND ! SOULÈVE-TOI CONTRE LE COIFFEUR JUIF ! ALLEMANDS, ALLEMANDES : SI GOETHE ET SCHILLER... SI LEURS MAINS TENDUES... ONT POUR VOUS LA MOINDRE SIGNIFICATION... LIQUIDEZ LE JUIF DU COIN !

Et puis d'autres : CAMARADES DU PARTI ! L'HEURE EST VENUE ! C'EST LE MOMENT ! TOUS LES COMMERCES JUIFS CONFISQUÉS ! SANS EXCEPTION ! LES NOUVEAUX PROPRIÉTAIRES ARYENS SERONT COMMANDITÉS PAR LE PARTI !

Souvent, dans ma blouse blanche de barbier, je me tenais aux côtés de Slavitzki, lorgnant vers notre concurrent. Je voyais une enseigne floue sur laquelle était écrit : Changement de propriétaire... Max Schulz, Commerce aryen... Arbre généalogique certifié conforme.

11.

Il n'y a plus grand-chose à raconter. En 1937, notre concierge est mort. Un coup dur pour ma mère. Mais il y en a eu d'autres. D'autres concierges.

Voilà l'histoire. Vous en voulez encore ? Allez, balançons le calendrier, celui de 1937. D'accord ? On en accroche un autre. D'accord ? Celui de 1938 ? Pourquoi ? Où ? Quand ? On s'en fout ! Parce que ! Où on veut ! Quand on veut ! Disons près de mon soupirail ! Disons en automne. Pourquoi en automne ? Et pourquoi pas ?

En novembre 1938, il y a eu un pogrom – que nous avons appelé la Nuit de cristal. Ce jour-là, nous avons donné l'assaut. Enfin, un tour de chauffe, quoi. Partout dans le pays les synagogues étaient en flammes. Les magasins pillés. Les rues couvertes de verre... de verre brisé. Beaucoup de verre. Beaucoup de bris. À Wieshalle comme ailleurs.

La synagogue de la rue Schiller a brûlé toute la nuit. Quelques immeubles voisins ont pris feu. Mais ça, c'était la faute au vent de novembre. Oui, ce putain de vent. La boutique des Finkelstein aussi a brûlé. Voilà l'histoire. Brûlé. Ce carrefour emblématique de la culture allemande, le carrefour des rues Schiller et Goethe, n'était plus. À sa place, un trou béant. Un trou culturel. Si ce trou a été comblé depuis ? Je n'en sais rien. Ce que je sais c'est que je suis parti de Wieshalle peu après.

Je vous fais poireauter, pas vrai ? Ça vous titille, hein, de savoir quand est-ce que je suis devenu meurtrier de masse ?

D'accord : moi, Itzig Finkelstein, à l'époque encore Max Schulz, je vais essayer d'être aussi bref que possible. Vous piaffez d'impatience. Moi aussi.

Voici l'histoire : j'ai continué à travailler chez Slavitzki. Je n'étais pas à plaindre. Vraiment pas. Mais ensuite... ensuite est arrivée cette putain de guerre ! Oui, cette putain de guerre !

L'invasion de la Pologne, ça vous rappelle quelque chose ?

Une petite balade de santé. En 1939. Tranquille.

Si j'en étais ? Non. Je l'ai ratée. La SS m'a fait faire un entraînement à la va-vite pour couvrir les arrières. À la va-vite, j'ai dit, comme soldat de réserve... voyez ce que je veux dire... À la va-vite peut-être, sauf que quand mon unité est arrivée en Pologne, en hiver – c'était l'hiver 39 – l'hiver polonais –, il se trouve qu'en Pologne, la guerre était finie depuis belle lurette.

Ce que j'ai fait, en Pologne, en hiver ? Vous voulez le savoir ? Je me suis emmerdé. Dans le coin, c'était le calme plat. En tout cas dans notre secteur. Tout ce que nous avions à faire, c'était de surveiller quelques villages, quelques cimetières, un bout de forêt... si, si... et un bout de route de campagne tout près de la nouvelle frontière russe, du moins pas très loin. Le calme plat, je vous dis. Pas l'ombre d'un partisan. En tout cas pas dans notre secteur. Surtout que ça faisait un moment que les dirigeants polonais avaient été liquidés. Par les camarades de la SS qui nous avaient devancés. Liquidés, je vous dis. Comme les autres éléments anti-allemands ennemis du Reich... là-bas... dans notre secteur, près de la nouvelle frontière russe, ou du moins pas très loin. Un secteur tranquille. Notre secteur. Le calme plat. Par pur ennui, nous tirions sur les stalactites qui pendaient aux arbres, parfois aussi sur quelques Juifs, parce qu'on n'avait rien de mieux à faire. On les descendait, dans la forêt ou dans des cimetières. Des petits exercices, histoire de ne pas perdre la main. J'ai du mal à me souvenir comment c'était là-bas, tellement il ne s'y passait rien... Dans notre secteur. En Pologne. À l'époque. En décembre 39...

Sauf peut-être un événement marquant. Le seul que je n'aie pas oublié : nous conduisions une poignée de Juifs dans un cimetière pour les fusiller. Mais erreur de cimetière. Il y avait des croix sur les tombes. Les Juifs se tenaient debout devant les croix, tremblants comme des feuilles, incapables de pleurer tellement ils avaient la trouille. Et là, sur l'une des croix, la plus simple et la plus petite, était accroché Jésus Christ. Qui chialait. Et qui dit à mon lieutenant : « Vous m'avez mal compris. Je les ai maudits, d'accord. Mais je voulais juste leur faire peur ! Pour qu'ils se convertissent ! » Et le Seigneur Jésus Christ a continué de chialer sans plus rien dire.

Mon lieutenant s'est mis en pétard et a envoyé quelques balles dans le bide du Christ en pleurs. Et le Christ est tombé de sa croix, mais il n'était pas mort.

Mon lieutenant s'est alors tourné vers moi et il a dit :

« Max Schulz ! Veuillez fermer la gueule à ce faux prophète une fois pour toutes. Vous faites ça mieux que moi. »

Et c'est ce que j'ai fait.

Une fois que j'ai eu fusillé le Christ, nous avons sorti les Juifs du cimetière chrétien, parce que mon lieutenant avait déclaré :

« Deux précautions valent mieux qu'une ! »

Et moi j'avais répondu : « Oui. C'est ce que disait ma mère : deux précautions valent mieux qu'une !

— On ne sait jamais, avait dit mon lieutenant, ce type-là, ce Jésus Christ, il a plus d'un tour dans son sac. Il serait bien fichu de ressusciter encore une fois, badaboum ! »

Nous avons conduit les Juifs dans leur cimetière à eux. Là, nickel, pas de croix. Nous les avons fusillés. Mais bon, il n'y en avait pas beaucoup.

Ce n'est qu'avec la campagne de Russie que c'est devenu vraiment dingue. Einsatzgruppe D dans un secteur au sud de la Russie. Mais ça, c'était bien plus tard. En 41.

Savez-vous comment on fait pour fusiller trente mille Juifs dans un petit bosquet ? Et savez-vous ce que ça signifie pour un non-fumeur ? C'est là que j'ai commencé à fumer.

Êtes-vous fort en calcul mental ? Savez-vous faire des additions à la vitesse de l'éclair ? Si oui, vous savez que c'est difficile, même pour un fort en maths.

Au début je comptais les victimes de la même manière que gamin je comptais les pavés en jouant à la marelle – mais il arrive qu'on s'y trompe. Et plus tard, c'est devenu impossible. Trop épuisant.

Oui. Puis, quoi d'autre ? Ben, j'ai eu une petite crise cardiaque. Trop de putes et trop de clopes, j'ai pensé à l'époque. On m'a transféré aux arrières. C'est-à-dire : encore plus loin en arrière, car à l'époque on avançait encore gaiement. Et notre secteur dans le sud de la Russie, c'était déjà les arrières.

J'ai été transféré en Pologne. Rebelote la Pologne. Que je connaissais déjà. Le pays des cimetières aux croix étranges. Vous connaissez le camp de concentration de Laubwalde ? Autrefois le patelin avait un nom polonais. Mais nous l'avons rebaptisé : Laubwalde !

Un endroit de rêve, entouré de forêts.

Il y avait deux cent mille Juifs à Laubwalde. Nous les avons tués. Tous. Deux cent mille ! Mais ça restait un petit camp, car la plupart des prisonniers on les refroidissait dès leur arrivée. C'était pratique. Comme ça nous n'avions jamais trop de monde à surveiller. Comme je l'ai dit, un petit camp !

Deux cent mille, un chiffre à cinq zéros. Vous savez comment on fait pour effacer un zéro ? Vous avez une idée de comment supprimer plusieurs zéros ? Et pour finir le chiffre deux... qui n'est pas un zéro ? Vous savez comment on s'y prend ?

Moi, je le sais, parce qu'à l'époque j'ai été « coresponsable » comme on dit, même si je ne me rappelle plus le nombre exact de prisonniers que j'ai fusillés, frappés à mort ou pendus. Et pourtant, quelle époque paisible que celle de Laubwalde. Quand on y pense, d'autres risquaient leur vie au front.

J'ai servi à Laubwalde jusqu'à la fin de la guerre, c'est-à-dire : jusqu'à ce jour mémorable où, pour moi, Max Schulz, plus tard Itzig Finkelstein, la guerre a été finie pour de bon.

LIVRE DEUXIÈME

1.

Madame Holle avait deux jambes. L'une aryenne, l'autre non. La non-aryenne était en bois. Elle l'attachait le jour et la détachait tard le soir avant d'aller se coucher.

Madame Holle avait la mauvaise habitude de lire au lit. À la lumière d'une bougie parce qu'il n'y avait pas encore l'électricité dans la rue Nietzsche détruite par les bombardements. Quand Madame Holle était plongée dans sa lecture, elle oubliait sa jambe de bois accrochée sur le long mur de son appartement en sous-sol, au pied de son lit, sur un clou rouillé et légèrement tordu. Mais parfois, quand la flamme de la bougie vacillait, elle levait les yeux machinalement, voyait la jambe de bois, voyait aussi l'ombre obscure de celle-ci sur le mur, voyait l'ombre bouger, prenait peur, s'apprêtait à bondir hors du lit solitaire, mais se ravisait et affolée rentrait sa jambe, entendez l'aryenne. L'ombre de la jambe de bois était une ombre bizarre. Non seulement elle avait un corps, mais aussi un visage. Qu'une ombre puisse bouger à la lueur d'une bougie vacillante, Madame Holle le comprenait. Elle pouvait aussi comprendre qu'une ombre puisse danser, parfois même bondir bizarrement sur le mur comme pour se jeter sur le lit solitaire d'une femme solitaire et apeurée telle que Madame Holle, une femme aryenne avec deux jambes le jour et une seule, mais aryenne, la nuit, recroquevillée de peur. Mais qu'une ombre pût sourire méchamment, et de mille manières, cela Madame Holle ne le comprenait pas.

En 1942, l'année où les troupes allemandes atteignirent la Volga, l'ombre de la jambe de bois, non aryenne n'est-ce pas, fit un drôle de rictus : c'était un sourire désespéré, comme celui de quelqu'un qui aimerait pleurer sans y parvenir. Après la chute de Stalingrad, le rictus se mua en sourire plein d'espoir. Et plus tard, bien plus tard à vrai dire, quand les Russes furent presque aux portes de Berlin, l'ombre afficha un sourire perfide, oui perfide, comme celui d'un Russe ou d'un Juif apercevant une femme allemande sans défense. Mais depuis l'effondrement du Reich et de la Grande Allemagne, l'ombre arborait des sourires franchement radieux et semblait pouffer de rire intérieurement.

La nuit Madame Holle avait peur. Mais au petit matin, quand l'aube faisait fuir le fantôme, sa peur se dissipait aussi et sa rage accumulée explosait. Alors enfin elle osait engueuler sa jambe de bois. Ça pour gueuler, elle gueulait, Madame Holle ! « Saleté de russkoff », qu'elle gueulait pour se mettre en train, « Enfoiré de russkoff, violeur de femmes, salaud de juif, youtre, führericide, salopard, sale bridé, sibérien ! »

Ce matin comme tous les matins Madame Holle engueula sa jambe de bois, se calma au bout d'un moment, se racla la gorge, cracha, frotta son oreille gauche, puis la droite, se gratta le derrière avec la main gauche, puis la droite, glissa hors du lit solitaire, décrocha la jambe de bois, mit les sangles, se frotta les yeux, bailla, pensa que sans la non-aryenne ce serait l'entorse assurée pour l'aryenne, pensa : Quelle merde, pensa : aujourd'hui tu as dormi plus tard que d'habitude, il doit bien y avoir une raison. On est quel jour aujourd'hui ?

Le 5 août 1945 ! Aujourd'hui, c'est ton anniversaire ! Nom d'un chien ! Ça se fête ! Mais comment ? Et avec qui ?

Madame Holle chantonna, avec une joie de circonstance. Elle s'habilla en se tortillant. Elle mit son fichu noir, superflu en cette saison, pensa : C'est parce que tes cheveux sont gris et tout pleins de nœuds ! Avant de sortir, elle jeta un long regard dans la glace sans tain accrochée sur le bout de mur à côté de la vieille armoire éraflée, et contrariée du résultat recommença à jurer : T'as l'air d'une vieille paysanne : une paysanne avec une jambe de bois. Elle est passée où la chair ? Regarde-moi cette tronche : large, osseuse, un triangle sous un fichu noir. Et ces longues dents jaunes, saillantes. Plus jaunes qu'avant. Mais pas plus courtes !

Madame Holle ferma soigneusement la porte de son sous-sol. On ne sait jamais. Elle voulait faire des commissions. Au marché noir. Elle n'avait rien avalé depuis la veille et elle avait des nœuds à l'estomac. « Va falloir vendre ton alliance, je te le dis », marmonna-t-elle tandis qu'elle montait péniblement les marches clopin-clopant. — « Il n'y a pas le choix. — Si Günther le savait — Bof, les Russes l'ont sûrement chopé ! — Au marché noir tu trouveras peut-être des œufs, du pain, du lait, des cigarettes — Saleté de marches, défoncées par les bombes — Tu finiras par te casser le cou — Manquerait plus que ça, maintenant que la guerre est finie — Saleté de jambe de bois — Maudite jambe de bois ! »

Arrivée en haut, s'apprêtant à sortir dans la douce chaleur d'un matin d'après-guerre dans la bonne ville allemande de Warthenau, elle entendit derrière elle un bruit dans le couloir. Elle entendit une porte grincer, quelqu'un siffloter doucement, une porte se fermer, et elle pensa : Ça, c'est Willy Holzhammer. Elle se retourna et attendit.

2.

Le père de Willy Holzhammer était tombé en Russie. Il avait laissé tout un tas de vêtements en bon état que la mère de Willy avait vendus. Même le complet bleu que Willy avait toujours voulu avoir. Aujourd'hui, Willy se baladait en marcel, pantalon militaire, casquette de G.I. Et pour parfaire cet accoutrement il portait les vieilles sandales de son père, achetées en 1938, parce que les siennes ne lui allaient plus.

Willy Holzhammer avait seize ans : un grand échalas, le visage criblé de taches de rousseur, les cheveux roux coupés en brosse, un petit nez retroussé, des petits yeux noirs d'insecte et une bouche si large qu'elle semblait ricaner en permanence. Quand Willy riait aux éclats, on s'apercevait qu'il lui manquait trois dents de devant. Il les avait arrachées lui-même. Willy Holzhammer se faisait rarement du mauvais sang. Ce qui le tracassait le plus, c'était l'absence de poils sur son torse ; rien ne voulait pousser. Pour accentuer sa virilité Willy s'était fait faire un tatouage : une femme nue avec une sacrée bonne paire, bien en évidence sur son biceps gauche.

Willy Holzhammer vivait avec sa mère au rez-de-chaussée, juste au-dessus du sous-sol de Madame Holle. Comme les étages supérieurs s'étaient effondrés sous les bombardements, le rez-de-chaussée était le dernier étage. Les chambres de l'appartement de Willy Holzhammer n'avaient plus de plafond, ce pour quoi il n'était réellement habitable qu'à la belle saison. Allongé dans son lit, Willy pouvait prendre des bains de soleil ou, la nuit, observer les étoiles. En été c'était plutôt sympa. Mais quand il pleuvait, pas trop. La mère de Willy se dépêchait alors de recouvrir les quelques meubles avec des couvertures et du papier d'emballage, puis Willy et sa mère s'abritaient sous la vieille tente qu'on gardait au salon toujours prête à l'emploi – relique des Jeunesses hitlériennes.

Les murs du grand salon étaient impec. Le sol ne représentait pas de réel danger non plus. Il n'allait pas s'effondrer de sitôt. Bon, il y avait le trou à côté du lit de Willy, il faudrait quand même penser à le maçonner un de ces quatre, bonne résolution que Willy remettait toujours à plus tard, car ce trou – comme disait Willy – avait du bon ! Il était situé presque au-dessus du lit solitaire de Madame Holle, et parfois, quand Willy jetait un œil dans l'appartement du sous-sol, il voyait des choses que plus d'un aurait aimé voir. Mieux qu'au cinéma, se disait toujours Willy. D'autant que pour le cinéma il fallait payer, quand le spectacle dans le sous-sol de Madame Holle était à l'œil.

Ce matin-là, Willy Holzhammer s'était levé de bonne heure. Peu après six heures il avait été réveillé par quelqu'un qui frappait violemment à la porte : un inconnu. Un type aux yeux de grenouille. Qui demandait Madame Holle. Willy lui avait dit : « Ouais, elle habitait au cinquième étage, mais il a été détruit – le cinquième comme les autres. Ça se voit, non ? Maintenant elle crèche au sous-sol, juste en dessous. » Sur quoi l'homme était reparti d'un pas traînant.

Willy ne s'était pas recouché. Comme il n'y avait pas d'eau dans la maison, il s'était dit : autant aller en chercher tôt le matin avant que la queue soit trop longue. Il était parti à la grande pompe rue des Bouchers et en avait rapporté deux pleins seaux d'eau fraîche. Sa mère lui avait préparé un bon petit-déjeuner : du pain d'après-guerre pâteux, de la confiture maison et de l'ersatz de café. Il n'avait pas le droit de fumer devant elle, donc sitôt le petit-déjeuner fini il s'était éclipsé pour s'en griller une devant la porte de l'immeuble – une Philip Morris – et comme il franchissait la porte, casquette de G.I. bien enfoncée, sifflotant, il remarqua la présence de Madame Holle, qui attendait dans l'entrée.

« Tiens, Willy, dit Madame Holle.

— Bonjour, dit Willy.

— Quand est-ce que tu vas enfin boucher ce trou dans le plafond de ma chambre ?

— Quand j'aurai le temps, dit Willy.

— Et pour les pommes de terre, alors ?

— Quelles pommes de terre ?

— Que tu m'as promises.

— On n'en a pas en ce moment.

— Ah bon ! dit Madame Holle, fronçant le nez. Vous êtes chez moi, oui ou non ? Si vous ne payez pas votre loyer, au moins filez-moi les pommes de terre.

— Et pour la pluie, alors ? dit le garçon. Et le plafond, il est où, hein ? Allez, ne vous énervez pas, vous les aurez vos pommes de terre, quand on en aura. »

Madame Holle toisa le garçon de la tête aux pieds. Elle détailla : casquette de G.I., taches de rousseur, cou sale, marcel, pantalon militaire, sandales. Elle pensa : quinze ans peut-être ? Ou seize ? La fleur de l'âge.

Son visage se radoucit.

Elle dit : « D'accord. Bonjour à ta mère. Dis-lui de ne pas oublier. Les pommes de terre, j'entends. Et passe me voir quand tu auras le temps... mais prends garde que ta mère ne s'aperçoive de rien. »

Large sourire du garçon qui dit : « Vous êtes trop vieille pour moi. D'ailleurs, je sors avec une jeune.

— Trop vieille ? Combien tu me donnes ? dit Madame Holle.

— 59.

— 49. »

Le garçon éclata de rire. Il vit Madame Holle cracher par terre, vexée, se retourner brusquement et s'éloigner en clopinant. Il aurait voulu lui crier après : « Et pas plus tard qu'hier je me suis tapé une vierge – pour une Philip Morris », quand soudain quelque chose lui traversa l'esprit.

« Madame Holle ! »

Le garçon lui courut après, la rattrapa en quelques foulées, et la saisit par la manche.

« Qu'est-ce qu'il y a encore ? 59, hein ? J'ai bien entendu ?

— C'était pour blaguer, dit le garçon.

— C'est pas drôle, dit Madame Holle. Y a qu'un russkoff pour trouver ça drôle.

— Oui, dit le garçon.

— Ou un Amerloque, dit Madame Holle. Lui aussi trouverait ça drôle.

— Tu m'étonnes, dit le garçon.

— Alors, qu'est-ce qu'il y a ? Qu'est-ce que tu me veux ?

— Rien du tout, dit le garçon, tripotant sa casquette. Ce matin, de bonne heure, un homme a frappé à notre porte. Il a demandé s'il y avait une Madame Holle ici.

— Ah booooon, dit Madame Holle. Et c'était qui ?

— Il a pas dit son nom, dit le garçon. Je lui ai dit que vous habitiez au sous-sol.

— Ouais, ouais, dit Madame Holle.

— Il a frappé chez vous ? demanda le garçon.

— Ça se peut, dit Madame Holle. Mais aujourd'hui, pour

une fois, j'ai dormi tard. Peut-être que je ne l'ai pas entendu, ton bonhomme.

— Un type bizarre, dit le garçon.

— Ah booooon, dit Madame Holle.

— Un type avec des yeux de grenouille, dit le garçon.

— Je ne connais pas de type avec des yeux de grenouille.

— Et un nez crochu, dit le garçon. Et des lèvres charnues. Et des dents pourries.

— Je ne connais pas de type comme ça, dit Madame Holle.

— Il avait l'air d'un Juif, dit le garçon.

— Je ne connais pas de Juif », dit Madame Holle.

Madame Holle voulut continuer son chemin, mais le garçon ajouta :

« Vous savez, ils reviennent des camps.

— Tu veux dire... ceux qui... il en reste ?

— Oui, dit le garçon. Vous avez lu les journaux ?

— Je ne lis pas les journaux, dit Madame Holle. C'est rien que des bobards.

— Six millions de Juifs assassinés, dit le garçon.

— Des bobards, Willy », dit Madame Holle.

3.

Madame Holle se fraya un chemin clopin-clopant à travers le champ de ruines. Ici la guerre avait fait des ravages. La rue Nietzsche n'avait toujours pas été rouverte à la circulation, car la chaussée était trouée de cratères béants laissés par les bombes. Entre les décombres et les éboulis des murs effondrés gisaient des carcasses de voitures déchiquetées, des chars calcinés enfouis sous les débris, parfois même retournés sur le dos comme des scarabées morts. Les ruines s'alignaient comme des piquets le long du trottoir éventré, avec sur leurs lèvres de pierre un cri silencieux, comme un ultime passage en revue, comme pour répondre une dernière fois avant de mourir à l'appel du soleil éblouissant. Le soleil était dans le camp des vainqueurs. Le soleil voyeur plantait son regard dans l'orbite vide des fenêtres, l'air de vouloir éclairer le champ de ruines pour que le bon Dieu puisse en faire une photo. Il adressait des sourires en coin aux bipèdes déguenillés qui marchaient d'un pas ferme ou boiteux. À la vue de la jambe de bois de Madame Holle, il éclata d'un rire railleur.

Madame Holle ne prêta pas attention au soleil. Elle traversa la place Adolf Hitler salie par les fientes des oiseaux de l'été, se demanda : Comment elle s'appelle maintenant ?, ne vit pas de panneau, maudit intérieurement les oiseaux de l'été, pensa au Führer mort, retint ses larmes, pensa à l'alliance qu'elle allait vendre, au pain et aux œufs, au lait et aux cigarettes. Elle repensa à sa conversation avec le garçon : « Vous êtes trop vieille pour moi» – et puis: «59!» Petit morveux! Et cet homme qui la cherchait? C'était qui? L'homme aux yeux de grenouille?

Dans la rue Mozart elle remarqua des équipes qui travaillaient à déblayer, la mine renfrognée. Pas étonnant! Comme si ça avait encore un sens de déblayer maintenant que tout était foutu. La rue Mozart n'était pas autant détruite que la rue Nietzsche, elle était même praticable pour les véhicules de l'occupant, et Madame Holle, qui ne prêtait pas attention au soleil, se demanda à présent: Seigneur, pourquoi fallait-il que ça tombe sur la rue de ce brave Nietzsche? Après tout lui aussi n'était qu'un musicien, non? De temps à autre, Madame Holle rencontrait des soldats américains, voire des officiers. Certains mâchaient du chewing-gum, d'autres pas. Certains allaient à pied, d'autres en jeep. À eux non plus, Madame Holle ne prêta pas attention.

Le trajet était long de la rue Nietzsche jusqu'au marché noir à l'autre bout de Warthenau. Et traverser le ventre creux toutes ces rues bombardées, détruites, en clopinant sur une jambe de bois d'origine douteuse, pour une femme de cinquante-neuf ans qui n'en avait que quarante-neuf, ce n'était pas franchement une partie de plaisir.

Madame Holle avait été violée par des Russes. Ça s'était passé à Berlin, les premiers jours de mai 1945.

Cinquante-neuf fois exactement, pensa Madame Holle qui sentit la colère monter. Elle essaya d'accélérer le pas tout en sachant parfaitement que Warthenau était sous occupation non pas russe mais américaine. — Cinquante-neuf fois! Pas étonnant qu'on fasse cinquante-neuf ans! Les porcs! Même la jambe de bois ne les a pas arrêtés.

Fin mai, Madame Holle était partie pour Warthenau. Car Madame Holle était originaire de Warthenau. Et Madame

Holle possédait une maison à Warthenau. Rue Nietzsche. Au 59. Chiffre maudit. Mais on ne pouvait pas le changer. Elle ne pouvait pas le changer, pas vrai ? Seules les autorités pouvaient le changer, non ? Déménager, alors ? Elle n'en avait pas envie non plus. Après tout, c'était sa maison. Et la maison de Günther.

Et Günther, c'était son mari. Et quand il reviendrait de la guerre, il dirait aux gens : « Je cherche le numéro 59. Une femme avec une jambe de bois. »

Cette histoire avec les Russes, il ne faut surtout pas que Günther l'apprenne, pensa Madame Holle. Elle ralentit, car clopiner à toute allure le ventre creux n'était pas un jeu d'enfant.

Ne reste pas à Berlin. Voilà ce que son mari, le caporal SS Günther Holle, lui avait écrit de Pologne – allemande à l'époque. Elle lui avait répondu : « Notre maison s'est effondrée. Le cinquième étage est foutu. Le quatrième, idem. Et le troisième. Et le deuxième. Et le premier. Le rez-de-chaussée tient bon... mais il n'a plus de plafond. Et la cave tient aussi. Avec un plafond, mais il y a un trou. Assez grand, même. Mais, mon Günther : tu me vois vivre dans une cave ? Tu connais la réponse ! Non, Günther, pas question. Je reste chez tes parents à Berlin. L'appartement à Berlin n'a pas encore été bombardé. »

Puis les Russes étaient arrivés. Et l'avaient violée cinquante-neuf fois. Et même la jambe de bois ne les avait pas arrêtés. Fuir la capitale pour rejoindre Warthenau quand on a une jambe aryenne et une autre qui ne l'est pas, rester digne quand on boîte, quand on a des douleurs aux fesses et aux parties génitales, les seins mordus jusqu'au sang et les ongles cassés, ça n'était pas une mince affaire – même si ce voyage à Warthenau est arrivé trop tard – mais mieux vaut tard que jamais – il ne fallait surtout pas que Günther l'apprenne – cette histoire avec les Russes – quand Günther reviendrait de la guerre – pourquoi est-ce qu'il ne reviendrait pas ? – d'autres sont bien revenus, non ? – oui, ce jour-là, elle lui dirait : « Günther ! Le cinquième étage est foutu. Le quatrième, idem. Et le troisième. Et le deuxième. Et le premier. Le rez-de-chaussée tient bon... mais il n'a plus de plafond. Mais la cave, c'est toujours une belle cave ! Il faudrait juste changer le numéro de la maison. Toi qui es de la SS, Günther, un caporal SS, tu ne pourrais pas faire quelque chose ? »

Le marché noir se déroulait dans la vieille ville, dans les petites ruelles sinueuses derrière l'hôtel de ville et la porte de Bonne-Espérance. Malgré les descentes quotidiennes et les coups de matraque des casques blancs de la police militaire, le commerce allait bon train. Madame Holle ne comprenait pas grand-chose aux combines du marché noir, mais elle était convaincue qu'il n'y avait rien au monde qu'on ne pût acheter sur celui de Warthenau. Chaque fois qu'elle s'y rendait, Madame Holle pensait en elle-même : Seigneur – tout ce marchandage ! Si le Führer savait ! Il descendrait du ciel pour y mettre bon ordre !

Madame Holle détestait le marché noir, et elle avait dit il y a peu à Willy : « L'Allemagne est devenue un repaire de brigands. Partout fleurit le marché noir. À croire que nous nous sommes battus pour instaurer le marché noir ! C'est une honte. Pas vrai, Willy ? »

Et le garçon avait dit : « Oui, Madame Holle. »

Et elle avait dit : « Le peuple allemand se meurt de faim. Et ces gens-là se ruent sur ce maudit marché noir pour y vendre le peu qu'il leur reste. C'est une honte ! Le marché noir est une honte. »

Et Willy avait dit : « La faute aux Juifs. »

Et Madame Holle avait dit : « Oui, c'est vrai, Willy. »

Et Willy avait dit : « L'autre jour, j'étais à la campagne chez des paysans. Ils planquent les vivres et pratiquent des prix d'usurier. Comme les Juifs. »

Et Madame Holle avait dit : « Willy, les paysans allemands, c'est tous des Juifs. »

Et Willy avait dit : « Oui, Madame Holle, c'est vrai. »

Et Madame Holle avait dit : « Tu crois que le Führer savait que les paysans allemands étaient juifs ? »

Et Willy avait dit : « Je ne sais pas, Madame Holle. »

Quand Madame Holle arriva au marché noir, elle était en nage. Cette longue trotte avait réveillé des douleurs dans son pied gauche, dans le moignon de sa jambe droite, et même dans sa canne.

Les bombes avaient épargné la vieille ville. Les vénérables maisons y étaient toujours debout, enracinées dans la terre. Loin d'en vouloir au ciel, elles semblaient ronronner comme des chats au soleil. Somnolentes et placides, elles regardaient du haut de leurs petites lucarnes, sous les toits d'ardoise pentus, les ruelles sinueuses derrière l'hôtel de ville et la porte de Bonne-Espérance. La foule déambulait dans l'ombre des vieilles maisons, en chuchotant, et Madame Holle se demanda : Seigneur, pourquoi seuls les toits ont-ils une place au soleil ? Pourquoi les ruelles sont-elles dans l'ombre ? À cause du marché noir ? C'est vrai qu'ici — Seigneur ! regardez-moi ça, rien que de la racaille qui craint la lumière et le soleil. Mais qu'est-ce que je fais ici ? Si Günther savait ! Si le Führer savait ! La foule absorba Madame Holle, la bouscula, l'emporta dans son courant. La vieille à côté d'elle chuchota : « Vous voulez une paire de bas ? Une poêle à frire ? J'échange aussi des dollars. Vous ne connaîtriez pas quelqu'un avec une dent en or ? Je veux dire, qui voudrait bien se l'arracher ? » — La vieille avait saisi son bras. Madame Holle se dégagea, agacée. Elle pensa : dent en or ! M'en arracher une ? Puis quoi encore ! De toute façon, t'en as pas. Mais tu as faim. Et tu as ton alliance. Et elle est en or. Nom de Dieu, quelle chaleur. Pourtant on ne voit pas le soleil.

La vieille avait disparu. Madame Holle avait le tournis, tant de visages, tant de voix, tant de faim, tant de chaleur étouffante. À l'ombre d'un porche, elle aperçut une fermière avec un immense panier en osier et un homme bien mis qui faisaient des messes basses. La fermière sortit du lard et du pain de son panier, l'homme releva sa manche et lui montra une collection de montres. Seigneur, pensa Madame Holle, tant de montres sur un seul bras ! Comme à Berlin ces maudits Russes ! Elle voulut s'arrêter un instant pour voir la suite, pour voir de plus près le lard, le pain, les montres, mais elle fut bousculée, poussée en avant sur le trottoir, et du trottoir sur la chaussée, et de la chaussée de nouveau sur le trottoir. Dans le caniveau, un cul-de-jatte fixa d'un œil envieux sa jambe intacte. À ses côtés, une fillette, douze ans peut-être, flirtait avec un major américain. Madame Holle fut heurtée si violemment qu'elle trébucha et se serait cassé la figure si le major ne l'avait pas rattrapée à temps.

« Sorry », dit le major.

Madame Holle n'avait aucune idée de ce que « sorry » pouvait bien vouloir dire. Le mot sonnait un peu comme « souci ». À peine remise sur ses deux jambes, l'aryenne et l'autre, elle esquissa un sourire forcé.

« Des soucis, qui n'en a pas de nos jours, dit-elle au major. Pas vrai ? Les soucis avec l'oncle Sam c'est toujours mieux que la protection du russkoff. C'est que des violeurs et des salauds. »

Le major hocha la tête bien qu'il ne comprît pas un traître mot d'allemand. Il lui dit quelque chose dans sa langue, sa langue venue d'ailleurs, que Madame Holle ne comprenait pas. Mais elle hocha la tête pour faire comme le major. Le cul-de-jatte dans le caniveau fixait toujours sa jambe intacte avec envie. Madame Holle lui tira la langue. Le major le vit et éclata de rire.

« Il n'a pas le droit de vous parler, dit soudain le cul-de-jatte. C'est contraire à la règle de *non-fraternization.*

— Ça veut dire quoi ? demanda Madame Holle.

— Qu'il n'a pas le droit de faire des galipettes dans votre lit », dit le cul-de-jatte pouffant de rire. Il rampa plus près d'elle en découvrant ses chicots noirs.

Madame Holle avait bien envie de lui envoyer un « je t'emmerde. Il cause bien avec la petite », mais elle n'en eut pas le temps car la foule déjà l'emportait. Le major la suivait. Lui-même suivi par la petite. Il est grand, maigre et dégingandé, ce major, pensa-t-elle. Toujours à bouffer leur chewing-gum ces types-là ! Mais pas lui. Le dessus du panier, probablement. Mais vieux. La soixantaine ? Au moins. Il a une coupe en brosse. Chouette. Mais grise. Dommage. Gris blanc !

« Ça vous dirait d'acheter une bague en or ? demanda Madame Holle en lui montrant l'alliance. Faut pas que mon Günther l'apprenne. Mais je suis obligée de la vendre. »

Le major rit, mais ne dit rien. Il lui montra sa propre alliance, resta un bon moment les yeux dans le vague, puis se mit à parler comme un moulin – dans une langue à laquelle elle ne comprenait rien.

Madame Holle n'avait pas remarqué qu'ils étaient en train de dépasser l'hôtel de ville – à vrai dire c'était la foule qui les avait poussés – et arrivaient devant la porte de

Bonne-Espérance. Madame Holle chercha la petite du regard, mais ne la vit plus nulle part. Envolée, pensa-t-elle. Ma foi. C'est peut-être mieux comme ça. Douze ans... à cet âge, je jouais encore à la poupée. Le major lui dit encore quelque chose qu'elle ne comprit pas, puis lui désigna du doigt une Mercedes noire réquisitionnée, garée sous la porte de Bonne-Espérance, juste sous l'arche de pierre. Quand ils furent à hauteur de la voiture, la portière – la portière arrière – s'ouvrit soudainement et Madame Holle, malgré elle, monta. Le major monta aussi et prit place à ses côtés. Au volant, un autre type à chewing-gum, mais plus jeune que le major. Lui aussi coiffé en brosse. Mais blond. Le major s'adressa dans sa langue étrangère au type assis au volant qui se retourna et lui dit dans un allemand impeccable :

« Le major voudrait savoir si vous aimez les conserves.

— Oui, dit-elle. J'aime bien ça. Vous êtes allemand ? »

L'homme au volant dit en riant : « Non, mais mes parents oui. Je suis américain.

— Ah, d'accord, dit Madame Holle. Pour en revenir aux conserves... sûr... j'adore ça.

— Le major voudrait savoir s'il peut coucher avec vous ce soir, dit l'homme au volant.

— Je n'y vois pas d'inconvénients, dit Madame Holle. Dites, c'est des conserves de quoi ?

— Corned-beef, dit l'homme au volant.

— Vous savez, j'étais partie pour vendre mon alliance, dit Madame Holle.

— Mais enfin, une alliance, ça ne se vend pas, dit l'homme au volant.

— Oui, c'est pas faux, dit Madame Holle.

— Votre mari est encore retenu prisonnier, c'est ça ? » demanda l'homme au volant.

Et Madame Holle dit : « Je n'en sais rien. Il était en Pologne.

Je n'ai pas de nouvelles.

— Qu'est-ce qu'il a fait en Pologne ? » voulut savoir l'homme au volant.

Et Madame Holle dit : « Je n'en sais rien. »

Madame Holle prit ses aises, allongea sa jambe de bois, replia la jambe saine, se renversa sur le siège capitonné, fit un large sourire au major et pensa : Pas la peine qu'il sache que mon Günther a pris part à des exécutions de masse. Il ne comprendrait pas. Tu aurais beau lui expliquer : c'était des ennemis du peuple ! Günther n'a fait que son devoir ! Sur ordre du Führer ! Et un ordre est un ordre ! Un type comme lui ne peut pas comprendre. Un type à chewing-gum.

« Écoutez, dit l'homme au volant, prenant un ton sérieux : le major vous propose trois boîtes de conserve pour le premier coup, cinq pour le deuxième, sept pour le troisième. Et ainsi de suite. C'est ce qu'on appelle un tarif progressif. Ou encore : du fair-play.

— Ça marche, dit Madame Holle, mais demandez au major s'il a bien vu la jambe de bois.

— Il l'a vue, dit l'homme au volant. Mais ça ne le dérange pas. Au contraire !

— Ça veut dire quoi ? demanda Madame Holle.

— Sa femme en Amérique en a deux, dit l'homme au volant. Je veux dire deux vraies jambes. Mais deux vraies jambes ou pas, c'est un mauvais coup.

— Ah bon ? dit Madame Holle. Qu'est-ce que c'est que cette femme ?

— Une Américaine, dit l'homme au volant. Qui lit le journal pendant que le major la grimpe. »

Madame Holle hocha la tête.

« Moi, je ne lis pas les journaux, finit-elle par dire. C'est rien que des bobards. »

L'homme au volant fit comme s'il n'avait pas entendu. Il s'alluma une cigarette, souffla la fumée contre le pare-brise, se retourna complètement et lui dit : « Bon. Écoutez. Le major a un complexe. Vous savez ce que c'est ?

— Non », dit Madame Holle.

Large sourire de l'homme au volant : « Le major a été psychiquement castré par sa femme en Amérique. Il souffre d'un complexe d'infériorité. Et les femmes à deux jambes, deux vraies jambes, ça l'angoisse. Il lui faut une unijambiste.

— C'est ça un complexe ? demanda Madame Holle.

— Oui, dit l'homme au volant, un complexe, c'est ça. »

Maintenant au tour du major de s'allumer une cigarette. Il marmonna quelque chose qui ressemblait à une excuse et lui offrit également une cigarette en disant : « Philip Morris ! »

« Philip Morris ! dit Madame Holle. Je ne dis pas non, mais je la fumerai plus tard. Jamais l'estomac vide. »

Madame Holle prit la cigarette sans dire merci et la fit disparaître dans son sac à main. Elle se pencha en avant et dit à l'homme au volant : « J'ai perdu ma jambe en 33. Le jour où le Führer a pris le pouvoir. La gangrène, ont dit les docteurs. Comme ça. Venue de nulle part. Ça a commencé à me faire mal peu de temps avant. Voilà toute l'histoire. Et Günther a dit que c'est les Juifs qui m'ont jeté un sort, cet hiver-là. Fallait justement que ça tombe ce jour-là. Mais bon, on n'y peut rien. C'est aussi ce qu'a dit mon Günther.

— Alors, ça marche ? dit l'homme au volant. Vous êtes d'accord ? Tarif progressif ?

— Bon, d'accord, dit Madame Holle.

— Plus il tire de coups, plus vous aurez de conserves, dit l'homme au volant.

— Bon, d'accord, dit Madame Holle. Mais il n'a pas l'air de quelqu'un qui peut tirer beaucoup de coups à la suite. Il a la soixantaine. Au moins.

— 59 », dit l'homme au volant.

4.

Ils allèrent jusqu'à la rue Mozart, au coin de la place Adolf Hitler. Là, la Mercedes s'arrêta car la chaussée était réduite à un tas d'éboulis et de gravats.

Madame Holle dit à l'homme au volant : « C'est plus très loin. On fera le reste à pied. »

L'homme au volant dit : « OK.

— OK, dit Madame Holle, qui n'avait aucune idée de ce que ça voulait dire.

— Dommage qu'on ne puisse pas continuer en voiture, dit l'homme au volant. J'aurais préféré déposer le major devant chez vous. Mais ce qui est impossible est impossible. Je dirai au major que je l'attendrai avec la voiture ici, à ce même coin, demain matin à dix heures.

— OK, dit Madame Holle, qui n'avait aucune idée de ce que ça voulait dire. Donc, demain, dix heures, ici. Mais pour ça il faudra que je le chasse du plumard dès neuf heures.

— Oui, faites », dit l'homme au volant, et il éclata de rire. Et Madame Holle éclata de rire. Et le major éclata de rire.

Avant de descendre de la voiture, le major sortit un grand cabas ouvert de dessous le siège et Madame Holle put voir qu'en plus des boîtes de conserve il y avait également des bouteilles de whisky. Le major lui prit le bras. Ils marchèrent lentement, bien que Madame Holle eût préféré accélérer le pas, car son estomac gargouillait comme un siphon d'évier.

Et elle recommençait à avoir le tournis. Mais le major prenait son temps.

« Une chance que je n'aie pas laissé l'ouvre-boîte à Berlin, dit Madame Holle. Mais non, je l'ai emporté. Un modèle d'avant-guerre. Un ouvre-boîte extra. »

Le major rit et Madame Holle dit : « Je n'ai pas de vraie cuisine, mais j'ai une belle table de cuisine. Il est là, l'ouvre-boîte... je veux dire, dans le tiroir de la table de cuisine. Et quelle table de cuisine, je vous dis pas, une vraie de vraie ! Vous savez, j'habite à la cave. C'est pour ça que je n'ai pas de vraie cuisine, seulement une vraie table de cuisine. — Là-bas, chez vous, est-ce qu'il y a aussi des gens qui vivent dans des caves ? Elles sont comment les caves chez vous ? Comme chez nous, tout en longueur ? Avec deux fenêtres d'où on voit la rue par en dessous, jamais du dessus ? Et d'abord, pourquoi ne peut-on jamais voir la rue du dessus ? On dit bien "fenêtre sur rue" ! J'aimerais bien le savoir ! Je reçois quand même de la visite de temps en temps, soit dit en passant. Tenez, rien que ce matin, un homme est passé pour me voir. Il a frappé. Mais je dormais encore. Il aurait dû frapper plus fort, c'est tout ! Un type avec des yeux de grenouille. C'est ce qu'a dit le jeune Willy. Des yeux de grenouille, un nez crochu, des lèvres charnues et des dents pourries – un type qui avait tout l'air d'un Juif. Ils ressemblent à ça, les Juifs ?

J'aimerais bien savoir qui c'était. Et vous, vous ne connaîtriez pas quelqu'un avec des yeux de grenouille par hasard ? Ça doit être un drôle de zozo. »

Le major rit, hocha la tête et lui dit quelque chose dans sa langue farfelue.

Madame Holle ferma la porte à double tour, et comme si ça ne suffisait pas, elle tira encore le verrou en fer rouillé qui grinçait, ce qui lui tapait sur les nerfs. Elle boucha les fentes de la porte avec du papier d'emballage pour que le type aux yeux de grenouille, si jamais il revenait frapper encore une fois, ne puisse regarder dans l'appartement. Après quoi elle prit bien soin de suspendre des couvertures aux deux fenêtres sans rideaux.

Tout d'un coup le major eut l'air pressé car il s'était déjà dévêtu et se tenait nu comme un ver à côté de la table de cuisine, la queue dressée, les jambes poilues, le ventre flasque, une bouteille de whisky à la main, observant Madame Holle qui s'affairait en clopinant à droite à gauche, contrôlant encore une fois la porte, vérifiant la clé et le verrou rouillé, le papier d'emballage dans les fentes et les couvertures devant les fenêtres.

« What's your name, baby ? demanda le major.

— OK, dit Madame Holle, qui n'avait aucune idée de ce que ça voulait dire.

— How about your wooden leg of yours ? demanda le major.

— Ça doit vous surprendre que j'aie bouché les fentes de la porte, dit Madame Holle. Rien à voir avec le petit Willy, bien qu'il traîne parfois dans les parages pour zyeuter à travers les fentes. Mais c'est pas ça qui l'empêchera de jeter un œil dans mon appartement. Vous comprenez... de là-haut... par le trou du plafond... je me suis juste dit... si ce type aux yeux de grenouille revient... il va certainement regarder par les fentes. Je sais très bien ce que je fais. On n'est jamais trop prudent. »

Madame Holle ne se souciait plus guère du major. Elle se contenta de découvrir son lit solitaire, tapota un peu un oreiller froissé et pensa : Tiens, voilà que les plumes sortent maintenant... pensa : Tiens, voilà qu'il bande... rikiki... tarif progressif qu'il a dit... plus il tire de coups, plus tu reçois de boîtes de conserve... et toi qui as une faim de loup... mais ce serait bien le bout du monde s'il arrive à en tirer plus d'un... à cinquante-neuf ans...

Madame Holle commença à se déshabiller. Il faisait sombre dans le sous-sol, mais Madame Holle se dit: la lumière idéale. Et la bougie à droite du lit, tu l'allumeras le moment venu. Rien ne presse.

Madame Holle plia sa robe avec soin, la posa sur la chaise branlante à côté du lit, puis ses sous-vêtements, un à un, chacun son tour, détacha sa jambe de bois, la suspendit à sa place habituelle, comme chaque fois qu'elle allait se coucher: au clou tordu au pied du lit. Sur le mur le plus long.

Le major se tenait toujours à côté de la table de cuisine, buvant. Madame Holle gagna l'autre bout du lit en sautillant sur son unique jambe, s'y assit, eut soudain froid et se frotta les épaules.

« C'est un peu spartiate ici, dit-elle au major. Regardez autour de vous: une table de cuisine, deux chaises branlantes, un lit, une vieille armoire, un miroir sans tain, une caisse avec une bougie dessus, une autre pour le charbon, dans le coin là-bas le poêle en fonte, que j'ai récupéré, comme tout le reste ici. Vous savez, mes meubles d'avant sont foutus... les bombes... bref. Et puis moi, maigre comme un clou, pas vrai? Puis mes seins qui pendent. Comme dit Günther: ils pendent jusqu'au nombril. Puis mes cheveux tout gris. Vous me direz, on peut les teindre. Quelques boîtes de conserve en plus et je reprendrai des formes. »

Madame Holle fit un large sourire au major. Le major hocha la tête comme s'il avait compris ce qu'elle venait de dire.

Il entama lentement son approche, la bouteille de whisky sous son bras nu, s'arrêta quelques secondes devant le lit, cogitant, regarda Madame Holle lui faire une petite place, il fit demi-tour, toujours aussi lentement, alla au pied du lit, reprit une bonne gorgée de la bouteille à moitié vide, puis, d'un mouvement rapide et nerveux, il décrocha la jambe de bois et la cala sous son bras, l'autre bras, pas celui de la bouteille de whisky, il retourna auprès de Madame Holle, et déposa la jambe de bois à côté d'elle dans le lit.

5.

Hier, c'était son anniversaire – alors elle avait dormi plus tard que d'habitude. D'ordinaire, les oiseaux de l'été réveillaient Madame Holle de bon matin. Bon, les oiseaux avaient couvert de chiures la place Adolf Hitler – une honte – mais Madame Holle ne leur en tenait pas rigueur, elle leur était même reconnaissante, car, comme elle disait toujours : le monde appartient à ceux qui se lèvent tôt ! Qui oserait en douter ?

Aujourd'hui aussi les piaillements des oiseaux tirèrent Madame Holle de son profond sommeil. Par habitude elle commença par invectiver sa jambe de bois, qui pour une fois n'était pas accrochée au mur, mais couchée dans le lit, entre les cuisses du major. Une fois calmée, elle bailla, retira prudemment la jambe d'entre les cuisses du major et pensa : Sept coups qu'il a tirés... et toi, tu as mal au ventre après toutes ces boîtes...

Et encore, tu ne les as pas toutes mangées. Drôle de type. Tirer sept fois une jambe de bois.......

Madame Holle attacha sa jambe, clopina vers le poêle en fonte, alluma le feu, vérifia qu'il y avait bien de l'eau dans la bassine, commença à siffloter comme un oiseau de l'été, sortit de la vaisselle de la caisse près du lit en faisant un maximum de bruit pour réveiller le major. Qui ne se réveillait pas.

Dis donc, pensa Madame Holle. Ce qu'il a le sommeil profond !

Un peu plus tard, elle le secoua, le retourna sur le dos, vit deux yeux bleus et immobiles et lâcha un rot d'effroi. Elle pensa : les sept coups ! Sept, chiffre maléfique ! Il est mort ! Tout ce qu'il y a de plus mort ! Arrêt cardiaque ! Elle rota encore, sentit un élancement dans sa jambe de bois et se mit la main sur la bouche.

Madame Holle ne savait pas quoi faire du mort. Le mieux, pensa-t-elle, c'est que tu le couches derrière le poêle en fonte. Faut le sortir du lit. Sinon le lit va finir par puer.

Madame Holle se mit immédiatement au travail, tira précautionneusement le mort du lit et le traîna sur le sol bosselé. Tiens, pensa-t-elle. Il est pas lourd. Normal, c'est que du chewing-gum, ces types-là.

Elle n'avait aucune envie de prendre son petit-déjeuner. Elle se dit : la première chose à faire, c'est de prévenir les autorités. Le petit-déjeuner peut attendre.

Elle eut une idée : le téléphone ! Mais bien sûr ! Il faut aller téléphoner. Place Adolf Hitler ! Il y a une cabine là-bas !

Madame Holle quitta précipitamment son sous-sol et clopina jusqu'à la place Adolf Hitler. Elle vit la cabine téléphonique qui datait d'avant-guerre. Elle vit qu'elle était toujours debout. Puis elle vit le panneau : Hors service !

Que faire ? Où passer un coup de fil par les temps qui courent ? Qui plus est dans cette zone dévastée par les bombes ?

Désespérée, Madame Holle traversa clopin-clopant la place Couverte-de-Chiures des oiseaux de l'été, tourna dans la rue Mozart et interrogea quelques passants. Personne ne savait où trouver un téléphone.

Un homme lui dit : « Attendez que passe la police militaire. » Mais Madame Holle dit : « Les types avec brassard et casque blanc ? Ils ne valent pas mieux que les russkoffs ! »

Madame Holle fit demi-tour et clopina en direction de la rue Nietzsche. Vaut mieux rentrer ! Réfléchis tranquillement pour voir ce qu'il faut faire ! Oui, vaut mieux ! D'ailleurs, il était peut-être temps qu'elle prenne son petit-déjeuner. Après tout, une femme est un homme comme les autres, pas vrai ?

En arrivant chez elle, elle trouva un mot dans sa boîte aux lettres : « Suis revenu de la guerre ! Ai un message de Günther ! Peux pas rester longtemps ! Dois prendre le large au plus vite ! Comment va la jambe de bois ? Je pourrai la toucher ? Pourvu que ça porte chance. J'en ai besoin. Plus que jamais. Max Schulz. »

Max Schulz ! L'homme aux yeux de grenouille. L'homme au nez crochu, aux lèvres charnues, aux dents pourries ! L'homme qui avait l'air d'un Juif mais n'en était pas un !

Ha ha ! pensa Madame Holle, maintenant tu sais qui c'était. Max ! Pourquoi tu n'y avais pas pensé plus tôt ? Mais bien sûr ! Le camp de concentration de Laubwalde ! En Pologne occupée ! Là où servait ton Günther ! Et Max Schulz ! — Tiens, c'était quand déjà ? En 43 ? Günther était rentré, accompagné de ce Max Schulz. Et il avait dit : « Je te présente Max Schulz. Il a l'air d'un Juif, mais c'en est pas un ! » Et Max Schulz avait ri et dit : « J'en suis pas un ! »

Et Günther avait dit : « Enfin de retour au pays ! »

Et Max Schulz avait dit : « Oui, Günther. »

Et Günther avait dit : « Chez nous, c'est cosy, Max. Et la vue du cinquième, très belle. L'été il y a de l'air, et c'est chaud l'hiver. Et quand l'hiver Dame Holle secoue ses édredons de plumes, la neige tombe sur notre belle ville allemande. »

Et Max Schulz avait ri et dit : « Elle assure ! » Et Günther avait dit : « Oui. »

Et Max Schulz avait dit : « Oui. »

Et Günther avait dit : « Quand la guerre sera finie, Max, sache que chez Madame Holle tu seras toujours chez toi. »

6.

Willy Holzhammer réparait son vieux vélo. Sa mère ne supportait pas le bruit du marteau et ne voulait pas non plus d'un « foutoir » dans le salon, alors Willy Holzhammer avait mis son vélo dehors, même si dans le salon sans plafond on était déjà un peu dehors – mais ce n'était pas la même chose. Donc, il avait mis son vélo dehors, l'avait démonté, puis remonté. Maintenant, le frein à main fonctionnait, la dynamo aussi ainsi que les deux phares, la chaîne venait d'être huilée, le garde-boue avant resserré. Il ne lui restait plus qu'à coller une rustine sur la roue arrière. Une chance qu'il eût sauvé des bombardements la boîte à outils. Il lui restait même du papier de verre, de la colle à caoutchouc et des rustines carrées et rondes.

Tôt ce matin, le ciel avait été couvert d'épais nuages. On aurait dit que les ruines de la rue Nietzsche allaient prendre un bon arrosage gratuit, mais bientôt les nuages s'étaient dissipés et le soleil du matin avait capturé la rue dans ses rets de lumière.

Willy Holzhammer travaillait d'arrache-pied. S'il finissait avec le vélo avant midi, il pourrait aller à Solendorf voir son copain Rudi Schalke dont le père était paysan. Chez eux, il y avait toujours quelque chose de bon à manger. Willy avait enlevé son marcel. Il se faisait bronzer, sifflotait et fumait de temps en temps une cigarette.

Une heure plus tôt environ, il avait vu Madame Holle quitter la maison précipitamment et clopiner en direction de la place Adolf Hitler. Elle ne l'avait pas salué. Puis elle était revenue, l'air vaguement troublé, lui avait fait furtivement un petit signe de la tête, et avait disparu dans l'entrée.

Elle n'avait pas refait surface. Il la revoyait seulement maintenant, tenant dans sa main droite un seau d'eau qu'elle balançait. Elle lui fit un petit clin d'œil, et cette fois s'arrêta. Willy remarqua son visage. Bizarrement empourpré.

« En route pour la pompe rue des Bouchers ? » demanda Willy. Madame Holle acquiesça.

« Qu'est-ce qui s'est passé ce matin ? demanda Willy.

— Il ne s'est rien passé, dit Madame Holle. Que veux-tu qu'il se passe ?

— J'ai vu le major, dit Willy. C'est un drôle de zozo. »

Madame Holle faillit dire : c'était un drôle de zozo... mais se rappelant que Willy, par le trou du plafond, ne pouvait certainement pas voir jusqu'au poêle en fonte où gisait le mort, elle se contenta de dire : « Oui, c'est un drôle de zozo.

— Il a dormi tard ce matin, dit Willy.

—Trop bu, dit Madame Holle. Nous autres, nous ne sommes pas portés sur le whisky, pas vrai ?

— Oui, dit Willy. En tout cas pas à ce point... Il est déjà parti ?

— Oui, il est parti, dit Madame Holle. Parti sur la pointe des pieds. La peur, probablement. »

Willy ricana et lui souffla une bouffée de fumée au visage. Il dit : « La règle de la *non-fraternization.*

— Quelque chose de ce genre », dit Madame Holle. Elle tira sur sa robe, fixa un moment le vélo sans rien dire, puis lui raconta en passant qu'elle avait reçu une lettre... du type aux yeux de grenouille... un type qui voulait lui transmettre un message de Günther. Puis elle partit, clopinant, balançant le seau vide, en direction de la pompe rue des Bouchers.

À peine Madame Holle disparue, le type aux yeux de grenouille ressurgit. Willy Holzhammer ne le remarqua que lorsqu'il l'eut sous le nez : costume froissé, corps sec, yeux de grenouille, un vieux sac sur le dos.

« Tiens, dit Max Schulz, encore toi.

— Il est marrant votre sac, fit Willy Holzhammer. Vous ne l'aviez pas hier ?

— Je l'avais caché, dit Max Schulz, sous les débris.

— Il y a quoi dedans ?

— C'est pas tes oignons, dit Max Schulz.

— Des vieilles fringues, hein ? dit Willy en ricanant.

— Ça ne te regarde pas », dit Max Schulz.

L'air de rien, Max Schulz s'approcha des soupiraux pour voir si Madame Holle était chez elle, mais les fenêtres étaient toujours masquées et il ne put rien voir.

« Elle est sortie à la pompe, dit Willy à Max Schulz. Et les fenêtres sont restées couvertes. Ne me demandez pas pourquoi !

— Bon, dit Max Schulz, pas grave. Je n'ai qu'à attendre ici jusqu'à son retour. »

Max Schulz s'assit sur le seuil de la porte, coinça le vieux sac entre ses cuisses, sortit une Camel de sa poche et l'alluma. Willy posa son vélo contre le mur de la maison, referma le couvercle de sa boîte à outils, la poussa avec le pied contre le vélo et s'assit à côté de Max Schulz. « On échange ? Une Philip Morris contre une Camel ?

— D'accord, dit Max Schulz. Pourquoi pas ? De toute façon, c'est la même saloperie parfumée.

— Madame Holle m'a dit que vous aviez un message de Günther. C'est vrai, ça ? »

Max Schulz cligna ses yeux de grenouille et rit. « L'histoire du message, c'était une blague de mauvais goût. Parce que Günther est mort.

— Je vous crois pas, dit Willy Holzhammer.

— Eh ben si, dit Max Schulz. Tu peux me croire. Aussi mort qu'une pierre. Les partisans l'ont eu.

— Comment c'est arrivé ?

— Comme ça, dit Max Schulz. Et voilà.

— Eh ben, dit Willy. Ça va lui faire un sacré choc à Madame Holle.

— Oui, dit Max Schulz.

— Et donc, comment c'est arrivé ? demanda Willy Holzhammer. Je veux dire... le "comme ça".

— Il n'a plus de boîte crânienne, dit Max Schulz. Et plus de queue non plus. Les partisans. Tranchée. À l'époque, dans la forêt polonaise, sous la neige.

— Comme ça, dit Willy.

— Oui, comme ça, voilà », dit Max Schulz.

À cet instant, ils virent Madame Holle apparaître au coin de la rue, le seau d'eau dans la main droite, faisant coucou avec la gauche. Max Schulz fit aussi coucou en riant.

« Vous y étiez aussi, à la SS ? demanda Willy.

— Non. Pas moi, mentit Max Schulz. J'étais seulement à la Wehrmacht. Et pendant la retraite de Pologne nous sommes tombés sur l'unité de Günther Holle. Ou plutôt : c'est son unité qui est tombée sur la nôtre. Je le connaissais d'avant. Vaguement.

— Ah, d'accord, dit Willy Holzhammer.

— Oui, voilà toute l'histoire. »

7.

Tandis que Madame Holle se hâtait de faire le lit, comme embarrassée par la présence de Max Schulz, puis clopinait à la table qu'elle essuyait fébrilement, Max Schulz, sans piper mot, restait assis sur la caisse à charbon à droite du poêle en fonte. Il avait posé le sac près de la porte, puis enlevé sa veste trempée de sueur et l'avait posée négligemment dessus. Pourquoi Madame Holle avait-elle masqué les fenêtres ? Ses yeux mirent un certain temps à s'habituer à la pénombre du sous-sol. Un grand lit en laiton, pensa Max Schulz. Le lit d'une femme vieillissante, un lit solitaire. Une table de cuisine, une caisse avec une bougie pour lire, deux chaises branlantes collées à la table, deux petits soupiraux. Dans un coin, une vieille armoire et un grand miroir sans tain. Max Schulz tourna la tête pour regarder derrière lui, et c'est alors qu'il aperçut le cadavre, nu derrière le poêle en fonte. Max Schulz ne tressaillit pas. Il se gratta un peu, le derrière, et il pensa : Tiens, ça ne me démange plus... c'est fini tout ça...

Max Schulz tenta de faire comprendre à Madame Holle que « l'histoire du message de Günther » n'était qu'une blague de mauvais goût. Günther était mort. Tout ce qu'il y a de plus mort. Aussi mort qu'une pierre ! Gisant sans queue ni boîte crânienne au fond de la forêt polonaise. Une pierre, ni plus ni moins. Quoiqu'une pierre, ça n'ait pas de boîte crânienne, ni de queue, d'ailleurs. N'empêche : mort comme une pierre !

Madame Holle sembla ne pas comprendre tout de suite. Et quand elle finit par comprendre, elle ne commença pas tout de suite à pleurer comme une Madeleine. Elle commença par faire de grands yeux. Les ouvrit démesurément. Ensuite seulement, elle se mit à pleurer comme une Madeleine.

Max Schulz regarda sa montre. Quand Madame Holle se mit à pleurer il était dix heures douze minutes et trente-trois secondes. Et quand elle finit par se calmer, il était douze heures douze minutes et trente-quatre secondes.

Madame Holle était allongée sur le lit. Pendant tout ce temps, Max Schulz était resté assis sur la caisse à charbon à attendre et compter les secondes, les yeux perdus dans le vague. Max Schulz se leva, se traîna près du lit, s'assit sur le bord, à côté de Madame Holle, droit comme un i, le sourire aux lèvres. Puis dit de but en blanc : « Bon... maintenant, ça suffit ! Pleurer deux heures et une seconde pour un type pareil... c'est à se tordre !

— Pourquoi c'est à se tordre ? demanda Madame Holle.

— Parce que Günther avait dix ans de moins que vous, dit Max Schulz. Qu'il en avait une autre. Vingt ans plus jeune que lui. Ce qui nous fait trente ans.

— Qu'est-ce qui nous fait trente ans ?

— La différence d'âge entre vous et l'autre, dit Max Schulz.

— Ah je vois, dit Madame Holle.

— De toute façon Günther ne serait pas revenu !

— Ah je vois, dit Madame Holle. J'ai compris. »

Max Schulz hocha la tête, ricanant, prit une Camel, fixa Madame Holle de ses grands yeux clairs de grenouille, cligna des yeux, imagina des flocons de neige, imagina une paire de seins tout flasques qui pendaient jusqu'au nombril, imagina une paire de ce genre sous la robe montante de Madame

Holle, considéra, songeur, la jambe de bois, puis le long mur, aperçut aussi le clou tordu au pied du lit en laiton, le clou dans le mur le plus long.

« C'est pour un tableau ?

— Le gros clou ?

— Oui.

— Pour ma jambe de bois, dit Madame Holle. Quand elle me gêne, dans le lit surtout, la nuit, je l'accroche à ce gros clou.

— Un clou solide.

— Vous voulez que je l'accroche ?

— Je n'ai rien contre », dit Max Schulz.

Un peu plus tard, Madame Holle dit : « Vous voyez le trou dans le plafond, juste au-dessus de mon lit ? C'est là qu'il se met, Willy, de temps en temps pour me mater.

— Mais en ce moment, il est dehors, devant l'entrée de la maison, dit Max Schulz, en train de réparer son vélo... dehors... »

Et Madame Holle dit : « Oui ».

Et Max Schulz dit : « En ce moment, il peut pas nous mater. »

Et Madame Holle dit : « Oui ». Et gloussa.

Entre deux numéros, elle lui raconta que le mort derrière le poêle en fonte était un ancien major de l'armée américaine. Qui venait de tirer sept coups à la suite, à cinquante-neuf ans. À vue de nez, crise cardiaque.

« Il faut prévenir les autorités, dit Madame Holle. Il peut quand même pas rester là !

— Sûr qu'il peut, dit Max. Mais d'un autre côté, il peut pas.

En tout cas, c'est hors de question.

— Qu'est-ce qui est hors de question ?

— Le truc... les autorités...

— Pourquoi ?

— Parce que les autorités me recherchent.

— Ah je vois ! dit Madame Holle.

— Ben oui, dit Max Schulz.

— Qu'est-ce qu'on fait alors ?

— Je vais nous en débarrasser. Une fois la nuit tombée.

— Bonne idée, dit Madame Holle.

— Faudrait juste l'enrouler dans quelque chose, dit Max Schulz. Un sac, ça serait parfait.

— Un sac ? Mais vous en avez un ! Vous ne pouvez pas le vider ? C'est que des vieilles fringues là-dedans, non ?

— Je peux pas le vider, dit Max Schulz.

— Vous avez quoi dans ce sac ? Il y a quoi dans ce sac, hein ?

— C'est pas vos oignons », dit Max Schulz.

« Nous allons rhabiller le mort, dit Max Schulz. Derrière le poêle en fonte, j'ai aperçu un rouleau de papier d'emballage. On va l'enrouler dedans. Ensuite, protégé par la nuit, je le porterai jusqu'à la place Adolf Hitler. Il y a des bancs, là-bas. J'installerai le major sur l'un de ces bancs. Et demain... oui, demain... le journal dira :

Major américain sur un banc public

place Adolf Hitler — crise cardiaque près de la statue saccagée du Führer — Mort de trouille ? — Fantôme ou pas fantôme ? —Encore une victime des nazis ? — Ça ne finira donc jamais ?

— Mon Dieu, dit Madame Holle. Vous êtes un drôle de type. Si le Führer savait ça ! Il descendrait du ciel pour y mettre bon ordre !

— Je ne peux pas rester longtemps, dit Max Schulz. J'ai cherché Slavitzki et ma mère. Mais ils ont fui à l'arrivée des Russes. Adresse inconnue. Alors, je suis venu ici. Mais je ne peux pas rester longtemps. Je dois me planquer. Par tous les moyens ! Aller n'importe où ! Peut-être en Amérique du Sud. Peut-être pas. Changer de nom. Changer d'identité.

— Ça veut dire quoi... changer d'identité ?

— Une métamorphose, dit Max Schulz.

— Comme un tour de magie, dit Madame Holle.

— Quelque chose de ce genre, dit Max Schulz.

— Günther m'a tout raconté, qu'à Laubwalde, dans ce camp de concentration comme ils disent, bref qu'à Laubwalde, vous avez tué des gens... 200 000 qu'il a dit... 200 000 Juifs... voilà ce qu'il a dit.

— Il n'aurait jamais dû vous en parler. C'était strictement interdit. Nous devions tous garder le secret professionnel. Günther aussi. On nous l'a toujours rappelé : top secret !

— Mais j'étais sa femme, à Günther...

— Personne ne devait savoir. C'est ce qu'on nous a dit : ni vos femmes ni vos enfants. Personne !

— Parce que ces assassinats n'étaient pas légaux ?

— Si, si, dit Max Schulz. C'était parfaitement légal. Mais faire circuler des fausses rumeurs, ça c'était interdit !

— Parce que c'étaient des fausses rumeurs ?

— Vous ne pouvez pas la fermer, bordel, dit Max Schulz. C'était comme ça. J'y peux rien.

— Mon Günther, dit Madame Holle, c'était un vrai mec. Entier.

— Oui, dit Max Schulz.

— Et Günther a toujours dit : “Max Schulz aussi, c’est un vrai mec.”

— C’est fini tout ça, dit Max Schulz.

— Il m’a tout raconté mon Günther. Il m’a parlé des longues tranchées... que les prisonniers tombaient dedans comme des quilles... les uns sur les autres... “Max Schulz, me disait mon Günther, Max Schulz, il avait l’habitude de s’asseoir au bord de la fosse, le fusil sur les genoux, un vieux mégot entre les lèvres, un peu de travers, comme s’il était collé”. Voilà ce qu’il disait mon Günther. “Et quel sourire ce Max Schulz. Il souriait tout le temps. Il fusillait les gens avec le sourire.” »

Max Schulz hocha la tête. Il reprit une Camel, l’alluma, caressa le moignon de la femme vieillissante, caressa la touffe triangulaire et grise, tira un peu dessus, se gratta, se gratta le derrière et pensa encore une fois : tiens, ça ne me démange plus... c’est fini tout ça.

« Nous avions différentes méthodes, dit Max Schulz. Des fois les prisonniers devaient se tenir debout devant la fosse, en ligne, les yeux dans la fosse, et on leur tirait dans le dos. D’autres fois ils devaient nous regarder en face, et on les abattait de face. De temps en temps, on les faisait sauter dans la fosse, on leur ordonnait de s’allonger et on les abattait d’en haut. Ça, c’était ma spécialité à moi. Du haut vers le bas. Du bord de la fosse. Les vivants devaient s’allonger sur les morts et ainsi de suite. Du coup, ça ralentissait la cadence, car fallait les tuer les uns après les autres.

Mes premiers Juifs, c’était dans un cimetière. En Pologne. En 39. Un cimetière juif. Mais ils n’étaient pas très nombreux. La plupart du temps, on faisait ça dans des cimetières. À l’époque. En Pologne. En 39.

Une fois nous avons conduit des Juifs dans un cimetière chrétien. Et là, il y avait un petit Jésus accroché sur une croix. Qui chialait. Mon lieutenant, ça lui a tapé sur le système. Eh bien, croyez-le ou non, il l'a descendu de sa croix à coups de pistolet. Mais le petit Jésus n'était pas mort. Il ne voulait pas mourir, celui-là. Alors mon lieutenant s'est adressé à moi et il a dit : "Max Schulz ! Veuillez fermer la gueule à ce faux prophète une fois pour toutes. Vous faites ça mieux que moi." Et c'est ce que j'ai fait. »

Madame Holle repoussa sa main du moignon et dit :

« Arrêtez de tirer sur mes poils ! » Elle dit : « Vous avez un grain. Moi, cette histoire de petit Jésus, je n'en crois pas un mot. Mais tout le reste, je vous crois.

— Plus tard, on est partis pour la Russie, dit Max Schulz. Pour accompagner la Einsatzgruppe D dans un secteur au sud de la Russie. Là-bas on tirait les Juifs comme des lapins. Là-bas aussi, il y avait des tranchées. Et puis... en 42... ouais... j'ai eu ma petite crise cardiaque... après quoi on m'a transféré à Laubwalde. Voilà toute l'histoire.

— Laubwalde !

— Oui, Laubwalde. Le camp d'extermination sans chambre à gaz.

— Sans chambre à gaz ?

— Sans chambre à gaz.

— Et c'est là que vous avez connu mon Günther ?

— Oui, c'est là, dit Max Schulz. Mais vous le saviez déjà !

— Oui, dit Madame Holle... mais je voulais vous l'entendre dire encore une fois. »

« C'est vrai que... vous avez été coiffeur dans le temps ?

— C'est vrai.

— Un vrai coiffeur ?

— Un vrai coiffeur.

— Où ça ?

— À Wieshalle. Avant la guerre.

— Vous pourriez me couper les cheveux à l'occasion ?

— Je pourrais, dit Max Schulz. Mais je ne suis pas coiffeur pour dames.

— Alors quoi ?

— Coiffeur pour hommes.

— Et ça ne sait pas couper les cheveux à une dame ? »

Max Schulz ricana : « Pour une dame de votre espèce... je crois, ça peut s'arranger.

— Mes cheveux sont trop longs, dit Madame Holle... trop rêches... et je voudrais une couleur aussi.

— On verra ça, dit Max Schulz. Je ne trimbale pas ma boutique sous le bras. Et dans le grand sac... il y a autre chose... qui n'a rien à voir avec mon métier. Mais je vais y réfléchir, d'accord ?

— J'ai une paire de ciseaux, dit Madame Holle. Et un peigne, j'en ai un aussi. Et de quoi teindre les cheveux. Ça aussi.

— Bon, d'accord, dit Max Schulz. Peut-être demain, ou après-demain, ou la semaine prochaine.

— Ou tout de suite, aujourd'hui, dit Madame Holle. N'oubliez pas qu'une femme n'est bonne que quand elle se sent belle. Au lit j'entends.

— Pas aujourd'hui, dit Max Schulz. Aujourd'hui, certainement pas. »

« À Laubwalde, je ne pensais jamais à mon métier, dit Max Schulz. Mais après, oui. Quand tout fut fini.

— Oui, dit Madame Holle.

— Il faut bien faire quelque chose dans la vie, dit Max Schulz. Puisque la guerre est finie.

— Faites du marché noir, dit Madame Holle. Aujourd'hui, beaucoup de monde en fait.

— J'essaierai, dit Max Schulz. Mais je ne pourrai pas faire ça toute ma vie. Le marché noir, quand même, un jour ça va s'arrêter...

— Et alors vous ouvrirez une boutique de coiffure ?

— Vous voulez dire : un salon de coiffure !

— Si vous voulez : un salon de coiffure.

— Ça c'est tout vu, dit Max Schulz. Il faut bien faire quelque chose dans la vie. Et le métier de coiffeur, c'est un métier honnête.

— Un beau métier, je trouve, dit Madame Holle. Avec un côté... comment on dit déjà... ?

— Ar-tis-tique, dit Max Schulz. Un bon coiffeur, c'est un artiste. Mais un artiste qui gagne sa croûte. Quelqu'un qui peut nourrir sa famille.

— Mais vous n'avez pas encore de famille, si ?

— Ça aussi, ça viendra, dit Max Schulz.

— Un beau métier, dit Madame Holle.

— Puis Laubwalde... c'est de l'histoire ancienne, dit Max Schulz. Aujourd'hui, il n'y a qu'une chose à faire...

— Quoi ? voulut savoir Madame Holle.

— Reprendre pied, dit Max Schulz, reprendre une vie honnête.

— Allez, dites-moi, il y a quoi dans ce sac ! »

Max Schulz hésita. Puis il dit lentement : « Des dents en or ».

Il le dit malgré lui.

Madame Holle poussa un cri d'effroi, replia sa bonne jambe, se redressa à moitié et dévisagea Max Schulz.

« Par-dessus, il y a quelques vieilles fringues, dit Max Schulz, et aussi des vivres... par-dessus... mon journal intime... un livre de prières... oui, ça aussi.

— Un livre de prières ? Un journal intime ?
— Oui.
— Et en dessous ?
— Des dents en or, dit Max Schulz.
— Des dents en or, chuchota Madame Holle.
— Oui, dit Max Schulz.
— Et qu'allez-vous faire avec ces dents ? demanda Madame Holle.
— Commencer une nouvelle vie », dit Max Schulz.

8.

Peu après trois heures, Max Schulz commença à avoir faim. Madame Holle aussi avait une faim de loup.

Max Schulz l'aida à faire du feu, coupa des bûchettes, nettoya le poêle, découvrit un carton dans la caisse à charbon, le remplit de cendre et de bois calciné, sortit, le vida dans le champ de ruines derrière la maison, y resta un moment, pissa un coup, observa la position du soleil, calcula dans combien de temps il ferait nuit, se demanda si le mort qu'il devrait emporter cette nuit ne serait pas trop lourd, pensa : probablement non... pensa : tu devrais prendre un bain, tu pues comme un bouc.

De retour dans la chambre, il dit à Madame Holle : « Ça fait plus de quatre mois que je suis sur la route. J'ai pu me laver de temps en temps. Mais je n'ai jamais pris de bain.

— La mère de Willy a une bassine, dit Madame Holle. Je pourrais l'emprunter.

— Oui, faites, dit Max Schulz.

— Seulement, pour l'eau, dit Madame Holle, vous irez vous la chercher vous-même. Dans la rue des Bouchers il y a une grande pompe. »

Max Schulz hocha la tête. Il ouvrit son sac avec précaution, en sortit un grand salami, des œufs durs, une miche de pain, donna le tout à Madame Holle, referma le sac et dit : « Voilà. Ça plus les boîtes de corned-beef, on va se faire un festin. On a même du whisky. »

Pendant que Madame Holle préparait le repas, mettait la table, allait chercher la bassine, se donnant en douce quelques petits coups de brosse, se grattant la jambe de bois et riant sous cape, Max Schulz partit chercher l'eau à la grande pompe de la rue des Bouchers.

Il fit plusieurs allers-retours, rapporta plusieurs fois le seau plein, remplit toutes les casseroles de Madame Holle, versa l'eau dans la bassine ronde, se déshabilla et entra dans son bain...

Madame Holle lui frotta le dos avec du savon de Marseille et dit : « Voilà... maintenant, debout ! » Max Schulz s'exécuta, dégoulinant, fumant, et se laissa savonner le ventre et les jambes. Il dit : « Si ça vous chante, vous pouvez aussi me savonner le derrière et le gros machin. »

Madame Holle dit : « Il est pas si gros que ça. Normal, quoi. » Puis demanda : « À propos, les dents en or ? J'aurais ma part ?

— Vous l'aurez, dit Max Schulz. Mais faut d'abord que je les vende. Ne vous inquiétez pas, je ne vous laisserai pas sans argent.

— Mais quand vous irez vous planquer, dit Madame Holle, vous m'emmènerez avec vous ? Je pourrais vous faire la cuisine... je pourrais veiller sur vous... et au lit, je me débrouille pas si mal, hein ? Et puis, je ne suis pas très exigeante... je ne serai pas un fardeau pour vous... si vous voulez sortir de temps en temps avec une petite jeune... je comprendrai... je dirai rien... vous comprenez, je veux pas rester toute seule... vous pourrez faire ce que vous voudrez avec moi.

— Comme par exemple ? demanda Max Schulz.

— Me taper. Même ça.

— Et jouer au chien-chien ? demanda Max Schulz.

— Et jouer au chien-chien, dit Madame Holle.

— Vous feriez comment... je veux dire, avec votre jambe de bois ?

— Ça, c'est mon affaire », dit Madame Holle.

« Vous n'auriez pas dû dire à Willy que j'avais un message de Günther. Du coup, il m'a demandé si moi aussi j'étais à la SS.

— Et vous lui avez dit quoi ?

— Que j'étais seulement dans la Wehrmacht. Que j'étais tombé sur Günther par hasard. Dans la forêt polonaise. Que je ne l'avais vu qu'une fois ou deux. Avant.

— Moi, je ne lui en ai pas dit plus, à Willy.

— Parfait, dit Max Schulz. Et si jamais il pose encore des questions, on s'en tient à ça : j'étais dans la Wehrmacht.

— Oui », dit Madame Holle.

Madame Holle prit aussi un bain chaud, dans l'eau sale de Max Schulz. Cela lui plut de barboter dans son eau à lui. Elle se laissa savonner par Max Schulz, le regarda amoureusement, le dévora des yeux, mais évita de croiser les siens. Quelque chose la gênait : ce n'étaient pas des yeux humains, c'étaient des yeux de grenouille.

Ensuite ils se goinfrèrent, s'en mirent plein la lampe, burent du whisky, dirent des bêtises, mais parlèrent aussi de choses sérieuses, surtout d'une chose : commencer une nouvelle vie.

« Dites, à propos des six millions de Juifs, demanda Madame Holle. C'était dans le journal. C'est Willy qui me l'a dit. Rien que des bobards, pas vrai ?

— Je n'en sais rien, dit Max Schulz.

— Je parie qu'il n'y en avait pas plus de deux millions.

— Je n'en sais rien, dit Max Schulz.

— Ou trois, ou quatre. Peut-être cinq à la rigueur. Mais sûrement pas six !

— Je n'en sais rien, dit Max Schulz.

— Vous pensez... que six, ça se peut ?

— Peut-être, dit Max Schulz. Ça se peut. Je ne les ai pas comptés. »

Max Schulz avait mangé trop vite et commençait à se sentir ballonné : « En fait, les chiottes sont où ?

— Soufflées par une bombe, dit Madame Holle. Moi, je vais toujours derrière la maison.

— Alors, je vais faire un petit tour derrière la maison », dit Max Schulz. Il sortit en traînant les pieds, et quand il revint après un moment, il dit à Madame Holle : « Voilà. Maintenant Max Schulz va faire une petite sieste.

— Allez-y, couchez-vous, dit Madame Holle, entre-temps, je vais faire la vaisselle, puis je monterai à l'appartement du dessus pour rendre la bassine. Ne vous dérangez pas.

— Je n'ai pas fermé l'œil de la nuit, dit Max Schulz, j'étais dans la rue Mozart, dans une ruine, et j'avais une peur bleue que quelqu'un me vole les dents.

— Oui, dit Madame Holle. Allez, allez, au dodo. Quand il sera l'heure de se débarrasser du cadavre, je vous réveillerai. »

9.

Max Schulz ronfla comme une scie électrique. Quand il se réveilla, il se leva et se traîna à la fenêtre pour y écarter les couvertures. Il vit que le champ de ruines en face était en flammes. Une illusion d'optique. Le crépuscule. Voilà peut-être à quoi ressemblera le monde... au dernier jour.

Dommage, pensa Max Schulz, qu'on ne puisse apprécier ce spectacle que d'en bas, pas d'en haut. C'est ça quand on est dans un sous-sol de merde.

« Tu sais, avait dit un jour son beau-père Slavitzki à sa mère, tu sais Minna, quand nous serons riches, nous quitterons ce sous-sol. Un sous-sol, Minna, c'est pas pour un barbier. C'est bon pour un putain de cordonnier. Ces types-là adorent regarder par le soupirail. Ils comptent les chaussures des gens qui passent. Ils matent les talons, les semelles avec trous, sans trous... Mais c'est pas du tout pour un barbier. Un barbier, Minna, ça doit avoir pignon sur rue. »

Ils habillèrent le mort. Madame Holle donna un coup de main.

« Vous pensez que Willy est au courant pour le mort ? demanda Max Schulz.

— Il pense que le major a débarrassé le plancher depuis longtemps.

— Mais le trou au plafond ?

— Il ne peut pas voir aussi loin... je veux dire... jusqu'au poêle en fonte.

— Alors tout va bien », dit Max Schulz.

Une fois le major complètement rhabillé, ils l'appuyèrent contre le mur le plus long, pas loin du pied du grand lit en laiton.

« À cause de la chaleur, dit Max Schulz. Vaut mieux qu'il ne soit pas trop près du poêle. Je vais bientôt refaire du feu.

— Vous avez encore faim ?

— Oui », dit Max Schulz.

« Vous savez, dit Max Schulz alors que la nuit venait de tomber dehors, j'ai réfléchi.

— À quel sujet ?

— Au sujet de... quoi faire avec le mort. Ça ne passera pas inaperçu. Surtout maintenant qu'il fait nuit.

— Alors, on aurait mieux fait de s'en débarrasser en plein jour, vous croyez ?

— Non, dit Max Schulz. Non plus. Le mieux ce serait juste avant que le jour se lève. À l'aube, quand les gens partent au boulot. À ce moment-là, personne ne fait attention à un homme qui porte un gros paquet sur le dos.

— Donc, demain matin, à la première heure ?

— Oui, dit Max Schulz.

— Alors, pas besoin de l'emballer maintenant !

— Ça peut attendre. Le papier d'emballage ne va pas foutre le camp.

— Bien, dit Madame Holle.

— Si vous aviez de la ficelle, dit Max Schulz, passez-m'en tout de suite, comme ça, demain matin, on ne perdra pas de temps à en chercher.

— J'ai de la ficelle, dit Madame Holle. Mais pourquoi voulez-vous l'attacher ?

— Au cas où il y aurait des rafales de vent, dit Max Schulz. Pour que le papier d'emballage ne s'envole pas.
— Ah oui, d'accord », dit Madame Holle.

Max Schulz coupa encore quelques bûchettes, vida le poêle, porta le carton plein de cendres et de restes de charbon derrière la maison, pissa un coup dans l'obscurité, visant au hasard les gravats et les pans de mur effondrés, fixa le ciel, chercha la Grande Ourse, ne la trouva pas, mais aperçut la voie lactée et souhaita être loin, très loin...

10.

« Le 19 janvier 1945 la guerre était finie pour nous deux, dit Max Schulz. Finie pour moi, et finie pour Günther. Günther gisait mort dans la neige sur ce sentier forestier, dans cette putain de forêt polonaise, et moi, je courais, comme si le petit père Staline en personne était à mes trousses. Je m'enfonçais au hasard dans la forêt. J'aurais voulu disparaître sous terre... »

Madame Holle mastiquait à pleines joues. Elle avait encore une fois réchauffé les restes de salami et d'œufs, ouvert deux nouvelles boîtes de corned-beef, les avait fait revenir à la poêle, un peu trop, presque cramer, mais apparemment cela ne dérangeait guère Max Schulz qui ne prêtait aucune attention à ce qu'il se fourrait dans la bouche. Il fixait la fenêtre sans discontinuer.

« Elle était comment, cette forêt ? demanda Madame Holle.

— Polonaise, dit Max Schulz.

— Et à quoi ressemble une forêt polonaise ?

— À une forêt polonaise, dit Max Schulz. Voilà à quoi elle ressemble.

— Racontez-moi, comment c'était... la fin de la guerre.

— C'était pas encore la fin de la guerre, dit Max Schulz. Pour moi, elle était finie, c'est tout. Et pour Günther. Et pour les autres SS de Laubwalde. Et aussi pour les prisonniers. Là-bas c'était fini !

— Alors, racontez !

— Plus tard, dit Max Schulz. Plus tard, je vous raconterai tout.

— Et plus encore ?

— Et plus encore », dit Max Schulz.

Ils étaient tous les deux un peu éméchés, ayant sifflé une bouteille de whisky. Ils trinquèrent à la santé du major et, par-dessus la table de la cuisine, se tinrent la main comme des adolescents...

Le major les regardait, les yeux écarquillés, muet, assis contre le mur le plus long au pied du lit en laiton.

« On devrait lui fermer les yeux, dit Madame Holle. Ça m'insupporte. Ce regard ! Comme s'il voulait tirer un huitième coup !

— Nous, nous n'avons jamais fermé les yeux des morts, dit Max Schulz... Jamais. En plus, le major est mort depuis trop longtemps. Ça ne marcherait plus. »

Max Schulz se leva, tituba vers le mort, le regard fixé sur ses yeux écarquillés, mais il ne le toucha pas, il revint en titubant à la table et s'assit sur sa chaise, face à Madame Holle.

« Revenons à nos moutons : c'était comment dans la forêt polonaise ? demanda Madame Holle.

— Ouais... c'était comment, déjà... » dit Max Schulz.

Max Schulz posa sa tête lourde sur ses bras, sembla somnoler, puis leva ses yeux de grenouille, regarda Madame Holle, tendit l'oreille pour écouter les bruits qui provenaient de la rue et du rez-de-chaussée, là-haut, releva la tête, porta la bouteille à sa bouche, humecta simplement ses lèvres, sembla se réveiller et dit : « Ouais... c'était comment déjà...

— Oui, c'était comment ? » dit Madame Holle.

Elle se pencha en avant avec curiosité, prit peur à la vue de ces yeux de grenouille, se renversa dans sa chaise, se cura le nez, méditative, observa Max Schulz, sentit la peur disparaître et pensa : Allons... c'est de l'histoire ancienne... il ne ferait plus de mal à une mouche aujourd'hui... ce ne sont que des yeux de grenouille... dangereux avant... mais plus maintenant... J'aimerais bien tirer encore un petit coup avec lui... plus tard, peut-être... il sait y faire... puis, ce qu'on est bien dans ce sous-sol... à la lueur des bougies... ce qu'on est bien... d'accord, ça fout un peu les jetons... mais j'aime ça... le mort avec ses yeux ouverts... mais ça ne me dérange plus du tout... j'aimerais bien les voir, ces dents en or... est-ce qu'il va me laisser jeter un coup d'œil ?... ce qu'on est bien... je suis repue... je suis bien...

« Oui... voici l'histoire, dit Max Schulz. Nous sommes la veille. À Laubwalde :

Tout d'un coup je suis pris de maux de ventre. Je dis à mon lieutenant : "Mon lieutenant. Sauf votre respect, je vous signale que je suis dans l'incapacité de fusiller les prisonniers. Motif : mal au ventre !"

Mon lieutenant : "Allez chier un bon coup. Mais presto !" Moi : "C'est déjà fait, mais ça n'a rien changé."

Mon lieutenant : "Qu'est-ce qui se passe, Max Schulz ?" Moi : "C'est parce que Varsovie est tombée !" »

Max Schulz ricana en lançant à Madame Holle un regard plein de sous-entendus, prit la bouteille de whisky et sans avoir bu la reposa sur la table, remarqua que quelque chose lui collait à la lèvre inférieure, quelque chose de froid, comme mort, tout de travers : un vieux mégot. Il le prit entre ses doigts, l'écrasa d'un air distrait et se lécha les lèvres.

« Varsovie était tombée. Les Russes étaient aux portes de Cracovie, de Lodz, de Tilsit... et à environ vingt kilomètres du camp de concentration de Laubwalde. Dans le camp on était sur le départ. La SS pliait bagage. Cent douze hommes qu'on était. Et chacun de nous n'avait qu'une seule idée en tête : se barrer ! Avant l'arrivée des Russes ! Se barrer ! En Allemagne ! »

Max Schulz prit une Camel, chercha des allumettes.

Madame Holle les poussa vers lui.

« Oui, voilà l'histoire, dit Max Schulz. Cinq camions attendaient, fin prêts. Il fallait partir. Impossible d'emmener les prisonniers avec nous. Il n'en restait plus beaucoup. Et ceux qui étaient encore là devaient être fusillés.

Les prisonniers portaient des caisses et chargeaient les camions. Nous ne pouvions pas emporter grand-chose : quelques vivres, des munitions, une caisse avec les bijoux et une autre avec les dents en or des morts – un petit reste de tout ce qu'on n'avait pas pu envoyer au Reich faute de temps. Oui, voilà l'histoire, dit Max Schulz. Au moment de charger la dernière caisse – celle avec les dents en or – il y a eu un accident. La caisse est tombée par terre et les dents en or se sont éparpillées. Je me tenais à côté des camions, surveillant de près, malgré mes maux de ventre. Je serrais les dents – mes dents à moi, j'entends – comme on nous l'avait appris. Voilà l'histoire. Les dents en or se sont éparpillées par terre.

Impossible de trouver une autre caisse vide. Y en avait plus. Alors, j'ai ordonné à un prisonnier de rapporter quelques cartons. Mais pourquoi je vous raconte ça ? Aucune importance. Bref, voilà. Les dents en or ont été ramassées, mises dans quelques cartons pas trop gros, puis chargées.

Voilà. Ensuite j'ai reçu l'ordre de fusiller les prisonniers. Comme je vous l'ai dit : il n'en restait plus beaucoup. Je les avais comptés : quatre-vingt-neuf. Les derniers survivants. Quatre-vingt-neuf ? Une broutille ! Pour buter ça, pas besoin d'être deux. Mais moi, j'avais mal au ventre. Je suis allé voir mon lieutenant pour le lui dire, mais il n'a rien voulu entendre. » Max Schulz souffla d'épais nuages de fumée.

« Eh bien, dit Max Schulz. Mal au ventre ou pas, je les ai fusillés. »

Max Schulz fixa Madame Holle.

« Quand nous sommes partis du camp, dit-il lentement, il s'est mis à neiger. Pendant un temps, il n'y a pas eu le moindre vent, les flocons tombaient du ciel sans bruit comme des plumes d'oiseaux. Nous traversions la forêt polonaise, direction l'Allemagne. La forêt ressemblait à une forêt de conte allemand. Au-dessus de la cime des arbres, un ciel immobile et des flocons comme des plumes d'oiseaux blancs. Exactement comme la forêt au-dessus de laquelle Dame Holle secoue ses édredons de plumes. Je veux dire, la Dame Holle des contes de Grimm, le livre préféré d'Itzig Finkelstein, quand Itzig Finkelstein était petit garçon... le livre de contes qu'il me lisait... Itzig Finkelstein... qu'il aimait tant... son livre de contes... un livre de contes allemands.

Mais ensuite... ensuite le vent s'est levé. La forêt de contes allemands s'est transformée. Elle a comme disparu sous les bourrasques de neige et elle est redevenue une forêt polonaise. Le front était tout près. Juste derrière nous, tapi quelque part dans les fourrés, accroupi dans cette forêt comme une maudite salamandre cracheuse de feu. Mais le front n'est pas resté longtemps immobile. Il s'est mis à nous suivre, rampant à la même vitesse que nous qui roulions en camion et ne rampions pas, et nous couvrant de son feu d'artifice.

Je me tenais à côté de Günther. Sur le dernier camion. À nos côtés, le commandant de camp Hans Müller, debout, près des cartons avec les dents en or. Ça, il les surveillait, ses dents en or. Il semblait ne plus faire confiance à aucun d'entre nous. Il se tenait là, à côté de Günther et de moi, l'œil rivé sur ses dents en or.

Nous grelottions. Emmitouflés dans nos manteaux. Je m'accrochais à Günther. Le plateau du camion était muni d'un garde-corps assez bas et il n'avait pas de toit. Nous étions couverts de neige.

J'ai dit à Günther : "L'Allemagne !"

Et Günther a dit : "Oui, l'Allemagne !"

Et le commandant de camp Hans Müller a dit : "Le front se rapproche de plus en plus. Putain de tempête de neige. Si seulement nous pouvions rouler plus vite. Et je parie, Messieurs, qu'on nous attend au tournant !"

"Qui ça ?" a demandé Günther.

"Les partisans, a dit le commandant de camp Hans Müller. À l'autre bout de la forêt."

Et Günther a dit : "Et il est où, l'autre bout ? Quel bout ? On n'en voit pas le bout de cette forêt."

"Les partisans, a dit le commandant de camp Hans Müller... ils nous attendent. Ouvrez l'œil. Et peut-être même pas au bout de la forêt. Peut-être même avant."

"Mais nous, on rentre en Allemagne, j'ai dit. Coincés entre le front et les partisans. On passera. On passera coûte que coûte. Pas vrai ?"

"Et comment qu'on passera, dit le commandant de camp Hans Müller. Et comment"

Mes maux de ventre m'ont repris. Cette fois, c'était pas la chute de Varsovie. Cette fois, c'étaient les partisans. Ils étaient fourrés un peu partout. Je le savais : nous allions tomber dans le piège.

Sans demander la permission à personne, je suis allé en chancelant vers l'arrière, j'ai ouvert le clapet, baissé mon froc, me suis accroupi en grimaçant. Laissant pendre mon derrière grelottant à l'air libre, accroché au garde-corps, la tête coincée entre mes genoux, j'ai maculé le sentier forestier... le sentier blanc de neige.

Lorsque mon commandant s'en est aperçu, lui aussi s'est mis à grimacer, et comme si j'avais mis le feu aux poudres, lui aussi est allé en chancelant vers l'arrière, et arrachant son pantalon encore plus vite, il s'est accroupi à côté de moi en disant : "Y a que des sous-hommes pour chier comme ça !" Il a dit : "Mais pas nous !" Il a dit : "C'est quoi cette histoire ?"Il a gémi de douleur en traçant une ligne sombre derrière nous, parallèle à la mienne, sur le sentier forestier, le sentier blanc de neige...

Les autres, nos camarades, ils se marraient, tournant la tête dans notre direction. Ils se tenaient debout dans le camion à ciel ouvert, serrés comme des sardines, à découvert. Ils se marraient, ils blaguaient, Günther comme tout le monde.

Soudain le premier camion a pilé. Puis les autres. Puis le nôtre. D'un coup. Le convoi était immobilisé. Quelque chose sur le sentier. Un arbre abattu. Soudain, ça a pété. D'un coup. Et quelle pétarade ! Ça venait de la forêt. Ça canardait sec ! C'était eux ! Les partisans. Ils n'avaient que de vieux fusils, mais ils savaient tirer ! Ça oui.

J'étais accroupi près de Hans Müller, le commandant de camp. Et lui accroupi près de moi. Nous n'avons pas été touchés. Mais pour les autres, qui se marraient debout sur le plateau du camion, à découvert, fini la rigolade : ils tombaient comme des mouches.

Vous auriez dû voir, dit Max Schulz, à quelle vitesse j'ai remonté mon pantalon. Jamais de ma vie je n'avais remonté aussi vite mon pantalon. Même chose pour le commandant de camp Hans Müller. Il a même fait plus vite que moi. Le temps de dire ouf son pantalon était remonté et il s'est jeté en avant, plongeant dans le tas ensanglanté de nos camarades fauchés. Se saisissant d'un fusil il s'est mis à tirer comme un fou dans la forêt, à l'aveugle.

Moi pareil. J'ai fait comme lui. Je savais tirer, ça oui. Les maux de ventre, envolés. Vous auriez dû voir ça !

— J'aurais dû voir quoi ? demanda Madame Holle.

— L'enchantement de la forêt, dit Max Schulz. Car nous livrions notre dernière bataille. Sitôt la dernière balle tirée, un ange passa. La forêt, silencieuse. Le front, silencieux. Les partisans, silencieux. Même le vent s'était calmé et la neige avait cessé de tomber.

"Vite, tirons-nous", a crié le commandant de camp Hans Müller.

J'ai dit simplement : "Oui, putain de merde !"

Nous avons jeté nos fusils sur le tas des blessés et des morts. Hans Müller, le commandant de camp, a pris un des cartons pleins de dents en or, l'a soulevé et balancé d'un coup sec dans les buissons. Puis nous avons sauté du camion et prenant nos jambes à nos cous, nous nous sommes enfoncés dans la forêt.

— Dites, comment ça s'est passé pour Günther ? Il est mort sur le coup ?

— Je n'en sais rien, dit Max Schulz. Günther se trouvait dans le tas avec les autres. Je ne l'ai revu que le lendemain.

— Racontez-moi la scène.

— D'accord, dit Max Schulz. Mais plus tard.

— Et la forêt ? Enchantée ? Pour de vrai ? » Max Schulz hocha la tête.

« La forêt était silencieuse. Mais quand nous avons déguerpi, la forêt s'est mise à rire.

— Je crois que vous avez un grain, dit Madame Holle. Une forêt, ça ne rit pas.

— Oh que si, dit Max Schulz. Ensuite elle s'est remise à grouiller. Le front a recommencé à fulminer. Les partisans sont sortis de leurs cachettes et nous ont tirés dessus. Les nuages lâchaient leur charge. Le vent sifflait dans les arbres, et la neige fraîche nous fouettait le visage. Nous courions avec nos caleçons collés aux fesses, détalant comme des sous-hommes.

« J'ai perdu de vue le commandant de camp Hans Müller. Je ne sais plus combien de temps j'ai erré dans la forêt. Quelques heures peut-être. Plus tard, j'ai trouvé un bunker abandonné, je suis rentré et j'y ai passé la nuit.

— La nuit ? demanda Madame Holle.

— Oui, la nuit », dit Max Schulz.

« J'ai dormi quelques heures. Pendant mon sommeil le front est passé au-dessus de ma tête sans que je m'en aperçoive, puis je me suis réveillé, j'ai eu peur sans savoir pourquoi et je me suis dit : "À quoi bon ?"

J'ai grimpé hors du bunker. Il faisait encore nuit noire. J'ai brossé mon uniforme du bout des doigts, claqué des talons et engueulé le ciel.

J'ai gueulé : "Que la lumière soit !"

J'ai gueulé : "Que la lumière soit !"

J'ai gueulé : "Que la lumière soit !"

Mais rien ne se passait. Des années durant, j'avais engueulé le ciel. Et à chaque fois le ciel m'avait obéi. Et là, tout à coup, ça ne marchait plus. Le ciel ne m'obéissait plus.

J'ai craqué une allumette et regardé ma montre. Elle était arrêtée.

Le jour s'est levé un peu après.

— Décidément, vous avez un grain, dit Madame Holle. Au fond, j'aurais dû m'en douter tout de suite. Avec vous, on ne sait jamais ce qui est vrai et ce qui ne l'est pas. Et mon Günther alors ?

— Ah oui, Günther... dit Max Schulz. Un peu plus tard, quand il a fait un peu plus clair, je suis retourné sur les lieux de l'embuscade. Les partisans s'étaient tirés avec nos camions. Ils ont eu tout le monde, sauf nous deux, le commandant de camp Hans Müller et moi. Ils avaient balancé des camions les morts et les blessés, qui gisaient pêle-mêle au milieu du sentier forestier. Bien entendu, les partisans avaient achevé les blessés. Bref : il ne restait que des morts sur le sentier enneigé. J'ai gratté la neige, découvrant les visages... quelques-uns seulement... et quelques corps aussi... et j'ai découvert Günther... sans queue ni crâne.

— Il ressemblait à quoi, Günther... sans sa queue ? demanda Madame Holle.

— À une femme qui a ses règles, dit Max Schulz. Un trou rouge entre ses jambes nues.

— Nues ? demanda Madame Holle.

— Oui, dit Max Schulz. Tous, ils étaient nus. »

« Vous savez à quoi ressemble la forêt polonaise en janvier ?, demanda Max Schulz. Le matin, juste après le lever du jour ? Au tableau dans le salon des Finkelstein. Vous savez, il y avait un grand tableau dans leur salon... un paysage d'hiver... un paysage d'ailleurs, avec un soleil rouge et froid, des arbres sombres aux branches noueuses d'où pendaient des stalactites comme les dents pointues d'un dragon... des dents suspendues... sourire carnassier prêt à mordre la terre... tout ça et plus encore enveloppé d'un linceul blanc autour duquel voletaient d'étranges voiles grisâtres. Seuls les morts nus sur le sentier manquaient sur le tableau des Finkelstein.

— Qui étaient les Finkelstein ?

— Les Finkelstein, c'étaient les Finkelstein, dit Max Schulz.

Qui voulez-vous que ce soit d'autre ? »

« Donc, me voilà debout, dans cette putain de forêt polonaise, sur un sentier forestier, à côté d'un tas de morts, et j'ai pensé : Nom d'une pipe, Max, comment tu vas rentrer en Allemagne maintenant ? J'avais bien envie de chialer un petit coup, mais l'idée m'a traversé l'esprit que mes larmes gèleraient aussitôt sur mes cils. Je peux vous dire que ça caille en Pologne au mois de janvier, tellement que ta salive risque de geler si tu ouvres trop la gueule.

— Vaut mieux la fermer, alors, dit Madame Holle.

— Exact, je n'avais pas d'autre choix, dit Max Schulz. Donc, me voilà debout sur le sentier forestier, l'œil rivé sur les morts, grelottant de froid, manquant de sommeil, claquant des dents, crevant de faim...

Il va sans dire que les partisans avaient tout pris, y compris les vivres. Je savais que sans nourriture et sans un abri digne de ce nom, je n'avais aucune chance de survivre. Il me fallait à tout prix un toit, il me fallait un abri, un abri et des allumettes, car j'avais utilisé les dernières – il me fallait un endroit où je pourrais faire un feu et trouver de quoi becqueter. Il me fallait aussi une tenue civile, me débarrasser de mon uniforme et, si possible, me débrouiller pour passer à l'Ouest et rentrer en Allemagne en restant derrière les lignes russes. Personne ne devait savoir qui j'étais. Avec nous, les bolchos ne faisaient pas dans la dentelle. Avec nous... les SS.

Oui, voilà toute l'histoire.

Avant de continuer mon chemin, je suis allé chercher les dents en or dans les buissons. Elles étaient encore là. Dans le carton entièrement couvert de neige. J'ai gratté la glace et la neige et chargé le carton sur mon dos. J'ai suivi le sentier, puis j'ai tourné à droite, me dissimulant sous les arbres parce que c'était plus prudent. Après avoir trotté ainsi un bout de temps, je me suis arrêté, j'ai posé le carton avec les dents en or et je l'ai enterré sous la neige. Avec mon canif, j'ai marqué les arbres autour de l'emplacement.

Je savais que, comme moi, le commandant de camp Hans Müller errait dans la forêt, et j'étais somme toute plutôt soulagé de l'avoir perdu de vue. À tous les coups Hans Müller reviendrait sur les lieux de l'embuscade pour récupérer les dents en or. Je me suis dit : Vaut mieux que ce soit toi qui aies les dents plutôt que lui. Le moment venu, tu viendras les déterrer. Avant la fonte des neiges. Dans quelques semaines, quoi. Puis tu reprendras ta marche... avec les dents en or... jusqu'en Allemagne. Et une fois là-bas, tu vendras les dents et tu commenceras une nouvelle vie.

La forêt grouillait de partisans. J'avais peur. Il ne fallait surtout pas que je me fasse prendre. Je pensais aussi à Günther. Au trou rouge entre ses jambes nues. La peur a fini par chasser la sensation de faim. Je me suis frayé un chemin dans la neige profonde, et petit à petit je me suis réchauffé. Au bout de quelque temps, j'ai entendu des bruits de moteur et le crissement de grosse chenille de chars d'assaut. J'ai pensé : les colonnes des russkoffs... il y a une route là-bas...

maintenant, fais gaffe ! Les russkoffs, ça ne rigole pas. Ni eux ni les partisans ! Fini la rigolade. Les chars roulent à travers la Pologne. Direction l'Allemagne.

J'ai bifurqué à nouveau, mais me rendant compte que je tournais en rond, j'ai regardé la position du soleil pour repérer le meilleur chemin pour aller vers l'Ouest. Je pensais aller vers l'Ouest quand...

Vers midi j'ai vu de la fumée, une clairière. Je me suis approché sur la pointe des pieds, reniflant l'air comme une bête.

D'abord je n'ai vu qu'un toit... un toit de chaume tout de travers, avec une petite cheminée en torchis. De la fumée noire s'échappait de la cheminée, dessinant des volutes par-dessus le toit de chaume. Elle s'emberlificotait dans les cimes des arbres près du toit, puis d'autres rafales de vent venaient la libérer, et elle reprenait sa course vers le ciel. Je suivais des yeux le nuage de fumée. Je regardais le ciel sans y penser quand soudain j'ai eu un choc. Car le ciel au-dessus du toit de chaume était de glace. Et dans la glace bleue était pris le disque jaune du soleil.

— Jamais vu de glace bleue, dit Madame Holle, encore moins de soleil pris dans de la glace... Mais bon, continuez votre récit !

— D'accord. Voilà l'histoire, dit Max Schulz. Et alors en m'approchant j'ai vu la cabane tout entière... je veux dire... la partie sous le toit aussi. C'est-à-dire peu de chose. Une petite cabane de paysan, basse, bâtie en torchis, mélange d'argile, de bouse de vache et de crottin de cheval, puis passée au blanc de chaux. Je n'ai pas vu d'étable. Ni de grange. Juste la cabane. Avec d'étroites fenêtres. Des fenêtres fêlées par le gel, couvertes de fleurs de givre.

— Des fleurs de givre ? demanda Madame Holle.

— Oui, dit Max Schulz. Des fleurs de givre. Elles ne fleurissent qu'en hiver... surtout sur les vitres... et surtout sur les vitres de la cabane de Véronia.

— Véronia ?

— Oui, dit Max Schulz. Véronia ! »

« Voilà l'histoire :

Brusquement l'une des fenêtres s'ouvrit. J'entrevis un visage. Le visage d'une vieille pomme toute fripée. Un visage vieux comme la nuit des temps.

— Vieux comment ?

— Je ne sais pas exactement, dit Max Schulz. Mais cette vieille pomme devait avoir deux fois votre âge. Au bas mot.

— Deux fois 49, dit Madame Holle, ça fait 98.

— Deux fois 59, dit Max Schulz, ça fait 118. »

« Oui, voilà l'histoire. Ensuite :

La fenêtre se referma tout aussi vite. Pendant un moment, rien ne bougea et je pensai : Pas de bol ! La vieille a vu l'uniforme. Elle a la trouille. C'est sûr !

Et puis, la porte s'ouvrit. Très lentement. En grinçant. Elle grinçait bizarrement, cette porte.

— Comme dans *Hänsel et Gretel*, dit Madame Holle. J'en ai des frissons dans le dos.

— Moi aussi j'en avais des frissons dans le dos, dit Max Schulz. Soudain, la voilà sur le seuil de la porte. Une vieille, vieille comme la nuit des temps. Qui souriait bizarrement. À pleines dents. Un sourire comme je n'en avais encore jamais vu.

— Un sourire comment ? demanda Madame Holle.

— Un sourire d'ogre, dit Max Schulz. Ou plutôt d'ogresse. Je m'imaginai aussitôt un immense chaudron où nageait mon derrière, rubicond, prêt à être découpé. Je vis mes yeux de grenouille flotter dans le bouillon. Mes yeux qui fixaient son visage : le visage tout fripé d'une vieille qui souriait à pleines dents, penchée au-dessus du chaudron.

— Alors vous avez détalé à toutes jambes », dit Madame Holle. Max Schulz secoua la tête.

« Au contraire ! Où vouliez-vous que j'aille ? J'avais faim, j'avais froid. Dans la forêt guettaient les partisans. Et non loin de là, les chars de l'Armée rouge sur la route de l'Allemagne. J'étais de la SS, c'est-à-dire un de ceux qui avaient fait le sale boulot pour les bricoleurs du Nouvel Ordre, voilà ce que j'étais. Moi, Max Schulz, un génocidaire, en cavale, et qui plus est derrière les lignes ennemies. Les gars dans la forêt, les chars sur la route, puis tous les autres qui suivaient les chars par tous les moyens, parfois seulement des yeux ou en pensée... tous derrière les chars, croisant les doigts... le camp adverse... tous me cherchaient, moi, Max Schulz, génocidaire... attendant le bon moment pour me trancher la tête. Et aussi – pensais-je alors – pour me trancher la queue... comme avec Günther... et avec tous les autres, couchés là-bas... pour m'enlever toute dignité... même après ma mort.

Je vis la vieille. Et je vis Günther comme je l'avais vu la dernière fois. Je tremblais de terreur. À cet instant je me dis : “Me voici en ce jour, je ne puis autrement”.

Je suivis la vieille à l'intérieur. Je bredouillai quelque chose en polonais, deux, trois mots que j'avais appris. Mais la vieille éclata de rire et dit : “Je parle aussi allemand.”

L'intérieur de la cabane comprenait deux chambres et un grenier. La vieille me les fit visiter. D'abord, nous entrâmes dans une vaste cuisine, une cuisine de ferme, véritable pièce à vivre avec des chaises et des tabourets en bois brut, une table rectangulaire, une longue banquette, un vieux fourneau rouillé et un four à pain avec un banc. Sous l'une des fenêtres il y avait un coffre noir qui ressemblait à s'y méprendre à un cercueil. Sur les longs murs, des petites sculptures en bois et des tapisseries, toutes plus étranges les unes que les autres. Entre le fourneau et le four à pain, un fagot de paille. Dessus, je vis une chèvre, minuscule, pas plus grande qu'un agneau. Qui mâchouillait la paille. Quand nous passâmes, la vieille et moi, devant le fourneau, la chèvre tourna la tête, me dévisagea d'un air bizarre, ouvrit son clapet et bêla.

Dans la seconde pièce, il n'y avait qu'un grand lit de bois avec une paillasse. À part ça, rien. La vieille ne me montra pas le grenier et je supposai qu'il devait servir de grange à foin ou de débarras.

"Vous venez sûrement de Laubwalde ? dit la vieille d'une voix rauque. Du camp de concentration... à sept kilomètres d'ici !"

"Non, dis-je. De partout sauf de là-bas."

"Vous mentez, dit la vieille. Je vois ce que je vois."

Et la vieille se mit à rire. Et son rire sonnait comme le bêlement de la chèvre.

Oui, voilà l'histoire. Ensuite :

Dans le fourneau flamboyait un bon feu. La vieille approcha l'un des tabourets, m'invita à m'asseoir, m'enleva les bottes, puis les chaussettes, sortit ensuite tranquillement de la pièce, revint avec une poignée de neige, s'accroupit à mes pieds, frotta avec la neige mes pieds nus et congelés, les massa, souffla dessus, puis dit de sa voix rauque : "Ils sont tout bleus... et pas qu'eux... tout le reste aussi... maintenant, allez, enlevez votre uniforme... les sous-vêtements aussi... tout."

J'obéis. Bientôt je me tins nu devant le fourneau. La vieille rapporta encore de la neige, et me frotta des pieds à la tête en me massant vigoureusement. Elle dit : "Dehors, vous seriez mort de froid. Tu parles d'un sang. Ça, le sang de la race supérieure ?... Et voilà le travail, la circulation est repartie. Et maintenant, rhabillez-vous. Restez devant le fourneau, je vais vous préparer quelque chose à manger. Vous avez faim ? Combien de temps êtes-vous resté dans la forêt ? Combien de temps sans manger ?"

"Depuis hier midi, dis-je. Vingt-quatre heures."

"Mais c'est rien ça, dit la vieille. Et vous avez l'air de crever de faim ! Alors quoi, les gars de votre espèce sont pas plus résistants que les sous-hommes ?"

"J'en sais rien, dis-je. J'ai jamais été un sous-homme."

"Si, dit la vieille, maintenant vous en êtes un."

La vieille avait sa petite idée derrière la tête me concernant. Mais je ne savais pas laquelle. Peut-être avait-elle l'intention de me trancher la gorge pendant la nuit ? Cette nuit ? Ou une autre ? En tout cas, j'étais certain qu'elle avait l'intention de m'assassiner ! La vieille me convia à table. C'était bon. Du bortsch – une soupe à la betterave –, des pommes de terre et du pain de campagne. La vieille mangea peu. Elle se contentait de me regarder et ses petits yeux aqueux semblaient me dire : Tu es maigre ! Je dois te remplumer un peu !

Très vite nous passâmes au tutoiement. "T'as l'air d'un Juif", dit-elle alors que j'avais la bouche pleine de pommes de terre, de pain et de bortsch. "Mais je sais que t'en es pas."

"J'en suis pas", dis-je.

"Demain tu resteras tout seul, dit la vieille. Parce que demain c'est le jour où je vais au village. T'as déjà vu un village polonais ?"

Je dis : "Oui. Des villages polonais, je n'en ai vu que trop."

"Mon dernier mari était plus jeune que moi, dit la vieille. Beaucoup plus jeune ! Il avait eu une fille d'un premier lit. Et elle vit au village."

"Et qu'est-ce que tu lui veux, à cette fille ?" demandai-je.

"Qu'elle me donne des vivres, dit la vieille. Une fois par semaine, elle me file quelques pommes de terre, des betteraves, du pain, de la vodka. Des provisions pour la semaine."

"C'est de ça que tu vis ?" demandai-je.

"Oui, dit la vieille. C'est de ça que je vis."

Nous bûmes la vodka et devînmes de plus en plus intimes. "Tu ne peux pas partir maintenant, me dit la vieille. Maintenant, en plein hiver, aller jusqu'en Allemagne, à pied... tu n'y arriveras jamais. Tu mourras de froid dans la forêt. Et où penses-tu trouver de quoi manger ? Dès que tu mettras les pieds dans le premier village venu, les paysans te battront à mort. Ou les russkoffs. Ils t'attraperont. Ou les partisans. Ou la police. Tu peux pas partir maintenant."

"Et toi, tu suggères quoi ?"

"D'attendre l'arrivée du printemps, dit la vieille. En se serrant un peu la ceinture, nous pourrons vivre à deux des provisions que je vais chercher au village une fois par semaine. Au printemps tu pourras reprendre ta marche. Avant que tu partes, je vendrai tes bottes et ta montre, et avec l'argent j'achèterai des provisions, beaucoup de provisions. Que nous partagerons équitablement. Suffisamment pour moi. Suffisamment pour toi. Assez pour que tu puisses te débrouiller jusqu'en Allemagne."

Nous bûmes encore de la vodka. Malgré tout je n'arrivais pas à me débarrasser de ma peur. Évidemment qu'elle avait raison, la vieille. J'étais coincé ici. La seule chose raisonnable c'était d'attendre le printemps. Peut-être qu'au printemps la guerre serait finie. Alors oui, je pourrais reprendre ma marche. Je lui donnerais la montre et les bottes avec plaisir. Mais à tous les coups elle mentait, la vieille, pour endormir ma vigilance. Quel intérêt avait-elle à m'offrir le gîte et le couvert jusqu'au printemps ? Une bouche de plus ! Gaspillage ! Elle allait me trancher la gorge, oui, pendant la nuit, pour piquer la montre. C'était aussi simple que ça. Et aussi les bottes ! À moins qu'elle n'eût d'autres projets pour moi ?

Je ne fermai pas l'œil de la nuit. Allongé sur la longue banquette de la cuisine, j'entendais dans la pièce à côté la vieille qui ronflait. Je me levais de temps en temps pour attiser le feu dans le fourneau. Au-dehors, sous les fenêtres, les loups hurlaient et le vent sifflait dans les arbres. Évidemment, j'aurais aussi pu tuer la vieille. Mais dans ce cas qui m'aurait procuré de quoi manger jusqu'au printemps ? Je ne pouvais pas me rendre au village. Impossible. *Ergo* j'avais besoin de la vieille.

Bon, il restait toujours la chèvre, qui s'appelait, comme je l'avais appris, Katioucha. Mais elle était maigre et aussi petite qu'un agneau. Si je supprime la vieille, pensai-je, je pourrai abattre la chèvre pour la manger. Mais ça me ferait tenir combien de temps ? Une petite chèvre toute maigrichonne ? Non ! J'étais à la merci de la vieille. J'avais besoin d'elle. La vieille pouvait faire de moi ce qu'elle voulait. Elle pouvait me nourrir jusqu'au printemps. Elle pouvait me cacher sous le lit ou ailleurs. Si les partisans venaient à se pointer... ou les russkoffs... elle pouvait me protéger. Mais elle pouvait aussi me dénoncer. J'étais entièrement à sa merci.

Cette pensée me hanta toute la nuit.

Le lendemain matin, la vieille me dit : “Tu pourrais me tuer. Mais je te le déconseille !” – à croire qu’elle avait lu dans mes pensées.

Je dis : “Parce que c’est toi qui me procures de la nourriture... ?”

“Pas seulement pour ça, dit la vieille. Ma belle-fille a l’habitude de me voir débarquer au village une fois par semaine. Si d’un coup je ne viens plus, elle se pointera aussitôt pour voir ce qui m’est arrivé. Ça pourrait te causer des petits problèmes... Et si tu tuais ma belle-fille avant qu’elle ne puisse alerter la police, là encore, ça ne changerait rien pour toi. On s’en apercevrait tout de suite au village. On ferait des recherches. Et tu ne pourrais plus rester ici.”

Je dis : “Véronia... comment peux-tu penser une chose pareille ? Pourquoi te tuer ? Toi, ou ta belle-fille ? Ou vous deux ? On s’en apercevrait tout de suite ! Je sais bien.”

“Tu pourras partir au printemps, dit la vieille. Et d’ici le printemps tu feras tout ce que je veux !”

“Mais, tu veux quoi ?”

“Tu verras bien”, dit la vieille.

Pendant le repas nous bûmes encore beaucoup de vodka. La vieille avait pas mal de bouteilles en réserve, vestiges des jours meilleurs. Je me détendis bien que la peur fût encore là, sous-jacente, mais je n’en montrai rien. Je racontai à la vieille que pendant des années j’avais engueulé le ciel au petit matin et je lui fis la démonstration. Je gueulai : “Que la lumière soit !”

“Que la lumière soit !”

“Que la lumière soit !”

La vieille dit : “Ça y est, il est bourré !”

Moi : “Et le ciel m’a toujours obéi.”

La vieille : “Et aujourd’hui ?”
Moi, crâneur : “Aujourd’hui aussi”.
“J’en crois pas un mot.”
“Si. Je peux te le prouver.”
“Vas-y, prouve-le.”
“Très bien. Quand tu voudras.”
“Demain matin de bonne heure. Je te réveillerai. Avant l’aube. Et là, tu pourras engueuler le ciel si ça te fait plaisir. Autant que tu voudras. Mais gare à toi si tu m’as raconté des bobards !”

Oui. Voilà l’histoire.
Le lendemain matin la vieille me réveilla avant l’aube. J’enfilai mon uniforme et mes bottes. Nous ouvrîmes la fenêtre et regardâmes fixement l’obscurité au-dehors. Je claquai des talons et gueulai : “Que la lumière soit !” Je gueulai : “Que la lumière soit !” Je gueulai : “Que la lumière soit !”
Rien. Alors, la vieille éclata de rire, tituba vers la table de la cuisine où était posée la lampe à pétrole, l’alluma, la tint bien au-dessus de sa bouche édentée, rit à gorge déployée, puis se traîna vers le grand coffre noir sous la fenêtre, l’ouvrit, en sortit une cravache, riant toujours, riant de son étrange rire chevrotant, se calma petit à petit, puis croassa : “Je peux faire de toi ce que je veux ! Je peux te dénoncer. Je peux te laisser crever de faim.”
Moi : “Oui, tu peux. Mais tu ne le feras pas.”
La vieille : “Si. Je le ferai si jamais tu ne fais pas tout ce que je veux.”
“Je ferai tout ce que tu veux.”
“Je n’ai jamais encore rossé un dieu. Et ça me dirait bien d’en rosser un une fois.”

“Un dieu ?”
“Oui, un dieu déchu.”
Sur quoi elle brandit sa cravache et dit en croassant :
“Ouste ! Baisse ton froc ! Plus vite que ça !”

La vie chez Véronia était monotone. Trois fois par jour : du bortsch rouge, des pommes de terre, du pain, de la vodka et des coups de cravache. Véronia avait beau être vieille comme la nuit des temps, elle avait une force démoniaque. Elle me rossait avec force et précision, poussant son rire chevrotant à chacun de mes hurlements. Elle semblait infatigable, trottait sur ses vieilles guibolles plus vite que je ne pouvais courir, me poursuivant sous la table, sous la banquette, sous le fourneau, et même sous le lit en bois de l’autre pièce. J’encaissais plutôt bien, mais il m’arrivait de m’évanouir. Après la bastonnade, Véronia allait toujours chercher une bassine de neige fondue. Elle me disait de m’asseoir dedans, affirmant que mes plaies ouvertes cicatriseraient plus vite. J’étais convaincu que Véronia voulait me battre à mort, mais ne le faisait pas pour pouvoir jouir de moi le plus longtemps possible.

Dès le premier jour, j’avais mal dormi, mais c’était devenu encore pire depuis que Véronia avait garni le siège de la banquette – mon lit – de clous pointus qu’elle m’interdisait de retirer. Parfois, au petit matin, il m’arrivait de trouver des éclats de verre ou des clous rouillés et tordus dans mes bottes, et souvent, lors de nos repas communs, dans le potage.

Mais la cruauté de Véronia devait encore empirer. Tout cela n’était qu’un début.

De temps en temps nous recevions de la visite. Beaucoup de partisans n’étaient pas retournés tout de suite à la vie civile et nichaient encore dans la forêt. De temps en temps, ils passaient prendre de l'eau au puits derrière la cabane ou venaient se réchauffer dans la grande cuisine près du fourneau toujours allumé. Véronia me cachait alors sous la paillasse dans l'autre pièce. Parfois un policier passait, ou un chasseur. Une fois même deux soldats, des russkoffs.

Tout ce beau monde ne restait jamais très longtemps, et une fois qu'ils étaient partis, Véronia me chassait de son lit à coups de pied, en pestant.

Comme je l'ai dit : la férocité de Véronia allait encore empirer. Depuis des jours j'essayais de deviner ce qu'elle avait derrière la tête, mais je ne parvenais à aucune conclusion.

Une nuit Véronia vint me réveiller. Elle se tenait devant ma banquette, simplement vêtue d'une longue blouse noire, la lampe à pétrole à la main. Ses cheveux hirsutes, blancs comme la glace, lui tombaient sur les épaules. Véronia me fit un sourire diabolique et m'ordonna de la suivre. Nous entrâmes dans l'autre pièce. Véronia me poussa sur la paillasse et s'agenouilla près de moi.

"Écoute-moi, Max Schulz, dit-elle de sa voix rauque. Je te parle sérieusement. Car on ne plaisante pas... avec l'amour."

"Qu'est-ce que tu veux, Véronia ?" demandai-je, terrifié.

Je m'étais redressé, mais Véronia repoussa ma tête contre la paillasse.

Elle dit : "Je veux savoir : tu peux tirer combien de coups à la suite, Max Schulz ?"

"Ça dépend", dis-je en esquivant.

"Pas d'histoires", dit Véronia penchée sur moi, menaçante.

Son souffle fétide et haletant d'excitation me donna la nausée.

"Plus avec une grosse qu'avec une maigre, bredouillai-je. Sans doute parce que ma mère était grosse."

J'essayai de m'écarter d'elle, mais le bois du lit m'en empêchait.

"Naturellement, c'est aussi une question d'âge, dis-je pour gagner du temps. Plus elle est jeune et grasse, plus je peux tirer de coups à la suite... plus elle est vieille et maigre, moins je peux. Mais j'ai mes principes."

"Quels principes ?" voulut savoir Véronia.

"Je ne couche qu'avec des femmes de moins de soixante-quinze ans."

"Tiens, tiens... dit Véronia. Il a des principes maintenant. Et en plus il fait la fine bouche !"

Véronia me rit au nez. Elle m'ordonna de rester couché, alla dans la cuisine, attisa le feu, fit infuser une étrange décoction, revint et me la fit boire. Je bus pour ne pas augmenter sa fureur. Elle pouvait me dénoncer. Elle pouvait faire de moi ce qu'elle voulait. En aucun cas je ne devais m'en faire une ennemie. Je bus pour oublier son haleine fétide, pour chasser mes nausées, pour que la décoction noyât dans mon estomac cet arrière-goût amer. Je bus par peur. Je bus par dégoût. Je bus par impuissance. Véronia baissa la flamme de la lampe à pétrole et la posa près du lit en bois. Puis elle s'en alla doucement vers la fenêtre, s'y tint debout un moment, dans sa longue blouse noire, murmura quelque chose, bougea sa crinière hirsute et blanche au rythme de ses murmures et appuya son front ravagé contre la vitre gelée. Son regard perçant fixait la nuit d'hiver à travers la vitre et les fleurs de givre, elle semblait écouter les loups qui hurlaient et le vent qui sifflait dans les arbres. Puis, soudain, elle se retourna et revint doucement vers le lit où j'étais allongé, effrayé, mon infusion bue jusqu'à la dernière goutte, le dégoût dans la peau. Elle se tint devant le lit, me regarda, ses yeux perçants dans mes yeux de grenouille, grimpa sur le lit, se blottit contre moi et ricana.

Arriva ce qui arriva. Tout mon corps se mit à trembler. Quand Véronia s'en aperçut, elle m'arracha le pantalon d'un coup sec, le jeta par terre, à côte du lit, à côté de la lampe qui luisait faiblement. Elle attrapa mes cuisses, les plaqua contre la paillasse, se mit à son tour à trembler, s'ébroua, s'humecta les lèvres avec sa langue pâteuse, laissa échapper quelques gouttes de bave visqueuse, murmura quelque chose, déboutonna sa longue blouse noire, se pencha plus près de moi, si près que ses seins, ses seins flétris aux mamelons noirs frôlèrent ma peau, ses mains fripées caressèrent mes genoux, caressèrent mes cuisses, puis, brusquement, elle écarta ses serres, ses longs doigts aux ongles en deuil, et de ses doigts ridés elle effleura ma verge, comme par inadvertance, elle la serra et ne voulut plus la lâcher...

Dehors les loups hurlaient. Dans les arbres le vent sifflait. Et la nuit matait la chambre avec ses yeux éteints.

"Cette tisane, dit Véronia, peut réveiller les morts. Y compris le crapaud sans vie entre tes jambes nues. Voilà ce qui se passe, Max Schulz. Ton crapaud se réveille. Et il mue. Ça mue, un crapaud ? On s'en fout, celui-là oui. Sa peau se replie. Et il grandit comme le génie qui sort de sa lampe."

Toute la nuit je fis l'amour à Véronia. Et toute la nuit Véronia me fit boire de sa tisane. Entre deux reprises, je parlai à Véronia de ma crise cardiaque... en Russie. Je lui parlai des exécutions en masse, avant même Laubwalde, en Russie. Dans le sud de la Russie... Einsatzgruppe D... dans le secteur sud de la Russie. Je dis à Véronia : "J'ai eu une crise cardiaque. Je n'avais pas l'habitude, du moins pas encore, de tuer autant de gens en une seule fois, des femmes et des enfants... et puis, ces yeux... ces yeux, Véronia... c'était trop. Moi, je me disais que c'était à cause de la clope et de la picole... mais c'étaient leurs yeux. J'ai eu une crise cardiaque, Véronia... dans le sud de la Russie. Le médecin-capitaine m'a dit : Évitez les excès ! Avec les femmes aussi. Une fois par semaine, pas plus. Et seulement un coup ! Compris ?! Une fois un égal un ! Et pas deux. Et encore moins trois ! Ni quatre ! Ni cinq ! Ni six ! Ni sept !"

Mais Véronia voulait ma peau.

Le lendemain matin je tenais à peine sur mes jambes. Je réussis tout juste à me traîner du lit en bois jusqu'à ma banquette dans la cuisine. Là je m'écroulai dans un râle. Mais ce n'était pas une crise cardiaque, pas encore, malgré le manque d'air et la sensation étrange d'avoir les jambes en coton. Véronia me prépara une tisane. Une autre tisane, faite d'autres herbes, censées me fortifier le cœur. Véronia ne me dit pas où elle trouvait ces herbes, c'était son secret, mais elle me dit en passant que la formule de ce breuvage, en plus des herbes, contenait d'autres ingrédients : de la poudre d'os d'oiseaux sauvages, de taupes et de mulots, capturés puis tués, une pincée d'yeux de scarabée et de la poussière de moustiques séchés.

Véronia me pétrit les jambes, le ventre, le dos, la nuque et me fit des massages cardiaques. Dès midi je commençai à me sentir mieux et ne voulais plus rester couché sur la banquette de la cuisine. Je me levai et pris mon repas comme d'habitude avec Véronia, assis à la table : bortsch, pommes de terre, pain et vodka... même si mon appétit laissait à désirer...

L'après-midi Véronia ouvrit l'une des fenêtres et m'ordonna d'ignorer les fleurs de givre et de regarder la forêt, m'ordonna de respirer profondément, de mettre les mains sur les hanches et de faire trois flexions des genoux. J'obéis. Après quoi je dus faire trois fois le tour de la table en courant. Ensuite : couper du bois, nettoyer le poêle, et autres besognes ménagères, le tout dans le but de favoriser la circulation sanguine.

Le soir je me sentais entièrement requinqué. Je mangeai avec appétit, bus de la vodka, fus de nouveau d'aplomb. Je dus chanter à Véronia des chansons allemandes, claquer des talons, hurler "*Sieg Heil*" pour prouver que j'étais de nouveau d'attaque, prêt pour la prochaine orgie avec Véronia, qui voulait ma peau. La nuit Véronia me tira encore de mon profond sommeil, me fit aller dans l'autre pièce, m'obligea à boire de la tisane – le philtre d'amour, pas le fortifiant – et à tirer des coups avec elle. Sept à la suite.

Les jours et les nuits qui suivirent : *bis repetita*. La nuit Véronia me mettait artificiellement le feu aux reins, m'entourait de ses bras, me suçait comme un aspirateur, se roulait et gémissait avec lubricité sur l'immense paillasse, tandis que le jour, elle jouait à l'infirmière, me donnait à boire son fortifiant, veillait à ma circulation sanguine, me soignait, me versait de la vodka et me nourrissait copieusement.

La septième nuit j'eus la crise cardiaque que j'avais prédite. Juste avant l'aube.

Véronia me poussa hors de son lit, me traîna dans la cuisine, me hissa sur ma banquette à l'aide du tisonnier plein de suie, m'allongea sur le dos, posa à mes pieds la lampe à pétrole dont la flamme vacillait et attendit l'aube. Puis elle éteignit la lampe et s'accroupit près de la banquette sous la fenêtre, sous les fleurs de givre, le visage blême comme l'aube, ses yeux brûlants, des yeux comme des épées, comme des orties, et sa bouche, lèvres fines, ricanante, et ses grandes dents.

Je vis Véronia dans un brouillard. J'étais allongé sur le

dos, je râlais, les yeux écarquillés, en me disant que j'allais mourir. J'entendis des violons et des harpes, je vis des petits anges sur les vitres couvertes de fleurs de givre, assis dans les calices et qui chantaient, jouaient, attendaient. Je vis aussi Slavitzki, je me vis nourrisson, vis mes fesses rubicondes, vis ma mère, l'entendis aboyer, remarquai, je ne sais comment, que Véronia s'éloignait à pas de loup, j'entendis tisonner, compris que Véronia ravivait le feu, pensai au grand chaudron, me vis tout cuit dans l'épais bouillon, vis mes fesses, pas celles du nourrisson, celles du meurtrier de masse, vis mes yeux, vis des millions d'yeux.

— Et ensuite ? demanda Madame Holle. Pourquoi n'êtes-vous pas mort ? Il aurait mieux valu, non ?

— Justement. Je ne devais pas mourir, dit Max Schulz. Véronia n'avait nullement l'intention de me tuer. C'est ce que j'ai compris une fois allongé sur la banquette, quand apparurent les petits anges dans les calices de glace des fleurs de givre. J'étais là pour être torturé. C'est tout. Véronia essayait de me faire passer un message.

Puis, petit à petit, je commençai à récupérer, dit Max Schulz. Entre-temps mars était arrivé. Du moins fin février. Vers midi déjà, les rayons du soleil réchauffaient un peu l'atmosphère. Les fleurs de givre craignaient le soleil et pissaient d'effroi sur les vitres. Dans la forêt, la neige fondait, mais regelait encore la nuit. Quand le soleil était haut dans le ciel, nous ouvrions les fenêtres. Parfois le vent portait jusqu'à nous le bruit sourd des coups de hache, le crissement aigu des scies et le craquement des arbres qui tombaient. Alors, Véronia disait : "Les bûcherons. Ils abattent des arbres dans la forêt. Tous les arbres autour du camp de concentration de Laubwalde. Tout dans un rayon de sept kilomètres."

Je demandai : "Pourquoi ils font ça ?"

Et Véronia dit : "À cause des mauvais esprits qui se nichent dans le feuillage des arbres."

"Les arbres n'ont pas de feuilles, dis-je. Ils sont encore nus."

"Ils en auront bientôt, dit Véronia. Si les bûcherons ne vont pas assez vite, les arbres reverdiront."

"Et où sont-ils en ce moment, les esprits ?" demandai-je.

"Ils hibernent dans l'écorce des arbres, dit Véronia. Mais au printemps, ils se réveilleront et grimperont dans le feuillage pour s'y nicher."

Le temps s'adoucissait à vue d'œil. Partout le dégel. De la neige entourait encore la cabane de Véronia, mais elle était comme une couche de papier qui se lovait chaque jour un peu plus contre la terre. On aurait dit qu'elle fondait de l'intérieur et qu'elle allait se briser bientôt. Par endroits je voyais déjà de larges flaques d'eau, surtout sous la porte d'entrée et les gouttières. Plus loin, vers la clairière, un torrent jaillissait de la forêt. Pour le moment les arbres étaient encore nus, et à leurs branches collait un reste de neige qui s'y agrippait désespérément. Oui, la neige était désespérée. Mais le soleil, lui, il riait, il riait au nez de la neige, dédaigneusement. La forêt entière était humide comme la cabane de Véronia.

J'étais presque rétabli. Vers midi, je faisais de petites promenades, chaussé de mes bottes, solides et imperméables. Véronia veillait à ce que je ne m'éloigne pas trop, mais à part ça, elle n'avait rien contre le fait que je quitte la cabane de temps à autre.

Une fois, je m'absentai pendant plus de deux heures. Je traversai la forêt dans l'espoir de retrouver l'endroit où j'avais enterré les dents en or. Mon sens de l'orientation avait toujours été excellent. Après avoir erré un moment, j'aperçus finalement les arbres que j'avais marqués de mon canif. J'avais enfoui le carton avec les dents dans la neige, mais quand je me retrouvai devant la cachette, je constatai avec horreur que le carton pointait hardiment le bout de son nez hors de la neige en train de fondre.

Je ne savais pas quoi faire. Je restai là, indécis, tendant l'oreille. La forêt parlait sa propre langue. Les arbres sanglotaient doucement, l'eau de la neige tombait en petites gouttes. Ils tenaient tête au vent qui n'avait plus vraiment la force de rien, qui ne chantait plus, qui ne sifflait plus, qui ne faisait plus que murmurer. On entendait aussi des bruissements sous la neige mourante et je supposai là tout un tas de bestioles que je ne pouvais voir. La terre avait dormi presque tout son saoul et commençait à s'étirer. Je distinguai même çà et là quelques voix d'oiseaux. Mais une chose m'inquiéta : les coups de hache des bûcherons. Ça ne venait pas de très loin !

Max Schulz, me dis-je, si t'avais une pelle, tu pourrais les enterrer, ces putains de dents. Mais ce serait con. Car une fois qu'ils auront abattu les arbres, comment feras-tu pour retrouver l'endroit ? Le mieux à faire : les emporter tout de suite. Fais gaffe seulement que la vieille ne te voie pas. Tu pourras planquer les dents dans les buissons derrière la cabane. Et cette nuit, oui, cette nuit, tu prendras la grande pelle de Véronia – où déjà ? ah oui, dans le grenier –, tu te glisseras hors de la cabane et tu enterreras les dents.

Arrivé à une centaine de mètres de la cabane de Véronia, je quittai le sentier qui menait tout droit à la clairière, et fis un petit détour, dans l'intention de rejoindre, ni vu ni connu, l'arrière de la cabane pour y cacher les dents en or dans les buissons. J'étais sûr et certain que Véronia ne pourrait pas me voir de la fenêtre de la cuisine. Mauvais calcul. Véronia m'avait vu. Elle m'attendait dans les buissons derrière la cabane et pour un peu je lui rentrais dedans.

J'étais comme paralysé. Je ne ressentais plus rien. J'étais face à elle, muet, bouche bée, le carton sur le dos, la regardant, baba.

"J'étais au grenier, me dit Véronia en ricanant. Je t'ai vu par la lucarne."

Je bredouillai quelque chose, n'importe quoi.

"T'as quoi sur ton dos ?" demanda Véronia.

"Mes affaires", je dis.

Je reprenais doucement mes esprits.

"Quelles affaires ?"demanda Véronia.

"Mes affaires, je dis. Chacun ses petites affaires, non ?"

"Bien sûr", dit Véronia, toujours ricanant.

"Faut que je les enterre, je dis. Il y a des documents là-dedans. Et encore tout un bazar. Pas la peine que les russkoffs y fourrent leur nez."

Véronia hocha la tête. Elle dit : "Ma foi ! Si tu le dis. Mais le carton est tout trempé. Si tu l'enterres dans cet état, tout va pourrir. Le mieux c'est de le faire sécher près du fourneau. Ensuite, je te donnerai un sac bien épais pour l'emballer. Après ça, tu pourras l'enterrer."

J'étais d'accord. Nous entrâmes dans la cabane et je posai le carton près du fourneau.

"Et si tu l'ouvrais, me dit Véronia. Montre-moi ce qu'il y a dedans."

"Y a des munitions dans le tas, je dis. Et des explosifs ! Je ne peux pas l'ouvrir tout de suite. D'abord, il faut qu'il sèche un peu. Parce que carton qui mouille colle à la mèche. Ça peut tout faire péter."

Je ne savais pas si Véronia me croyait ou non, mais je vis qu'elle hésitait.

"C'est pas vrai... hein ?" dit Véronia. "Mais si, je dis. C'est vrai."

"À quoi ça te sert d'avoir des munitions et des explosifs ?"

"À plus rien, je dis. Mais bon, c'est dedans. J'avais ramassé tout un bazar... comme tout le monde. Tu sais bien comment c'est."

Ça lui avait coupé la chique. Du pied, en faisant très attention, elle poussa le carton un peu plus sous le fourneau. Elle murmura quelque chose en direction de Katioucha la chèvre, tisonna le feu dans le fourneau, jeta des branches sèches dans la braise, souffla, puis se mit à éplucher des pommes de terre.

Quand la nuit commença à tomber, nous nous assîmes à table pour manger comme d'habitude : bortsch, pommes de terre et pain, arrosé de vodka. Nous bûmes plus de vodka que d'habitude et parlâmes de choses insignifiantes.

Une fois, au cours de la conversation, Véronia me dit : "T'aurais pas l'intention des fois de leur donner une dernière correction, aux russkoffs... avec tes explosifs et tes munitions ?"

Je ne dis rien, fis non de la tête.

"D'ailleurs, je ne te le conseille pas, dit Véronia. Ça rigole pas avec les russkoffs. Fiche-leur la paix aux russkoffs. Et estime-toi heureux qu'ils te fichent la paix."

Je dis : "T'inquiète. Pour moi, la guerre est finie."

"Tu sais, dit Véronia, cet après-midi, j'ai cru un moment que tu avais filé en douce... parce que tu étais parti si longtemps. Mais ensuite je me suis dit, il n'est pas aussi con. Sans vivres, sans provisions... non, il n'est pas aussi con ! Il sait très bien que s'il met le pied dans un village, les paysans le battront à mort."

"T'as raison, Véronia", je dis.

“L’Allemagne est à l’agonie, dit Véronia. Au village on dit que la guerre sera finie dans quelques semaines. Pas seulement pour toi, Max Schulz. Aussi pour tous les autres.”

“Oui, je dis. C’est plié.”

Véronia hocha la tête, puis dit : “Comment ça, plié ?”

“Plié avec les russkoffs, je dis. C’est foutu, les russkoffs ont le bras long.”

“Oui, dit Véronia. T’as pas tort. Mais le bras des Américains, des Anglais, de tous les autres, t’en fais quoi ?”

“Je n’en ai pas la moindre idée.”

“Tu seras peut-être plus au chaud dans leurs bras”, dit Véronia.

J’acquiesçai, pris une gorgée de vodka, souris faiblement et dis : “Je me fourrerais dans les bras de n’importe qui pour disparaître. Mais certainement pas dans les bras des russkoffs.”

“Tu devras marcher longtemps dans la forêt, dit Véronia, avant de trouver les bons bras. Les russkoffs ne sont pas partout.”

“Oui, dis-je. Bien vu.”

“Donne-moi ta montre demain, et tes bottes, dit Véronia... peut-être aussi d’autres objets de valeur qui sont dans le carton... Tu as une autre paire de bottes ? Autre chose qui puisse se vendre ? Je te donnerai de quoi vivre pour ta route, des provisions pour quelques semaines ou plus et tu pourras foutre le camp.”

“Oui”, dis-je.

“Et trouver les bras dans lesquels tu puisses te fourrer.”

Je dis : “Oui.”

Et Véronia dit : “Mais ça ne te servira à rien. Car Dieu est partout. Tu ne peux pas Lui échapper.”

Et moi : “C’est ce qu’on verra.”

Et Véronia : “Oui.”
Et moi : “Oui.”
Et Véronia : “Alors, fous le camp ! Ou plutôt, attends encore un peu... jusqu’en avril peut-être... d’accord ? Tu ne risques peut-être plus de mourir de froid dans la forêt, mais la terre est toujours humide. Attends plutôt qu’elle soit complètement sèche.”
Et moi : “Oui. Vaut mieux attendre que la terre sèche.”

Comprenez : le carton avec les dents en or devait aussi sécher. Mais ça, fallait l’éviter à tout prix, dit Max Schulz.

Cette nuit-là, je restai éveillé sur ma banquette à me demander comment je pourrais duper Véronia. Demain, il faudrait lui raconter des salades pour l’empêcher d’ouvrir le carton. J’eus une idée : je pourrais commencer par éloigner le carton discrètement du fourneau de manière à ce qu’il soit encore humide le lendemain. Comme ça, Véronia ne l’ouvrirait pas. Mais toutes les nuits Véronia venait plusieurs fois dans la cuisine pour vérifier si je dormais. Si le carton n’était plus à côté du fourneau, elle le remarquerait à tous les coups.

Je me dis : Non ! Le carton reste où il est. De toute façon, le feu va bientôt s’éteindre. Il y a de grandes chances pour que demain matin le carton ne soit pas encore sec.

Puis je me dis : Et s’il est sec ? Puis je me dis : qu’est-ce que tu feras ? Je réfléchissais : eh bien, demain matin tu te lèves de bonne heure... avant Véronia... tu vérifies si le carton est encore humide ou pas. S’il ne l’est pas, t’as qu’à verser un peu d’eau dessus. Il y a un baquet près du fourneau. Et plus tard... eh bien, plus tard, tu inventeras autre chose. Il ne faut surtout pas que Véronia ouvre le carton !

Plus je réfléchissais, plus j'étais fatigué. Et sans m'en rendre compte, je m'endormis. Tout le monde connaît ça.

Mais cette nuit-là, Katioucha la chèvre se mit à grignoter le carton humide, y laissant un grand trou : les dents en or s'éparpillèrent et se répandirent sur le sol.

Quand Véronia, encore tout endormie, entra dans la cuisine, je me réveillai enfin. Je levai la tête, vis les dégâts, vis Véronia, pensai : trop tard !

Véronia aperçut les dents en or éparpillées sur le sol de la cuisine. Elle poussa de hauts cris, roula ses yeux de vieille comme une possédée, s'arracha les cheveux, et me dévisagea. Horrifiée, elle devait se dire : "Enfer et damnation ! Les esprits maléfiques de Laubwalde !" – puis brusquement elle fonça sur le fourneau, ficha un coup de pied à Katioucha, s'empara de la hache rangée sous le fourneau, cria de plus en plus fort, dansa comme une folle autour de Katioucha, la tête dans les épaules, la bouche béante, toutes dents dehors, l'écume aux lèvres, ses yeux lançant des éclairs, les cheveux en bataille. Et soudain elle se mit à sautiller comme une chèvre sur ses jambes de vieille, puis, bondissant par-dessus Katioucha, elle se rua sur ma banquette et me donna l'assaut avec sa hache.

Je fus le plus rapide. J'esquivai l'attaque de Véronia, la jetai à terre, m'emparai à mon tour de la hache qu'elle avait plantée dans la banquette, levai le bras et, en trois coups bien sentis, fracassai son crâne de sorcière.

Trois coups ! Comment dit-on déjà ? Toutes les bonnes choses vont par trois. Le crâne de Véronia fit un vol plané sous le fourneau, éclaboussant le mur au passage. Une autre partie de sa tête partit en flèche dans le sens opposé et atterrit sur le seuil de la chambre à coucher. Mais son visage, le visage de Véronia, lui, glissa entre les pattes de Katioucha qui, affolée, fit un bond et se cogna à la porte du fourneau. De la cendre froide se répandit sur le visage de Véronia. Je pris la pelle à charbon, ramassai le visage et les cendres, jetai le tout dans le fourneau et fis un beau feu de joie.

Et puis, dit Max Schulz, et puis...

Oui, et puis je cherchai les restes de la tête fripée, les trouvai et les jetai au feu. Je soulevai le corps sans tête de Véronia, le chargeai sur mes épaules et le portai jusqu'au puits derrière la cabane. Un puits profond. J'y jetai le corps sans tête.

Max Schulz ! je me dis. Max Schulz ! Maintenant, fous le camp. Le printemps t'attend à l'orée du bois, mais toi, tu n'as plus le temps de l'attendre. Fous le camp ! Tout de suite. T'as pas le choix ! Va à la rencontre du printemps.

J'abattis Katioucha la chèvre, la dépeçai en petits morceaux, allumai un grand feu et fis cuire sa dépouille. Ensuite je transvasai les dents en or dans un sac de farine vide, brûlai le carton, mis dans le sac les morceaux cuits de la chèvre, par-dessus les dents en or, y fourrai aussi de la vodka et tout ce qui restait de pommes de terre, de pain et de betteraves. J'enlevai mon uniforme. Les bottes aussi. Dans le coffre noir sous la fenêtre de la cuisine je trouvai, outre la cravache, tout un tas de vêtements qui avaient autrefois appartenu au mari de Véronia. Je choisis ce qu'il y avait de meilleur : le costume du dimanche. Je trouvai également une paire de bottes en cuir de Russie, du linge de corps, des chemises. Je me changeai entièrement, mis encore du linge de rechange dans le sac, le hissai sur mes épaules et quittai la cabane.

Je suis parti à la rencontre du printemps, dit Max Schulz. La terre dans la forêt séchait à vue d'œil. Et un beau jour, nous nous sommes rencontrés, le printemps et moi.

Savez-vous à quoi ressemble une forêt polonaise au printemps ? dit Max Schulz. À une forêt polonaise. Au printemps. Voilà, quoi. Au printemps le soleil et la terre dévorent la neige. Les arbres cessent de pleurer. Ils bâillent et ils s'ébrouent. La terre, le soleil et la pluie se défont de leur linceul et tissent un nouveau tapis bariolé, composé d'herbes, de fleurs et tout le tintouin, enfin, je ne sais pas très bien... je veux dire... me demandez pas comment c'est fait. Bref, je sais juste qu'il revient tous les ans, le printemps, en Pologne, peu importe si la Pologne est sous la coupe des russkoffs ou sous la mienne. Le printemps se contrefout des russkoffs. Et se contrefout de moi. Quand j'ai rencontré le printemps, à l'époque, dans la forêt polonaise, il a esquissé un vague sourire. Car aux yeux du printemps, moi, Max Schulz, je n'étais rien de plus qu'un scarabée enroué, une petite bestiole qui a braillé quelque temps puis perdu sa voix.

Oui. Voilà l'histoire, dit Max Schulz. J'ai traversé la forêt polonaise pendant des semaines. Puis des champs, des prairies. Et un beau jour, je suis arrivé à la frontière.

En entrant dans le premier village allemand, je suis resté cloué sur place. Les maisons étaient réduites en cendres, les habitants avaient fui devant les Russes. J'ai vu un panneau indicateur dont la flèche pointait vers le ciel. J'ai essayé de déchiffrer le nom à moitié effacé du village, mais pas moyen. »

11.

La bougie s'était éteinte depuis longtemps. Il faisait nuit noire dans l'appartement du sous-sol.

Max Schulz n'avait pas remarqué que Madame Holle s'était endormie sur sa chaise de cuisine. Il avait parlé longtemps, comme pour lui-même, bu du whisky, fumé des cigarettes et regardé dans le noir, les yeux brillants d'ivresse. Maintenant que Madame Holle, dont la tête reposait paisiblement sur le bras de la chaise, émettait quelques ronflements, il comprit enfin la raison de son long silence.

Vexé, Max Schulz donna un petit coup à Madame Holle avec la bouteille de whisky, sur quoi elle sursauta et ouvrit les yeux.

« Qu'est-ce qui se passe ?

— Rien du tout, dit Max Schulz. Vous avez dormi tout du long.

— Pas tout du long quand même, dit Madame Holle. Je me suis réveillée de temps en temps. »

Max Schulz se leva en titubant, heurta la chaise, se traîna vers le lit d'un pas mal assuré, trouva la bougie éteinte sur la caisse à côté du lit, l'alluma et revint à la table de cuisine.

« Vous êtes bourré, dit Madame Holle.

— Pas assez », dit Max Schulz.

Madame Holle éclata de rire. Elle se cura le nez un bon moment, méditative, se lissa les cheveux, chercha des miettes de pain sur la table, en fit des petites boulettes, et pour s'amuser les envoya d'une pichenette contre la main de Max Schulz.

« Vous savez, Max Schulz... j'adore vous écouter.

— Vous avez dormi, dit Max Schulz. Vous ne m'avez pas écouté du tout.

— Mais si, dit Madame Holle. Le début de l'histoire, je l'ai écouté. J'ai même posé des questions. Je vous ai parlé. Ensuite... eh ben, ensuite... ben, je me suis endormie, quoi... mais j'ai pas fait exprès. Voyez, je me suis même réveillée par moments. Je viens de vous le dire. J'ai écouté quand même un petit peu, je veux dire, la suite de l'histoire... presque jusqu'au bout.

— Bon, dit Max Schulz. Soit. De toute façon je m'en tape complètement.

— Parfois, vous savez, vous parlez comme un poète !

— Parfois, ça m'arrive, dit Max Schulz, ça dépend.

— Pas du tout comme un coiffeur, chuchota Madame Holle.

Encore moins comme un meurtrier de masse. Un poète. »

Max Schulz lui raconta encore qu'il avait évité les routes de campagne et les gares. Surtout les gares. Même après la capitulation de la grande mère patrie.

« Tout à pied, dit Max Schulz, bien que j'aie les pieds plats comme un putain de Juif.

Je suis aussi allé à Wieshalle, dit Max Schulz. Là, j'ai cherché Slavitzki. Et ma mère. Mais ils avaient fui l'arrivée des Russes. J'ai aussi été dans d'autres villes, toujours en marchant, les traversant vite fait, en civil, tout en faisant gaffe, putain ce que j'ai fait gaffe, je n'avais pas de papiers et je voulais vendre les dents en or, oui, c'est ça que voulais faire, mais finalement j'ai préféré attendre, attendre le moment propice. Oui, voilà toute l'histoire, dit Max Schulz. Faute de mieux, je suis arrivé à Warthenau. Voyez, maintenant je suis fatigué. Putain ce que je suis fatigué. »

Ils ne dormirent que quelques heures. Madame Holle ne possédait pas de réveil. Elle se réveilla souvent, de peur de dormir trop longtemps et de rater le bon moment. Elle regardait les chiffres verts phosphorescents sur la montre de Max Schulz, refermait les yeux, rassurée, et se rendormait pour se réveiller en sursaut peu de temps après.

Juste avant l'aube, elle donna un coup de coude à Max Schulz, le secoua et dit : « Ça y est ! C'est l'heure de se débarrasser du mort ! »

Encore tout engourdi, Max Schulz se glissa hors du lit, s'étira, bâilla, fit trois flexions des genoux, se massa la nuque et se réveilla pour de bon quand Madame Holle commença à engueuler sa jambe de bois.

La nuit le major avait dégringolé et roulé sur le sol raboteux de la cave. Il était étendu devant le grand lit. Mort.

Max Schulz partit chercher le rouleau de papier d'emballage, le déroula, et glissa le papier sous le cadavre. Puis il l'emballa. Madame Holle l'aida à le ficeler, fit des petits nœuds et des petites boucles comme pour un cadeau de Noël.

Un peu plus tard, quand Max Schulz quitta le sous-sol avec son paquet, Madame Holle ouvrit la fenêtre pour le suivre des yeux, mais on ne pouvait pas voir bien loin.

Voilà ce qui arrive, pensa-t-elle, quand on vit en sous-sol.

Madame Holle avait l'impression qu'aux premières lueurs de l'aube des chuchotements et des murmures parcouraient le quartier en ruines. Les maisons tombées sous les bombes semblaient grommeler des imprécations, leurs doigts de pierre pointés vers là-haut, vers le ciel blafard qui les avait trahies. Elles démaillotaient petit à petit les pansements noirs de la nuit et montraient au jour nouveau leurs blessures. Les bouches de pierre gratifiaient la lumière de l'aube de sourires sans illusions. Les yeux aveugles de pierre scrutaient l'horizon du fond de leurs fenêtres sans vitres.

Madame Holle attendit le retour de Max Schulz devant la porte d'entrée. Quand enfin elle l'aperçut au loin, le soleil s'était déjà levé, camouflant les ruines de la rue Nietzsche sous une couche fraîche de peinture jaune.

On ne voyait que quelques rares piétons dans la rue. Tous avaient l'air un peu fatigué. Et bien que marchant droit devant eux, ils semblaient errer sans but. Cela prendrait sûrement du temps avant que les cratères des bombes disparaissent et que la chaussée soit rendue à la circulation des voitures et des vélos.

Max Schulz marchait lentement, comme s'il avait peur de se faire remarquer. Arrivé à hauteur de Madame Holle, il ne dit pas le moindre mot. Il lui fit un signe de tête, cligna ses yeux de grenouille pour lui faire comprendre qu'il préférait lui parler au sous-sol plutôt qu'en pleine rue.

En silence, ils entrèrent dans l'appartement du sous-sol. Une fois seulement que Madame Holle eut verrouillé la porte et vérifié que le jeune Willy ne pointait pas le bout de son nez par le grand trou du plafond, elle lui demanda à voix basse :

« Alors... Ça s'est bien passé ?... Avec le mort ?

— Impec ! dit Max Schulz.

— Vous l'avez posé où ?

— Comme convenu ! Sur un des bancs de la place Adolf Hitler !

— Personne n'a rien remarqué ? »

Max Schulz rit doucement. « J'ai suivi une équipe d'ouvriers. La plupart d'entre eux portaient quelque chose sur le dos. On n'y a vu que du feu. Après, sur la place Adolf Hitler, je me suis assis sur un banc, avec le paquet gentiment posé à côté de moi. J'ai attendu le moment propice. Et dès qu'il n'y a plus eu personne, j'ai vite déballé le paquet, assis le major, et je me suis taillé.

— Et le papier ? Et la ficelle ?

— Je les ai jetés plus loin.

— Et le major ?

— Oh lui, il contemple la statue saccagée d'Adolf Hitler », dit Max Schulz.

12.

Comme aucun des deux n'avait beaucoup dormi pendant la nuit, ils se couchèrent tout de suite après le petit-déjeuner dans le lit en laiton, s'endormirent aussitôt et ne se réveillèrent que vers midi.

Max Schulz se leva avant Madame Holle, alla faire un petit tour derrière la maison pour se soulager, revint après quelques minutes, farfouilla dans le sac d'or, déballa ce qu'il restait de vivres, sortit aussi les chemises et le petit linge, et pour finir deux livres : l'un brun, l'autre noir.

Madame Holle l'observa.

« Ça y est, vous avez tout déballé ?

— Pas tout, dit Max Schulz. Il reste encore les dents en or.

— C'est quoi ces livres ?

— Je les ai trouvés en chemin, dit Max Schulz. Dans un village désert près de la frontière.

— Un village détruit ?

— Oui, un village détruit.

— Dans une maison ?

— Oui, dit Max Schulz. La seule qui tenait encore debout, enfin, sur ce qu'il lui restait de jambes.

— Alors, c'est quoi ces livres ?

— Un livre brun et un livre noir, dit Max Schulz. Le brun était un journal intime encore vierge, mais entre-temps j'y ai écrit des choses.

— Et le noir ?

— Un livre de prières, dit Max Schulz. Un livre de prières, voilà.

— Ah bon... dit Madame Holle. Un livre de prières et un journal intime.

— Oui, dit Max Schulz.

— Et le linge sale que vous venez de sortir... d'où est-ce qu'il vient ?... de la cabane de Véronia ?

— Oui, dit Max Schulz. Du coffre noir. Mais à l'époque le linge était propre.

— Et les vivres... également de la cabane de Véronia ?

— Non, dit Max Schulz, les provisions de la cabane de Véronia, je les ai mangées depuis longtemps, et Katioucha la chèvre avec.

— Alors, c'est quoi, ces provisions ?

— Vous le voyez bien ! Du salami, des œufs durs et même du café !

— D'où ça vient ?

— Troqués, dit Max Schulz. Contre quelques dents en or.

— Au détail ?

— C'est ça, dit Max Schulz.

— Pourquoi vous ne vendez pas tout le sac ?

— Parce que j'attends le bon moment. Je vous l'ai déjà dit. Trop tôt, ça éveillerait des soupçons. Quand on vend les dents une à une, on peut toujours dire : "Cette dent, je me la suis arrachée moi-même !" ou bien : "Cette dent, elle est tombée toute seule !" »

13.

La nuit, au lit, Max Schulz dit à Madame Holle :

« Voyez-vous... je suis un grand lecteur de journaux. Depuis que je suis rentré en Allemagne, je lis toute la presse, disons plutôt tout ce qui me tombe entre les mains, jusqu'aux feuilles de journaux ramassées dans les poubelles ou le caniveau.

Une chose est sûre : les autorités savent parfaitement que je suis encore en vie ! »

Madame Holle se tourna entièrement vers lui, blottit sa vieille tête entre ses bras et demanda :

« Elles le savent, c'est sûr ?

— Oui, dit Max Schulz. Elles savent aussi que le commandant de camp Hans Müller est encore en vie et se cache quelque part ! »

Max Schulz cracha sur ses doigts et pinça le bout de chandelle.

« Nous avons commis une erreur à l'époque, dit-il à Madame Holle d'une voix basse. Quand nous avons quitté le camp, l'Armée rouge était encore à des kilomètres. Nous étions au courant que les partisans représentaient un vrai danger, et le commandant de camp Hans Müller, lui, surtout lui, il en avait une trouille bleue. Mais le *sturmführer* Adolf Kugelmann, et surtout nous autres, nous étions convaincus, je veux dire, le dernier jour, pendant qu'on pliait bagage, que l'Armée rouge ne nous rattraperait pas, et que nous percerions le cercle des partisans. Vous comprenez, on croyait qu'on allait se démerder jusqu'aux lignes allemandes. Et qu'on allait rentrer en compagnie des troupes allemandes qui battaient joyeusement en retraite. Vous comprenez ce que je vous dis ?

— Que dalle, dit Madame Holle.

— Reprenons, dit Max Schulz. On était certains de pouvoir passer, du coup on s'est pas débarrassés de nos papiers. Chacun de nous portait sur lui sa carte d'identité et autres paperasses du genre. Lesquelles, je vous le donne en mille, sont tombées dans les mains des partisans. C'était même écrit dans les journaux. »

« Y avait encore autre chose dans les journaux, dit Max Schulz. Les partisans ont transmis les papiers de nos camarades tombés, tués dans la forêt, aux autorités soviétiques. Qui, elles, ont envoyé une commission dans la forêt pour photographier les cadavres. Les morts n'avaient plus de sexe et beaucoup d'entre eux n'avaient plus que la moitié du crâne, voire plus de crâne du tout, mais quand même, les autorités soviétiques, les russkoffs quoi, ont su précisément qui était tombé et qui ne l'était pas. Autre chose. Il faut que je vous dise avant que j'oublie. On avait brûlé les listes des morts, mais pas celle des membres de la SS. Qui se trouvait dans un classeur sur le camion avec le *sturmführer* Adolf Kugelmann. Elle aussi, elle est tombée entre les mains des partisans, puis dans celles de ces maudits russkoffs. Du coup les russkoffs sont parfaitement au courant que moi, Max Schulz, et le commandant de camp Hans Müller, on se balade tous les deux dans la nature.

Oui, voilà l'histoire, dit Max Schulz. Et les nouvelles autorités allemandes, qui lèchent le cul des forces d'occupation, elles ont aussi eu vent de l'affaire, car les russkoffs ont fait du ramdam. Partout, on est au courant, ici comme ailleurs. Je suis recherché. Je le sais. Surtout en Pologne. Oui, bordel de Dieu ! Surtout en Pologne. Les autorités polonaises ont une envie folle d'avoir ma tête, plus encore que les russkoffs. Pourtant j'ai aussi fait un petit tour dans le sud de la Russie et j'ai pas mal joué de la gâchette dans le coin, mais bon, qu'est-ce que vous voulez, les Polonais sont plus chauds. Oui, ils veulent ma tête, et aussi celle du commandant de camp Hans Müller. À cause des meurtres sur le sol polonais. Alors qu'au fond, sol polonais ou autre, qu'est-ce qu'on en a à foutre. Mais bon, qu'est-ce que vous voulez. C'est comme ça.

Et je vais vous dire une chose, dit Max Schulz. Ma langue, elle est très longue. Bon, parfois un peu chargée, parfois non, mais longue, très, très longue. Et parfois je m'imagine à quoi elle ressemblerait, cette longue langue, si je pendouillais au bout d'une corde. Probablement qu'elle pendrait de tout son long comme si elle voulait lécher une dernière fois... et ma langue, je peux vous dire, elle a léché à peu près tout et n'importe quoi au cours de mon existence ! »

Max Schulz ricana. Puis il dit : « Mais ne vous inquiétez pas. Je ne me ferai pas gauler. Y a que ceux qui se font gauler qui finissent au bout d'une corde. Drôle d'invention, la potence, vous savez, finalement depuis la nuit des temps on la dresse... on ne l'a jamais dressée que pour ceux qui se font gauler.

Bordel de merde, dit Max Schulz. C'est comme ça. Et ça a toujours été comme ça. Les Juifs morts de Laubwalde, ils ont craché leurs dents en or pour me rendre la vie un tantinet plus chouette. Peut-être j'en tirerai quelque chose sur le marché noir. Peut-être pas. Mais un jour, oui, un jour, j'ouvrirai une nouvelle boutique de coiffeur, pardon : un salon de coiffure.

Un vrai salon, avec un équipement dernier cri. Le jour où on aura repris pied, où on sera redevenu quelqu'un, et où les gens diront : lui, c'est untel, c'est pas un vagabond, pas un clochard, c'est un coiffeur, monsieur, quelqu'un qui gagne son pain en travaillant de ses mains, un excellent coiffeur avec ça, membre de ceci et de cela, et pas n'importe quel membre, ouais, vous savez, ce jour-là le soleil pourra se lever le matin de bonne heure, se recoucher le soir, ce jour-là, moi, je dormirai l'âme en paix.

Quand j'étais gosse j'avais un ami juif, dit Max Schulz. Qui s'appelait Itzig Finkelstein ! Et qui avait les cheveux blonds et les yeux bleus ! Et un tas d'autres qualités que je n'avais pas. Et pendant mon apprentissage, j'ai eu aussi un Juif pour maître. Qui s'appelait Chaïm Finkelstein. Et quel maître, croyez-moi. Pour un maître, c'était un maître. Un maître pareil, tout le monde en rêverait !

Souvent, avec les Finkelstein, j'allais à la synagogue. Le soir du shabbat, j'étais à leur table. À Pessah aussi. Et à plein d'autres fêtes juives. Je sais prier comme un Juif. Et je sais faire des tas de choses que font les Juifs.

Et je vais vous dire une chose, dit Max Schulz. Ça fait des mois que je me creuse la tête pour savoir comment faire pour me planquer. Plus j'y réfléchis, plus je me dis : "Max Schulz ! S'il y a une seconde vie pour toi, il faudrait que ce soit la vie d'un Juif !" Après tout, cette guerre, c'est nous qui l'avons perdue. Et les Juifs qui l'ont gagnée. Et moi, Max Schulz, j'ai toujours été un idéaliste. Mais un idéaliste d'une espèce particulière. Un idéaliste qui sait changer son fusil d'épaule. Quelqu'un qui sait que la vie est plus facile du côté des vainqueurs que des vaincus. C'est comme ça. Que je sois maudit si ce n'est pas la vérité. Et comme les Juifs ont gagné la guerre...

Seulement, va falloir que je me coupe la bite, dit Max Schulz. Et ça, ça ne me plaît pas du tout. »

Madame Holle avait écouté en silence ce que disait Max Schulz. Mais là, elle sursauta, horrifiée.

« Vous couper la bite ? Comment ça ?

— Pas en entier, dit Max Schulz. Juste le prépuce. Pour être circoncis, comme Itzig Finkelstein.

— Et il est où, ce Itzig Finkelstein ?

— Je peux pas vous dire, dit Max Schulz. Itzig Finkelstein est rentré à Laubwalde à l'été 42. Quand je l'ai vu pour la dernière fois, c'était au mois de septembre, septembre 42. Le sept du mois, il était déjà six pieds sous terre. Mais peut-être est-il monté au ciel depuis ? Je peux pas vous dire. »

LIVRE TROISIÈME

1.

BERLIN 1946

Je souffre d'insomnies. Alors je lis beaucoup. La moitié de la nuit. Je ne peux pas vous faire l'inventaire de tous les livres que je lis. Là où je veux en venir, c'est que je lis aussi des journaux, entre autres *La Gazette de Warthenau* qui n'est pourtant qu'une ennuyeuse feuille de chou provinciale. À vrai dire, je ne l'achète que pour des raisons purement sentimentales.

Récemment j'ai appris par *La Gazette de Warthenau* la mort de Madame Holle. Je n'en croyais pas mes yeux. Mais c'était écrit noir sur blanc : « La veuve du brigadier-chef SS et exterminateur Günther Holle saute sur une mine ! Elle ramassait de la ferraille dans la zone interdite entre la rue Moltke et la rue de Hanau ! » Une mort typique d'après-guerre. Est-ce qu'elle a crevé de faim après que j'ai fichu le camp ? Je suppose que oui. Voulait-elle ramasser de la ferraille ? Voulait-elle vendre de la ferraille ?

Vous savez ce que je me suis dit ?

Itzig Finkelstein, je me suis dit. Itzig Finkelstein, autrefois Max Schulz, la femme allemande crève de faim ! La femme allemande ramasse de la ferraille ! La femme allemande erre en clopinant parmi les ruines du Reich de mille ans pour ramasser de la ferraille. Parce que la femme allemande ne veut pas crever de faim. Mais la femme allemande n'a pas remarqué la zone interdite. Bordel ! Quand est-ce que les G.I. vont enfin nous débarrasser des dernières mines que nos petits gars ont plantées dans la terre allemande ?

Que Dieu m'en soit témoin : je voulais emmener Madame Holle avec moi. Puis j'ai changé d'avis. Je me suis dit : Max Schulz – à l'époque j'étais encore Max Schulz, n'est-ce pas ? – bref, Max Schulz, toi, tu arriveras toujours à te planquer. Mais une femme avec une jambe de bois, elle ne le pourra pas. En tout cas pas si facilement.

On sait comment ça se passe. Tôt ou tard la police l'aurait surveillée. Parce qu'elle était la femme de Günther. Et moi l'ami de Günther. Ils ont du nez. Les limiers. Et toute piste leur est bonne, toute piste susceptible de mener jusqu'à moi, même la piste Madame Holle.

J'ai raconté pas mal de choses sur Itzig Finkelstein à Madame Holle. Je lui ai aussi raconté que j'avais l'intention de me faire Juif. Mais à l'époque, je ne lui ai pas dit quel nom je comptais prendre. Eh bien, maintenant je suis Itzig Finkelstein. Vous avez bien entendu : Itzig Finkelstein ! Sans blague ! Et je ne peux plus faire marche arrière. D'ailleurs, de vous à moi, Itzig se porte comme un charme :

ITZIG FINKELSTEIN a fait du fric.

ITZIG FINKELSTEIN a vendu les dents en or. Toutes les dents. Oui. Itzig. Il a investi où il fallait :

ITZIG FINKELSTEIN est une figure du marché noir. Il vend tout et n'importe quoi, tout au noir, des cigarettes aux jeunes vierges. Des vierges noires, qui, soit dit entre nous, sont parfaitement blanches.

ITZIG FINKELSTEIN vit en grand seigneur, oui, en Homme du monde.

ITZIG FINKELSTEIN a changé. Crâne rasé, bouc, lunettes. Il ressemble un peu à Lénine, quoique pas tout à fait. D'ailleurs : Lénine avait-il des lunettes et des yeux de grenouille ?

ITZIG FINKELSTEIN a le membre un poil plus court, parce qu'il lui manque son petit prépuce.

ITZIG FINKELSTEIN a le membre un poil plus court, mais pas moins performant.

ITZIG FINKELSTEIN vit avec une très belle femme : une comtesse. J'y reviendrai plus tard.

ITZIG FINKELSTEIN a pris goût aux belles choses, à la grande musique, aux livres savants. La comtesse l'y encourage.

ITZIG FINKELSTEIN vit grand train.

Madame Holle était allée faire des courses au marché noir. Et quand elle était revenue, en fin d'après-midi, Max Schulz s'était envolé. Il avait jeté ses fringues dans le sac avec les dents en or, l'avait mis sur l'épaule et il s'était tiré. Et vlan !

Si elle avait pleuré longtemps ?

Oui. La vie est cruelle, chère Madame Holle. Même les oiseaux de l'été en bavent.

Faut dire aussi que voyager en Allemagne occupée, ça n'est pas une partie de plaisir, surtout pour un Allemand. Sans papiers. Avec un mandat d'arrêt aux fesses. Mais vous pouvez faire confiance à Max Schulz. Il s'était débrouillé, avec son sac, avec sa sale gueule de youpin, avec ses vêtements usés, en faisant des détours pour ne pas attirer l'attention, comme ça jusqu'à Berlin.

Vous savez comment un homme de la race supérieure fait son entrée dans la capitale en ruines du Reich de mille ans ? Avec des chaussures pleines de trous ! Des vêtements puants !

Le visage fourbu ! Les yeux de grenouille rougis ! Et un vieux sac sur son dos galeux, un vieux sac dans lequel les dents des Juifs morts lancent des sourires ultra-brite !

Sitôt arrivé à Berlin, j'ai enterré les dents en or dans un champ de ruines. Secteur américain. J'ai mémorisé l'endroit et suis parti chercher une piaule. Pas facile à Berlin. J'ai trouvé un sous-sol dans un immeuble bombardé. Là, je pouvais faire ronflette sous la chaussée. Comme avant.

J'avais eu des tas de camarades. L'un d'eux s'appelait Horst Kumpel. Un SS, un idéaliste, un fanatique. Horst Kumpel n'avait pas de vrai métier. Pendant un moment il avait été marin, puis serveur aux Trois Maures. Pendant la grande foire de Wieshalle, il avait l'habitude de tatouer une clientèle triée sur le volet et louait pour ça un coin dans la baraque de tir. Autrefois, Horst Kumpel avait été un chic type. Entier. Et bon camarade avec ça. Mais il n'a pas eu de bol, Horst Kumpel. Un accident de moto. En 1936 il a perdu ses deux jambes. Bref, j'étais à Berlin et je me disais : Max Schulz ! Horst Kumpel n'a pas fait la guerre. Donc, pas de charges contre lui. Il n'a pas besoin de se cacher. Ses parents habitaient à Berlin dans le temps. Peut-être qu'ils y vivent toujours. Ils savent certainement où il est. Tu peux le retrouver. C'était un chic type. Quelqu'un qui en plus savait faire des tatouages. Il a pas perdu la main, que je sache ! Et même s'il l'a perdue, il le fera. Et puis, il y a autre chose qu'il sait faire : fermer sa gueule.

L'immeuble où avaient vécu les parents de Horst Kumpel s'était effondré, comme tous les immeubles de la rue Tulbeck. Mais le sous-sol ! Il existait toujours !

J'ai trouvé les parents de Horst Kumpel terrés dans leur sous-sol comme deux vieux rats. Ne me connaissant ni d'Ève ni d'Adam, vu qu'ils ne m'avaient jamais rencontré, ils me toisaient du regard, méfiants.

Naturellement, je ne leur ai pas révélé ma véritable identité. Je leur ai simplement dit que j'étais un ami de Horst, que, comme pour lui, aucune charge ne pesait sur moi, que je lui devais de l'argent, à Horst, et que j'aurais aimé lui parler.

Horst aussi vivait dans un sous-sol. Non loin de la rue Tulbeck.

Horst Kumpel ! SS. Pas de charges contre lui. Pas de jambes. Et qui chiale en me voyant arriver, rampant dans tous les sens, moulinant des bras comme un malade.

« Putain Max. J'ai lu ton nom dans le journal. J'ai croisé les doigts pour toi. Me suis dit : "Ce type-là, il se fera jamais choper !"

— Oui, Horst. Je le savais, je veux dire... que tu croiserais les doigts pour moi.

— Dis donc, Laubwalde, ou comment ça s'appelait... vous n'y êtes pas allés de main morte. 200 000. C'est marqué dans le journal.

— Des Juifs, Horst. Ce n'étaient que des Juifs. Des ennemis du peuple. Des sous-hommes.

— Ils ont eu ce qu'ils méritaient, Max. Merci les gars !

— Dis-moi, Horst. Elle est où ta femme ? Je ne veux pas qu'elle me voie.

— Pas de souci, Max. Elle est allée à la campagne. S'approvisionner. Les vivres se font rares à Berlin. Mais à la campagne...

— Très bien, Horst. Je ne peux pas rester longtemps. Une nuit. »

Une pièce en sous-sol. Un lit étroit pour Horst et sa femme. Je me suis dit : de toute façon il n'est pas plus grand qu'un môme de quatre ans, il ne prend pas beaucoup de place. Une table en bois brut. Deux chaises en bois brut. Poêle en fonte. Pelle à charbon. Une cuvette ébréchée. Une fenêtre. Sous le verre : Ruines de berlin vues d'un sous-sol (détail) et son bout de ciel d'automne blafard.

Horst Kumpel rampait en tous sens avec adresse. Il a allumé un feu dans le poêle en fonte, préparé une petite soupe pour nous deux et fait apparaître comme par magie une bouteille de schnaps.

« Dis-moi, Horst, ça t'arrive encore de faire des tatouages ?

— Bien sûr, Max.

— Tu as encore tes outils ? Tout le matos ?

— Tout.

— Tu peux me faire un tatouage, Horst ? » Horst a ricané.

« Tu veux quoi ? Une nana avec des gros nichons ? Avec les tétons en forme de fraises ? Ou de cerises ? Ou de tortues ?... Un minou, deux minous ? Une rose ? »

J'ai dit : « Un numéro de camp de concentration, Horst. Je veux un numéro de camp de concentration. »

Pendant un moment, on a déconné tous les deux. Puis Horst a dit : « Putain, Max. Je me dis que finalement t'es qu'un sale Juif. Qu'ils ont juste oublié de te coller le numéro. »

J'ai souri sans rien dire.

« Comment ça se fait, Max ? Avec la gueule que t'as ? »

J'ai dit : « Numéro 12314 ! Et devant le chiffre, une lettre. La lettre A.

— Pourquoi A ? Pourquoi pas L ? T'as été à Laubwalde, non ?

— Y a pas eu de survivants à Laubwalde, Horst. C'était un petit camp de rien du tout.

— Comment ça, un petit camp de rien du tout ? Vous en avez quand même liquidé 200 000 à ce qu'on dit.

— C'était un petit camp de rien du tout, Horst. La plupart des Juifs, on les butait tout de suite. Dès leur arrivée. Tu piges ? Comme ça, on n'en avait pas trop à surveiller.

— Ah, je vois, Max.

— Oui, Horst, c'était un petit camp de rien du tout. Avec peu de prisonniers. Et aucun ne s'est échappé. On était bien organisés.

— En effet, Max.

— La lettre A, Horst.

— Comme tu veux, Max. Ce sera un A.

— Auschwitz, Horst ! Ça fait plus d'effet. C'est plus connu. »

J'ai eu mon numéro de camp de concentration. Et Horst Kumpel m'a donné l'adresse d'un toubib capable de fermer sa gueule.

Le docteur Hugo Weber avait 84 ans. Un homme qui était déjà à la retraite en 1930. Trop vieux pour avoir fait la guerre. Donc, pas de charges contre lui. Mais nazi quand même.

Un théoricien. Antisémite, sentimental : un idéaliste.

Je lui ai dit franchement qui j'étais : « Max Schulz. Un petit poisson. » Cet homme ne me trahirait pas.

D'abord le docteur Hugo Weber m'a débarrassé de mon tatouage SS sous le biceps gauche – un tatouage assez moche quand on y pense, une petite lettre : mon groupe sanguin – puis il a débarrassé mon membre de son petit prépuce, m'opérant de ses mains fripées et tremblantes, dernier acte d'amour pour le Führer et la Mère Patrie.

Il a juste marmonné : « Max Schulz ! Votre engin mutilé va bien avec votre gueule. »

J'aurais voulu lui rétorquer : « Docteur : ce ne sont là que des préjugés antisémites. Mon visage n'a rien de juif. » Mais j'ai préféré la fermer.

Pendant mes premières semaines à Berlin, j'ai souvent changé de piaule. J'ai dormi dans d'autres caves, d'autres trous à rats, parfois dehors, quelque part dans les champs de ruines, une fois même dans une église détruite. Je vagabondais dans la ville en ruines. Je tirais des plans sur la comète, réfléchissais, dressais des listes de noms juifs, mais finalement je me suis rabattu sur celui d'Itzig Finkelstein.

Max Schulz, génocidaire, fils illégitime mais aryen pure souche de Minna Schulz, était né le même jour que le Juif Itzig Finkelstein. Il connaissait son passé. Et ils avaient le même métier.

2.

Mon histoire est toute simple. Je me présente : Itzig Finkelstein, coiffeur juif de Wieshalle. Il n'y avait pas beaucoup de Juifs dans notre ville. Une petite communauté. Les nazis nous avaient mis en garde. Mais nous ne les avons pas crus. Nous pensions que ce mauvais rêve allait passer. Nous avons cru en une Allemagne meilleure. Et nous avons attendu. Et nous n'avons pas émigré.

Puis la guerre est arrivée. Et nous avons attendu un miracle. Et le miracle ne s'est pas produit. Puis un jour, nous avons voulu émigrer. Mais c'était trop tard.

Car ce jour-là ils sont venus nous chercher. À l'aube. Tous les Juifs de Wieshalle. Pas un seul ne fut oublié. Nous avons dû monter dans des camions. À l'aube.

Ils nous ont emmenés à Dachhausen, un camp de concentration en Silésie. Là-bas, certains d'entre nous furent assassinés. Mais pas tous.

En juin 1942, Dachhausen fut évacué. On nous transféra à Laubwalde, un camp d'extermination en Pologne. Aucun n'en est revenu.

Mais moi, Itzig Finkelstein, je ne suis jamais arrivé à Laubwalde. Notre convoi traversait la Pologne. Pendant des jours et des jours. On avait à peine de quoi manger et l'eau était rare. Il y eut quelques morts dans mon wagon. Dans une petite gare en Pologne, on ouvrit les portes pour évacuer les morts. Je profitai de l'occasion et sautai du train.

Où je me suis réfugié ? Où voulez-vous qu'un Juif se réfugie en Pologne ? Dans la forêt, évidemment. Je me méfiais des Polonais, ils étaient encore plus antisémites que les nazis.

Je restai dans la forêt. M'éloignai, en douceur. Direction la Russie du Sud, l'Ukraine. Là-bas, je rejoignis les partisans. Un temps je fus un combattant de l'ombre qui voulais venger ses parents. Puis, juste après la chute de Stalingrad, je me suis fait prendre. Mon unité était tombée dans un piège. Encore une fois je réussis à fuir. Je restai seul quelque temps. J'errai dans la région. On m'attrapa encore une fois. Je dus travailler comme fossoyeur pour un commando allemand. On décida de me fusiller. Mais je parvins à m'échapper. Cette fois, direction la Pologne. Retour à la case départ. Là-bas, ils m'ont encore attrapé... et déporté à Auschwitz.

Auschwitz ! Oui. Là où on gazait les gens.

Mais pas tous. Moi, je fus affecté dans une brigade de travail. Moi, Itzig Finkelstein.

Le front se rapprochait. De plus en plus. Et puis, un beau jour, Auschwitz fut libéré par les Russes.

Si moi aussi, j'ai été libéré par les Russes ? Non, messieurs.

Une partie de ce grand camp, étape obligée d'un bon million de gens en partance pour l'au-delà, avait été évacuée juste avant. Pour aller où ? En Allemagne ! Déjà entendu parler des marches de la mort ? Moi, je ne saurais vous les décrire. Mais j'ai vécu ça. En route, je parvins à fuir.

Demi-tour, Pologne. Dans la forêt. Où, sinon ? Et puis

un jour, oui, les chars russes passèrent par-là. Moi, Itzig Finkelstein, j'étais libre. Les russkoffs m'avaient libéré.

Mais je me méfiais des russkoffs. Et je n'avais aucune envie de rester avec eux.

Non messieurs. J'ai peut-être le plafond fêlé, mais pas à ce point. Moi, Itzig Finkelstein, je ne suis pas con au point de rester avec les russkoffs ! Moi, Itzig Finkelstein, je vais à Berlin ! Où ça, à Berlin ? Dans le secteur américain, tiens !

À Wieshalle nous formions une petite communauté repliée sur elle-même. Tous mes amis juifs sont morts. Mes parents aussi sont morts. Il n'y a plus personne. J'avais de la famille en Pologne, en Galicie pour être précis. Mais je ne les ai jamais rencontrés. Où ils sont ? Je n'en sais fichtre rien. Fusillés probablement. Ou matraqués à mort. Ou gazés. Je n'en sais fichtre rien. Ce que je viens foutre à Berlin ? Dans le secteur américain ? Messieurs ! Quelle question ! Que voulez-vous que je réponde à ça ? J'ai été crucifié, et j'ai le plafond fêlé ! Et aucune envie de rester avec les russkoffs !

Berlin grouille de réfugiés. Je suis l'un d'eux. Nous autres réfugiés sommes comme des fourmis affolées. Ça grouille dans la ville en ruines. Toutes sortes de fourmis. Des fourmis allemandes, originaires de territoires occupés de l'Est, des anciens S.T.O. polonais ou italiens ou grecs ou de je ne sais quel autre pays encore. Mais moi, Itzig Finkelstein, je suis une fourmi d'une espèce rare. Une fourmi juive. Qui aujourd'hui a le droit de crapahuter sans crainte partout dans la ville en ruines. Car je suis une victime du régime renversé. De toutes les victimes, je suis l'une de celles qui ont été persécutées le plus cruellement. C'est pourquoi toutes les portes me sont désormais ouvertes. Les vainqueurs ne m'aiment pas, car personne ne m'aime, mais ils font preuve de tolérance. Et les portes sont ouvertes. Pour combien de temps ? Je n'en sais rien. Mais tant qu'elles sont ouvertes, je peux me faufiler.

Je nettoyais mes lunettes tous les jours, pour voir clair, et je gardais mes yeux de grenouille ouverts. J'ai vu pousser comme des champignons les organisations d'aide aux survivants des persécutions nazies. Je pense qu'elles étaient l'incarnation de la mauvaise conscience des vainqueurs. Ces organisations d'aide aux victimes nous couvraient, nous les victimes du régime renversé, de leur assistance et de leur amour... mais avec un train de retard. Si, si. Un train de retard. Car des millions d'entre nous étaient morts. Mieux vaut tard que jamais, vous me direz. Ne me demandez pas de vous dresser la liste de toutes ces organisations d'aide aux victimes. Il y en avait trop pour ma petite tête. Mais laissez-moi vous dire ceci : Moi, Itzig Finkelstein, j'ai pris contact avec les organisations juives américaines d'aide aux survivants juifs du régime nazi. Elles avaient du pognon, croyez-moi. Car les Juifs américains, eux, n'ont jamais été crucifiés. Et moi, Itzig Finkelstein, leur cousin de sang, je l'ai été, crucifié. Et mes cousins américains avaient de la compassion pour moi, une compassion plus grande et plus forte que celle des autres vainqueurs, surtout les dirigeants. Mais qui dit compassion dit passion. Et qui dit passion dit croix. Et chacun veut se défaire de sa croix. Ainsi moi, Itzig Finkelstein, je pouvais disposer de dollars lacrymaux, histoire que moi, Itzig Finkelstein, je puisse me remettre sur pied, guérir mes membres blessés et oublier ma croix. Et eux la leur.

Alors, écoutez-moi bien :

Moi, Itzig Finkelstein, j'ai été admis avec d'autres crucifiés dans un camp de convalescence pour displaced persons à Lichtenberg près de Berlin. On ne demande pas à un Juif : “Faisiez-vous partie de la Wehrmacht ? Étiez-vous membre du parti ? Ou de la SS ?” Un Juif est blanc comme neige. Il n'a pas non plus à apporter la preuve qu'il est une victime du régime renversé. Car un Juif, c'est une victime du régime renversé. Nous devions bien entendu apporter la preuve que nous étions réellement juifs. La plupart d'entre nous n'avaient personne pour se porter garants, parce que les garants étaient morts. Et la plupart n'avaient pas non plus de papiers. Évidemment, même les crucifiés sont nés un jour quelque part. Mais comment le prouver ? Notre monde s'était effondré, n'était plus qu'un tas de cendres. Et qui se rappelait encore de nous ?

On nous fit passer devant une commission de contrôle. Une pure formalité. Nous, les hommes, fûmes examinés par un médecin qui vérifia que nous étions bel et bien circoncis. Les femmes furent dispensées d'un tel examen. On nous donna un livre de prières pour vérifier que nous savions l'hébreu. On nous posa des questions sur les fêtes juives. Chacun devait raconter son histoire.

Vous pensez bien que certains d'entre nous furent examinés plus que d'autres : ceux qui n'avaient pas le type juif le furent sous toutes les coutures. Pour moi, ce fut un jeu d'enfant. Quand vint mon tour et que je bredouillai mon nom, les messieurs de la commission de contrôle éclatèrent de rire. L'un d'eux, un chauve, dit : « Monsieur Finkelstein. Vous êtes juif, on sait. »

Je leur montrai mon numéro d'Auschwitz. Ces messieurs hochèrent la tête. J'ouvris ma braguette et leur montrai mon petit oiseau. Ces messieurs s'esclaffèrent. Le chauve dit :

« Monsieur Finkelstein. Pas la peine de nous faire le grand jeu. » Je crois bien que ces messieurs me prenaient pour un débile. On ne me donna pas de livre de prières ni ne me posa la moindre question sur les fêtes juives. Je ne passai pas non plus devant le médecin. Pour eux, mon identité juive ne faisait pas l'ombre d'un doute. Mais ils n'allaient pas s'en tirer à si bon compte. Je ne voulais surtout pas de traitement de faveur. Pourquoi m'examiner moins que les autres Juifs ? Je récitai donc toutes les fêtes juives sans qu'on me l'eût demandé, puis débitai toutes les prières qu'à l'époque Itzig Finkelstein m'avait apprises. Mais ces messieurs me firent signe d'arrêter. Ils riaient. Le chauve se laissa même aller à une petite boutade : « Monsieur Finkelstein, combien de dieux avons-nous ? »

Je dis : « Un seul. »

Le chauve demanda : « En êtes-vous bien sûr ? »

Je dis : « Tout à fait sûr. Un seul. Pas de fils de Dieu. Pas de Sainte Vierge. Ni de baiseur magique qui met en cloque des jeunes vierges innocentes sans les dépuceler. Le nôtre ne se livre pas à la gaudriole. »

Ces messieurs cessèrent de rire. Je pouvais lire leur pensée et la dis à haute voix : « Fêlé. »

Le chauve demanda : « Fêlé ? Qui ça ? »

Je dis : « Moi. Moi je suis fêlé. »

À partir de là, ces messieurs se contentèrent de mater mon numéro d'Auschwitz, puisque entre-temps j'avais refermé ma braguette. Je pouvais lire leurs pensées, mais ne les dis plus à haute voix. Je les lus en silence, les lèvres serrées : Il revient d'Auschwitz ! Il est fêlé ! Y a de quoi !

Je restai quelques semaines dans le camp de convalescence de Lichtenberg près de Berlin. Là, on me gava comme une oie. L'administration juive me harcelait de sa bienveillance. On me donna des habits neufs. On me donna des injections de vitamines. Je reçus de nouveaux papiers. Pour être précis : une carte d'identité DP provisoire. Je n'avais plus besoin de me cacher, car ma carte DP certifiait noir sur blanc que son détenteur, le crucifié Itzig Finkelstein, était, selon ses propres déclarations : Itzig Finkelstein, coiffeur de profession, né le 15 mai 1907 à wieshalle, ville autrefois allemande, aujourd'hui polonaise.

Combien de temps c'est valable, une carte de DP ? C'est ça votre question ?

Je ne sais pas trop. Disons, aussi longtemps que l'ordre ne sera pas rétabli chez nous en Allemagne, que les ruines n'auront pas disparu et les camps de DP avec, que la boutique ne tournera pas de nouveau à plein régime, que l'occupation continuera, et que nous n'aurons pas remis la machine en marche. Ce qui ne sera pas demain la veille.

Une fois rétabli, je retournai à Berlin pour vendre mes dents en or.

Je trouvai un endroit où dormir, un sous-sol, ça va sans dire, avec une entrée indépendante. Je déterrai les dents en or et les rapportai chez moi.

Moi, Itzig Finkelstein, je n'avais plus besoin de vendre les dents en or une à une et disant aux gens : « Voyez cette dent en or ? Je me la suis arrachée moi-même ! » Désormais je pouvais les vendre par douzaines, car moi, Itzig Finkelstein, j'étais au-dessus de tout soupçon. Personne n'irait me prendre pour un criminel de guerre. Moi, criminel de guerre ? Inimaginable.

L'idée de vendre tout le stock d'un coup ne me traversa même pas l'esprit. Les gens auraient quand même fini par se poser des questions. Mais par douzaines ? Aucun problème !

Connaissez-vous le marché noir de Berlin ? Vous ne le connaissez pas ? Vous ne l'avez jamais vu ? Dans ce cas, je n'ai qu'une chose à vous dire : Vous avez raté quelque chose ! Quel marché noir, je vous jure ! À ne manquer sous aucun prétexte ! Le paradis du trafiquant ! Je vous recommande particulièrement le quartier du Reichstag. Une aubaine pour moi, le petit trafiquant juif Itzig Finkelstein.

Je multipliai les contacts : dentistes, orfèvres, revendeurs, fourgueurs petits et moyens (j'évitais les gros). L'or dentaire est une denrée rare en Allemagne. Et l'était déjà en automne 1945. Je vendis mes dents par douzaines, racontant toujours la même histoire : Je me présente, Finkelstein. J'achète des dents en or. La plupart du temps aux Allemands et Allemandes démunis, réduits à s'arracher leurs dents en or pour les échanger contre de la nourriture. Allemand ou pas, faut bien manger.

Les trafiquants du marché noir s'en tapaient. Mais les dentistes et les orfèvres, ils me détestaient, moi, le Juif Itzig Finkelstein, même s'ils ne disaient rien. Je voyais les éclairs dans leurs regards, des étincelles qui se passaient de mots : « Espèce de petit Juif minable. Toi, ils auraient dû te gazer. Qu'est-ce que tu fous en Allemagne ? T'achètes des dents en or, hein ? Les dents des Allemands démunis ! »

J'aurais voulu leur dire : « Mais pas du tout, ce sont les dents de Juifs assassinés ! » Mais c'était impossible. De toute façon, à quoi bon discuter avec des antisémites. Ils sont incorrigibles.

Je vendis toutes les dents en or... ou... attendez... non, pas toutes. J'en gardai trois en souvenir, que j'enveloppai dans un mouchoir. Quelques autres, je les fis fondre : pour mon usage personnel, comme on dit. Mes propres dents étaient pourries et je voulais à tout prix me faire refaire le râtelier.

J'allai voir le meilleur dentiste de Berlin. Je lui dis : « Mes dents sont pourries. Nul n'est censé se promener dans le vaste monde avec des dents pourries. Faites-moi une bouche en or. Qu'on le voie bien, l'or. Et que ça brille quand je rigole. »

J'ai la bouche pleine de dents en or. Plus trois dents qui reposent toujours dans mon vieux mouchoir. Un souvenir. C'est sentimental.

Mais écoutez la suite :

J'avais vendu le reste et je m'étais fait un paquet de fric, assez pour lancer un petit trafic sur le marché noir. Le salon de coiffure pouvait attendre. Je me disais : Quoi qu'il arrive, tu l'ouvriras ton salon. Sûr et certain. Tu t'implanteras, tu le veux. C'est tout ce qui compte : s'implanter quelque part ! Mener une vie tranquille, honnête. Fonder une famille, peut-être. Oui, pourquoi pas ? Pourquoi donc Itzig Finkelstein ne fonderait-il pas un jour une famille ?

Mais comme j'ai dit : ça pouvait attendre. 1945, c'était l'année du marché noir.

Je commençai avec des cigarettes, puis refourguai du café. Plus tard je me diversifiai, vendant tout et n'importe quoi. Petit à petit Itzig Finkelstein se fit un nom sur le marché noir de Berlin. Il n'avait aucune raison de se plaindre, quand on y pense.

Berlin était toujours un tas de ruines. Mais à l'époque, en 1945, la ville entière semblait encore plus désolée que d'habitude. Du moins, c'est l'effet qu'elle me faisait. La nuit, allongé dans mon lit, je voyais les oiseaux noirs planer au-dessus des ruines calcinées, et je me fourrais sous ma couette.

Berlin. Kaputt. Effondrée. Comme tout le château de cartes. Que voulez-vous que j'y fasse ? D'ailleurs ça ne me concerne plus. Un jour, ils reconstruiront la ville. Je le vois venir. Puis toute l'Allemagne. Ils reconstruiront tout. Et alors... oui, alors... ils iront peut-être chercher le Führer au ciel.

3.

Vous connaissez Kriemhild, comtesse von Hohenhausen ? Permettez-moi de vous la présenter. La comtesse !

Imaginez :

Une soirée de trafiquants du marché noir dans une boîte de nuit berlinoise. Au sous-sol, ça va sans dire. La salle est enfumée. Fumée de cigares ? De cigarettes ? Vous voulez tout savoir jusqu'au moindre détail ?

Les deux ! Plutôt cigares. La raison : les gros bonnets fument des cigares. C'est comme ça.

Quelque part dans un coin : Itzig, le plus petit des gros bonnets. Il fume des Camel, Itzig. Et quelque part parmi les gros bonnets, la comtesse. Qui fume un cigare.

Lumière tamisée. Bougies. Des petites flammes tremblotantes, vacillantes, clignotantes, qui jettent des ombres comme la bougie dans le sous-sol de Madame Holle. Mais des ombres différentes, et nettement plus nombreuses, car ici les bougies sont légion. Elles remplacent le soleil qui fait dodo. Et la lune qui ne se montre pas dans certaines caves. Et la lumière qui a été coupée.

Des visages échauffés à travers le brouillard. Serveurs en smokings. Champagne ! Coulant à flots des tonneaux de bière allemande. À l'arrière-plan : musique. Tzigane. Russe. Roumaine. Hongroise. Et même juive.

Mélancolie. Souvenirs.

Fumée, musique, champagne. Et la comtesse...

Je vous décris la comtesse ? Pour moi, elle était surtout blonde. Et peut-être grande. Bref, grande et blonde. C'est tout. C'est tout ce qu'Itzig a vu. Point. Une grande blonde. Une comtesse. Mais mon voisin de table, un homme pieux, ancien moine, puis prédicateur itinérant avant de se lancer dans le marché noir – comme tout le monde, croyants et non-croyants –, il voyait bien plus que moi. C'est lui qui me l'a décrite.

« Regardez-la bien, Monsieur Finkelstein, me dit mon voisin de table. Qu'est-ce que vous voyez ?

— Une grande blonde, je dis. C'est tout.

— Vous ne voyez pas que c'est une sacrée vicieuse ?

— Non, je dis. Pas du tout.

— Regardez ses yeux. Vous ne voyez rien ?

— Non, je dis. Rien.

— Tout y est pourtant, dit mon voisin de table, moine et prédicateur itinérant : des esclaves noirs qui pleurent. Qui rient. Des cravaches. Des sabots de cheval. Du sang. Des draps de lin blancs piquetés de rouge. Des coussins bariolés trempés de sueur. Un arrière-train ou un fessier ou une croupe ou un bas du dos ou un postérieur ou un pétard, popotin, rectum, anus, cul à la chair la plus tendre et à la peau de pêche – *domini creatio magnifica !* – empalé sur quelque chose de viril, tout en nerfs, un champignon turgescent, une grenouille gluante, quelque chose d'aveugle, de ferme sur ses intentions, criant sans bruit, quelque chose de circoncis. Une telle union rend hilare, fait gémir et crier, bien qu'il n'y ait que les anges pour entendre. Ne voyez-vous pas, Monsieur Finkelstein, ces mouvements en volutes, cette langue humide au milieu de longues jambes de femme, plumées lisse, d'origine contrôlée, friables comme les pattes d'un poulet... et puis la nuque de taureau du mâle ? L'inextricable entortillement ? Ces jambes que la langue fait rire, ces jambes prêtes à briser la nuque du mâle ! La chair la plus tendre et la peau de pêche qui lui sucent des os la substantifique moelle. Ces os, derniers d'une longue chaîne millénaire, une chaîne aux anneaux usés, souillés de crachats ! Là, le lit muet, patient. Le ciel étoilé derrière la vitre. Ne voyez-vous pas le rosaire ? La Thora ? Le Christ sans croix ? Le Christ libéré ? Nu ? Le membre dressé ? Le Christ découvrant la chair ?

Je dis : « Nom de Dieu ! Je n'ai jamais entendu un tel délire ! » Je me demandai : Quoi ? La queue de qui dans le cul de la comtesse du grand Nord ? Quoi ? Le Christ circoncis ? Cette queue, c'est le Christ ? Ou celui qui renie le Christ ? Ou toi ? T'es qui toi ? Toi aussi t'es circoncis, non ? Mais tu as assassiné le Christ, non ?

« Elle vit de quoi, la comtesse ? demandai-je à mon voisin de table.

— Elle a été très riche autrefois, dit mon voisin de table, moine et prédicateur itinérant. Des terres, un domaine, même un château. Tout ça à l'Est. Les russkoffs sont passés par là. Étatisé.

— Et aujourd'hui elle vit du marché noir ?

— Indirectement, dit mon voisin de table. C'est la maîtresse d'un gros bonnet. »

Je dis : « Ah, je vois...

— Ou plutôt c'était. Elle ne l'est plus depuis qu'il est mort. La semaine dernière. Crise cardiaque. Un wagon entier de cigarettes de contrebande tombé dans les mains de la police militaire. Tu m'étonnes que le cœur lâche. »

Moi, Itzig Finkelstein, je vis dans la hantise d'une nouvelle crise cardiaque. Et pourtant, je n'ai pas pu résister ! C'était décidé : la comtesse deviendrait ma maîtresse ! Pendant des jours j'errais parmi les ruines de Berlin comme en rêve. Parfois je faisais de longues balades jusque dans les faubourgs un peu moins dévastés, pour admirer les quelques villas restées intactes. Je vis la première neige de l'hiver 1945, pensai à la nouvelle année, à Itzig Finkelstein... le vrai... le mort... puis au faux... pensai à mon nez crochu, à ma bite coupée, pensai à ce que ça donnerait, moi, Itzig Finkelstein, le petit Juif avec la belle comtesse blonde... pensai « choquer le bourgeois », pensai « révolution »... pensai aux sabots de cheval, aux esclaves noirs riants et en pleurs, aux cravaches, aux draps de lin blancs piquetés de rouge, pensai à la chair tendre, aux pêches, à son cul... et à ma bite, circoncise comme celle du Seigneur Jésus.

J'écrivis une lettre à la comtesse. J'écrivis :

Comtesse,

Moi, Itzig Finkelstein, je fais des affaires juteuses au marché noir. Cigarettes, café, chocolat, armes à feu, tout ce que vous voulez. Tout au noir. Tout, même des jeunes vierges. Des blondes surtout, aux yeux bleus, ou verts, ou gris. Bref, j'ai le vent en poupe. Si vous aviez la bonté de bien vouloir apporter quelque réconfort à un pauvre travailleur solitaire et partager avec lui le fruit de ses efforts, moi, Itzig Finkelstein, je vous serais éternellement reconnaissant.

Respectueusement vôtre, Itzig Finkelstein.

La réponse ne se fit pas attendre. La comtesse m'écrivit :

Cher Monsieur von Finkelstein,

Votre réussite vous ennoblit. Vous cantonnez-vous au seul chocolat américain, ou bien faites-vous aussi négoce de chocolat suisse, comme par exemple le chocolat au bon lait des Alpes ? Mon préféré. Faites-le-moi savoir, je vous prie.

Cher Monsieur von Finkelstein, je vous tends ma main pour que vous la portiez à vos lèvres (mais j'y pense : savez-vous seulement faire un baisemain ?)

Affectueusement vôtre,
Kriemhild, Comtesse von Hohenhausen.

4.

Inutile de vous dire que l'association de la comtesse nordique avec le trafiquant juif Itzig Finkelstein n'a pas traîné. La comtesse voulait de l'argent. Moi, un statut social. Nous nous complétions comme cul et chemise. Prise et fiche électriques. Nous avons tâté le terrain, nous nous sommes trouvés, ça s'emboîtait à merveille.

Je rendis visite à la comtesse dans sa villa. Une vraie villa qui avait échappé à la guerre. Dans les faubourgs de Berlin, à Blankenstein : verger, allées de gravier, bosquets de sapins argentés, l'ensemble couvert de neige. Paysage d'Hiver 45-46. L'hiver d'après-guerre.

La comtesse me reçut avec le sourire d'une Kriemhilde surprise par son Siegfried. Je lui baisai la main. Elle me fit entrer dans le fumoir, m'offrit un cigare, m'installa dans un fauteuil en cuir, s'assit à son tour, m'expliqua tout de go que l'argent était une protection bien plus efficace que le sang d'un dragon, me demanda si je pourrais la protéger, s'enquit du marché noir, cigarettes, chocolat, café, vierges, fuma nerveusement, fit tinter une petite cloche, donna ordre au majordome de servir du thé, des petits pains rillettes, croisa ses longues jambes d'origine contrôlée, me fit furtivement voir le bout de sa langue, sang bleu et rubiconde, parla finances, actualité boursière, musique, livres, puis me fit un signe du petit doigt m'invitant à me lever, à m'approcher d'elle, sourit, déboutonna de ses doigts légers ma braguette, prit ma bite dans sa main, la regarda grandir, prit un mètre, l'examina, longueur, grosseur, circonférence et dit : « Bof. Normal. Bon, ça ira ! », puis elle me tendit une petite clé en or et dit : « C'est juste pour le symbole. Avez-vous lu Tagore ? et Zweig ? et Dostoïevski ? et Courts-Mahler ? Aimez-vous Mozart ? »

La comtesse n'était que locataire. La villa lui coûtait les yeux de la tête. Son ancien amant, le trafiquant Nikolaus Vania Stubbe, fils d'une Russe blanche et d'un marchand d'automobiles berlinois, dit « tsarévitch », faisait partie des « grands » de sorte qu'il n'en avait cure. Mais moi, Itzig Finkelstein, le Juif, je n'étais encore qu'un « petit ». D'accord, les affaires marchaient bien et j'avais le vent en poupe. Mais tout de même : une villa aussi fastueuse et tout le tralala, franchement, c'était au-dessus de mes moyens.

Il va de soi que le personnel de la comtesse ne se limitait pas au seul majordome : bonne, cuisinier, cuisinière, jardinier, femme de chambre, chauffeur. La voiture du trafiquant Nikolaus Vania Stubbe était dans le garage et, bien sûr, à mon entière disposition.

À peine j'avais emménagé chez la comtesse, on me fît aussitôt comprendre que c'étaient les signes extérieurs de richesse qui attiraient la réussite. Tous les jours on me conduisait au marché noir dans la Mercedes noire. Ça ne manqua pas d'éveiller l'attention des gros bonnets qui vinrent vers moi pour faire affaire. La comtesse donnait régulièrement des fêtes dans notre villa, auxquelles elle conviait les gros bonnets. De ses doigts fins elle les retournait comme des crêpes et obtenait pour moi des commandes qui dépassaient tout ce dont j'avais pu rêver. Et des liquidités. Moi qui jusque-là n'avais fait que des petites magouilles en empochant des sommes que tout homme normalement constitué pouvait calculer de tête, je dus à présent m'acheter une machine à calculer tant les zéros s'accumulaient. Entre nous, ça ne parlait pas en cartouches de cigarettes, en tablettes de chocolat, en paquets de café ou en jeunes vierges à l'unité, non, ça parlait en wagons : un wagon de cigarettes, un wagon de chocolat, un wagon de café, un wagon de jeunes vierges.

Si vous pensez que sitôt arrivé dans la villa, j'ai pu grimper dans le lit de la comtesse, en qualité d'amant officiel si vous voulez, vous vous fourrez le doigt dans l'œil.

La première semaine, je n'ai pas eu le droit de la toucher. Pire, j'ai dû partager le lit du majordome, un homme sérieux, consciencieux et dévoué, qui en avait vu d'autres. La comtesse lui avait donné ordre de m'instruire dans les arts de l'amour.

Le majordome m'expliqua : l'âme et le corps ne font qu'un. Dans un corps vivant, il ne peut y avoir une âme morte, mais il se peut que l'âme soit endormie. Alors, il faut l'éveiller comme la main du bon violoniste éveille l'âme endormie du violon. Le majordome m'expliqua la différence entre le plaisir et la montée du plaisir, et comment l'un augmente l'autre. Il me parla aussi du théâtre et de l'art de l'acteur. Il me parla de l'importance du prologue, qui stimule l'action principale, laquelle se perpétue à son tour en écho dans l'épilogue. Le majordome m'expliqua :

L'homme est une créature dotée d'imagination, ou devrait l'être, contrairement à l'animal qui en est dépourvu. La force de l'amour donne des ailes à l'imagination et elle est capable de transfigurer toute chose terrestre jusqu'à ce qu'un doigt ne soit plus un doigt, une langue plus une langue, des orteils plus des orteils, un nez plus un nez, un pénis plus un pénis, un vagin plus un vagin, un derrière plus un derrière, des liquides plus des liquides, des sécrétions plus des sécrétions, et ainsi de suite.

Le majordome m'expliqua : L'abeille plonge, infatigable, sa trompe dans le calice des fleurs pour y recueillir le nectar. La terre est une femme, mais l'orage est un homme, et le soleil aussi. La femme reçoit l'homme et non pas l'inverse, les montagnes s'offrent aux brises du printemps, les gentils oiseaux sont des créatures de dieu, et le cheval aussi, les gentils oiseaux n'ont pas honte de venir picorer les savoureuses graines dans le fétide fumier de cheval, car ces graines aussi sont le fruit de Dieu. Et l'homme serait-il moins qu'un oiseau ?

Le majordome me parla de cravaches, de cuir tanné et non tanné, de pommeaux durs ou souples, ornés d'argent ou de bronze, de coussins de soie ou de velours pour un contact plus intense voire plus profond. Il me parla d'orties, d'huile d'olive, de bains moussants, de vaseline, de parfum, de bigoudis, de nectar et de champagne, me parla des douces rondeurs des cols de bouteilles, de sécrétions vaginales arrosées de nectar et de champagne, de cerises dénoyautées et sucrées, de petites mules. Levant son doigt de majordome, il m'avertit avec sérieux que laper bruyamment du champagne était permis, du moment qu'on n'en buvait pas dans une coupe ou directement au goulot. Il me parla du chanvre qui abrutissait et de la vigne qui avait de l'esprit.

Après tant de théorie j'avais la tête qui bourdonnait et ce fut pour moi comme une délivrance lorsqu'enfin le majordome fit monter la femme de chambre pour passer aux exercices pratiques. Oui. Et cela m'occupa tout le reste de la semaine. J'appris énormément. Surtout les sept positions les plus importantes, y compris la dernière... la position de la pure contemplation.

J'ai piqué votre curiosité ? Est-ce que le trafiquant juif Itzig Finkelstein, alias l'ancien génocidaire aryen Max Schulz, a passé avec succès la première nuit de la Grande Épreuve avec la belle et noble Kriemhild, Comtesse von Hohenhausen ? Ça vous intéresse ?

Savez-vous ce qu'est un raté ? Vous vous y connaissez en psychologie ? Avez-vous une idée de ce qu'est la claustrophobie ? Le terme « soutenance de thèse » vous dit-il quelque chose ? Pouvez-vous vous glisser dans la peau d'un étudiant bourré d'ambition lorsqu'il doit paraître devant son jury ?

Au moment de passer la Grande Épreuve, j'oubliai tout ce que j'avais appris. J'étais dans ses bras, tremblant de peur, écarquillant mes yeux de grenouille, pensant à l'œil du cyclope. Je l'entendais rire, je me voyais passé au crible, percé à jour, persiflé, humilié, châtré. — Une fois seulement, au cours de cette première nuit, je me ressaisis. Pris de rage, je voulus me venger. Poussant un juron ravageur, je me jetai sur la comtesse et la pris d'assaut. Un assaut de trois secondes, montre en main. Enfin, trois secondes et demie pour être exact.

Vous savez ce que la comtesse m'a dit ?

« Monsieur Finkelstein, elle m'a dit. Vous êtes barbare.

— Je suis juif, j'ai dit. Pas barbare.

— C'est encore pire, a dit la comtesse. “Ce que tu as hérité de tes pères, acquiers-le pour le posséder.” Une citation de Goethe ! Retenez-la bien !

— Mais notre héritage, c'est la Bible, j'ai dit.

— C'est vrai, a dit la comtesse. Mais n'avez-vous pas eu de contacts avec les anciens Grecs ? Et avec les Babyloniens ? Et n'avez-vous rien vu ? Rien appris ? Rien du tout ? »

Pas de doute : la comtesse est antisémite. Elle vient de faire tomber le masque.

Chaque jour je dois encaisser des remarques acerbes, méprisantes. C'est tout juste si le terme sale youtre n'a pas été lâché, mais il ne le sera probablement jamais, car ce genre d'expression ne fait pas partie de son vocabulaire. On me sert du sale youtre sous une forme déguisée. Mais sans ambiguïté. Même les domestiques s'en sont rendu compte. Ils ne se donnent pas la peine de ricaner en douce dans mon dos. Ils ricanent ouvertement devant moi.

Hier la comtesse a dit : « On dit de vous, les Juifs, que vous étiez autrefois un peuple fier. Un peuple de paysans, de scribes et de soldats. Il paraîtrait qu'aucun autre peuple n'a autant lutté pour sa liberté que le peuple juif. Vous êtes tombés bien bas. »

J'ai dit : « Que voulez-vous dire ?

— Ce que je veux dire, railla la comtesse, c'est que l'Histoire a menti. Sinon votre peuple n'aurait jamais produit un spécimen tel que vous, Monsieur Finkelstein. Vous est-il déjà arrivé de vous regarder dans une glace ? »

Qu'a dit la comtesse ? Il paraîtrait qu'aucun peuple n'a lutté autant pour sa liberté que le peuple juif ? Qu'entend-elle par *il paraîtrait* ?

L'Histoire a menti ! C'est bien ça qu'elle a dit, non ? Elle est gonflée ! Elle veut me réduire à néant pour de bon.

Ce matin, après le petit-déjeuner, j'ai donné ordre au majordome de me procurer une Histoire du judaïsme. « La Bible, je la connais déjà, je lui ai dit, mais ça ne me suffit pas. Trouvez-moi une Histoire du judaïsme objective. »

On pouvait faire confiance au majordome. Il m'a trouvé une Histoire du judaïsme. Un best of. Avec les citations les plus importantes et même quelques extraits des œuvres complètes de l'historien Graetz. Facile à lire. Vite fait bien fait. Plus : *L'Histoire du sionisme moderne*, *L'État des Juifs* de Theodor Herzl, *Rome et Jérusalem* de Moses Hess, les écrits de Max Nordau, un recueil des discours de Jabotinsky, de la littérature sioniste de droite, etc. Le majordome a du nez, j'apprécie. Je prouverai à la comtesse que l'Histoire n'a pas menti.

Quand on travaille dur comme moi, on n'a pas beaucoup de temps. Tous les jours, réunions et débats entre dirigeants du marché noir. Ajoutez-y le petit bizness en Mercedes noire ou à pied dont je n'ai vraiment plus besoin. Ajoutez-y toutes les nuits, six à huit heures de lecture : l'histoire juive, l'histoire du sionisme, etc. Dès que je peux, je vais à la synagogue. Premièrement : pour m'entraîner à la prière. Deuxièmement : je tiens à ce qu'on m'y voie. Ça ne peut pas faire de mal.

Ces derniers temps : interminables discussions avec la comtesse. Sujet : L'histoire. A-t-elle menti, oui ou non ?

Un large sourire aux lèvres, je lui montre mes livres, les noms célèbres et les citations exactes que j'ai soulignées en bleu et dont la véracité est incontestable. La comtesse continue toutefois à railler mes yeux de grenouille, mon nez crochu, mes pieds plats, mon activité de trafiquant du marché noir. Elle me traite de Juif, de race inférieure. Agacée, elle tire la sonnette, se fait apporter par le majordome son Album, sa collection de coupures du *Stürmer*, le tristement célèbre torchon nazi et antisémite d'une époque antédiluvienne, et elle me dit : « Regardez ce dessin, Monsieur Finkelstein. Voilà à quoi ressemble un Juif. N'est-ce pas vous tout craché ? » Mais au fur et à mesure elle perd de son assurance, car je réfute tout ce qu'elle avance, fort des citations vérifiées, vérifiables et employées à bon escient : « Voyez, comtesse ! Regardez ce livre. Et celui-ci ! Et celui-ci ! »

La comtesse dit : « Nez crochu ! Ce cher Monsieur Itzig Finkelstein ! »

Je réponds : « Moïse ! »

La comtesse : « Yeux de grenouille ! Avec ou sans lunettes ! »

Moi : « Jésus ! »

La comtesse : « Pieds plats ! Avec ou sans chaussures en daim ! »

Moi : « Karl Marx ! »

La comtesse : « Crâne rasé, pour faire oublier ses cheveux crépus ! »

Moi : « Sigmund Freud ! »

La comtesse : « Trafiquant ! »

Moi : « Einstein ! Voyez, comtesse, les fondements de la civilisation occidentale reposent sur les épaules de grosses têtes juives.

— Depuis quand les têtes ont-elles des épaules ? demande la comtesse. N'êtes-vous pas encore en train de tordre les choses comme un Juif, Monsieur Finkelstein ? »

Moi, je lui ris au nez et je lui parle de Judas Macchabée, dit aussi le marteau, je lui parle des héros juifs de la forteresse de Massada, je lui parle de la révolte de Bar Kokhba, de l'exil, de l'Inquisition en Espagne, des bûchers et des autodafés, je lui fais comprendre que des hommes sont morts pour leur foi, je lui parle de persévérance, de martyre, d'héroïsme passif. Je lui dis :

« Comtesse. Un exil de deux mille ans. Pour nous ce n'est rien. C'est comme pour vous deux ans. Car nous savons effacer un zéro, ou plusieurs. Ce que les nazis ont su faire, nous aussi on sait le faire. Sauf qu'eux, ils ont supprimé des zéros humains, tandis que nous, on efface les zéros du temps. Pour nous, rien n'a changé. Me voici en ce jour, je ne puis autrement. Qui a dit ça ? Luther. Un antisémite ! Mais je m'en branle ! Car moi aussi, comtesse, je le dis. Me voici en ce jour, je ne puis autrement ! Je suis juif. Et fier de l'être. Et si cela ne vous plaît pas, allez vous faire mettre. »

La comtesse répondit simplement : « C'est une chose que l'on fait... mais dont on ne parle pas. Quel manque de raffinement, Monsieur Finkelstein ! »

Tous les matins le majordome pose le journal à gauche de mon assiette. J'ai pris l'habitude de lire en premier les articles sur le génocide, que je découpe et garde. Mais avant de les classer je souligne les noms des criminels arrêtés et de ceux qui courent encore. Souvent je tombe sur le nom du commandant de camp Hans Müller, plus rarement sur le mien.

La comtesse me regarde faire d'un air goguenard. Hier, elle m'a dit : « Monsieur Finkelstein. Vous avez un grain. Puéril comme un gosse de six ans. Faire collection de ces bêtises. Et ces noms que vous soulignez ! À propos : pourquoi soulignez-vous certains noms deux fois ? »

J'ai dit : « Parce que ce sont les noms de deux criminels de Laubwalde.

— Je sais bien, a dit la comtesse.

— Hans Müller, j'ai dit. Et Max Schulz. Du lourd.

— Des génocidaires, a dit la comtesse. Comme tous les autres.

— Exact, j'ai dit.

— Et qui est ce Hans Müller ?

— Le commandant du camp. C'était marqué dans le journal.

— Et qui est ce Max Schulz ?

— Un petit poisson, j'ai dit. Rien qu'un petit poisson. »

Après ma lecture sur le génocide, je jette un rapide coup d'œil sur les pages littéraires, lis les annonces de cinéma et de théâtre, étudie le marché immobilier, parcours les nouvelles de la Bourse, saute ou tourne les pages qui ne m'intéressent pas et finis toujours par la politique.

Les troubles en Palestine m'intéressent particulièrement. La situation semble critique. Chaque jour le sujet fait les gros titres : « Terreur juive ! Soulèvement ! De nouvelles troupes britanniques en Terre sainte ! Les Juifs exigent le droit à l'autodétermination ! Les Juifs sont une minorité ! Les Juifs visent la majorité ! L'immigration massive des Juifs continue pendant le blocus ! Le groupe Stern attaque une caserne britannique ! Attentat à la bombe dans un poste de police proche de Tel-Aviv ! L'organisation terroriste Irgoun Tsvai Leumi coule un navire britannique ! Enlèvement d'un capitaine britannique ! État d'urgence ! Émeutes côté arabe !

« Mais qu'est-ce qu'ils ont là-bas ? » demande la comtesse.

Je dis : « Les Juifs veulent récupérer leur terre. Avez-vous déjà entendu parler du sionisme ? »

La comtesse fait signe que non, comme je m'y attendais.

Je lui explique : « Le sionisme n'est pas une idée récente. Elle est aussi ancienne que l'exil du peuple juif. »

La comtesse dit simplement : « Pas une idée récente ? »

Je dis : « Mon peuple n'a jamais abandonné l'idée du retour en Terre sainte. Nous avons nourri cette idée à travers les siècles. Jusque dans la prière : "Lechana Haba'a Birouchalayim – l'année prochaine à Jérusalem !"

Je dis : « Dans mes livres on peut lire qu'il n'y a pas eu qu'un seul exil. Mais là, nous parlons de l'ultime exil, celui qui dure depuis presque deux mille ans. »

Je dis: « Il faut distinguer deux phases, ma chère comtesse: le sionisme messianique et le sionisme politique. »

Je dis: « Pendant la première phase les Juifs ont attendu patiemment l'arrivée du Messie qui les ramènerait en Terre sainte. Mais le Messie des Juifs n'avait pas l'air pressé. Et combien d'années les Juifs doivent-ils encore attendre ? Ils ont attendu presque deux mille ans. Et il n'est pas venu. Vous comprenez, comtesse ? Les Juifs ont attendu comme des moutons entourés par des loups. Et le mouton a eu peur et il s'est transformé. Il est devenu autruche. La tête dans le sable. Il n'a pas vu venir les charniers. Ni les chambres à gaz. Vous comprenez, comtesse ?

— Je comprends », dit la comtesse.

Je dis: « Le sionisme politique est un sionisme pragmatique. Son mot d'ordre: n'attendons plus! devançons le messie! récupérons la terre sainte par nos propres moyens ! Par le jeu politique, par une immigration massive, par les armes s'il le faut. Vous comprenez ? Un État juif ! Une armée juive ! Une terre à eux, patrie du peuple juif, pour toujours. Protégée par la loi ! Notre loi ! La loi juive ! Pas celle des autres. »

Ensuite j'ai parlé à la comtesse de Theodor Herzl, le père fondateur du sionisme politique moderne. Celui avec un but concret. Je lui ai parlé des premiers pionniers venus de Russie, je lui ai parlé des chantiers juifs, des nouvelles colonies, je lui ai parlé de Trumpeldor, héros national manchot, tombé près de Tel Khaï, Trumpeldor, combattant infatigable, l'homme qui a fondé le He-Haloutz, le mouvement socialiste ouvrier des pionniers juifs, je lui ai parlé de la première vague d'immigration, puis de la deuxième, puis de la troisième, je lui ai parlé de notre lutte pendant la domination turque et plus tard pendant le mandat britannique, je lui ai parlé des affrontements entre Juifs et Arabes, je lui ai parlé de la Haganah, l'armée de défense juive, je lui ai aussi parlé de la déclaration Balfour et de la promesse faite par les Britanniques de garantir au peuple juif sans patrie un foyer permanent en Terre sainte.

Tout cela intéressait fort peu la comtesse. Mais elle m'écoutait. Elle éprouvait même un certain respect à mon égard. Elle dit : « Je ne vous aurais jamais cru capables de telles choses : Conquête ! Fondation ! Armée ! Travail ! Moi qui pensais que vous étiez un peuple de lopettes, de boutiquiers et de je ne sais quoi. »

Je ne sais pas pourquoi je tiens tant à épater la comtesse. Ai-je un complexe d'infériorité ? Et ce complexe, n'est-il pas vrai qu'il est typiquement juif ?

Je me demande : « N'as-tu pas en plus un complexe de castration ? »

Néanmoins je continue ces discussions. Je montre à la comtesse des noms juifs que j'ai soulignés en bleu : scientifiques, médecins, philosophes, artistes, écrivains, poètes, humanistes, inventeurs, philanthropes, hommes politiques, révolutionnaires. Je lui montre d'autres noms juifs soulignés : serruriers, menuisiers, cordonniers, tailleurs, coiffeurs. Je lui démontre par a + b que nous sommes comme tout le monde. Je lui dis : « Zola l'affirmait déjà lors de l'affaire Dreyfus ! » Mais moi, Itzig Finkelstein, autrefois Max Schulz, je sais que c'est peine perdue. Je ne changerai pas la comtesse. Un antisémite, c'est comme un cancéreux. À un stade trop avancé, ça ne sert à rien d'opérer.

Le majordome ne se mêle jamais de nos conversations. Quand il apporte du thé ou du cognac ou des petits pains rillettes il est tout ouïe, mais son visage reste impassible. Un vrai majordome, qui fait mine de ne rien voir ni entendre. Un Chinois sur pattes de velours.

Aujourd'hui je lui ai tiré les vers du nez.

« Dites-moi, que pensez-vous de nos discussions au sujet du peuple juif?

— J'ignorais, Monsieur Finkelstein, que vous et Madame la Comtesse aviez des discussions au sujet du peuple juif. Je n'écoute jamais. Cela ne me regarde pas.

— À d'autres. Bien sûr que vous écoutez.

— Je n'écoute pas, Monsieur Finkelstein.

— Je ne pose pas la question au majordome, mais à la personne privée. Ceci est une conversation d'homme à homme.

— Dans ce cas, Monsieur Finkelstein, je dirais, à titre privé, que vous souffrez, Monsieur Finkelstein, d'un complexe d'infériorité typiquement juif.

— Et pourquoi vous diriez ça... à titre privé, j'entends ?

— Parce que vous vous vantez, Monsieur Finkelstein.

— De mon peuple ?

— Oui. De votre peuple.

— Que me reste-t-il d'autre ? Rien.

— Ce n'est pas vrai, Monsieur Finkelstein. À titre privé, je dirais : "Monsieur Finkelstein ! Un Juif fier de son peuple ne resterait pas en Allemagne. Il ne vivrait pas ici. Jamais de la vie." Et : "Il n'essaierait pas de convaincre les Allemands, je veux dire, en se payant de grands mots."

— Et il ferait quoi, le Juif-fier-de-l'être ?

— Émigrer, Monsieur Finkelstein.

— En Amérique ?

— Non, pas en Amérique, Monsieur Finkelstein. Un Juif-fier-de-l'être émigrerait en Palestine. Si je ne m'abuse, là-bas c'est la guérilla. Aux armes, Finkelstein ! formez vos bataillons ! Pour votre pays ! Montrez au monde ce que c'est, un Juif-fier-de-l'être ! »

Mon chauffeur est malade. Son remplaçant, un grand échalas avec des petits yeux rigolards de poivrot, me rappelle vaguement l'un de mes cinq pères, Wilhelm Hopfenstange, le cocher.

L'autre jour, alors qu'il me conduisait en ville dans la Mercedes noire, le nouveau chauffeur m'a dit : « Monsieur Finkelstein, j'ai un peu fouiné : vous vivez dans un environnement antisémite.

— Oui. Je suis au courant.

— Hier la cuisinière a dit au majordome : "J'aimerais bien savoir comment il a fait, Monsieur Finkelstein, pour revenir des camps."

Et le majordome a dit : "Oui, moi aussi."

Et la cuisinière a dit : "Mon ancien patron, c'était un professeur d'université. Un Juif. Celui-là, Hitler lui a fait son affaire."

Et le majordome a dit : "Oui. C'est dommage."

Et la cuisinière a dit : "Tous les Juifs comme il faut sont morts, tandis qu'un type comme ce Finkelstein est toujours là."

Et le majordome a dit : "Oui. C'est comme ça. Plus c'est primitif, plus les chances de survie sont grandes."

Et la cuisinière a dit : "Hitler n'a pas gazé les bons Juifs. Il aurait mieux fait de gazer ce Itzig Finkelstein. Des gens de cette espèce, quoi."

Et le majordome a dit : "Ou de les buter. Ou de les pendre. Ou de les assommer." »

Aujourd'hui, synagogue. Ai prié avec zèle. Entre deux prières – les officielles – je me suis adressé en allemand à mon nouveau Dieu. Je lui ai dit : « Dieu qui es bon, je ne sais pas où t'es, au ciel ou simplement sur ma langue, je m'en tape, mais j'ai quand même deux mots à te dire. Alors, écoute mon pote : moi, Itzig Finkelstein, je lutte tous les jours que tu fais avec mon petit personnel et avec ma maîtresse, qui n'en est pas vraiment une, plutôt mon associée en affaires, vu que grâce à elle j'arrive à me faire un carnet d'adresses du tonnerre et à ramasser des millions. Mais c'est pas de ça que je voulais te causer. Je voulais juste te faire remarquer que je dois sans arrêt me défendre contre des attaques antisémites. J'en peux plus. On s'en prend à ma dignité humaine sous mon propre toit. C'est pas pour ça que je me suis fait Juif quand même ! Je croyais que les Juifs avaient gagné la guerre ! »

BERLIN 1947

La comtesse a investi toute ma fortune dans une affaire aussi juteuse que singulière. Elle m'a affranchi au cours du déjeuner :

« Monsieur Finkelstein. Il s'agit du plus grand trafic d'armes de l'Histoire. »

Je demande : « Et si ça foire ? »

La comtesse : « Pourquoi cela devrait-il foirer ? Voyez, Monsieur Finkelstein, je me mets à répondre à une question par une question. Votre influence juive, sans doute ! Voilà où nous en sommes réduits ! »

Le plus grand trafic d'armes de l'Histoire ! Si l'affaire marche comme sur des roulettes, et pourquoi elle ne marcherait pas ?, moi, Itzig Finkelstein, j'abandonnerai une fois pour toutes mes activités de marché noir, car moi, Itzig Finkelstein, je serai devenu l'un des hommes les plus riches de l'Allemagne d'après-guerre. À ma fortune, pour parler chiffres, vont s'ajouter plus de zéros avant la virgule qu'elle n'en compte déjà.

Aujourd'hui, j'ai appris que certains de nos intermédiaires faisaient partie du gouvernement militaire des forces d'occupation. Ici en Allemagne, dans différentes zones. D'autres à l'étranger, dans les métropoles, Zurich, Madrid, Londres, Paris, New York, Athènes, Le Caire, Tel-Aviv, Damas.

« Le plus grand trafic d'armes de l'Histoire ! »

La comtesse fait un certain nombre d'allusions. Parle de chars, pris dans le fourre-tout amassé par les vainqueurs de la Seconde Guerre mondiale. Blindés ! Mitraillettes ! Caisses de munitions ! Mortiers ! Grenades ! Et, et, et... !

Je dis en passant à la comtesse : « C'est au-dessus de mes moyens. Qui d'autre investit à part moi ?

— Des types de votre espèce, Monsieur Finkelstein !

— Des Juifs ?

— Des Juifs et des non-Juifs, dit la comtesse. Mais tous de votre espèce ! »

Coursiers par-ci, coursiers par-là ! Courriers sans timbres ! La comtesse sur les nerfs court d'un bout à l'autre de la villa, oublie de se changer, a des cernes sous les yeux. Au fait, elle a quel âge ? Moi, Itzig Finkelstein, je constate : ma tension artérielle grimpe de jour en jour. Mon avenir ne tient qu'à un fil. Multimillionnaire ou mendiant ?

5.

Hier j'ai quitté la villa. Voilà l'histoire. C'est comme ça. Entre autres choses la vie se montre parfois, voire fréquemment, voire très souvent, carrément ironique.

Moi, Itzig Finkelstein, je suis ruiné. Il ne me reste plus que sept dollars du marché noir en poche. Dans la poche de mon pantalon, car la veste je la retire souvent. Le pantalon, c'est plus sûr.

Je parie que vous voulez savoir ce qui s'est passé. Voici l'histoire : L'Affaire ! Une affaire en or, unique, fabuleuse ! Le plus grand trafic d'armes de l'Histoire ! J'y avais investi toute ma fortune. J'avais laissé carte blanche à ma maîtresse, qui n'était pas ma maîtresse mais simplement mon associée. Mais vous savez ce que c'est : les goys et les affaires... !

Tout est foutu ! Que voulez-vous que je fasse, moi, Itzig Finkelstein, avec sept malheureux dollars noirs ?

Me voici en ce jour, à genoux, je ne puis autrement, dans une triste et misérable chambre d'hôtel dans le secteur américain de Berlin. Mes yeux fixent le ciel qui est noir, parce que je vois tout en noir et parce qu'il pleut à Berlin en ce moment. Croyez-vous qu'Itzig Finkelstein peut repartir à zéro ? J'ai presque quarante ans !

En me levant ce matin, j'ai pensé à la comtesse. Nos

adieux furent glaciaux. « Monsieur Finkelstein. Le majordome vous conduira en Mercedes à votre hôtel.

— Oui. Merci.

— Allez à l'hôtel de la Patrie. Il est miteux, mais peu cher.

— Oui. C'est ce que je vais faire. »

Deux Juifs habitent à l'hôtel de la Patrie : le Juif Max Rosenfeld. Et le Juif Itzig Finkelstein. On dit que les Juifs ont un sixième sens pour se reconnaître entre eux. Nous, Max Rosenfeld et moi, nous nous sommes rencontrés pour la première fois dans le vestibule de l'hôtel de la Patrie. Nous nous sommes vus et reconnus. Nous nous tournions autour en nous faisant des clins d'œil, en reniflant l'odeur de nos âmes, puis, impulsivement, nous nous sommes précipités l'un sur l'autre pour nous serrer la main, disant « Shalom », demandant « Que faites-vous donc à Berlin ? Et à l'hôtel de la Patrie ? »

C'était avant le petit-déjeuner. Je veux dire, notre première rencontre. Plus tard, nous nous sommes tout naturellement assis à la même table, avons pris le petit-déjeuner ensemble, bavardant, échangeant nos impressions. J'essayais de lui démontrer par a + b que nous – lui, Max Rosenfeld et moi, Itzig Finkelstein – nous nous étions reconnus à l'odeur de nos âmes.

« L'odeur de nos âmes ? a dit Max Rosenfeld. Cette formule est à souligner en rouge ! »

Je dis : « En bleu.

— Pourquoi en bleu ? » a demandé Max Rosenfeld.

J'aurais pu répondre par la question : « Et pourquoi pas ? » mais j'ai choisi l'autre méthode : « Parce que la vérité se souligne en bleu. Toujours. »

Max Rosenfeld a hoché la tête et regardé mon numéro de camp de concentration avec pitié, pensant probablement :

« Il a perdu la boule ! Bottes SS. Coups de bottes sur le crâne ! Fêlé. »

L'odeur de l'âme...

Aujourd'hui j'ai réfléchi tout l'après-midi à cette expression. Qu'est-ce donc que nous dégageons, nous autres Juifs ? Et quand nous nous rencontrons, qu'est-ce que le nez de notre âme flaire et reconnaît ? Qu'est-ce que cette chose mystérieuse ? De quoi est-elle faite ? De notre passé ? De notre histoire singulière ? Est-ce l'héritage de nos ancêtres ? Notre lien avec Dieu ? Nos souffrances ? Deux mille ans de persécutions ? Notre désir de retourner à Jérusalem ?

Pendant le dîner que nous avons pris ensemble, j'ai sommé Max Rosenfeld de répondre. « Nous sommes-nous reconnus à l'odeur des nos âmes ou pas ? Je vous ai déjà posé la question au petit-déjeuner. »

Max Rosenfeld a dit : « Le mieux c'est qu'on mette le mot "nous" de côté. »

Moi : « Que voulez-vous dire ? »

Max Rosenfeld : « Je veux dire : ce n'est pas nous qui nous sommes reconnus. C'est plutôt moi qui vous ai reconnu. Alors vous n'aviez pas d'autre choix que de me reconnaître à votre tour. »

Moi : « Je vois. »

Max Rosenfeld : « Oui. »

Moi : « Et comment m'avez-vous reconnu ? À l'odeur de mon âme ? »

Max Rosenfeld fit non de la tête.

« Pas à l'odeur de votre âme, Monsieur Finkelstein. À votre sale gueule. »

Max Rosenfeld l'a dit sur le ton de la plaisanterie, il m'a fait un clin d'œil, puis de nouveau sérieux, a dit : « Vous fâchez pas ! »

Pas moyen de dormir. Je me lève peu avant minuit. Je me plante devant le miroir et je me dis : Itzig Finkelstein. Un Juif ne ressemble pas à ça. C'est juste une image déformée. Mais les autres, ils y croient. Même Max Rosenfeld. On leur a bourré le mou avec ça. D'où ça vient ?

Je me recouche. Essaye de dormir. Pas moyen. Me relève. Prends des notes dans mon journal intime. Pense : Déjà minuit passé. Tu dois changer la date. Au diable la date !

Je me remets devant le miroir. Pense, désespéré : Peut-être qu'il t'a reconnu à tes yeux ? Je cherche quelque chose dans mes yeux, cherche l'âme juive, et ne la trouve pas.

Pendant longtemps je reste debout devant le miroir. Je me dis : Dans tes yeux, Max Schulz, il n'y a pas l'âme d'un peuple, qu'il soit juif, allemand ou autre. Des yeux de grenouille. Ni plus ni moins.

6.

Je me suis remis à fricoter sur le marché noir. Pour le moment je me contente de jouer les intermédiaires. Chaque jour je reprends goût à la vie. Vais-je me refaire ?

Une fois de plus ?

Aussi miteux soit-il, l'hôtel de la Patrie est un hôtel des plus patriotiques. Si vous croyez qu'ici les clients viennent des quatre coins du monde, vous vous fourrez le doigt dans l'œil. À part nous, les deux Juifs, il n'y a que des Allemands.

La nouvelle que Max Rosenfeld et moi sommes juifs s'est répandue comme une traînée de poudre. Cela dit, nous ne sentons pas la moindre trace d'antisémitisme. Au contraire. On nous respecte. Il semble que nous ayons une sorte de situation privilégiée.

Je constate : tout le monde fait des courbettes devant nous. Tout le monde ! Personnel de l'hôtel et pensionnaires. D'où ça vient ? Les gens nous tirent leur chapeau, les jeunes filles font la révérence, idem parfois les dames plus mûres. À table, nous sommes servis les premiers. Le matin de bonne heure, quand tout le monde fait la queue devant les seules toilettes pour hommes, on nous laisse passer : « Je vous en prie, Monsieur Rosenfeld... je vous en prie, Monsieur Finkelstein... après vous. »

Max Rosenfeld trouve ça – je veux dire ces manières, ce comportement surprenant, saugrenu, singulier, insolite, étonnant, déroutant, déconcertant, bizarre, étrange, curieux des pensionnaires et du personnel du miteux mais patriotique hôtel de la Patrie à notre égard, moi, Itzig Finkelstein et lui, Max Rosenfeld – parfaitement naturel. Bref: dans l'ordre des choses!

« Voyez-vous, Monsieur Finkelstein. Pour moi, l'hôtel de la Patrie est un cas typique. L'incarnation de l'Allemagne nouvelle dans son rapport aux Juifs. — Tout cela, mon cher Finkelstein, je veux dire cher Monsieur Finkelstein, est dans l'air du temps. C'est l'air du temps. Point final. — Vous ne le saviez pas ? »

Bouche bée, je dévisage Max Rosenfeld.

« Vous ne savez visiblement pas où vous avez mis les pieds ! » Je dis : « À l'hôtel de la Patrie. »

Max Rosenfeld rit. Un rire compatissant. Pas de doute : il me prend pour un maboul !

Je veux ajouter quelque chose, mais j'ai perdu le fil. Je me rappelle les dentistes et orfèvres antisémites de 1945, juste après l'effondrement, souvenir qui me traverse furtivement l'esprit, mais que je ravale aussitôt, parce que c'est sans importance. Je me contente de lui parler de mes déboires avec la comtesse, de la villa, de mon complexe juif d'infériorité...

Mais Max Rosenfeld rit. Un rire tonitruant.

« Complexe d'infériorité ? Monsieur Finkelstein ! C'est des âneries ! Quel Juif aurait aujourd'hui un complexe d'infériorité ?

Ne savez-vous pas que nous avons gagné la guerre ? » Je dis : « Si. Évidemment que je le sais.

— Ben alors ! Qu'est-ce que vous racontez ? Comtesse ? Villa ? Vous avez rêvé !

— Rêvé ?

— Évidemment. Rêvé. Ce milieu – savez ce que c'est, Monsieur Finkelstein : un milieu ? – eh bien, ce milieu, ces gens, cette villa, ça n'existe plus ! Et cette comtesse du temps jadis... en 1947... toquée... une toquée à la sauce d'aujourd'hui... et cette cochonnerie de littérature national-socialiste sur la table du petit-déjeuner... et ce majordome... et ces petits pains rillettes... »

Je dis : « Qu'est-ce que ça a de si absurde, des petits pains rillettes ? »

Je n'ai certainement pas rêvé. Pourtant je n'en suis plus si sûr. D'ailleurs de quoi peut-on être sûr dans la vie ? Suis-je moi ? Est-ce si sûr ? Mais je n'arriverai jamais à le convaincre !

Pour le Juif Max Rosenfeld l'existence se réduit à l'hôtel de la Patrie.

« Voyez, Monsieur Finkelstein, ces Allemands qui font des courbettes. Ils se sentent coupables ! Aucun d'entre eux n'est en mesure de ressusciter les six millions. Six millions de Juifs massacrés. C'est pas une bagatelle ! »

Je dis : « Oui, ça se tient.

— Les Allemands de l'hôtel de la Patrie, ils aimeraient tant qu'on leur pardonne, dit Max Rosenfeld. Nous, les survivants. Mais ils ne savent pas comment s'y prendre. Faut dire que ce n'est pas facile.

— Et alors, ils s'y prennent comment ?

— Eh ben, ils ôtent leur chapeau devant nous, dit Max Rosenfeld. Ou alors ils font de drôles de révérences. Vous avez bien vu. »

Je dis : « Et quand on fait la queue devant les toilettes pour hommes...

— Voilà, dit Max Rosenfeld, vous y êtes : même là, on est prioritaires. Qu'on fasse notre petite crotte, surtout. C'est primordial. Du moins pour l'instant. Jusqu'à ce qu'ils se soient acquittés de leur dette. »

L'air du temps est au philosémitisme. Effroyable spectre aux yeux embués. Qui un jour sécheront.

Quand ?

Je n'aime pas les rêves. Les rêves m'effraient. Surtout quand je dors.

Hier soir j'ai rêvé. J'étais au théâtre. On y jouait l'Esprit du temps. Je voyais la scène. Voyais l'hôtel de la Patrie. Voyais les acteurs courir en tous sens. Voyais aussi Max Rosenfeld. Et Itzig Finkelstein. Je pensais : Tu es dans la salle... Pourtant tu te vois sur la scène. Qu'est-ce que c'est que cette histoire ?

7.

J'ai enfin appris des choses sur Max Rosenfeld. Il est le seul survivant d'une famille de sept personnes. Il s'imagine que les sbires d'Adolf Hitler ont transformé sa femme et ses cinq enfants en savonnettes. En tant que barbier, j'aurais aimé lui poser la question : quelle sorte de savon ?

Il y en a de toutes sortes, c'est bien connu. Mais j'ai cru bon de me taire.

À quoi ressemble Max Rosenfeld ? Max Rosenfeld ressemble… ma foi, à Max Rosenfeld. Je dirais : à un avocat juif qui n'est pas avocat, parce qu'il n'a pas fini ses études. Un comptable qui se prend pour un avocat. Ancien leader sioniste, originaire de Prague. À peu près mon âge, mais plus petit. Je dirais : trapu, comme raccourci d'une tête par rapport à moi. Un type aux cheveux déjà blancs, qui porte de grosses lunettes à monture d'écaille noire, comme moi, sauf que mes lunettes sont marron et les verres du verre ordinaire. Un type qui n'a pas les yeux bleus de l'autre Itzig Finkelstein, mais d'un marron clair virant souvent au jaunâtre. Comment ils font ? Je n'en sais rien, moi, comment. Un regard qui change tout le temps. À vous embrouiller l'esprit.

C'est vrai, ça. Ses yeux changent tout le temps. Parfois ils me font penser à du savon de Marseille.

Oui, c'est ça : du savon de Marseille.

Max Rosenfeld vit des colis de charité que l'Amérique

envoie dans un soudain accès d'amour. Il aimerait se remettre à travailler.

Nous causons souvent du futur État juif. Max Rosenfeld est un sioniste fanatique.

« Écoutez-moi bien, Monsieur Finkelstein ! Le jour viendra... et c'est pour bientôt... où nous ferons sortir de terre une armée comme l'a fait en son temps Judas Macchabée ! »

Nous parlons souvent de la révolte des Macchabées et du soulèvement de Bar-Kokhba. Et chaque fois, Max Rosenfeld est aux anges de me voir si calé en histoire juive.

« Monsieur Finkelstein. Vous savez, j'aimerais bien repartir à zéro, mais pas ici. Là-bas.

— Où ça là-bas ? En Amérique ?

— Non. Dans notre pays.

— Pour y faire quoi ?

— Je n'en sais rien encore. Recommencer une nouvelle vie. Fonder une famille. »

Souvent Max Rosenfeld m'accompagne au marché noir, même s'il déteste y aller. Histoire de se dégourdir les jambes. Et pour avoir quelqu'un à qui causer.

Comme hier :

« Monsieur Finkelstein ! Les Juifs comme vous apportent de l'eau au moulin de la pire propagande antisémite !

— Que voulez-vous dire ?

— Des trafiquants comme vous !

— Mais Monsieur Rosenfeld...

— Je veux dire... vous jetez de l'huile sur le feu alors qu'il est à peine éteint.

— Mais voyons...

— Vous devriez émigrer, Monsieur Finkelstein. Allez en Palestine. Prenez la charrue et le fusil. Aidez à bâtir un pays ! Aidez à libérer votre terre. Au lieu de rester planqué en Allemagne et de ranimer la flamme de l'antisémitisme avec vos petits trafics. »

Le majordome n'avait-il pas dit quelque chose de ce genre ? Max Rosenfeld m'a présenté ses excuses, avant même le dîner. Je m'y attendais. Ensemble nous avons vidé une bonne bouteille du marché noir, trinqué au futur État juif, trinqué à la fin de la diaspora, béni le Nil qui avait englouti les armées du Pharaon, béni une certaine ville au bord de la Volga : « Car aux portes de la ville au bord de la Volga était un panneau disant : Armées du nouveau pharaon, ce chemin ne mène pas à la Volga, mais au Nil. »

J'ai expliqué à Max Rosenfeld qu'il s'était trompé.

« Voyez, Monsieur Rosenfeld, vous pensez que moi, Itzig Finkelstein, trafiquant, je vais ranimer tôt ou tard la flamme de l'antisémitisme. Possible ! Mais, croyez-moi, Monsieur Rosenfeld, au fond, ça ne change foutrement rien qu'Itzig Finkelstein soit trafiquant du marché noir ou universitaire, ou paysan, ou ouvrier d'usine, ou artisan, ou soldat. Tôt ou tard on finira par me haïr, moi, Itzig Finkelstein. Vous voulez savoir pourquoi ? Parce que je suis juif ! Point barre ! »

Max Rosenfeld hocha la tête.

« Mais pas dans notre pays, dit-il doucement. Là-bas, non. »

Les affaires reprennent ! Itzig Finkelstein se fait du fric à la pelle. Je n'ai pas encore repris ma place parmi les gros ou les très gros bonnets, seulement parmi les petits. Du moins, je ne suis plus un tout petit. Je vis ! Ou plutôt : on vit ! Ou plutôt : on vit comme on peut ! Chacun à sa façon, comme on dit.

Pour être tout à fait honnête : je me fiche de ce que les Allemands pensent de moi, le Juif Itzig Finkelstein. Je me sens comme un moustique. Peu importe que je bourdonne, volète, pique, trotte, que je me pose gentiment ou que je me tienne tranquille : ils ne peuvent pas me blairer. Tôt ou tard, ils m'écraseront. Je suis « la paille dans l'œil de mon frère ». Ou le moustique. Que je ne suis pas. Mais ils l'ignorent ! Je suis seul à le savoir ! Je suis juif !

Hier Max Rosenfeld et moi avons fait un tour en Mercedes noire. Je m'en suis racheté une, mais d'occasion, car je ne suis pas encore un gros ou un très gros bonnet. Donc, nous avons fait un tour en Mercedes noire dans quelques camps pour displaced persons juives. Ils commencent à se vider. Peu à peu, les gens émigrent. Beaucoup vers les États-Unis, beaucoup vers le Canada, l'Australie ou l'Afrique du Sud, mais la majorité en Terre sainte.

Max Rosenfeld a dit : « l'Exode des millions ! »

Des millions, sûrement pas. D'ailleurs, il en reste combien, des nôtres ? Des centaines de milliers ? Ça oui ! Sans doute ! Les Juifs émigrent. Le marché noir s'en ressent.

Chaque matin, avec cette absence de ponctualité qui caractérise l'Allemagne nouvelle, l'hôtel de la Patrie se fait livrer le journal *La Patrie repentante*. Aujourd'hui il est arrivé à neuf heures passées.

À la Une, deux photos me sautent aux yeux : un géant juif aux cheveux blonds, et à côté de lui un petit Allemand, cheveux noirs, pieds plats, jambes arquées. Gros titre : « Les Juifs – un peuple de paysans, de pionniers, de soldats ! »

J'ai dit à Max Rosenfeld : « Regardez. Qu'est-ce que je vous disais ! » J'ai monté *La Patrie repentante* dans ma chambre. J'ai lu : « La Marche des millions ! »

Exagération. Ici aussi. Ils ne sont que des centaines de milliers. Et puis, qu'est-ce que ça veut dire, « la marche » ?

Ils y vont en bateau, non ? Je lis : « Des millions de survivants du courageux peuple juif émigrent vers 'l'État d'Israël' » !

Qu'est-ce que ça veut dire ? L'État d'Israël n'existe pas encore ! *La Patrie repentante* va un peu vite en besogne, il me semble. Et puis : des millions de survivants ? Ils délirent ou quoi ? Je lis : « Des pionniers juifs percent le blocus britannique ! » Je lis : « La méditerranée fourmille de bateaux de réfugiés juifs ! Avertissement aux voiliers et yachts privés : attention danger ! Gare aux accidents ! » Je lis : « L'Angleterre monte la garde ! L'Angleterre refuse aux réfugiés le droit d'accoster. Que dieu les punisse... »

Qu'est-ce que ça veut dire ? Que Dieu les punisse ? Qui ? Les Anglais ? Tandis que je suis en train de lire, on frappe à la porte : Max Rosenfeld !

« Auriez-vous des allumettes, Monsieur Finkelstein ? »

Je lui donne des allumettes. Max Rosenfeld fume avec nervosité, jette un œil furtif sur les gros titres de mon journal, puis demande : « Qu'est-ce que ça veut dire ? Que Dieu les punisse ? »

Je dis : « Les Anglais, ça tombe sous le sens. »

Max Rosenfeld acquiesce et dit : « Que Dieu punisse les Anglais ! »

Il me défie du regard.

« Je parie tout ce que vous voulez, Monsieur Finkelstein, que nous l'aurons, notre État juif. »

Je dis : « Monsieur Rosenfeld, l'État d'Israël existe déjà. Lisez *La Patrie repentante* !

— Foutaises ! Ils exagèrent. La repentance, sans doute ! »

Je dis : « Nous l'aurons, notre État juif. À coup sûr. On boutera les Anglais dehors. Mais pas cette année. Quand même ! Les Juifs non plus ne tirent pas plus vite que leur ombre.

— Peut-être l'année prochaine ? »

Je dis : « Oui. En croisant les doigts tous les deux, vous, Monsieur Rosenfeld et moi, Itzig Finkelstein, nous aurons peut-être la chance de voir l'État juif l'année prochaine. »

À midi nous écoutons les nouvelles dans le vestibule de l'hôtel. Nous ignorons les sujets qui ne nous intéressent pas, mais tendons l'oreille dès que ça parle... de la Palestine !

Il pleut encore sur Berlin. Aujourd'hui je ne sors pas. Le marché noir ne va pas s'envoler. L'après-midi je lis l'édition spéciale de *La Patrie repentante* : « Le peuple juif se prépare à l'ultime bataille ! »

C'est le grand jour. Max Rosenfeld a fait ses valises.

« Ça y est, vous émigrez ?

— Absolument, Monsieur Finkelstein. En Palestine !

— Il ne me reste plus qu'à vous souhaiter bonne chance. »

Max Rosenfeld me regarde un long moment. On dirait presque qu'il a pitié de moi. Puis il me dit simplement : « Venez avec moi, Monsieur Finkelstein. Ne restez pas en Allemagne. »

Pas dormi de la nuit. « Venez avec moi, Monsieur Finkelstein. Ne restez pas en Allemagne. » Aurait-il raison, Monsieur Rosenfeld ? Évidemment qu'il a raison !

Je suis dans mon lit, éveillé. Je ne cesse de me répéter : Max Schulz !... Max Schulz ! Si tu restes en Allemagne, tôt ou tard, tu te feras prendre. Ne perds pas de vue, Max Schulz, que les vainqueurs et leurs alliés passent l'Allemagne divisée au peigne fin pour débusquer les derniers nazis. Tu ne seras en sécurité nulle part. Ni chez les communistes, ni chez les capitalistes. Tu es leur part d'ombre ! « Venez avec moi, Monsieur Finkelstein ! Ne restez pas en Allemagne ! »

Max Rosenfeld a raison. « Tu ferais mieux d'aller en Palestine. Personne n'ira te chercher dans la gueule du loup ! »

« Monsieur Rosenfeld ! Dites-moi. Combien coûte la traversée pour la Terre sainte ?

— Rien, Monsieur Finkelstein. Ce sont les fonds des organisations juives qui paient. Autrement dit : pour vous, Monsieur Finkelstein, le peuple juif prend le voyage en charge ! Parfaitement, Monsieur Finkelstein. Le peuple juif. »

J'ai vendu la vieille Mercedes. Mes valises sont faites, l'une en peau de porc, l'autre en simili cuir, un cadeau de la comtesse. Du simili cuir ! Quel foutage de gueule, quand on y pense.

Je suis debout dans ma chambre et me souris à moi-même. Mes dents en or étincellent.

Max Rosenfeld est excité comme une puce. « Alors, c'est vrai, vous venez avec moi ! » Une question suivie d'un point d'exclamation. La réponse est dans la question. Typiquement juif.

Je tombe sur les trois dents en or roulées dans mon mouchoir. Je les avais complètement oubliées. Un souvenir. Oui. Bien sûr. Une petite, une moyenne et une grande.

Du nouveau dans *La Patrie repentante*. Gros titre : Un historien émérite : « La faute collective n'existe pas ! Tous les Allemands ne sont pas coupables ! Certains ont dit oui, d'autres ont dit non ! »

D'autres gros titres : « Preuve est faite que les oui criaient plus fort que les non. »

Et encore : « Les non n'étaient pas audibles ! »

Et encore : « Une regrettable extinction de voix ! »

Je me dis : Et alors ? Extinction de voix ou pas, ils ne sont pas moins coupables. Est-ce la faute à Max Schulz s'il n'a pas bien entendu les non ?

Je me dis : Laisse-les non expier pour toi, Max Schulz. Ça ne peut pas te nuire.

Je me suis demandé aujourd'hui : Qui habite à l'hôtel de la Patrie à part Monsieur Rosenfeld ? Et Monsieur Finkelstein ? Des non qui font pénitence ? Des oui qui font pénitence ? Ou des gens qui à l'époque ont dit oui et non ?

Je me suis dit : Max Schulz ! Tu coupes les cheveux en quatre. Ça te fatigue. Rappelle-toi que tu es fêlé ! Ça pourrait s'aggraver !

« Après-demain part un nouveau convoi, Monsieur Finkelstein. Direction Marseille. Nous sommes en haut de la liste, vous et moi. Max Rosenfeld et Itzig Finkelstein. Dieu soit loué, je n'ai eu aucune difficulté. Comme je suis sioniste, un vieux de la vieille, les organisations me connaissent, même les gens de la Bricha. Tout le monde connaît Max Rosenfeld. Ma réputation n'est plus à faire. Alors, ça vous épate ? Vos valises sont faites ?

— Depuis un bon moment, Monsieur Rosenfeld. De toute façon, je n'emporte pas grand-chose. Vous savez, un Juif doit voyager léger ! C'est ce que disait toujours mon père, le coiffeur Chaïm Finkelstein ! »

LIVRE QUATRIÈME

1.

Qui a abattu Itzig Finkelstein ? Le vrai Itzig Finkelstein ? À l'époque, à Laubwalde, le 7 septembre 1942 ?

Le grand point d'interrogation. Dans le noir, au-dessus de mon lit, devant mes yeux, invisible, et pourtant si proche que je peux le saisir. Je l'attrape du regard, l'invisible, la vision, ça y est, je la tiens. Je pourrais le dérouler, le petit crochet, l'étirer, transformer le signe interrogatif en ligne droite. Mais je ne veux pas !

Slavitzki ? Comment qu'il a dit, mon beau-père Slavitzki ?

« Fiche-moi la paix avec les rats ! » Voilà ce qu'il a dit. Moi, je dis : « Fiche-moi la paix avec tes questions ! »

Cher Itzig. Tu ne sais pas qui t'a abattu. À l'époque, à Laubwalde. Parce que tu ne l'as pas vu. Parce qu'il t'a pris par surprise. Parce qu'il ne voulait pas que tu voies. Et parce qu'il se tenait dans ton dos. À deux pas derrière toi.

Il a aussi abattu ton père. Chaïm Finkelstein. Et ta mère. Sara Finkelstein. Il vous a tous massacrés.

Tu le connais, « lui » ? Tu sais qui est l'assassin ? Ton assassin ? Et l'assassin de ton père ? Et l'assassin de ta mère ? Tu veux que je te révèle le secret ? Hein ? Je te fais lanterner. Tu peux écarquiller tes yeux morts autant que tu veux. Et tendre tes oreilles mortes. Ça ne changera rien. Je ne révèlerai rien.

Cher Itzig. Ce qu'on cherche à nier, on dit qu'on le hait. Moi, Itzig Finkelstein, à l'époque encore Max Schulz, j'ai toujours eu l'air d'un Juif. Il n'en est rien. Mais c'est ce qu'ils disaient. Oui, c'est ce qu'ils disaient : il a l'air d'un Juif !

Réfléchis un peu, Itzig. Rien que pour cette raison j'aurais dû vous haïr. Pour avoir à nier quelque chose que je ne suis pas. Simplement parce que j'avais peur que ça puisse être le cas. Ou parce qu'eux, ils croyaient que je l'étais, alors que moi je savais parfaitement qu'il n'en était rien. Tu piges ?

Eh bien, voilà. Tu as pigé. Moi aussi. Et pourtant je ne vous ai jamais haïs. Tordu, non ? Mais c'est la vérité. Moi, Itzig Finkelstein, à l'époque encore Max Schulz, je n'ai jamais haï les Juifs. Pourquoi je ne vous ai jamais haïs ? Je n'en sais rien. Je constate simplement : moi, Itzig Finkelstein, à l'époque Max Schulz, je n'ai jamais haï les Juifs.

Hein ? Pourquoi j'ai tué ? Je ne sais pas pourquoi. Peut-être à cause des bâtons ? Avant d'en arriver là, il y a eu le bâton jaune et le bâton noir. Et d'autres sans couleur. Et des mains. Beaucoup de mains pour brandir ces bâtons. Et chaque coup atterrissait sur mon derrière. Le derrière qu'on appelle l'âme. Car finalement, âme ou derrière, c'est du pareil au même. Les deux sont là pour encaisser les coups. Parfois. Souvent même. Très souvent même.

Bref, tu vois, voilà l'histoire. Je voulais manier le bâton à mon tour. Ou les bâtons. Mais autrement. Plus fort. Tu piges ? Tu vois, tu as pigé.

Sauf que je n'aurais jamais pu manier le bâton avec autant de violence et de démesure s'il n'y avait pas eu d'ordre. L'ordre : Vas-y, frappe.

Tu comprends ? Sans cet ordre, je n'aurais jamais osé

faire ce que j'ai osé faire. J'aurais eu la trouille. Car moi, Itzig Finkelstein, à l'époque encore Max Schulz, je n'étais qu'un petit poisson de rien du tout, anxieux et frétillant, un petit poisson qui ne frappait que parce que c'était permis.

Nous n'avons pas tué que des Juifs. D'autres aussi. Nous les avons fusillés, pendus, gazés, tabassés. D'autres. Qui n'étaient pas juifs. Mais moi, Itzig Finkelstein, à l'époque encore Max Schulz, on m'employait uniquement pour tuer des Juifs. Pourquoi ? Je ne sais pas pourquoi.

C'est vrai que j'avais l'air d'un Juif. En tout cas, c'est ce qu'ils pensaient. Je devais donc en rajouter, tuer mieux que les autres. Pour leur montrer que je n'en étais pas un. Je veux dire, un Juif. Tu piges ? Combien j'en ai tué ? Pas la moindre idée. Je ne les ai pas comptés. Mais tu peux me croire, Itzig. Je n'étais pas antisémite. Je ne l'ai jamais été. J'ai suivi le mouvement, c'est tout.

Peux-tu m'entendre, Itzig ? Peux-tu me voir ? Viens ! Viens jouer avec moi ! Cherche-moi ! Où suis-je ? Où me suis-je caché ?

Ha ha, colin-maillard ! Cherche ! Viens, cherche ! Où suis-je ? Dans ma chambre d'hôtel ? Raté ! Dans mon lit ? Gagné ! Mais pas à Berlin. Ni dans ma chambre d'hôtel. Cher Itzig. Je n'ai pas de chambre. Mon lit n'est qu'une couchette, ma chambre qu'un dortoir. Un peu comme à Laubwalde. Mais pas tout à fait. Car moi, Itzig Finkelstein, je suis un homme libre.

Je suis sur un bateau. Et le bateau m'a englouti. Pour la nuit. Je suis couché dans son ventre. Immense et sombre. Sur une couchette. Oui, ici aussi, il y a des couchettes.

Quel bateau ? Cher Itzig, tu es bien curieux. Un bateau, j'ai dit. Un bateau de réfugiés juifs. Voilà. Maintenant, tu sais.

Ça fait des jours qu'Itzig Finkelstein, alias le génocidaire Max Schulz, est en pleine mer. Je vais en Palestine à ta place. Car toi c'est moi. Je suis Itzig Finkelstein.

Cher Itzig. Tu te rappelles ? Gosses déjà, on parlait souvent de Jérusalem...

Cher Itzig. Ceci n'est pas une lettre. Ou plutôt : ce ne sont pas des lettres. Je n'écris rien. Même pas dans mon journal intime. Je n'écris rien du tout. Je réfléchis, c'est tout. Ou je crois que je réfléchis. Je m'imagine que j'écris une lettre. À qui ? À toi ! Au mort !

Itzig. Viens. Parle-moi. Ou laisse-moi parler. Écoute-moi. Voilà l'histoire. Voilà, c'est comme ça. Viens avec moi à Jérusalem. Laisse-moi t'emmener avec moi. Allez, viens ! Écoute-moi !

Cher Itzig. Ça n'a pas été du gâteau. D'abord il a fallu liquider tous les vôtres, puis lever le camp dans la foulée. Mot d'ordre : tirons-nous ! Mot d'ordre : ras le bol !

Les Russes étaient à un saut de puce de Laubwalde. Il ne fallait pas qu'on se fasse prendre.

Oui, mon cher Itzig. Une époque terrible. Nos camions étaient en train de traverser la forêt polonaise enneigée, direction l'Allemagne, quand tout à coup ça a canardé. Ces putains de partisans. Ça, ils savaient tirer !

Ils ne m'ont pas eu. Pas moi. Ni le commandant de camp Hans Müller. Tu te souviens de lui ? Lui non plus, ils ne l'ont pas eu. Tous les autres, oui. Même Günther Holle. Mais pas nous. Non, pas nous.

Ensuite ? Ensuite rien. On a sauté. Sauté d'où ? Putain, ce que tu peux être con, mais du camion pardi ! D'où sinon ?

Ensuite on s'est tirés, évidemment. Comme ça. Voilà l'histoire. Par un froid de chien. Dans cette putain de forêt polonaise. Je courais. L'autre aussi, le commandant de camp Hans Müller. On a couru comme si on avait un bâton de dynamite dans le cul, la mèche allumée. Voilà, comme ça. On a couru. Oui. Où ? N'importe où.

Qu'est-ce qu'on se caillait, Itzig. Pas étonnant que la Pologne ait cédé. Avec un froid pareil. Là-bas, même les larmes gèlent. Et même la salive si on ouvre trop sa gueule. Voilà comment c'est, la Pologne. Et puis, la forêt polonaise ! La forêt polonaise. Je ne te dis que ça. Putain de forêt polonaise.

Ensuite ? Ensuite rien. Il faisait froid, c'est tout. Jour et nuit. La nuit, plus froid encore. Et le ciel souriait méchamment la nuit, surtout avant l'aube. Alors j'ai engueulé le ciel comme du poisson pourri. Mais il continuait à sourire méchamment. Le ciel. Il souriait. Il ne m'obéissait plus.

C'était foutu. Oui, cher Itzig. C'était foutu. Nous avions perdu la guerre. Et vous l'aviez gagnée. Vous, les Juifs. Pas toi. Ni ton père. Ni ta mère. Vu que vous êtes morts.

Je me rappelle à peine. Un sentier forestier enneigé à l'aube. Des camarades morts, la queue tranchée. Puis... une hutte. Une chaumière isolée. Une cabane plutôt. Oui. Une cabane. Une cabane solitaire en plein milieu de la forêt polonaise. Et une sorcière. Qui s'appelait Véronia.

Oui, bordel. Il y avait une cabane. Et dans cette cabane vivait Véronia la sorcière.

Elle m'a torturé. Puni. Humilié. Et aussi tabassé. Parce qu'autrefois j'avais été un dieu ! Je devais boire de la tisane. Je devais la baiser. La baiser sans arrêt. J'ai pleuré. J'ai eu peur. J'ai le cœur fragile, tu sais. Oui, cher Itzig, une époque terrible.

T'ai-je déjà parlé des dents en or ? Non. Je ne t'en ai pas parlé. Pas encore.

Donc : les dents en or. Les dents de mes morts. Une petite fortune. Dans un carton. Pas toutes les dents de tous les morts.

Car la plus grosse partie des dents, on l'avait envoyée au Reich. Les tiennes. Celles de ton père. Celles de ta mère. Un seul carton, Itzig. Un seul. Que j'ai caché dans la forêt. Que j'ai rapporté plus tard à la cabane. Et que j'ai vidé plus tard dans un sac. Oui, cher Itzig. Pas toutes les dents de Laubwalde, juste un vieux reste. Une petite fortune quand même.

Puis j'ai tué Véronia. Et derrière la forêt m'attendait le printemps. Et moi, à l'époque encore Max Schulz, je suis allé à la rencontre du printemps. J'ai pris la route. Retour au pays. Où ? Au pays, je te dis. En Allemagne. En Allemagne, où sinon ? Seul. Tout seul. Mais avec les dents en or. Oui, cher Itzig. Mes dents sinon rien.

Je ne sais pas où est ma mère. Et je ne sais pas non plus où est Slavitzki. Qu'elle aille se faire foutre, ma mère. Et qu'il aille se faire foutre, Slavitzki.

Faute de mieux, je suis allé à Warthenau. Avec mon sac. Avec mes dents en or. À Warthenau vivait Madame Holle.

Qui c'est celle-là ? Tu veux dire : qui c'était ? Madame Holle, c'est Madame Holle. Ou plutôt : Madame Holle, c'était Madame Holle. Une femme à la jambe de bois.

Et dans son sous-sol – sache qu'elle aussi vivait en sous-sol – j'ai fait la connaissance du major. Un Américain mort. Mort de chez mort. Le whisky que j'ai descendu ! Et le corned-beef que j'ai bouffé ! J'ai même un peu baisé. Mais avec modération.

Oui, cher Itzig, Voilà l'histoire. Voilà, c'est comme ça, et on n'y peut rien. Je ne suis pas resté longtemps. À Warthenau, je veux dire. Chez Madame Holle. Je suis parti pour Berlin. Avec mon sac. Avec mes dents en or.

Toi, tu n'as pas vu l'Allemagne d'après. Un tas de ruines, cher Itzig. Un tas de ruines ! Par votre faute ! Vous vous êtes retournés dans vos tombes ! Qui ? Vous, les coiffeurs juifs ! Et les autres. Tous ceux qui étaient contre nous et que nous avions supprimés. Chaque fois que vous vous retourniez, les maisons allemandes se mettaient à vaciller, les murs s'effondraient, les vitres éclataient, les bris de verre s'éparpillaient sur la chaussée, comme à l'époque, pendant la Nuit de cristal.

Tu n'as pas vu Berlin, cher Itzig. Le Berlin d'après. Pourtant tes yeux morts étaient partout. Partout à Berlin. Oui, et aussi à Warthenau. Et ailleurs. Partout, quoi.

Ce que j'ai fait des dents en or ? Vendues, mon cher Itzig. Comme on dit, je les ai troquées. Reconverties. Comme moi, d'ailleurs. Max Schulz a légèrement réécrit son histoire. Un jeu d'enfant. Tu sais, c'est la mode en ce moment. Je veux dire : réécrire l'histoire.

Dommage que tu n'aies pas connu le Itzig Finkelstein trafiquant du marché noir ! Le Itzig Finkelstein de Berlin. Celui à la Mercedes noire. Un sacré zozo, je te dis. Une gueule découpée dans le *Stürmer*. Par qui ? Les anciens nazis, tiens ! Ils l'ont ressorti de la naphtaline, le *Stürmer*. Comme ça, comme si de rien n'était. Les anciens nazis. Ils l'ont ressorti de la naphtaline avec la photo d'Itzig en Une. Ils l'ont découpé,

Itzig, l'ont amené à Berlin, planté au beau milieu du marché noir, puis l'ont mis dans le lit d'une comtesse blonde.

Pourquoi ils ont fait ça, les anciens nazis ? Je n'en sais rien. Peut-être pour emmerder les sionistes, ou les Juifs-fiers-de-l'être, ou pour répandre à nouveau leur poison. Je n'en sais rien.

À Berlin, j'ai eu la belle vie. Pas tout le temps, mais presque. Oui, pendant quelque temps, j'ai eu une vie sympa. Excellente. Mais j'étais malheureux. Qui ? Max Schulz ? Non, cher Itzig. Itzig Finkelstein était malheureux. Et pourtant Itzig Finkelstein avait gagné la guerre.

On se foutait de sa gueule chez la comtesse. De la gueule de qui ? Mais d'Itzig Finkelstein ! La mienne, pardi ! J'ai dû me défendre. Je veux dire : je n'étais pas obligé, mais je le voulais. Je voulais lui prouver que moi, Itzig Finkelstein, j'étais quelqu'un. Et pas seulement moi. Mes ancêtres aussi. Je me suis démené, oui, mon cher Itzig, pour prouver à la comtesse qu'Itzig Finkelstein avait toutes les raisons du monde d'être fier de son héritage. Je n'aime pas que les gens me prennent de haut. Je ne supporte pas ça. D'ailleurs j'ai fini par lui dire : « Allez vous faire mettre. »

Plus tard, à l'hôtel de la Patrie, plus personne ne se foutait de ma gueule. Là-bas, c'était pire. Ils rampaient à mes pieds avec leurs sentiments de culpabilité, me donnant du Monsieur Finkelstein par-ci, du Monsieur Finkelstein par-là. Très peu pour moi. Alors je me suis dit : Fini Max Schulz, tu es Itzig Finkelstein. Qui refuse d'être un sous-homme. Mais aussi un surhomme. Itzig Finkelstein veut être un homme tout court. Un homme ordinaire parmi des hommes ordinaires. Ni bête noire parmi les faibles. Ni bête noire parmi les puissants.

Je ne sais plus très bien quand je me suis dit pour la première fois que je devais aller en Palestine. En tout cas : cette idée faisait son petit bonhomme de chemin. Je pensais : Personne ne viendra te chercher dans la gueule du loup. Voilà. Mais ce n'était pas la seule raison. Aujourd'hui j'y vois plus clair : moi, Itzig Finkelstein, je veux vivre parmi les Juifs, parmi les miens, dans mon propre pays. Car moi, Itzig Finkelstein, je ne peux plus me sentir à l'aise parmi les goys. Tu me comprends, non, cher Itzig ?

Mon cher Itzig. Ces derniers temps je me suis beaucoup occupé de vous. Pas seulement de votre extermination – ça, c'est derrière nous – mais de votre histoire : l'histoire du judaïsme en général et du sionisme en particulier. Dans ses grandes lignes. Alors, j'ai commencé à m'enthousiasmer pour votre cause nationale. Que dis-je, votre cause ? Ma cause. Qui est aussi la vôtre.

Écoute, Itzig, ouvre grand tes oreilles mortes :

À Lichtenberg, près de Berlin, il y a un camp pour *displaced persons* juives. Ça grouille de réfugiés. Parfois le camp se vide, pour se reremplir aussitôt. Voilà. Les Juifs sont bien organisés. Surtout les sionistes. Pour émigrer en Palestine, prenez contact avec les sionistes ! L'Organisation s'occupe de tout. Elle transfère les Juifs des territoires de l'Est vers Lichtenberg, ou vers d'autres camps de réfugiés, c'est selon, pour les rassembler. Tu piges ? Pour le grand voyage. Nous procédions exactement de la même manière, à l'époque, même si évidemment nos objectifs étaient, si j'ose dire, diamétralement opposés.

Oui, cher Itzig. D'abord les Juifs sont regroupés. Puis on leur fait passer la frontière côté Alliés. Puis la frontière française, ou parfois espagnole, italienne, grecque ou yougoslave. Tu piges ? Oui, tout ça pour rejoindre la mer. Quelle mer ? La Méditerranée. Mais ce n'est pas encore la destination du voyage. Il ne fait que commencer.

Écoute-moi bien :

Max Rosenfeld et moi – Max Rosenfeld, c'est un ami à moi – donc : Max Rosenfeld et moi, nous nous sommes rendus à Lichtenberg avec un minimum de bagages. Nous, contrairement aux autres, ils ne sont pas venus nous ramasser. On y est allés de nous-mêmes. À Lichtenberg, nous avons reçu des visas mexicains. Comment ? Si on voulait aller au Mexique ? C'est ça ta question ? Conneries ! Pour pouvoir transiter par la France, pardi ! Oui. Première destination, la France.

Un jeu d'enfant. Gratuit qui plus est. L'Organisation s'occupait de tout. Pour moi. Et pour Max Rosenfeld. Bref, avec nos visas mexicains, nous sommes allés en France. Jusqu'à la côte. À quel endroit ? Aucune idée. Quelque part. Un endroit sur la côte. Je ne suis pas idiot, je ne pose pas de questions. Top secret. Moi, Itzig Finkelstein, je vais illégalement en Palestine, aux frais du peuple juif – pour emmerder les Anglais –, atterrir dans un endroit obscur, faire l'histoire, une seconde fois, et en plus je devrais poser des questions ?

Tu vois ! Et un beau jour, nous sommes arrivés sur la côte. Quelque part en France. Les Français étaient au courant. Ce sont nos amis. Les Français sont courts sur pattes tandis que les Anglais ont des jambes qui n'en finissent plus. Les Français détestent les Anglais. C'est pour cette raison que la France encourage l'émigration illégale vers la Palestine sous mandat britannique.

Oui. Et ensuite : un bateau nous y attendait. Quel bateau ? Un bateau de réfugiés juifs ! Un brise-blocus !

Pas de port. Une plage de sable. Le bateau ne pouvait pas jeter l'ancre. On nous a embarqués en canots. Quand ? De nuit. Pourquoi de nuit ? Parce que qui dit nuit dit obscurité, et les agents britanniques ont du mal à voir dans l'obscurité. Voilà pourquoi.

Cher Itzig. Le bateau n'était pas un bateau. Le bateau était un malheureux rafiot. J'ai dit alors à Max Rosenfeld : « Monsieur Rosenfeld ! C'est avec un rafiot pareil que vous voulez vous rendre en Palestine ? Moi je vous le dis : noyade assurée ! »

Mais Max Rosenfeld a dit : « N'ayez crainte, Monsieur Finkelstein. Ce rafiot fera date ! »

Voilà l'histoire, cher Itzig. Ça s'est passé comme ça. La Méditerranée grouille de rafiots de ce genre. Et l'un d'eux, c'est le nôtre, le malheureux Exitus.

Exitus ? La sortie ? La fin ? La mort ? Pourquoi ce nom ? Est-ce un vaisseau fantôme ?

Oui, cher Itzig. C'est un vaisseau fantôme. Je sais enfin pourquoi on parle de la Marche des millions. Nous n'étions pas des millions. Mais les morts nous accompagnaient. Les six millions ! Des millions de morts ! Tabassés ! Pendus ! Fusillés ! Gazés ! Tous nous accompagnaient ! Pour aller où, cher Itzig ? Quelle question ! Dans la patrie historique des Juifs ! Chez nous !

2.

Autrefois *L'Exitus* s'appelait *La Belle Claire*. Si je ne me trompe, tu étais assez fortiche en français dans le temps, hein, cher Itzig ; à l'époque tu étais le premier en français. Donc tu sais que *La Belle Claire*, en allemand, ça donne *Die Schöne Klara. La Belle Claire*, un bateau-mouche rose bonbon, cucul la praline, joyau de la Seine, symbole de Paris au même titre que la tour Eiffel. Merveille touristique qui faisait la fierté de son capitaine Maurice Dupont ! Quand c'était ? Je ne sais pas très bien. Au début du siècle, je suppose.

L'Organisation achète tout ce qu'elle peut pour la « Marche des millions ». Le capitaine Maurice Dupont a rendu l'âme depuis des lustres, tout comme le bateau-mouche *La Belle Claire*. Mais l'Organisation est débrouillarde ! Elle est allée chercher La Belle Claire au royaume des morts, aussi pourrie fût-elle, sans chair ni peau, squelette aveugle. Maintenant, elle s'appelle *L'Exitus*.

Un bateau du royaume des morts ? Oui, cher Itzig. Mais en état de prendre la mer.

Notre capitaine est grec. Son nom : Tirésias Pappas. Une amie à moi, l'ancienne ballerine juive Hanna Lewisohn de Berlin, m'a expliqué ce que signifie Tirésias Pappas. Pappas, c'est Pappas. Elle ne sait pas trop. Un nom, probablement. Un nom de famille grec. Et Tirésias ? Aussi un nom. En l'occurrence un prénom. Qui a une signification. Tirésias, dixit Hanna Lewisohn, était le devin aveugle d'*Antigone*, une tragédie du Grec Sophocle. Tu connais Sophocle ? Le Grec ?

Tirésias Pappas n'est pas aveugle. Mais Tirésias Pappas est devin. Aucun doute là-dessus. Car Tirésias Pappas nous a prédit à tous qu'il allait faire passer le vaisseau fantôme, ce radeau de la mort baptisé *Exitus*, à travers le blocus, pendant la nuit, que ça plaise aux Anglais ou non. « Les Anglais ne nous auront pas, a dit Tirésias Pappas. *L'Exitus* accostera ! Avec tous ses passagers, les vivants et les morts. Aussi sûr que je m'appelle Tirésias Pappas ! » Oui, c'est qu'il a dit.

L'équipage de *L'Exitus*, cher Itzig, est international. La plupart des membres sont grecs, polyglottes comme Tirésias Pappas, des gens qui ont pas mal bourlingué, d'anciens matelots, des aventuriers. Mais il y a aussi des Français, des Norvégiens, des Portugais, des Espagnols et j'en passe. Des types de la même trempe. Quand j'ai vu l'équipage pour la première fois, j'ai eu un choc, tant ces gens avaient l'air débraillé. Je dirais : une horde de sauvages, tout juste bons pour un bateau pirate, ou pour le brise-blocus-bateau-mouche, le malheureux rafiot *L'Exitus*. Mais notre capitaine Tirésias Pappas tient son équipe d'une main de fer. Il les a avertis : « Pas de viols ! Pas touche aux femmes ! Ni aux enfants ! Interdiction de voler. Ou de se bagarrer avec des passagers qui vous ont rien fait ! Celui qui pige pas ça finira dans la Méditerranée tête la première. »

Tirésias Pappas ne plaisante pas sur ce point. D'autant que lui-même présente bien. Tirésias Pappas : petit, jambes arquées, chauve, barbe, avec un œil de braise. Oui, cher Itzig. Il est borgne. Mais pas aveugle.

Qui d'autre nous protège sur *L'Exitus*, à part Tirésias Pappas ? Cher Itzig... mais l'Organisation... qui d'autre sinon ? Faut savoir que David Shapiro en personne se trouve à bord de *L'Exitus*. Qui est David Shapiro ? Un commandant de la Haganah, cher Itzig. La Haganah, la force de défense juive en Palestine. Une armée illégale du point de vue des Anglais, mais légale du nôtre. Tu comprends, cher Itzig ? La Haganah, c'est l'armée clandestine légale-illégale du peuple juif en Palestine.

À part David Shapiro, il y en a d'autres... des soldats de la Haganah... et aussi deux représentants du Palmach, les unités spéciales de la Haganah en Terre sainte. On devrait plutôt parler d'un groupe de choc, hein, Itzig ? Il y a aussi quelques agents du Mossad Le'aliyah Bet, la branche de l'Organisation chargée de l'émigration illégale en Palestine – illégale du point de vue des Anglais, cher Itzig, garde toujours ça en tête. Pour nous : légale. — Il y a même un représentant du Rekhesh à bord, responsable de l'approvisionnement en armes, un homme qui a fini sa mission en Europe et qui rentre chez lui. Comme nous. Tu vois, cher Itzig, tout ce petit monde travaille pour l'Organisation, disons : pour l'Organisation de tête, ou si tu préfères : pour le gouvernement de l'ombre du futur État juif.

Si nous sommes armés ? Quelle question !... Cher Itzig. Les gars de la Haganah sont armés jusqu'aux dents. Comme ceux du Palmach et les autres. Tu crois peut-être que Tirésias Pappas pourrait tenir son équipage de cette main de fer s'il ne se savait pas entouré de ces combattants juifs pour la liberté ?

Tiens. Je vois quelque chose. Une boîte de sardines qui flotte sur l'eau. C'est ça, oui. *L'Exitus* est une boîte de sardines. Et les sardines, c'est nous. Et nos morts ? Aussi. Ils sont là, parmi nous, debout, assis, accroupis. Des sardines immatérielles.

On manque de place. Un peu comme dans vos baraquements à Laubwalde.

L'Exitus est rempli à ras bord et au-delà d'immigrants illégaux. Mille six cents personnes sur un bateau de sept cents tonnes. Maintenant, je sais pourquoi Tirésias se signe trois fois par jour.

L'autre jour Tirésias Pappas a dit : « Monsieur le commandant de la Haganah David Shapiro, vous autres Juifs avez jeté un sort sur ce maudit bateau, ou je ne m'appelle plus Tirésias Pappas ! »

Et le commandant de la Haganah David Shapiro a dit : « Capitaine Tirésias Pappas, ça veut dire quoi ? »

Et Tirésias Pappas a dit : « Un passager par tonne de jauge brute ! Le grand maximum permis aux petits bateaux. C'est ce que j'ai appris dans mes livres. Un bateau de sept cents tonnes, c'est sept cents passagers. Pas plus.

— Et alors ? a dit David Shapiro.

— Logiquement, on va tous se noyer, a dit Tirésias Pappas. Mille six cents passagers clandestins, sans parler de l'équipage, c'est un petit peu trop.

— Mais on ne coulera pas, a dit David Shapiro, commandant de la Haganah. Primo, parce que nous avons jeté un sort à cette chaloupe, et deuzio parce que vous-même, Tirésias Pappas, avez prédit notre accostage. »

Oui, cher Itzig. Nous sommes trop. C'est pas de la blague. Les morts ne pèsent pas lourd. Mais nous les vivants, on pèse lourd, non ? Alors comment ça se fait qu'on ne coule pas ? Les morts ont-ils des ailes ? Est-ce eux qui portent *L'Exitus* ?

J'ai eu de la chance avec ma couchette. Ceux qui n'ont pas pu en avoir dorment à même le sol. Ici, à fond de cale, l'air est vicié. Ça sent la sueur et le vomi. Parfois *L'Exitus* fait des mouvements de balançoire ; le mal de mer fait vomir les gens, là, sur place. Difficile d'aller dehors en titubant, de monter sur le pont à chaque envie avec ces gens allongés un peu partout, même dans les coursives et sur les marches.

Je ne dors pas beaucoup. Je me réveille souvent. On me réveille souvent. Des cris stridents. Tu dis quoi, Itzig ? Hein, quoi ? Pourquoi les gens crient ? Ce sont les survivants, Itzig, les rescapés de nos camps de concentration. Je ne sais pas pourquoi ils continuent de crier, maintenant que tout est fini. Des cauchemars ? Je n'en sais franchement rien. Oui, cher Itzig. Sans compter les nourrissons qui braillent.

Quand l'aube arrive, je respire. Je suis impatient qu'il fasse grand jour. Avant même les premières lueurs du matin, je me glisse hors du ventre de *L'Exitus*, trébuche sur tous ces corps, monte en tâtonnant, en suffocant, pour prendre l'air. La journée, le pont est noir de monde. Les gens essaient désespérément de faire quelques pas, ou se tiennent au bastingage, serrés les uns contre les autres. Mais très tôt le matin, il y a assez de place sur le pont. Assez de place. Même pour moi, le génocidaire Max Schulz. Je peux alors me dégourdir les jambes.

Oui, cher Itzig. Quand Dieu se réveille et ouvre ses yeux, au moment où son regard encore lourd de sommeil tombe sur la mer et la ligne d'horizon – frontière entre ciel et mer –, au moment où le bon Dieu tousse pour chasser la nuit et où la nuit dit : « Hé, du calme. Je m'en vais mollo, en douceur », alors à ce moment-là, moi, le génocidaire Max Schulz alias le Juif Itzig Finkelstein, je me balade entre le pont arrière et bâbord. Libre de mes mouvements, je remplis mes poumons d'air salin, je respire l'oxygène.

Je m'appuie contre le bastingage, j'écarte mes bras et reste immobile, les yeux fermés. Puis je les ouvre lentement, comme le bon Dieu encore endormi. Je ne vois rien encore… mais j'entends… une voix… celle de Celui qui n'est pas et qui dit :

« Que la lumière soit ! » Puis la mer anthracite change doucement de couleur et commence à scintiller mystérieusement. Je vois l'aurore poindre. Je vois le joyeux flamboiement quand s'unissent à l'est le ciel et la terre. C'est là que nous allons. Cap à l'est. Vers le joyeux flamboiement. C'est là que nous allons. Nous et nos morts. Afin qu'ils ressuscitent !

J'essaie de raisonner avec logique. Je me dis : Tu t'es trompé. Nous emportons les morts avec nous. C'est vrai. Mais seulement les six millions ? Tous ceux qui sont morts en exil, après la destruction du Second Temple, ou même avant, ne sont-ils pas avec nous ?

Je me dis : Itzig Finkelstein. Ça se peut, mais *L'Exitus* n'est pas le seul bateau à ramener les gens au pays. D'autres sont venus avant nous, d'autres viendront après. Ergo, *L'Exitus* ne ramène pas tous les morts. Sinon les autres bateaux, les autres rafiots n'y auraient pas leur part.

Dernièrement j'ai aperçu ton ombre près du bastingage. Et l'ombre de ton père. Et l'ombre de ta mère. Vous ne vous êtes pas retournés. Je suis passé à travers vous trois. J'ai regardé la mer. J'ai regardé le soleil en clignant des yeux.

Ton père a dit à ta mère : « Sara ! Je crois que c'est "lui" qui a fusillé notre fils. »

Et ta mère a dit à ton père : « Chaïm ! Je crois que c'est "lui" qui a fusillé notre fils. »

Et toi, tu leur as dit : « Papa ! Maman ! Je crois que c'est "lui" qui m'a tiré dans le dos ! » Puis tu as demandé : « Mais qui vous a fusillés, vous, quand moi, je n'étais pas avec vous ? "Lui" ? Est-ce "lui" qui vous a fusillés ? »

Devine ce qui s'est passé ensuite. Quand j'ai reculé d'un pas pour sortir de votre ombre.

Je me suis cogné à Max Rosenfeld. Il se tenait derrière moi et il a dit : « Monsieur Finkelstein. »

Et j'ai dit : « Monsieur Rosenfeld.

— Vous êtes perdu dans vos pensées. Pourquoi ?

— Je pensais à mes parents.

— Je vois...

— On les a fusillés à Laubwalde. »

Max Rosenfeld a regardé la mer au loin, fixement, puis le sillage de *L'Exitus*, comme s'il craignait de rencontrer mon regard.

« Tenez... regardez... »

J'ai sorti quelques coupures de journaux de la poche de ma veste et les ai montrées à Max Rosenfeld.

Gros titres : « Massacre de masse à Laubwalde ! Toute la vérité sur le carnage ! En Pologne derrière les barbelés !... »

J'ai pointé du doigt le nom de Max Schulz.

« Souligné !, a dit Max Rosenfeld.

— Ce nom-là, je le souligne toujours, j'ai dit.

— Pourquoi ?

— C'est lui qui a tué mes parents.

— Comment pouvez-vous savoir ? Il y avait plein d'autres SS !

— C'est vrai, j'ai dit. Au fond, c'est vrai. »

Ma collection de coupures de journaux passe de mains en mains à bord de *L'Exitus*. Max Schulz, inconnu au bataillon. Un nom. Un nom parmi d'autres dans la liste interminable de l'horreur. Les gens sont blasés depuis longtemps. Ils n'ont que trop connu l'horreur, trop longtemps. La plupart d'entre eux parcourent ma collection avec ennui, mais ils me comprennent, car la nouvelle s'est répandue : Itzig Finkelstein, alias moi, vient de Wieshalle, une petite ville de Silésie, comme Max Schulz. Ça n'étonne personne que je l'aie connu, ni que Max Schulz ait grandi dans le même quartier que moi, chose dont je ne me cache pas. Ni même qu'il ait fait son apprentissage auprès de mon père, Chaïm Finkelstein, non pas pour devenir assassin professionnel, mais honnête coiffeur. Les gens conçoivent aussi que mes soupçons, parmi tous ces SS, se portent justement sur Max Schulz, alors que je n'ai aucune preuve. « C'est lui qui a tué mes parents ! Lui et personne d'autre ! »

Les gens me disent : « N'y pensez plus. Ça va vous briser. Pensez à l'avenir, Monsieur Finkelstein, pas au passé. »

Et moi je leur réponds : « C'est ce que j'ai toujours fait. »

L'avenir ! Cher Itzig. Voilà pourquoi je me tiens toujours au bastingage, le regard tourné vers la Terre promise.

Un vaisseau fantôme ? Tu me le demandes ? Oui, cher Itzig. Mais joyeux. Malgré les cris stridents la nuit.

Laissons la nuit derrière nous, ce qui compte c'est le jour. *L'Exitus* vient de la nuit. Mais il est en route pour le jour. Le jour, les gens sont heureux. Tous ici aiment la lumière du jour. Tous. Le génocidaire que je suis ne fait pas exception. La nourriture est mauvaise, c'est vrai, mais nous chantons pendant les repas. Ça aide à avaler. D'ailleurs on n'arrête pas de chanter et de danser. Tu connais la danse nationale juive, la *hora* ? Jeunes et vieux la dansent. Même Tirésias Pappas la danse avec nous et pourtant il est grec.

Oui, nous dansons la *hora*, cher Itzig. Et ceux qui ne dansent pas battent la mesure avec les mains. Une fanfare ?

Tu plaisantes ? Nous chantons, Itzig. Nous chantons ! Quelques jeunes gars jouent de l'harmonica. Tu devrais voir ça ! Tes yeux morts s'illumineraient. On se marre bien, je te le dis.

Si les morts dansent avec nous ? Oui, cher Itzig. Ils dansent avec nous. Toi aussi, d'ailleurs. Sauf que tu l'ignores. Et ton père. Et ta mère.

Nous aimons la lumière du jour, Itzig. Il fait beau. Nous avons vraiment de la chance avec le temps. Le soleil partage notre joie. Tu peux lui demander. Sur le pont il joue avec les petits et les grands. Le soleil nous sourit. Ça y est, c'est fini, Itzig. Maintenant nous pouvons rire. Quoique parfois nous ayons encore envie de pleurer.

Et la mer ? La mer aussi partage notre joie, Itzig. Une tempête pourrait nous faire chavirer. Mais la mer est calme. Peut-être qu'elle devine que notre bateau est porté par les ailes des morts. Je n'en sais rien, Itzig. Vraiment, je n'en sais rien.

La mer est calme. Les mamans tiennent leurs enfants au-dessus du bastingage – toute la journée – pour faire pipi, et encore pipi... et la mer les regarde d'en bas, louchant de ses yeux verts. Magnanime, elle avale tout sans broncher, sans faire de vagues.

Dernièrement Tirésias Pappas a dit : « La mer est calme. La mer pourrait nous engloutir tous, nous les illégaux, mais la mer s'en garde bien. Ça ferait trop plaisir aux Anglais. La mer n'aime pas les Anglais, parce qu'ils l'ont trop longtemps dominée. Absolument, Messieurs. Croyez-en Tirésias Pappas ! »

3.

Tu seras étonné d'apprendre, Itzig, que moi, Max Schulz, artiste capillaire, j'ai perdu la main. Faut dire, ça faisait un moment que je n'avais pas coupé de cheveux. Pendant longtemps mon seul exercice a été de tirer au fusil, sur des cibles juives, comme on disait alors. Les ciseaux et les peignes, je les avais mis au placard.

Juste avant le départ, je me suis acheté quelques instruments : peigne, ciseaux, rasoir, tondeuse, etc. Tu vois ce que je veux dire. L'indispensable. Je me disais : « Mes porte-bonheur ! »

Si je coiffe les gens de *L'Exitus* ? Évidemment. Faut bien recommencer un jour. Et ici, à bord de *L'Exitus*, j'ai une bonne occasion de me refaire la main. Je suis le seul coiffeur sur ce rafiot. À bien y réfléchir : je suis irremplaçable.

Quel jour mémorable, celui où le génocidaire Max Schulz est redevenu coiffeur. Profession honnête du parfait monsieur Tout-le-Monde. Si j'avais un calendrier, j'entourerais ce jour mémorable d'un gros trait bleu, net et sans bavure.

Voici comment tout a démarré, cher Itzig : mon ami Max Rosenfeld bavardait sur le pont avec le capitaine Tirésias Pappas, lui disant : « À votre place, je me ferais tailler la barbe ! Ça jase : "Qu'est-ce qu'il a l'air négligé, ce Tirésias Pappas ! Presque aussi sauvage que son équipage !" »

Et Tirésias Pappas a dit : « Je me fais tailler la barbe dès qu'on est à Haïfa. »

Et Max Rosenfeld a dit : « Pourquoi pas ici, tout de suite ? »

Et Tirésias Pappas a dit : « Parce qu'ici, je ne connais pas de barbier. »

Et Max Rosenfeld a dit : « Moi, si ! »

Et Tirésias Pappas a dit : « Tiens donc ! Qui ça ? J'ignorais qu'on en avait un à bord. »

Et Max Rosenfeld a dit : « Et si. Il y en a un. Parce que moi, j'en connais un. Un coiffeur pour hommes. Et un bon. Itzig Finkelstein ! »

Tout a démarré comme ça :

Le capitaine Tirésias Pappas m'a fait venir sur-le-champ dans sa cabine. Il m'a dit : « Monsieur Finkelstein. Pourriez-vous me tailler la barbe ?

— Je peux, j'ai dit. Je peux aussi vous raser le petit duvet sur votre crâne chauve, et aussi tailler vos favoris broussailleux !

— Parfait, Monsieur Finkelstein ! » Tirésias Pappas était ravi.

« Mais pas ici dans la cabine. Ça va tout saloper. Le mieux ce serait dehors, en plein air. »

Oui. Voilà l'histoire. Tout a démarré comme ça :

Nous sommes allés chercher un fauteuil avec un dossier assez haut. Nous l'avons posé sur la passerelle de manœuvre, bien visible du bastingage, surplombant le pavillon hissé. Tirésias Pappas, frimeur, a pris place et je l'ai enveloppé dans un drap de bain, car je n'avais pas pris de serviettes en papier, ni de peignoir, accessoire pourtant indispensable, mais voilà, en faisant mes achats avant le départ, j'avais oublié, bref : Tirésias Pappas, frimeur, a pris place, et s'est laissé envelopper sans rechigner.

Tout a démarré comme ça, Itzig :

Quelques passagers avaient remarqué la scène. À peine avais-je commencé, qu'ils sont venus voir de plus près. Il y avait de plus en plus de badauds. Assez vite Tirésias Pappas et moi fûmes entourés par une nuée de femmes et d'enfants agités, caquetante et gesticulante, rejointe bientôt par des hommes qui lançaient des vannes et commentaient la barbe et la calvitie de Tirésias Pappas, tout en rongeant des croûtes de pain ou leurs ongles. Les tout-petits braillaient, les plus grands essayaient de tirer sur la barbe de Tirésias Pappas, mettant leurs petits doigts entre ciseaux et peigne sans se soucier de mes avertissements ni de Tirésias Pappas qui, enveloppé comme il était, roulait férocement son unique œil. On se marrait bien, je peux te le dire.

Oui, tout a démarré comme ça, cher Itzig. Le jour même, tout le monde sur le bateau était au courant qu'Itzig Finkelstein était coiffeur. Je croulais sous les demandes. Les gommeux de *L'Exitus* ont été les premiers à se pointer pour se faire faire une bonne coupe à la mode. Suivis par les honnêtes pères de famille, les célibataires timides, les enfants chéris de leurs mamans. Et sporadiquement, des femmes : « Monsieur Finkelstein. Je voudrais une coupe d'homme. C'est la mode aujourd'hui, non ? »

Si je rase aussi ? Ici, sur *L'Exitus* ? Non, cher Itzig. Étant le seul coiffeur à bord, je n'ai pas le temps de jouer au barbier. Les gens sont bien capables de se raser tout seuls. Il m'arrive de raser des crânes. Mais ça n'a rien à voir. Essaie de me comprendre. La demande est trop forte. Et je n'ai que deux mains. Quoi ? Quelles mains ?

Bien entendu, je me fais de l'argent. Mais pas beaucoup. Les riches paient plus, les pauvres moins. Je fais comme les médecins. Quand le patient sent le fric, il raque. Il casque pour les autres, illico. Oui, cher Itzig. C'est comme ça. Dommage que la majorité des passagers de *L'Exitus* soient de pauvres bougres, certains n'ont vraiment plus rien, alors, je n'ai pas d'autre choix que de les servir à l'œil. Question d'honneur. Parfois il faut savoir rendre service à l'humanité. Vrai ou pas ?

Oui. Le temps est beau, et le travail en plein air est un régal. Les mèches coupées ne tombent pas toujours par terre, sur le sol, comme dans un salon ordinaire, mais sont balayées par la brise qui se lève. Le vent frais les emporte immédiatement au large, au-delà du bastingage, accompagnées par les rayons lumineux du soleil et les cris joyeux des enfants. Pour la joie du bon Dieu, mais au grand dam des poissons affamés qui suivent *L'Exitus*, la bouche grande ouverte.

4.

Max Rosenfeld aussi dort dans la cale, mais du côté opposé. Aux repas, nous sommes assis la plupart du temps côte à côte. Le reste du temps aussi nous sommes fourrés ensemble. Il m'observe quand je travaille. À l'heure de ma promenade, il se balade à côté de moi entre le pont arrière et bâbord, ou plutôt il joue des coudes pour rester à côté de moi.

Tu vois qui c'est, Tirésias Pappas ? Évidemment tu vois qui c'est. Il aime bien faire un brin de causette avec moi : « Monsieur Finkelstein. Regardez là-bas ! La côte grecque ! Et là-haut dans le ciel, ce ne sont pas des anges, mais des Anglais. Des avions : la R.A.F... la Royal Air Force ! Eh oui, nous avons hissé le pavillon mexicain ! S'ils ont découvert le pot aux roses ? Pas encore. Ce ne sont que des petits points, les avions, des petites taches, rien d'autre. Mais vous allez voir, Monsieur Finkelstein, une fois que nous aurons pénétré dans les eaux palestiniennes, ces petits points vont devenir des oiseaux géants. Qui planeront au-dessus de nos têtes. Mais n'ayez crainte, n'ayez crainte, Monsieur Finkelstein. Tirésias Pappas a imaginé un plan du tonnerre pour tromper les Anglais... le plan d'accostage pour immigrants illégaux le plus extraordinaire qui ait jamais existé. »

Le commandant de la Haganah David Shapiro. Roux à moustache rousse. Il est venu me voir pour se faire tailler la moustache. On a commencé à bavarder : « Est-ce vrai,

Monsieur Finkelstein... que... vous avez connu le génocidaire Max Schulz ? C'est en tout cas ce qui se raconte à bord.

— C'est vrai, mon commandant.

— Quel genre de type était-ce ? »

J'ai dit : « Un chasseur de rats. Fêlé. »

David Shapiro a hoché la tête, puis il a dit : « On l'aura un jour ou l'autre. Les agents secrets juifs ! Un jour ou l'autre ! Et on l'amènera à Jérusalem. Pour le pendre sur l'arbre le plus haut ! »

J'ai demandé : « Il y a de grands arbres là-bas ?

— Bien sûr qu'il y a de grands arbres là-bas », a dit David Shapiro.

Oui. Voilà David Shapiro. Un géant, poitrine de gorille, des mains comme un boucher, poilu, couvert de petits poils roux jusqu'aux ongles, deux yeux durs comme l'acier et bleus comme le ciel. Il se balade sur le pont avec quatre revolvers, deux à gauche, deux à droite, qui pendouillent juste au-dessus de ses genoux, chargés... la terreur de l'équipage.

Une fois il m'a dit : « Monsieur Finkelstein. Si jamais Max Schulz devait me tomber entre les mains, je le hacherais menu. Vivant. J'en ferais du steak tartare et je le donnerais à bouffer aux chacals. »

Je lui ai demandé : « Il y a des chacals là-bas ?

— Bien sûr qu'il y a des chacals là-bas, a dit David Shapiro.

— Mais alors les grands arbres, ou plutôt le plus grand des arbres de Jérusalem ? Celui où Max Schulz doit être pendu... je veux dire... si vous en faites du steak tartare...

— Dans ce cas, le grand arbre peut aller au diable », a dit David Shapiro.

Voilà David Shapiro. Encore un homme qui me porte dans son cœur.

Mon premier client, le matin, c'est toujours le juge Wolfgang La Schüsstiß, petit juge d'un tribunal d'instance quelconque.

Le juge Wolfgang La Schüsstiß est juif. Issu d'une vieille famille juive installée de longue date en Allemagne. Pourtant il ressemble plutôt à Churchill : tête massive, chauve, fumeur, amateur de cigares comme l'autre. Il ne parle qu'allemand. Un Allemand jusqu'au bout des ongles, quoique Juif avec la tête de Churchill. L'odeur de son âme est différente de la mienne, différente de celle de tous les autres Juifs à bord de *L'Exitus*. L'âme du petit juge Wolfgang La Schüsstiß sent la bière. Oui, cher Itzig : la bière, la brasserie, la boulette de pommes de terre et la choucroute-saucisses.

Je t'ai déjà raconté, cher Itzig, que par principe je ne rase personne à bord de *L'Exitus*. Faute de temps. Que des crânes. Mais raser un crâne, c'est du domaine de la coiffure. Eh bien, cher Itzig. Pour le petit juge Wolfgang La Schüsstiß je fais une exception. Non seulement je m'occupe du petit duvet sur sa tête, mais je le rase. Pourquoi je fais une exception pour lui ? Je n'en sais rien.

Comme je l'ai dit : mon premier client. Tous les jours. Ponctuel comme une horloge suisse. Je le rase avant même le petit-déjeuner. C'est lui qui le veut comme ça. Oui, cher Itzig. À l'aube, tandis que le jour se lève, je savonne le petit juge. Quand le ciel commence à s'illuminer, quand les poissons cabriolent aux premières lueurs de l'aurore – le monde dort, matin en or –, moi je suis debout, en train de savonner mon petit juge, sans me soucier de lui qui roupille encore, comme toujours quand je le savonne. Je m'en fous. Je continue mon travail, imperturbable, le cœur content.

Habituellement le juge se réveille quand j'ai fini de le savonner et que je commence à passer le rasoir. Il se réveille, cligne des yeux, regarde la mer devenue rouge sang et dit : « Comme c'est beau... hein... Monsieur Finkelstein ?

— Oui, Monsieur le Juge, je dis alors.

— Rouge sang, dit La Schüsstiß. On dirait que toutes les sirènes ont leurs règles en même temps. Toutes ! En même temps !

— Les sirènes n'ont pas de règles, je dis. Vous vous trompez, Monsieur le Juge. C'est juste que la mer a pris peur.

— Peur de qui, demande alors La Schüsstiß. Des Anglais ?

— Non, je dis, peur du soleil.

— Tiens donc, dit alors La Schüsstiß. Peur du soleil. Et comment expliquez-vous cette couleur rouge, Monsieur Finkelstein ?

— Rouge de honte, je dis. Les sirènes n'existent pas. La mer, oui. Et la mer est une vierge. Une chaste vierge. Effarouchée, car ce coquin de soleil l'a surprise dans son sommeil.

— Seriez-vous poète, Monsieur Finkelstein ? Un poète qui s'ignore ? »

La Schüsstiß rit. Mais je m'en fiche. Son âme de bière ne peut pas comprendre la mienne. Et qui pourrait croire que son pays était celui de Goethe et de Schiller ?

Un jour, il m'a parlé de Max Schulz. « Un cas qui m'intéresse, Monsieur Finkelstein ! Ainsi donc, vous l'avez personnellement connu ?

— Oui. Très bien même.

— Et il s'est volatilisé, sans laisser de traces...

— Pas la moindre.

— Ça n'existe pas. On laisse toujours des traces. Ce qui manque c'est un limier pour les suivre. Voilà le problème !

— Ce cas vous intéresse tant que ça ?

— Oh, oui. Énormément. »

T'ai-je déjà présenté le rabbi, cher Itzig ? Non, pas encore. Ce n'est pas un client à moi. Mais il se trouve qu'il dort juste au-dessus de ma couchette. Autrement dit : mon voisin de ronflette.

Souvent, avant de dormir, nous bavardons à voix basse.

« Monsieur Finkelstein ! Vous êtes encore réveillé ?

— Oui, rabbi. »

Un rabbi n'est pas un rabbin, juste un homme très pieux. Et le nôtre mérite amplement son titre de « rabbi ». Imagine un homme grand, dodu, dans un long caftan noir, les yeux clairs, vifs, un regard toujours un peu moqueur mais sans méchanceté, une barbe poivre et sel, un visage pâle encadré d'un chapeau bordé de fourrure, qu'il porte même en plein cagnard. S'il l'enlève la nuit, son chapeau ? Je ne sais pas. Il dort au-dessus de moi, et dans le noir je ne fais qu'entendre sa voix. Je suppose qu'il ne dort pas avec son chapeau de fourrure, mais simplement avec sa kippa noire.

« Rabbi ! Comment avez-vous pu survivre à la guerre dans un accoutrement pareil ? Comment peut-on se cacher en caftan ?

— Dans la forêt, Monsieur Finkelstein. J'ai survécu dans la forêt polonaise.

— Une sorte de... Juif des bois ?

— Oui, un Juif des bois.

— Et la barbe ?

— Mais enfin, là-bas, rien ne m'empêchait de porter la barbe.

— Dans la forêt ?

— Oui, dans la forêt.

— C'était quoi, votre cachette ?

— Ma cachette, un bunker. »

Le rabbi était originaire de Kolomyia, Galicie. Un jour, je

lui ai dit : « Mes parents ont vécu en Galicie avant de s'installer en Allemagne. Pas loin de Kolomyia.

— Où ça ? »

J'ai dit : « À Pohodna. Mes parents m'ont beaucoup parlé de Pohodna.

— Je connais Pohodna. Ah oui... je les ai connus les Finkelstein de Pohodna.

— Chaïm Finkelstein, et Sara Finkelstein ?

— Non. Pas eux. Je ne les ai jamais rencontrés. Ils étaient déjà partis quand je suis arrivé à Pohodna. Mais Moshe Finkelstein, celui-là, je l'ai connu. Il avait un frère, un certain Chaïm Finkelstein, justement, qui était parti vivre en Allemagne.

— C'était mon père.

— Vraiment... Votre père ?

— Oui.

— Vraiment... Très bien.

— Et vous connaissiez donc mon oncle, Moshe Finkelstein ?

— Oui, je le connaissais.

— Moi pas du tout. Nous ne nous rendions jamais visite.

— Oui, a dit le rabbi.

— Et alors, Moshe Finkelstein... ?

— Gazé par les Allemands. Comme sa femme, Rifka Finkelstein. Comme leurs douze enfants. Et leurs petits-enfants. Une grande famille. »

J'ai dit : « Oui. »

Et le rabbi a dit : « Oui. » Et j'ai dit : « Oui. »

Et le rabbi a dit : « Mais il en reste encore un. Un Finkelstein. À part vous, bien sûr. Un autre. Votre cousin, Ephraïm Finkelstein. Froïke, comme ils l'appelaient. Froïke Finkelstein.

— Fils de Moshe Finkelstein ?

— Oui. Fils de Moshe Finkelstein. Et de Rifka Finkelstein.

— Alors, il a eu plus de douze enfants. Il en a eu treize ?

— Oui, treize », a dit le rabbi.

J'ai dit : « Treize ». Et j'ai pensé : chiffre porte-malheur.

Comme le sept !

« Et où se trouve mon cousin Froïke Finkelstein aujourd'hui ?

En route pour la Palestine ?

— Non, il est encore en Pologne. À Pohodna. Je l'ai vu après la guerre. On s'est parlé. »

J'ai dit : « J'espère qu'il viendra en Palestine. Nous sommes les derniers. J'aimerais faire sa connaissance. »

Le rabbi a dit : « Oui. Mais c'est un communiste. Qui occupe un poste important là-bas. »

J'ai dit : « Je vois... »

Et le rabbi a dit : « Eh oui. »

Imagine mon soupir de soulagement, cher Itzig, quand j'ai appris que mon cousin Froïke Finkelstein était communiste et ne comptait pas venir en Palestine. La question est : combien de temps le fils de Moshe Finkelstein restera-t-il communiste ? Son cœur juif ne va-t-il pas un jour se mettre à battre comme le cœur d'un Juif ? Se remettre à battre comme le cœur d'un Juif ? Et ce jour-là, ne voudra-t-il pas rentrer au pays ? Nous rejoindre pour vivre dans un pays juif ? Mais pourquoi se creuser la tête maintenant. Pour l'instant, Froïke Finkelstein est communiste, vit en Pologne, et n'a aucune intention de suivre ma trace.

Avec le rabbi je parle souvent de l'histoire juive, et il est à la fois étonné et ravi de me voir aussi bien informé. Je lui ai dit tout net que j'avais oublié comment on priait, que j'avais dû réapprendre après la guerre, mais que c'était encore un peu hésitant – pas trop quand même –, que j'allais rarement à la synagogue en dépit de ma résolution d'y aller au moins pour les grandes fêtes, et que le matin je ne mettais même pas les phylactères, les téfilines.

« Monsieur Finkelstein, il a dit. Vous n'êtes pas un cas typique de Juif assimilé, comme par exemple le juge Wolfgang La Schüsstiß. Plutôt un demi-assimilé. Oui, c'est ça ! Un demi-assimilé ! Il vous reste un peu de tradition, normal quand on est fils de Chaïm et cousin de Moshe Finkelstein, une famille pieuse, respectée, les Finkelstein. Mais sinon, vous n'êtes pas mieux que les autres, tous les autres Juifs qui ont oublié l'esprit de la Torah. »

Oui, cher Itzig. Je passe inaperçu. La plupart des Juifs à bord de *L'Exitus* sont tout sauf des Juifs pieux. Ils font peu de cas, voire aucun, du Seigneur. Nombreux sont ceux qui sont en guerre ouverte avec le bon Dieu. Ils Lui en veulent, à Lui, le protecteur tout-puissant qui n'a pas été à la hauteur, et se montrent hostiles à Son égard.

Oui, cher Itzig. Dieu n'est pas à la hauteur. Qu'a-t-il fait quand ses enfants tombaient dans les charniers comme des quilles ? Quelle armée a-t-il levé pour les sauver ? Des vers de terre ! Cher Itzig ! Des vers de terre ! Et qu'a fait Dieu pour les autres qui partaient en fumée ? Seuls les nuages ont eu pitié d'eux, et peut-être la pluie, qui leur a permis de redescendre. Auprès de nous. Sur la terre.

Non, cher Itzig. La plupart d'entre nous à bord de *L'Exitus* ne croient plus en Dieu. Ils rentrent chez eux, au pays de leurs ancêtres, pour fouler une terre à eux, pour fonder un État, et avoir une armée afin que cela ne se reproduise plus. Nous autres à bord de *L'Exitus* ne voulons plus être des moutons.

Plus jamais nous ne nous laisserons conduire à l'abattoir. Voilà qui nous sommes, cher Itzig, nous les passagers de *L'Exitus* : des Juifs patriotiques, oui. Pas religieux. C'est ce que j'ai expliqué au rabbi. Il comprend. Mais le rabbi n'a pas perdu espoir. Tu sais ce qu'il a dit ? « Monsieur Finkelstein, il a dit, je comprends votre amertume. Et l'amertume des autres. Mais un jour vous retrouverez le chemin de Dieu. Vous comme les autres. »

Je me rappelle encore ta *bar mitzvah* comme si c'était hier. Un jour si important pour ta famille, comme celui de ta circoncision. Tu es allé à la synagogue avec ton père, et en revenant tu m'as dit : « Maintenant je suis un homme. Je suis majeur. » Et pourtant tu n'avais que treize ans. Mais pour la religion juive le jour de la *bar mitzvah* est celui à partir duquel on est responsable devant Dieu.

Cher Itzig. À partir du jour de ta *bar mitzvah*, tu devais tous les jours au saut du lit mettre les phylactères et marmonner la longue prière du matin, comme le faisait ton père, Chaïm Finkelstein, homme de foi. Et dans la synagogue, on t'appelait par ton nom hébreu pour venir lire la Torah : « Yitzhak ben Chaïm ! », comme on appelle un homme de foi.

Tu sais, Itzig, j'ai dit au rabbi : « Prêtez-moi vos phylactères. Et le livre noir.

— Quel livre noir ? a dit le rabbi.

— Je veux dire, le *siddour*, j'ai dit.

— Et les téfilines ?

— Oui, j'ai dit. Et les téfilines.

— Vous vous souvenez encore comment on fait avec les téfilines ? il m'a demandé. Comment les mettre, selon le rite ?

— Autrefois j'ai su », j'ai dit.

Le rabbi m'a montré comment faire selon le rite, m'a montré ce que j'avais failli oublier. Il m'a tout enseigné une seconde fois. Puis il m'a dit : « C'est une *mitzvah*, une bonne action devant Dieu. »

Oui. Le rabbi voulait sauver mon âme. Il m'a prêté ses phylactères, son livre de prières alors que j'avais le mien, un livre de prières noir, au fond de ma valise que je ne voulais pas sortir... oui, j'ai un livre de prières, mais pas de phylactères... j'ai donc emprunté les deux... et le rabbi s'est mis à côté de moi, veillant à ce que je mette les phylactères selon le rite, que je choisisse la bonne prière dans le livre noir, la longue prière du matin qu'on marmonne pendant longtemps. Au départ je me suis trompé puis après j'ai fait comme il faut.

Et tu sais ce qui s'est passé ensuite ? Devine un peu, cher Itzig. Le rabbi m'a laissé seul. Il est allé aux toilettes, laissant son caftan et son chapeau bordé de fourrure pendus à sa couchette. Il est allé aux toilettes avec sa kippa, à demi dévêtu. Sautant sur l'occasion, je me suis glissé dans le caftan. J'ai mis le large chapeau bordé de fourrure. Je me tenais là, debout, portant mes phylactères, le caftan, le chapeau à fourrure, le livre noir appelé *siddour* à la main, et j'ai marmonné ma prière du matin en balançant mon corps en rythme, comme le font les Juifs pieux. Et devine ce qui s'est passé. Allez, devine un peu, cher Itzig.

Debout, plongé dans ma prière, j'ai attiré l'attention des enfants du dortoir, qui sont venus m'entourer en disant :

« Rabbi, rabbi ! »

Voilà le rabbi. Ça y est, je te l'ai présenté. C'est lui. Mais ça pourrait être moi.

Je t'ai présenté Tirésias Pappas. Et David Shapiro. Et Max Rosenfeld. Et le juge... La Schüsstiß. J'en ai mentionné d'autres en passant. Plus tard, je t'en présenterai d'autres encore. Patience, patience.

5.

Nous les enfants à bord de *L'Exitus* vont recevoir des injections de vitamines ! annoncent en grande pompe les haut-parleurs.

Injections de vitamines ? Piqûres ? Se faire piquer ? Mauvais souvenir.

Cher Itzig. Chez nous à Laubwalde, on administrait dans certains cas particuliers des injections. Phénol. Mortel.

Je me souviens : pendant quelque temps j'ai été de service à l'hôpital du camp parce qu'un des infirmiers était malade. Un boulot facile. Une fois on a tué une centaine d'enfants. On les faisait entrer un à un dans la salle d'examen. Derrière un rideau, une chaise. Derrière la chaise, un infirmier, Zalewski, un Polonais. Il retenait sur la chaise l'enfant à qui c'était le tour, tu vois ce que je veux dire... Et devant la chaise, il y avait moi : Max Schulz.

J'étais face à la chaise, face à l'enfant. Toujours face à l'enfant dont c'était le tour. Et je tenais dans ma main la seringue avec le phénol mortel. Quelle main ? La gauche, je suis gaucher, mon cher Itzig.

Et j'enfonçais à la vitesse de l'éclair l'aiguille dans le cœur de mes petits patients, mes petits enfants. Ils mouraient sur le coup. Des petits anges morts.

Après l'annonce du médecin de bord, le docteur Steiner,

moi, le meurtrier de masse Max Schulz, je me suis rendu immédiatement à l'infirmerie pour me porter volontaire.

J'ai dit : « Docteur Steiner. Aujourd'hui ceux qui veulent se faire couper les cheveux attendront. Si vous avez besoin d'aide, je suis à votre disposition. Sachez que j'ai travaillé autrefois comme infirmier. »

Le docteur Steiner était visiblement ravi. Il ne m'a pas posé de questions. Où ? Quand ? Il pensait probablement : chez les partisans ou ailleurs. Il m'a seulement demandé : « Vous savez faire des injections ?

— Oui, j'ai dit.

— Parce que je n'ai pas d'assistant. Personne. Comme c'est gentil de votre part, Monsieur Finkelstein. »

Cher Itzig. J'ai fait des injections aux enfants de *L'Exitus*. Je me sentais comme un saint, un exterminateur rédimé, métamorphosé. Je précise qu'aucun de mes enfants n'est tombé raide mort de sa chaise !

Depuis cette cure de vitamines les enfants m'adorent. Avant, ils m'appelaient Monsieur Finkelstein, ou Monsieur le coiffeur, maintenant ils disent simplement khaver Itzig !

Tu sais ce que ça veut dire *khaver* ? Ça veut dire ami ou camarade.

Où que je sois, je suis toujours entouré d'une ribambelle d'enfants. Impossible d'échapper à leur affection. « Khaver Itzig. Encore une piqûre ! » Toute la journée, la même rengaine. Ou encore : « Khaver Itzig ! Tu es un rabbi ? » Ou : « Khaver Itzig ! S'il te plaît ! Coupe-moi les cheveux ! »

Cinq couchettes l'une au-dessus de l'autre. Le rabbi dort tout en haut. Numéro un, si on veut. Ou numéro cinq, ça dépend. Moi, je suis le numéro deux, ou quatre. Cher Itzig, ça dépend si toi, le mort, tu comptes les vivants en partant du haut ou du bas.

Juste en dessous de moi, il y a un homme. Je ne connais pas son nom. Un homme, c'est tout. Et sous cet homme, il y a une femme. Je ne connais pas son nom. Une femme, c'est tout.

Mais devine qui couche tout en bas. Numéro un ou cinq, c'est selon.

Tout en bas, il y a Hanna Lewisohn de Berlin. La ballerine. Je l'ai déjà évoquée tout à l'heure. C'est elle qui m'a expliqué qui était Tirésias : le devin aveugle d'*Antigone*.

Hanna Lewisohn prétend qu'elle a survécu à Berlin en flammes, s'envolant des cendres brûlantes – une ballerine, comme on sait, ça ne danse pas, ça vole dans les airs.

Hanna Lewisohn fait partie de ma clientèle féminine. Elle a été la première femme à se faire couper les cheveux par le meurtrier de masse Max Schulz alias Itzig Finkelstein : « Monsieur Finkelstein. Une coupe d'homme pour la ballerine ! »

Nous sommes devenus bons amis, et déjà à tu et à toi. Elle est fêlée... comme moi... mais d'une façon très différente. Je crois que c'est une vraie folle. Mais on s'entend bien. Oui, très bien. Parfois j'ai l'impression d'être la seule personne à qui elle peut parler. Tu sais ce que c'est : une question de confiance.

Folle ? Oui, elle est folle. Parfois sensée. C'est quand même elle qui m'a expliqué qui était Tirésias. D'une manière normale, sensée.

Une nuit j'ai eu envie de gerber. *L'Exitus* tremblait jusque dans le moindre recoin, sa tension montait en flèche, il roulait ses yeux de fantôme, se jetait furieusement contre les vagues ricanantes, gémissait dans la nuit. De temps en temps *L'Exitus* se cabrait comme une baleine blessée, jaillissant des flots noirs pour atteindre les nuages, puis retombait sans force, furieux de se faire ballotter par les vagues, tournant comme une toupie. Je suis descendu de ma couchette, je suis passé devant les deux inconnus, puis devant la ballerine Hanna Lewisohn, et j'ai enjambé en titubant les gens qui dormaient dans la cale à même le sol. Je n'ai pas eu le temps de sortir que j'avais déjà vomi sur les marches raides de l'escalier. Une fois calmé, après m'être essuyé la bouche, je suis revenu sur mes pas. Titubant, tâtonnant dans le noir, j'ai retrouvé la couchette de Hanna Lewisohn et je me suis dit : C'est ici que tu dois grimper. Trois fois un égal trois, et la quatrième, c'est la tienne. J'étais déjà sur l'échelle quand deux mains m'ont retenu.

« C'est toi, Itzig ? » J'ai dit : « C'est moi.

— Ma coupe d'homme s'est défaite. » J'ai dit : « Mon œil. C'est impossible.

— Si, a dit Hanna Lewisohn. C'est possible. »

Elle m'a tiré à bas de l'échelle, s'est emparée de moi et m'a attiré sous sa couverture.

Je ne distinguais pas son visage dans l'obscurité, mais je le connaissais déjà bien. Le visage de la ballerine Hanna Lewisohn a quelque chose d'enfantin : le visage d'une enfant de six ans avec la peau d'une vieille. Tu devrais voir ces yeux, cher Itzig ! Deux billes noires, des yeux capables de sourire comme des lèvres, quoiqu'un peu fous. Mais pleins de joie, oui, cher Itzig, pleins de joie. Ses cheveux aussi sont noirs. Trop noirs pour n'avoir pas été teints. C'est ce que mon œil de professionnel a constaté tout de suite. Mais ses cheveux sont doux comme de la soie, ce qui est parfait pour une coupe d'homme. Qui lui va à ravir, d'ailleurs, sa coupe d'homme...

ma coupe d'homme... *la coupe moderne sans escaliers.* Un jour je lui ai dit: «Hanna, il n'y a que trois coiffeurs capables de faire une coupe moderne aussi extra sans faire d'escaliers: Chaïm Finkelstein – mon père – et moi. Et: le génocidaire Max Schulz.

— Lui aussi ? elle a demandé.

— Lui aussi», j'ai dit.

Oui, je connaissais son visage. Pourtant je l'ai pris dans mes mains d'assassin en feignant de ne pas le connaître. Je touchais ce visage comme un aveugle. Ou comme un assassin aveugle. Et Hanna Lewisohn ne disait rien, elle gardait ses yeux clos, haletante. Dans l'obscurité elle soufflait contre ma main, contre mon visage au-dessus du sien... Son souffle avait une odeur de corned-beef, cher Itzig, exactement l'odeur du corned-beef de Madame Holle. Faut dire que sur *L'Exitus* nous ne bouffons pour ainsi dire que du corned-beef. On se gave de corned-beef car nos soutes sont remplies à ras bord de boîtes de conserve. Des conserves de quoi ? Je viens de te le dire, de corned-beef. De la viande hachée dans une sauce de larmes. Hein, comment ? Quelles larmes ? Les larmes puisées à la même source que celle des dollars lacrymaux. Les organisations d'aide juives américaines, cher Itzig, ce sont elles qui nous ont fait don du corned-beef. Voilà l'histoire. Mais je suis trop bavard, je pense trop et je m'égare.

Son nez est fin et osseux, sa bouche, au contraire, large, quoique pas aussi charnue que la mienne. Hanna Lewisohn restait immobile, silencieuse tandis que je touchais son visage. Seule sa respiration saccadée trahissait son excitation. D'un coup, elle m'a enlacé, m'a retourné sur le dos, s'est jetée sur moi, a enfourché ma verge raide et l'a fait disparaître dans son sexe. Elle est restée assise sur moi comme un scarabée, puis, hélas, est redescendue, et arrachant d'un coup ma tête de l'oreiller elle a pressé ses lèvres contre les miennes.

Ce fut notre premier baiser.

Je t'ai fait bander, Itzig ? Tu veux savoir si elle a joui ?

Rien qu'en m'embrassant, cher Itzig. Plusieurs fois. Ensuite elle m'a repoussé et m'a tourné le dos, refusant que je la touche. Elle est un peu folle, tu sais. Un peu beaucoup même.

« Ensuite, j'ai couru, a dit Hanna.

— Pour aller où ? j'ai demandé.

— Je ne sais pas, a dit Hanna. J'ai couru, c'est tout. Il y avait une rue. Plongée dans le noir. Tout était plongé dans le noir. Alors j'ai couru.

— Pour aller où ? j'ai demandé.

— Dans le noir, a dit Hanna.

— Ensuite ?

— Il y avait une maison, a dit Hanna.

— Une seule maison ?

— Je ne sais pas, a dit Hanna. Je n'ai vu que cette maison-là. La porte était ouverte. Je me suis précipitée à l'intérieur. J'ai monté les escaliers quatre à quatre, dans le noir, aussi haut que je pouvais. Jusqu'au bout.

— Oui, Hanna, j'ai dit. Oui, Hanna.

— Et là-haut, tout en haut, il y avait une porte, une seule porte. J'ai frappé.

— Quelqu'un a ouvert ?

— Oui, a dit Hanna.

— Qui ça ?

— Un bossu, a dit Hanna. Un nain. Court sur pattes. Des toutes petites jambes mais une tête énorme. Et des bras très longs... tenant une lampe dans ses grandes mains.

— Sûrement qu'il avait des grandes dents aussi ?

— Oui, des grandes dents !

— Un ogre ?
— Oui, a dit Hanna, un ogre !
— Il t'a mangée toute crue ?
— Non, a dit Hanna. Il ne m'a pas mangée toute crue. »

« Je lui ai dit : "Je suis juive. La Gestapo est à mes trousses. Ils veulent me tuer !"

Le nain m'a regardée. Très longtemps. Puis soudain il m'a saisie par le bras et tirée dans sa chambre. Il a dit d'une voix sifflante : "Je vais vous cacher ici !" »

J'ai dit : « Oui, Hanna. »

« Un petit réduit sous les toits, a dit Hanna. Un lit, une table, une chaise. Et une longue banquette !
— Et une fenêtre, j'ai dit.
— Oui. Et une fenêtre, a dit Hanna.
— Et de la fenêtre on voyait tout Berlin, exact ? D'en haut.
— Oui, a dit Hanna. Comment tu le sais ?
— Ensuite, Hanna. Il t'a mangée toute crue ?
— Non, a dit Hanna. Il m'a juste attachée sur la longue banquette.
— Combien de fois ?
— Une seule, a dit Hanna.
— Pour combien de temps ?
— Pour longtemps, a dit Hanna.
— Combien de temps, Hanna ? Combien de temps tu es restée attachée ?
— Trois ans », a dit Hanna.

« Oui. Il s'est occupé de moi. Il m'apportait régulièrement de quoi manger. Il me lavait et me tenait le pot de chambre.
— Pendant trois ans ?
— Pendant trois ans.

— Et il ne t'a jamais détachée ?

— Non, jamais !

— Il t'a battue ?

— Non, a dit Hanna. Il ne m'a jamais battue.

— Il t'a violée ?

— Non plus.

— Il t'a fait quoi, alors ?

— Rien. Il n'a rien fait d'autre que me regarder fixement.

— Et qu'est-ce qui s'est passé ensuite, Hanna ?

— Ensuite j'ai commencé à danser.

— Alors que tu étais attachée ?

— Oui, a dit Hanna. Je suis une ballerine, il faut que je danse. »

J'ai dit : « Oui. Il faut que tu danses.

— Et comme j'ai dansé ! a dit Hanna. Pendant trois ans j'ai dansé. Tu aurais dû me voir.

— Je suis sûr que tu as été sublime !

— Oui, a dit Hanna. Je l'étais. Je progressais de jour en jour. De plus en plus forte. Plus forte que la Pavlova. Plus forte qu'elle. Beaucoup plus forte ! J'enchaînais les triomphes ! Les chorégraphes les plus célèbres travaillaient avec moi. Moi, Hanna Lewisohn. Primaballerina assoluta ! Tu aurais dû entendre les ovations, les applaudissements après chaque représentation. Et toute cette lumière... cette lumière, dit Hanna.

— Oui, Hanna.

— Ce feu, a dit Hanna.

— Quel feu, Hanna ?

— Voyons ! Berlin était en flammes, a dit Hanna. Autour de nous, tous les immeubles brûlaient. Sauf le nôtre.

— Oui, Hanna. Et tu ne pouvais pas descendre à la cave quand les bombardements ont commencé, pas vrai ? Comme ont fait les autres ?

— Oui, dit Hanna, c'est vrai. Et ce feu...
— C'était comment, Hanna ?
— Je suis sortie par la fenêtre en dansant. Tout simplement, dit Hanna, comme un papillon. Je dansais, je voletais, je m'approchais des flammes.
— C'est là que tu t'es brûlé les ailes ?
— Oui, dit Hanna. Je suis tombée sur le sol. Morte.
— Oui, Hanna, j'ai dit.
— Et puis un jour, a dit Hanna, et puis un jour...
— Que s'est-il passé ?
— Je suis sortie des cendres, en dansant. Tu aurais dû voir ça ! »

Tu vois Itzig, c'est quoi cette histoire : sortir des cendres en dansant ? Elle a un grain, je te le dis. Bon, moi aussi, j'en ai un. Parfois. Mais pas pareil.

Tu dis, Itzig ? Elle n'a jamais raconté cette histoire ? La conversation entre Hanna Lewisohn et moi n'a jamais eu lieu ? J'aurais tout inventé ?

Si on dit qu'Itzig Finkelstein a un grain, lequel d'entre nous est le fou : toi ou moi ? Fais gaffe, Itzig ! Ne me cherche pas des noises ! Il faut qu'on s'entende. Toi et moi !

Supposons qu'elle m'ait raconté cette histoire. Supposons, disons, que je l'aie mal comprise, ce qui ne serait pas vraiment ma faute. Supposons donc :

Le nain bossu n'est pas un nain bossu. Le nain bossu est un homme tout ce qu'il y a d'ordinaire... ou une femme !... oui... pourquoi pas une femme... ou : n'importe qui... disons : quelqu'un qui l'aurait protégée jusqu'à ce que tout soit fini. Supposons que le réduit sous le toit ait été un appartement spacieux, aéré, confortable. La longue banquette, pas une longue banquette, disons un sofa... un sofa en peluche.

Supposons donc : tout était différent. Surtout pour ce qui est d'avoir été attachée. On peut aisément imaginer que les murs étaient devenus des sangles qui l'ont retenue pendant trois ans. Ou que l'homme était la sangle, ou la femme, ou le nain bossu qui n'en était peut-être pas un. Supposons : son âme voulait s'envoler avec ses jambes de ballerine, mais elle ne pouvait pas, trop imprudent, trop dangereux.

Tu vois, il se peut que je l'aie mal comprise. À moins que je l'aie très bien comprise. Que j'aie compris ce qu'il fallait comprendre. Peut-être qu'elle a fait exprès de me raconter cette histoire de cette manière-là, telle que je l'ai comprise, pour la rendre plus parlante ? Peut-être qu'elle pense qu'autrement un coiffeur comme moi ne saisirait pas la vérité ? Tu ne crois pas ?

6.

Chaque nuit *L'Exitus* change de cap. Personne ne sait ce que Tirésias Pappas a derrière la tête. La nuit dernière, nous faisions route vers les côtes africaines, mais à l'aube nous avons fait demi-tour sur la même voie maritime d'où nous étions venus. Les yeux de *L'Exitus* sont exorbités. Parfois Tirésias Pappas fait tourner le malheureux rafiot en rond comme si *L'Exitus* était un de mes rats cherchant à se mordre la queue.

C'est quoi ce manège au juste ? J'en ai touché un mot au commandant de la Haganah David Shapiro. « Des manœuvres de diversion, m'a dit David Shapiro. N'avez-vous pas remarqué que chaque nuit nous changeons de cap ? »

J'ai dit : « Si, j'ai remarqué.

— Et de pavillon ? a dit David Shapiro.

— Je n'ai pas remarqué.

— Allez jeter un œil », a dit David Shapiro.

C'est ce que j'ai fait, cher Itzig. C'était hier. J'ai fait un petit tour du côté du mât de pavillon juste derrière le pont de commandement et je me suis aperçu avec surprise que nous naviguions sous pavillon japonais.

« Avant-hier c'était le drapeau portugais, il y a trois jours c'était le suédois, il y a quatre, le mexicain, et il y a cinq jours, celui de l'Union soviétique, a dit David Shapiro en rigolant quand nous nous sommes retrouvés nez à nez sur le pont.

— Alors, qu'en dites-vous, Monsieur Finkelstein ?

— Rien du tout, j'ai dit. Et pour le nom ? *L'Exitus* ?

— On le garde pour le moment, a dit David Shapiro. De toute façon il est à moitié effacé, plus personne n'arrive à lire ce qui est écrit. »

J'ai dit : « Ah, c'est pour ça... »

Oui, cher Itzig. C'est pour ça. J'en ai aussi parlé à Max Rosenfeld. Max Rosenfeld pense que Tirésias Pappas est un charlatan. Ou alors un type qui se berce d'illusions. Il n'y a pas longtemps Max Rosenfeld a dit : « Le plan d'accostage pour immigrants illégaux le plus extraordinaire qui ait jamais existé ! Tirésias Pappas rabâche les oreilles à tous les passagers avec ça. Foutaises, Monsieur Finkelstein. Si la chance nous sourit, nous passerons le blocus sans nous faire repérer. Sinon, non. »

Parfois, en plein jour, la voix de Tirésias Pappas sort du haut-parleur et nous braille dessus : « Tout le monde descend, immédiatement ! Sauf l'équipage ! » Commence alors une course poursuite vers les escaliers qui mènent à l'entrepont. Un exercice, au cas où. Rien de plus. Pour le cas où un navire étranger s'approcherait, ou des petits points suspects dans le ciel. Personne ne doit savoir qui nous sommes.

Sauf que moi, l'exterminateur Max Schulz alias le juif Itzig Finkelstein, je reste convaincu que les Anglais savent très bien qui nous sommes. Ils savent que nous sommes en route pour accoster illégalement. Les Anglais attendent, patiemment. Dès que nous entrerons dans les eaux territoriales palestiniennes, ils nous colleront aux basques avec leurs flottes maritime et aérienne.

Ce qui se passera à ce moment-là ? Je n'en sais rien, Itzig. Probable qu'ils nous interneront à Chypre. Ou alors, nous combattrons pour accoster.

Hier le commandant de la Haganah David Shapiro a dit : « Ça va être un sacré tournoi de tir aux pigeons ! On tirera les Anglais comme des moineaux ! Ils tomberont comme des quilles par-dessus bord. En plus, on a des cocktails Molotov ! On va se battre ! Comme on s'est battus à Varsovie ! »

Je lui ai demandé : « Et on accostera ?

— Évidemment qu'on accostera ! il a dit.

— Et puis ?

— Puis les Anglais pourront aller se faire foutre. »

Plus on s'approche de la côte palestinienne, plus les gens deviennent nerveux. Aujourd'hui il y a eu distribution d'armes : revolvers, vieux fusils, cocktails Molotov et même quelques mitraillettes. La voix du commandant de la Haganah dans le haut-parleur : « Que tous ceux qui savent manier une arme se présentent immédiatement à moi ! »

Il va sans dire que je me suis présenté illico. J'ai dit à David Shapiro : « Monsieur le commandant de la Haganah ! Combien de mitraillettes vos gars ont-ils en trop ?

— Cinq, Monsieur Finkelstein.

— Donnez-m'en une !

— Vous savez manier ce genre d'engin, Monsieur Finkelstein ? »

Je lui ai dit : « Parfaitement. Et pas qu'un peu.

— Où avez-vous appris ?

— Chez les partisans. »

Cher Itzig, j'ai eu ma mitraillette. Et aussi quelques cocktails Molotov. Je suis tout excité. Dommage qu'en ce moment je ne tienne pas mon journal intime, sinon j'aurais noté la chose suivante :

« À dater de ce jour, le génocidaire Max Schulz est un combattant pour la liberté du peuple juif. »

Je coiffe les gens la mitraillette en bandoulière. Sous mon fauteuil de coiffure improvisé, quelques cocktails Molotov. Les femmes et les enfants viennent toujours me voir travailler, et de temps à autre aussi quelques hommes qui n'ont rien de mieux à faire. Mais plus personne ne lance de vannes. On me respecte. Hanna Lewisohn est devenue déchaînée depuis que je suis soldat. Et pas seulement la nuit, même le jour. Elle ne me lâche plus d'une semelle et m'embrasse à la moindre occasion.

À part ça, calme plat sur *L'Exitus*. Personne ne sait si Tirésias Pappas a l'intention de toucher la côte palestinienne cette nuit ou la nuit d'après. Ou s'il va encore remettre ça à plus tard. Qui sait, peut-être cette nuit nous allons refaire cap sur l'Afrique, ou alors tourner en rond, ou zigzaguer habilement ?

Le temps est toujours au beau fixe. Une petite averse n'aurait pas fait de mal à *L'Exitus* pour laver ce malheureux rafiot en deux temps, trois mouvements avant l'accostage, si telle avait été la volonté du bon Dieu. Pour qu'Il le fasse sécher ensuite avec Son soleil. Mais visiblement, Il n'en est pas capable, car il ne pleut jamais dans ce coin de mer. Question de climat.

Il fait beau, le ciel est bleu. Sur le pont les gens bavassent, nerveux, tous en même temps, tandis que les nourrissons font pipi par-dessus le bastingage, en silence, sans cri, sans hurlements, comme s'ils avaient conscience du caractère sacré de l'instant. Car tout un chacun ici le sent dans sa chair : la Terre promise est proche !

Étrange. Chaque fois que le rabbi me regarde, il me semble, à moi, Max Schulz, meurtrier de masse, apercevoir comme un doute dans ses yeux, à croire qu'ils hésitent entre me bénir ou non. Qu'est-ce que ça cache ?

Je l'évite. Du coup, je passe plus de temps avec La Schüsstiß, le petit juge Wolfgang La Schüsstiß – et pas seulement à l'aube pour le rasage. En dehors du boulot aussi. Pas facile de se débarrasser de lui. La Schüsstiß s'intéresse de plus en plus au cas Max Schulz. Il me fait parler, m'interroge, essaie de me rassurer :

« Monsieur Finkelstein ! Ce cas m'intéresse. Je veux bien croire que ce type a disparu de la circulation. Mais il doit bien être quelque part, non ? Vous ne pensez pas ? Tenez, je parie tout ce que vous voudrez : un jour je lèverai ce mystère. On parie ?

— D'accord, j'ai dit. On parie.

— Une bouteille de champagne, Monsieur Finkelstein.

— D'accord, j'ai dit. Une bouteille de champagne. »

Ça y est ! Itzig ! Merde, mon gars ! Ouvre tes yeux morts en grand ! Cette nuit on débarque !

Tirésias Pappas a pris la parole en premier. Très bref. Il a dit simplement : « Cette nuit, on débarque. »

Puis, ç'a été le tour de David Shapiro. Lui a parlé plus longtemps. Il a dit que nous allons débarquer parce que c'est notre droit historique de débarquer sur la terre de nos ancêtres. « Ce débarquement n'est pas illégal, au contraire ! Tout ce qu'il y a de légal ! » La voix dans le haut-parleur invectivait le ciel : « Les illégaux en Palestine, c'est qui ? Les Anglais ! Et qui s'est invité chez nous pendant les deux mille ans qu'a duré notre voyage ? Des goys, des Arabes, et j'en passe ! Et à qui cette terre revient-elle de droit ? À nous ! Et qui nous l'a offerte ? Toi ! » Je ne me rappelle plus très bien tout ce que David Shapiro a pu encore raconter ! Mais je me rappelle un mot. Un mot bien précis. David Shapiro a dit : Résurrection !

Cher Itzig. Qu'a-t-il voulu dire ? La résurrection est-elle vraiment proche ? Et puis, la résurrection de qui ? Des morts ? Du peuple juif ? Va savoir si les morts sont capables de revenir ou non. Peut-être que seul le peuple peut renaître ? Notre peuple ? Et avec lui son histoire perdue ? Et avec l'histoire, les morts jusqu'à la première génération ?

Je n'en sais rien, cher Itzig. Tout ce que je sais c'est que le mot « résurrection » a fait perdre la boule aux passagers de *L'Exitus*. Quelqu'un a crié : « Notre bateau ne s'appelle plus *L'Exitus* ! Il s'appelle *La Résurrection* ! » Un autre a crié : « Il faut changer le nom ! » Et la foule a hurlé : « Et le drapeau ! À bas le faux drapeau ! » Et Tirésias Pappas a hurlé : « non ! non ! »

Plus personne ne se préoccupait des non du Grec Tirésias Pappas. La veille de notre débarquement, le bateau a été rebaptisé. Le nom *L'Exitus* a été gratté, effacé. Maintenant il s'appelle *La Résurrection*. Partout, ce mot nous saute aux yeux. Dans toutes les langues. Le bateau en est entièrement recouvert. Pour que le ciel puisse le voir. Et le monde aussi. Peut-être. Et sur le mât de pavillon, cher Itzig, a été hissé le drapeau blanc bleu avec l'étoile de David.

C'est notre dernier jour d'exil. Ou disons : la dernière nuit. Peux-tu me voir, Itzig Finkelstein ? Regarde, je suis là, debout, près du bastingage, la mitraillette en bandoulière.

LIVRE CINQUIÈME

1.

Debout contre le bastingage je vérifiai ma mitraillette, la remis à l'épaule et observai la mer. Je la vis engloutir le soleil. Je vis les derniers rayons absorbés par les vagues. J'entendis les cris muets des poissons, vis la lumière désemparée frétiller dans l'écume bouillonnante. Je pensai : Ça y est. Le moment est venu ! Je fermai les yeux, restai ainsi un temps, puis battis des paupières, et les ouvris en grand, les yeux de grenouille, mes yeux, les yeux de l'autre Itzig Finkelstein. Je m'aperçus que la nuit s'était déployée sur la mer.

Près de moi, dans le noir, se tenait David Shapiro. Je lui demandai : « C'est l'heure ?

— Pas encore », dit David Shapiro.

Je l'entendis tousser discrètement. « À trois heures du matin, dit David Shapiro. À trois heures du matin, *La Résurrection* va...

— Quoi ?

— ... atteindre les côtes de la Palestine.

— À trois heures du matin ?

— À trois heures du matin ! »

Je hochai la tête et regardai le ciel.

« J'espère qu'Il cachera la lune le moment venu, dit David Shapiro comme s'il lisait dans mes pensées. »

Je demandai : « Qui ? Tirésias Pappas ?

— Non, dit David Shapiro. Pas lui. »

Les Anglais n'ont pas vu le bateau.

À trois heures du matin, notre Résurrection, pilotée par Tirésias Pappas, franchit la frontière invisible à trois miles des côtes. Armes à la main, nous étions prêts à tirer sur l'ennemi qui guettait quelque part dans le noir. Peu avant l'Aube nouvelle, nous fûmes rejoints par les bateaux de pêche de la Haganah. Nous changeâmes d'embarcation, scarabées noirs dans la nuit descendant l'échelle de corde de *La Résurrection* avec armes et bagages.

Nous laissâmes la nuit derrière nous. Au moment où nous mîmes pied à terre, le jour nouveau nous tendit ses bras. Mais très prudemment. Comme un homme qui s'éveille et qui n'ose pas ouvrir les yeux. La grève était encore plongée dans l'obscurité.

Les gens se déchaussèrent, sautèrent des bateaux et se mirent à pleurer. Ils pataugèrent dans l'eau peu profonde, titubant, pleurant. Ils pataugeaient dans l'eau, titubaient, pleuraient. Ils firent les derniers mètres les pieds nus dans l'eau. D'un coup ils se mirent à courir jusqu'à la terre sèche. Là ils tombèrent à genoux, remerciant le Seigneur auquel, brusquement, ils se remirent à croire, et baisèrent la Terre sainte.

Une grève obscure, bien qu'il fît déjà jour. Autour de moi des gens à genoux comme s'il n'y avait rien de plus important à faire au monde que de couvrir le sable de baisers. Vous pensez bien que le génocidaire Max Schulz était quelque peu mal à l'aise. Que fallait-il que je fasse ? Baiser la Terre sainte ou pas ? Pleurer ou pas ? Remercier le Seigneur ou pas ? Je me laissai finalement tomber à genoux pour ne pas me faire remarquer, baisai la Terre sainte et remerciai le Seigneur.

Il fait jour. Pourtant la grève est dans l'obscurité. Le soleil attend. Le soleil veut nous protéger jusqu'à ce que nous soyons en sécurité.

Un convoi de camions nous attend au bord de la route. Partout des combattants de la Haganah en armes. Hommes et femmes, jeunes, en uniforme. Des ombres sur le qui-vive dans l'obscurité.

Moi, le génocidaire Max Schulz, j'ai baisé la terre. Ma bouche est pleine de sable. Je me redresse, recrache le sable, j'aperçois Hanna Lewisohn près de moi qui recrache du sable elle aussi, puis se retourne brusquement et se jette à mon cou. Elle dit : « Itzig ! Nous sommes enfin rentrés ! »

Hanna pleure. Moi aussi, je pleure. Je ne m'arrête plus.

Hanna dit : « Itzig ! Assez pleuré ! »

Je dis : « Oui Hanna. Nous avons assez pleuré. C'est la dernière fois. »

Hanna hoche la tête. Je le vois dans le noir. Une ombre qui bouge la tête. Hanna dit : « La Haganah a bouclé la grève. »

Je dis : « Oui, Hanna. Si les Anglais arrivent, on combattra. »

Je regarde autour de moi mais ne vois que des ombres. J'imagine des ombres en uniforme kaki, des mitraillettes... des soldats juifs en armes.

Je ne sais plus combien de temps tout cela a duré : l'arrivée, l'étreinte avec la terre, la prière au ciel, le réveil, la course folle, enivrée, sur la Grève sainte jusqu'à la route, jusqu'aux camions pris d'assaut. Je sais seulement que Hanna et moi atteignîmes le convoi, que des mains secourables nous firent monter, que Hanna était à mes côtés quand le camion démarra, que soudain le jour commença à poindre sur le paysage, que le désert prit forme, que le soleil espiègle commença à pointer le bout de son nez derrière les dunes et que le ciel s'ouvrit.

Nous avions perdu pas mal de temps. Presque deux mille ans que nous attendions ce moment. Maintenant il fallait avancer avant que les Anglais n'arrivent.

Nous partîmes. Seule l'arrière-garde de la Haganah restait sur la grève pour couvrir notre départ.

Ou disons plutôt, notre arrivée.

2.

Les bergers arabes avaient observé notre débarquement et naturellement ils avaient informé les Anglais. Mais plus tard, en fin d'après-midi, baruch HaShem - traduction : béni soit Son nom –, oui, en fin d'après-midi seulement, une fois que nous, les illégaux ou légaux, c'est selon, eûmes pris la clef des champs, ou pour mieux dire la clef des dunes. Les Anglais ont fouillé partout, furax, car ils avaient eu une panne de réveil. La main flétrie de l'Empire agonisant avait beau frapper fort... trop tard.

Vous vous doutez que la presse eut vent de l'histoire. Un certain nombre de détails à propos du vaisseau fantôme et de notre folle équipée avaient filtré, car pendant leur retour des types de la bande de Tirésias Pappas, en permission dans je ne sais quel port grec, complètement beurrés, avaient divulgué notre petit secret.

Notre débarquement fit les gros titres de la presse mondiale. J'en ai découpé quelques-uns que j'ai légèrement corrigés en deux, trois coups de plumes et gardés précieusement. Les gros titres vous intéressent ?

Gros titres : « *La Résurrection* accoste en Palestine ! », « 14 juin 1947 : 1 600 immigrants illégaux franchissent le blocus britannique ! », « Panne de réveil des Anglais ! », « Fuite des illégaux en camion ! », « Course folle dans le désert ! »,

« Les forces de l'armée clandestine juive couvrent la fuite ! », « Les camions d'illégaux s'évanouissent dans le soleil levant ! Sans laisser de traces ! », « Les Anglais passent la Terre sainte au peigne fin à la recherche des illégaux ! »

Gros titres encore : « Les clandestins reçoivent des faux papiers du gouvernement fantôme juif ! Faux mais légaux ! »

Gros titres ! Gros titres : « Arrestations massives à Haïfa, Tel-Aviv, Jérusalem ! », « Arrestations massives dans toutes les villes ! », « Arrestations massives sans aucun résultat ! On suppose que les communautés rurales planquent les illégaux ! »

D'autres ! D'autres : « Dans une interview de Sir Edward Hunter, spécialiste des affaires palestiniennes, l'auteur de ces lignes apprend que les juifs en Terre sainte, et notamment dans les communautés rurales, sont momentanément aveugles et sourds. Personne n'a rien vu rien entendu ! »

Le peuple juif avait ramené Itzig Finkelstein dans le pays de ses ancêtres. Son arrivée, après deux mille ans d'exil, fut un moment historique. C'est pour cela, pour cette raison, que les combattants juifs pour la liberté avaient occupé la Grève sainte : pour protéger le retour au pays d'Itzig Finkelstein, pour lui permettre de se planquer peinard en Terre sainte. Il ne fallait surtout pas qu'Itzig Finkelstein, à peine rentré dans son pays, tombât entre les mains des Anglais qui l'auraient déporté... vers un nouvel exil. Les camions se dispersèrent en moins de deux dans toutes les directions. Celui qui emportait Itzig Finkelstein traversa pendant trois heures d'une course effrénée un désert de sable et de pierres, qu'il lui semblait connaître pour l'avoir vu dans des livres d'images et sur des cartes postales.

Itzig Finkelstein avait des maux de ventre. Envie de vomir. Qu'est-ce qui se passe ? Était-ce parce que le camion faisait des bonds bizarres ? Ou parce qu'Itzig Finkelstein se métamorphosait une fois de plus ?

Itzig Finkelstein s'était trop souvent métamorphosé déjà. L'innocent nourrisson autrefois appelé Max Schulz était devenu un petit chasseur de rats. Le chasseur de rats, un jeune homme instruit. Le jeune homme instruit, un barbier. Le barbier, un SS. Le SS, un génocidaire. Le génocidaire... Itzig Finkelstein, petit trafiquant du marché noir. Et maintenant ? Le petit trafiquant Itzig Finkelstein était devenu un pionnier, de retour chez lui, combattant pour la liberté.

Oui, bordel de Dieu, j'avais envie de vomir. Toutes ces métamorphoses, tous ces petits et grands Max Schulz et Itzig Finkelstein qui remuaient dans mes entrailles : ils naissaient, se transformaient, montaient et descendaient par paliers intermédiaires, empruntaient parfois les escaliers de service, grandissaient puis mouraient. Le camion bondissant traversait le désert à fond de train. Debout, coincé entre d'autres clandestins, je fixais le soleil matinal, le ciel bleu éclatant, le paysage tout droit sorti d'un livre d'images. À toute allure nous traversions un nuage de Poussière sainte, loin de la route... cette route qui appartenait pour l'heure encore aux Anglais. Nous voyions de temps à autre apparaître de sordides villages arabes sans jamais les traverser. Nous les ignorions royalement. Nous dépassions quelques camps de bédouins que j'apercevais à peine, trop embués étaient mes yeux. Tout cela comme des éclairs, engendrés par le Soleil nouveau dans la Poussière promise. Sous nos yeux défilaient : des silhouettes dissimulées sous d'amples vêtements, des tentes en poil de chameau ou de chèvre, des chiens galeux bondissant hors des oueds – des ravines ou rivières à sec – pour nous aboyer dessus, des chameaux et des ânes levant à peine la tête, des troupeaux de moutons gris et sales et de curieuses petites chèvres noires. D'abord nous nous enfonçâmes à l'intérieur des terres, loin de la côte de Gaza, suivant à travers le désert la route des caravanes, puis nous déviâmes vers le nord, et décrivant un arc de cercle retournâmes vers la côte.

Oui. Voilà l'histoire. Vers sept heures du matin, nous rejoignîmes les premières colonies juives. Des champs ! En plein désert ! Des plantations ! Des orangeraies, des bananeraies ! Des petites maisons blanches aux toits plats entourées d'arbres et de parterres de fleurs ! Des pièces d'eau ! Arrosage automatique ! Jets d'eau tournant sous le disque jaune du soleil ! À cet instant je me dis : « Max Schulz ! Miracle ! Nous ne sommes pas les seuls à avoir été vaincus par les Juifs... le désert aussi ! »

Nous repartîmes toujours à la même allure, traversant le désert métamorphosé, grisés par le spectacle des champs bariolés, que nous dévorions des yeux. Hanna Lewisohn, de l'avant du camion, se fraya un chemin vers moi, posa son bras sur mon épaule et dit : « Itzig Finkelstein. Tes yeux de grenouille sont encore plus grands et plus ronds qu'avant. » J'essayai de rire et dis : « Parce que le désert s'est métamorphosé !

— Regarde-moi ça, dit Hanna.

— Oui, je regarde, Hanna.

— Des paysans juifs ! Là ! Dans les champs ! Ils nous font signe ! »

Hanna leur répondit en agitant la main. Et moi aussi. Et les autres aussi. Tout le monde agitait la main !

Nous arrivâmes sur une route de campagne. Postés partout, des gardes de la Haganah nous firent comprendre par des signes que la voie était libre. Aucun barrage anglais en vue. Pendant quelque temps nous roulâmes sur la route entre Tel-Aviv et Haïfa. Après le carrefour Haïfa-Nétanya nous prîmes à droite, traversâmes un bosquet d'eucalyptus, débouchâmes sur un petit sentier, vîmes – encore ! – des orangeraies et des bananeraies, les traversâmes. Le camion faisait de joyeux bonds, puis des bonds moins joyeux, repartit de plus belle et d'un coup sec s'arrêta. Nous étions arrivés. Au kibboutz Pardess Gidéon.

À peine arrivé au kibboutz Pardess Gidéon, Max Schulz alias Itzig Finkelstein reçut de nouveaux habits. Un uniforme kaki, une paire de solides chaussures marron, un petit chapeau rond et kaki pour protéger sa tête – qui valait son pesant d'or – du soleil brûlant : simple mesure de protection pour éviter les fêlures au plafond. En outre, Max Schulz alias Itzig Finkelstein se vit attribuer du linge propre, des cigarettes, une place où dormir et, cela va sans dire, de nouveaux papiers.

Non. Je n'avais pas peur. Ni des Juifs, ni des Anglais. Pour les Juifs, j'étais un Juif rentré au pays. Pour les Anglais j'étais un homme avec des papiers en règle. Intouchable. Citoyen de la Palestine sous mandat britannique. Mon nom : Itzig Finkelstein. Profession : barbier.

3.

Je suis depuis quelques jours au kibboutz Pardess Gidéon. J'ai déjà appris quelques mots d'hébreu.

Notre salut : *shalom*. Traduction : Paix.

D'autres mots. *Kibboutz* : Collectif rural ou Village communautaire, pluriel : *kibboutzim*.

Khaver. Traduction : Camarade ou Ami, mot que j'avais déjà appris sur le bateau, pluriel : *khaverim*.

Retenez bien : Shalom ! Kibboutz-kibboutzim ! Khaver-khave-rim ! Les membres d'un kibboutz s'appellent des kibboutzniks. Et chaque kibboutznik est en même temps un *khaver.* Je vous embrouille ?

Un kibboutz est une communauté sans salon de coiffure. En tout cas, c'est comme ça à Pardess Gidéon. Pas la moindre trace de salon de coiffure. Nulle part. En voyant ça, je me suis demandé : Ils se font couper les cheveux où, les colons ? Où ? Et quand ? Et par qui ?

J'ai vite trouvé. À savoir : derrière les douches en plein air. De temps en temps, quand on ne peut plus y couper. Par Nathan Herzberg, le serrurier, un homme adroit qui sait à peu près tout faire, y compris couper les cheveux.

Un coiffeur professionnel n'a rien à faire dans un kibboutz.

Le kibboutz Pardess Gidéon : un petit coin de paradis, une oasis dans le désert.

Hanna se plaît ici. Elle est heureuse. Elle travaille au poulailler. Et moi à l'étable. Ce qui n'est pas la même chose. On ne se voit que pendant notre temps libre. Ce que nous faisons ? Pendant notre temps libre ? Toutes sortes de choses. Surtout des promenades. Eh oui, c'est tout.

Pendant nos promenades Hanna et moi, on se tient la main. Hanna aimerait s'envoler avec moi, mais pas trop loin d'ici, non, juste planer un peu dans le coin, mais je ne la laisse pas faire. Je la retiens.

Nous nous baladons à travers les orangeraies et les bananeraies. Avec nos grosses chaussures nous foulons d'un pas lourd les champs de pommes de terre. Il y a aussi des prairies. Oui, de vraies prairies. Mais pas de salon de coiffure. Les maisons sont minuscules. La plus grande de ces minuscules maisons fait office de réfectoire. En hébreu : *hadar ohel.* Le hadar ohel sert aussi aux réunions et aux petites fêtes de la collectivité. Exemple : l'*Oneg shabbat*, une forme de shabbat accompagné de chants et de danses populaires. Retenez bien. Hadar ohel : réfectoire commun d'un collectif, d'un village communautaire, d'un kibboutz. Salle polyvalente.

Je revois encore la bassine dans le sous-sol de Madame Holle. Elle l'avait empruntée à la mère de Willy Holzhammer pour que moi, le meurtrier de masse Max Schulz, j'y barbote à poil. Ici, pas de bassine taille adulte. Au lieu de quoi des douches collectives. Une salle pleine de douches. Et quand on ouvre les robinets, il jaillit de l'eau chaude, naturellement. Pas du gaz.

Il y a même une bibliothèque ! Avec tout un tas de livres instructifs. Drôles de paysans, ces Juifs. Des paysans qui lisent, qui discutent et parlent philosophie. M'est avis que chacun ici a dû être autre chose avant.

Si les gens gagnent bien ici, à Pardess Gidéon ? Non. Que dalle. Chacun fait selon ses capacités et reçoit ce dont il a besoin pour vivre. Voilà comment ça marche ici. L'individu ne gagne pas d'argent, non. La communauté, oui. La communauté construit de nouvelles maisons, acquiert de nouveaux terrains pour ceux qui arrivent.

Vous dites ? Ça n'existe pas ? Personne n'est aussi con pour travailler à l'œil ! Surtout pas un Juif ! Je me serais trompé ? Ce serait peut-être pas des Juifs... Si, si. C'est bien des Juifs.

Je vous décris la vie quotidienne dans un village communautaire ? La journée type ? Du lever au coucher ? Du premier au dernier son de cloche du hadar ohel ? Comment se passent les repas collectifs ? Le travail collectif ? À quoi ressemblent les chambres dans les petites maisons blanches au toit plat ? Et comment c'est dans les tentes ? Et pourquoi il y en a encore, malgré les maisons ? Et si on manque toujours de place ? Vous voulez savoir si les lits sont grands ou petits ? Confortables ou inconfortables ? Si nous dormons avec un oreiller ? Sur des matelas moelleux ou durs ? L'odeur de la terre ? Du ciel ? Du soleil ? Si le soleil et le ciel ont une odeur ici ? Et si oui, si elle est particulière ? Vous voulez savoir ce qui distingue le jour et la nuit ? Si c'est seulement une question de lumière et d'obscurité ? Si nous avons des moustiquaires devant nos fenêtres et autour de nos lits ? Et à quoi ressemble la lune quand la nuit on regarde par la fenêtre ou par la fente de la tente ? Et comment hurle un chacal ? Ou une meute de chacals ? Si le désert au-delà des plantations chuchote dans la nuit ? Ou s'il se tait ? Vous voulez savoir tout ça ?

Si je devais vous décrire par le menu ce qu'est un kibboutz

et quelle vie on y mène, je pourrais tout aussi bien prendre la plume et écrire un traité sur la Palestine et sur le kibboutz. Mais cela ne ferait que me détourner inutilement de mon récit. Le récit du barbier et pionnier Max Schulz alias Itzig Finkelstein.

Je ne vais pas bien du tout. Je veux dire : le coiffeur pour hommes qui doit travailler à l'étable avec les vaches va mal.

C'est vrai, quoi. Je suis arrivé ici le 14 juin. Au kibboutz Pardess Gidéon. J'avais besoin de repos. Ça se comprend, non ? Après ce voyage éreintant sur le vaisseau fantôme. Vous êtes d'accord ! Mais eux, ils m'ont envoyé illico à l'étable avec les vaches.

4.

J'y ai travaillé une semaine. Puis j'en ai eu marre. Je me suis dit : Itzig Finkelstein ! Max Schulz ! Un coiffeur professionnel n'a rien à faire ici. En plus tu as besoin de repos. Va voir du pays. Ça ne te fera pas de mal. Il te reste encore quelques dollars du marché noir.

J'ai laissé mes valises au kibboutz. Provisoirement. Je suis parti sans, mais avec mes nouveaux papiers.

Le serrurier Nathan Herzberg, mon rival qui aime jouer au coiffeur à ses heures perdues, m'a conduit à l'arrêt d'autobus le plus proche sur une charrette tirée par une mule. Eh oui, il fait aussi cocher.

« Alors, on a la bougeotte, khaver Itzig ?

— Oui, khaver Nathan.

— Je le comprends, dit khaver Nathan. Va voir ton pays.

— Oui.

— Tu ne l'as pas vu depuis deux mille ans. »

J'ai dit : « Exact. Je suis curieux de voir ça. »

L'arrêt d'autobus le plus proche était à cinq kilomètres. Nous avancions tranquillement, traversant les plantations, puis un petit bout de désert. On bavardait gentiment.

« Ça se passe toujours comme ça, a dit khaver Nathan. Les nouveaux arrivants travaillent quelques jours à l'essai, nous leur donnons des vêtements et des papiers, puis chacun poursuit sa route. Certains préfèrent vivre en ville, d'autres changent de kibboutz, et d'autres restent.

— J'aurais bien voulu rester avec vous, khaver Nathan, j'ai dit. Mais je suis coiffeur. Et j'aimerais exercer mon métier.

— Comme tu veux, a dit khaver Nathan. Rien ne t'empêche de couper les cheveux chez nous, de m'aider. Mais ici, pas besoin d'un coiffeur à plein temps.

— La profession de coiffeur ne peut pas être un passe-temps, khaver Nathan. Pour moi, c'est inacceptable.

— Comme tu veux, dit khaver Nathan. Si c'est ce que tu penses... Mais moi, je te dis : il n'y pas de sous-métier. S'il n'y a pas de cheveux à couper, alors tu travailleras à l'étable, aux champs, à la bananeraie, à l'orangeraie, à la cuisine ou ailleurs. Chez nous, il y a toujours quelque chose à faire. »

Voilà. Nous bavardions. Nous fumions. Nous transpirions. Il faisait chaud. La mule sentait mauvais. Deux hommes dans une charrette cahotante tirée par une mule. Une charrette montée sur des pneus, des pneus d'automobile, pour ne pas s'enfoncer dans le sable. Deux hommes en uniforme kaki assis sur une planche de bois, l'un de quarante ans, Itzig Finkelstein, l'autre de soixante ans bien sonnés, le visage au cuir bien tanné, rongé par les saisons, les cheveux blancs, le corps sec comme une vieille branche.

« Quand je suis arrivé il y a quarante-cinq ans, a dit Nathan Herzberg, il n'y avait ici que du sable, des pierres et un marais.

Nous avons enlevé les pierres. Et le sable. Nous avons asséché le marais. Une sale besogne. Et puis ces satanés moustiques. C'était pas une partie de plaisir. »

J'ai dit : « J'imagine.

— Nous étions trente hommes et neuf femmes. On a commencé comme ça. Puis d'autres sont venus. Aujourd'hui on frise les quatre cents. Ça reste un petit kibboutz. Mais quand même.

— Oui, khaver Nathan, j'ai dit.

— Les premiers venaient de Russie, a dit khaver Nathan. Aujourd'hui il y a des Juifs des quatre coins du monde. Des Juifs allemands aussi, comme toi. »

J'ai dit : « Oui.

— Tu es vraiment un Juif allemand, khaver Itzig ? »

J'ai dit : « Mes parents viennent de Galicie.

— Alors tu es un Galicien, a dit Nathan Herzberg.

— C'est bien ce que je pensais. »

Voilà l'histoire. Nous bavardions. Comme on bavarde, quoi... quand on est assis sur une charrette tirée par une mule, en plein cagnard, juste avant midi.

« Dis-moi, tu as assez d'argent pour t'offrir ce petit voyage ? a demandé khaver Nathan.

— Des dollars du marché noir, j'ai dit.

— Des dollars du marché noir, a dit Nathan Herzberg en secouant la tête. La fripouille ! Ici va falloir corriger ça, khaver Itzig ! »

Non. Je n'ai pas eu d'ennuis. Le chauffeur de la compagnie d'autobus Egged a refusé de donner le change sur des dollars du marché noir, mais accepté de me faire monter gratos quand je lui ai chuchoté à l'oreille que je venais juste de débarquer. Et les Anglais ? Eux non plus ne m'ont pas créé d'ennuis. Parfois nous tombions sur des barrages. Saletés de Tommies ! Ils arrêtent tout bus juif qui passe. Mais je n'ai pas eu d'ennuis. Non. En ce qui me concerne, aucun. Mes papiers étaient en règle. Mes vêtements passaient inaperçus. Je n'étais qu'Itzig Finkelstein, un type avec des papiers en règle, un type en pantalon kaki, chemise kaki, chapeau kaki, avec des grosses chaussures, kibboutznik, quoi.

5.

Quand nous marchions vers la Russie, le pays semblait sans fin. La terre s'étendait à perte de vue sous un ciel silencieux, avalant les semelles de nos bottes en se moquant de nos pieds fatigués. Ici, par contre, tout est étriqué, limité.

Je me balade depuis quelques jours, sans but précis. J'étais avide de tout voir. Je crois que quiconque vient ici pour la première fois est avide de tout voir, surtout s'il est juif, et encore plus s'il est un ancien nazi comme moi. Et s'il est les deux à la fois, comme moi, alors deux yeux ne suffisent pas.

Mes yeux de grenouille ont photographié un tas de choses, transmises au coin fêlé de mon cerveau, afin que la mémoire du meurtrier de masse Max Schulz ou du Juif Itzig Finkelstein les enregistre et les retienne.

Les villes et villages arabes sont comme engourdis par la crasse, et la misère que j'y ai vue m'a fait presque pitié. À moi le génocidaire. C'est dire.

J'ai été dans un village arabe anonyme. Là, j'ai vu un petit garçon au bord de la route. En plein cagnard ! Avec des yeux purulents, à moitié aveugles. Des mouches noires et ricanantes lui collaient aux yeux. En bourdonnant.

D'horreur, je clignai des yeux. Puis quand je regardai de nouveau, je vis d'autres petits, garçons et filles. Puis des adultes, certains jeunes, d'autres moins, certains vieux, d'autres très vieux. Et ces autres se tenaient exactement à la place du petit garçon. Ils avaient les mêmes yeux. Et les mêmes mouches collées dessus.

Puis je remarquai un café au coin de la rue. Quelque chose cognait dans ma tête. Des petits coups de marteau. Un café ! Une radio qui braille ! Le soleil brûlant ! La puanteur. Un village anonyme. Des maisons en torchis. D'autres creusées dans la roche. Puis du sable. Beaucoup de sable. Le désert. Terre agonisante. De petits ânes affamés qui brayaient. De petites chèvres affamées qui bêlaient. De la peau et des os. Le soleil. Le sable. J'avais la nausée.

Je n'ai jamais vu d'yeux purulents dans les villages juifs. Ni de mouches noires, ricanantes, bourdonnantes, collées dessus. Ni de radio qui braille toute la journée. Ni d'hommes assis au café à observer des mouches, des petites mouches noires, bourdonnantes et bouffeuses de pus. Dans les villages juifs que le génocidaire Max Schulz a vus, tout ce qui bouffe du pus ou suce le sang ou bourdonne s'est lancé dans la dernière bataille, perdue d'avance, la bataille contre le judaïsme. Dans les villages juifs, le marais violé crie au secours comme le nourrisson à qui la mère change ses couches mouillées. C'est à cela que ressemblent les cris du marais quand les Juifs l'assèchent. Voilà. Là-bas, on fait violence à ce monde arriéré. Sans pitié, les paysans juifs ouvrent les entrailles de la terre agonisante avec leurs râteaux et leurs pelles pour lui donner une nouvelle vie.

Et dans les villes... dans leurs villes... je n'ai jamais vu de mendiants. Ils ont fui. Je suppose devant les organisations ouvrières. Des rues goudronnées ont recouvert les sentiers sablonneux. Les écoles, les hôpitaux, les usines ont fait la paix... je veux dire, avec les immeubles d'habitation, les allées ombragées et les parcs pour dominer ensemble, unis par un pacte mystérieux, la physionomie de la ville.

6.

Nous étions mille six cents illégaux, sur la grève, le 14 juin au petit matin. Je ne sais pas ce qu'ils sont devenus. Quelques-uns sont venus à Pardess Gidéon. Dont moi. Et Hanna.

Ce que fait Hanna ? Elle travaille toujours au poulailler. Hanna aime tout ce qui a des ailes. Je suis retourné à Pardess Gidéon. Pour prendre mes valises ! Arrivé tard le soir, je n'avais pas d'autre choix que de dormir sur place au kibboutz. J'ai dormi sous la tente de Hanna. Je n'aime pas coucher avec Hanna. Trop maigre à mon goût. J'aime les grosses. Grosses comme ma mère. Vous auriez dû la voir ! Ça, c'était de la femme !

Il faisait noir sous la tente. Je ne pouvais pas voir Hanna, je ne sentais que la pression de son corps frêle. Un lit de camp. Trop étroit. Trop étroit pour le bourreau et la victime ensemble. Mais cela ne semblait pas déranger Hanna.

« Tu n'as rien vu, Itzig Finkelstein. Tu t'es baladé pendant quatre jours et tu n'as rien vu du tout. »

Hanna rit doucement dans le noir. Je le sais, tout ce qu'elle veut c'est me provoquer. Me faire parler. Mais moi, je ne veux pas.

« J'ai vu un tas de choses, Hanna. Mais il me faut d'abord les digérer.

— Tu as vu Jérusalem ?

— Oui, Hanna.

— Le mur des Lamentations ?

— Oui. Aussi. J'y ai même prié.

— Mais, tu crois en Dieu ?

— Parfois oui, parfois non, Hanna. Comme la plupart des gens. Je ne le prends pas au sérieux.

— Alors, pourquoi tu as prié au mur des Lamentations ?

— Par tradition, Hanna.

— Par tradition ?

— Oui, Hanna, par tradition.

— Ça t'a fait quoi... le mur des Lamentations ?

— J'ai pleuré, Hanna.

— Pourquoi, Itzig ?

— Par tradition, Hanna. Par tradition. »

« Tu sais, Hanna, là-bas, d'autres Juifs ont prié et pleuré avant moi. Pendant des siècles et des siècles.

Je me souviens, Hanna. Quand j'étais gosse, je me tenais près de mon père dans la petite synagogue de la rue Schiller. On priait. Nos regards tournés vers l'est. Nous pensions à Jérusalem et aux vestiges du Grand Temple, au mur des Lamentations qui pour nous représente tout. Tout, Hanna. Notre histoire singulière. La liberté. L'exil. L'agonie. La mort apparente. Et la volonté de renaissance.

— Tu parles comme un livre, Itzig Finkelstein. Parle-moi encore de Jérusalem.

— Là-bas, il y a deux villes, Hanna. La nouvelle et l'ancienne.

— À quoi cela ressemble ?

— Je ne peux pas le décrire, Hanna. La ville nouvelle ne ressemble pas à l'ancienne, mais elle en vit.

— Tu as vu le Saint-Sépulcre ?

— Oui, je l'ai vu.

— Et la mosquée d'Omar ?

— Aussi.

— Et le jardin de Gethsémani ?

— Aussi.

— Et la Via Dolorosa ?

— Aussi, Hanna.

— Et qu'est-ce que tu as fait à Jérusalem ?

— Je me suis baladé, Hanna. Et j'ai pris des photos.

— Avec quoi ?

— Avec mes yeux de grenouille. »

Vous nous voyez ? Vous entendez les rires de Hanna ? J'allume une cigarette. Hanna dit : « Fais attention. Mets pas le feu au lit. Ni à la tente. »

Je fume, étendu, sans bouger.

« Tu as vu Méa Shéarim ? Le quartier des Juifs orthodoxes ? C'est vrai que les Juifs là-bas se promènent en caftan et chapeau de fourrure ? Et portent de longues barbes ? Comme autrefois, dans le ghetto ?

— Oui, Hanna. C'est vrai. À Méa Shéarim ils vivent comme avant, dans le ghetto. On prie encore beaucoup là-bas. Un autre monde, Hanna. Planté là, au milieu des pionniers, comme un monument, Hanna, pour nous rappeler Dieu. »

Je fume. Je regarde fixement à travers l'ouverture de la tente et vois une seule étoile. Au-dessus de Jérusalem.

« Tu as été voir la mer Morte, Itzig ?

— Oui. J'y ai été.

— C'est comment ?

— Chaud, Hanna. Très chaud.

— Et tu as fait quoi là-bas ?

— Je me suis baigné, Hanna. Et j'ai avalé l'eau salée. Personne ne peut s'y noyer. Même pas un génocidaire.

— Tu dis des bêtises, pas vrai ? Tu as vraiment un grain... Tu as vu le Jourdain ? Et le Yarkon ? Tu es allé à la mer Rouge ?

— Oui, Hanna. Mais maintenant, fiche-moi la paix.

— Tu es allé dans le Néguev ?

— Évidemment que je suis allé dans le Néguev.

— Ça ressemble à quoi, le Néguev ?

— À un paysage lunaire, Hanna. »

Je n'avais pas envie de raconter. Et pourtant je parle de Capharnaüm que j'ai cherché sans le trouver, je parle de Bethléem et de Nazareth et des chemins du Christ qui se prenait pour un Dieu, je parle du Jourdain et des traces laissées par Jean-Baptiste. Je laisse mes pensées sauter du coq à l'âne, parle de Césarée et des statues romaines souillées par les oiseaux de l'été, comme le monument au Führer sur la place Adolf Hitler à Warthenau. Je parle des marais asséchés, de la terre rouge et noire, du ciel et du soleil, du sable blond du désert, de la roche calcaire blanche, des villages juifs et des communautés rurales à l'intérieur des terres, qui sont comme Pardess Gidéon et pourtant différentes.

Vous la voyez, Hanna ? Vous me voyez ? Il fait noir sous la tente. Hanna a des yeux d'enfant. Un peu dingues. Elle a été ligotée dans le temps. Trois ans durant. Sur un banc. Et un jour, elle s'est envolée. Soudain, elle savait voler.

« Comme ce doit être beau au sommet du mont Carmel.

— Oui, Hanna. Il y a même une forêt. Habitée par des nains. Comme en Allemagne. Mais la forêt est différente, et les nains aussi sont différents.

— Et la baie ?

— Elle est tout en bas, Hanna. Très loin. Quand on est sur

le sommet de la montagne et qu'on regarde la baie d'en haut, ça donne envie de voler comme un papillon.

— Comme un papillon ?

— Oui, Hanna, exactement.

— Il faudra que j'essaie une fois. »

J'acquiesce et dis : « Oui, Hanna. Là-bas tu pourras voler. Voleter un peu dans les airs comme tu aimes. Au-dessus de la baie. Tu devras juste faire attention à la marine anglaise.

— Je n'ai pas peur des bateaux.

— Tout va bien, alors, Hanna. »

Je me glisse hors du lit étroit. Je bouche l'ouverture de la toile de tente, parce que l'étoile me dérange. Je ferme mes yeux de grenouille pour dormir.

Soudain Hanna me demande : « Qu'est-ce qui t'a le plus impressionné ?

— Qu'est-ce que tu veux dire ?

— Je veux dire, ici, en Palestine. »

Je dis : « Les jeunes arbres, Hanna. Les jeunes arbres que les Juifs ont plantés dans le désert. »

Hanna dit : « Des arbres ! »

Je dis : « Oui, les jeunes arbres. Chaque arbre est l'âme d'un mort.

— D'un Juif ? D'une Juive ? De nos morts ?

— Oui, Hanna.

— Vrai de vrai, Itzig ?

— Oui, Hanna. Vrai de vrai.

— Tu en as vu combien, des jeunes arbres ?

— Je ne les ai pas comptés, Hanna. Mais il y en a déjà pas mal.

— Des millions ?

— Je ne sais pas, Hanna. Mais on en plante tous les jours.

Il y en a de plus en plus.

— La résurrection des morts ? C'est ça ?

— Oui, Hanna. Ils reviennent. Tous.

— Tous ?

— Oui, Hanna. Tous ceux qui sont morts en exil.

— Et les autres ? Ceux qui sont morts ici ?

— Ils sont déjà ici, Hanna. Ils n'ont pas besoin de revenir.

— Ils vont ressusciter aussi ?

— Oui, Hanna. Petit à petit.

— Et pour nous, Itzig Finkelstein ?

— Nous aussi, nous sommes ressuscités. Il y a deux formes de résurrection.

— Comment ça, Itzig Finkelstein ?

— Il y a la résurrection des vrais morts, et celle des faux vivants.

— Nous étions des faux vivants ?

— Oui, Hanna. Tous les Juifs en exil sont des faux vivants. Vivre sans pouvoir prendre racine, ce n'est pas une vie.

— Comment ça, Itzig Finkelstein ?

— Les faux vivants viennent ici, Hanna, pour prendre racine.

— Comme les arbres ?

— Oui, Hanna, à peu de choses près. »

Je dis : « Hanna ! Il existe encore une troisième forme de résurrection. David Shapiro y a fait allusion une fois. La résurrection du peuple juif. Celle-ci commence là où les deux premières formes de résurrection se rencontrent et se prennent par la main pour danser une ronde étrange. »

Je vous ai raconté quoi, déjà, de ma dernière nuit à Pardess Gidéon, sous la tente de Hanna ?

Nous avons bavardé, fait l'amour, puis je me suis endormi. Un sommeil agité. J'ai fait un rêve bizarre. J'ai rêvé que je m'étais encore une fois métamorphosé. J'étais redevenu Max Schulz :

Et le meurtrier de masse Max Schulz alla à Jérusalem pour faire trois petits pipis symboliques. Une fois dans le Saint-Sépulcre. CAR C'EST ICI QUE GISAIT LE CORPS DU CHRIST ! C'EST ICI QU'IL EST RESSUSCITÉ !

Une fois dans la mosquée d'Omar : CAR C'EST ICI, DU ROCHER AL-SAKHRA, QUE MAHOMET EST MONTÉ AU CIEL SUR SON CHEVAL AL-BURAQ !

Une fois devant le mur des Lamentations : CAR C'EST ICI, SUR LES DERNIERS VESTIGES DU TEMPLE DE SALOMON, QU'ÉTAIT LE LIEU LE PLUS SACRÉ DES JUIFS !

Les Juifs, jeunes et vieux, pleuraient devant le mur des Lamentations. J'étais parmi eux, je venais de faire pipi et personne n'avait rien vu. Car moi, Max Schulz, je suis un pisseur habile.

Mais les pleurs sont contagieux. Ça faisait longtemps que j'étais au courant. Et quand je vis les autres pleurer, je me mis à pleurer aussi. Et soudain, je n'étais plus Max Schulz. J'étais redevenu juif. J'étais Itzig Finkelstein.

Et Itzig Finkelstein eut honte, car il avait fait pipi, tout en étant parfaitement conscient que ce n'était pas lui, Itzig Finkelstein, qui avait fait pipi, mais le meurtrier de masse Max Schulz. Et Itzig Finkelstein essuya les taches sur le mur et pleura amèrement.

Puis Itzig Finkelstein, redevenu Itzig Finkelstein, partit vers la mosquée d'Omar et y essuya les taches laissées par Max Schulz. Puis il retourna au Saint-Sépulcre et fit de même.

C'est déjà la fin de l'après-midi. Je me trouve dans le réfectoire, le hadar ohel. J'écris. Parfois je souligne des mots. Mon dernier jour à Pardess Gidéon.

Aujourd'hui, je pars. Où ? Je ne sais pas encore. Il faut bien aller quelque part. Il faut bien prendre pied quelque part. Il doit bien y avoir un salon de coiffure digne de ce nom où le coiffeur Max Schulz puisse exercer honnêtement son métier. Quelque part.

7.

Je suis retourné une fois à Jérusalem. Mais un coiffeur n'a rien à faire dans cette ville. Je n'y ai pas trouvé de travail. Alors, je suis allé en chercher à Petah Tikhva, à Rishon-le-Sion, à Haïfa et pour finir à Tel-Aviv. Résultat : nul.

Tel-Aviv, ébouriffant ! Une ville rêvée pour les coiffeurs. Ça fourmille de boutiques et de salons de coiffure. Oui. Une vraie ville, quoi. Mais je n'ai pas pu trouver le moindre boulot.

Et là, bingo, cette annonce dans le journal ! J'étais au café, à Tel-Aviv, en train de prendre un bon petit-déjeuner. J'avais échangé par un tour de passe-passe quelques dollars du marché noir. J'étais en train de régler la note dans la monnaie locale quand j'ai vu ladite annonce dans le journal.

Recherchons coiffeur d'urgence. Références exigées. Salon de coiffure Shmuel Shmulevitch. Beth David.

Je suis parti sur-le-champ. À Beth David. Avec mes deux valises. Et mes dollars du marché noir. Et des piastres et des livres locaux.

Le salon de Shmuel Shmulevitch était le seul de Beth David.

Il y a des gens qui foncent tête baissée quand on pique leur curiosité. Pour aller où ? Là-bas, tiens ! Vers l'objet de leur curiosité. Moi, je suis différent. J'aime savourer cette curiosité, faire durer cette tension, cette sensation d'estomac noué. Je me suis dit : Quand on y pense, tu devrais te rendre tout de suite chez ce Shmuel Shmulevitch. Car la concurrence est rude. D'autres coiffeurs pourraient se présenter avant toi. Et la place te passera sous le nez.

Mais ensuite, je me suis dit : Itzig Finkelstein. D'abord tu vas voir à quoi ressemble cette ville. Ça n'a aucun sens d'accepter une place quelque part si la ville ne te plaît pas, même si à première vue Beth David ressemble à Tel-Aviv, une sorte de Tel-Aviv miniature. Mais à première vue ne veut pas dire à deuxième vue. C'est comme en amour. Il faut être sûr de son coup.

Moi, l'exterminateur Max Schulz, j'ai flâné deux bonnes heures dans les rues de Beth David, sans but, juste pour voir. J'ai exploré la ville de fond en comble, écouté des conversations, et même interrogé quelques habitants avant de continuer mon chemin. Personne n'a rien remarqué. Je suis passé inaperçu. Personne n'a sursauté à ma vue. Personne n'a pris peur. Le soleil lui-même n'a pas cillé.

Oui. Jugeant que j'en avais assez vu, je me suis dit : Bien. Maintenant tu vas voir ce Shmuel Shmulevitch. Vas-y. Va te présenter au salon de coiffure Shmuel Shmulevitch, 33-45 rue du Troisième-Temple.

8.

Shmuel Shmulevitch était le portrait craché de Chaïm Finkelstein : petit, l'épaule tombante, la gauche – eh oui, la même – comme si deux mille ans de souffrance et de persécution avaient choisi cette seule épaule pour s'y accrocher. L'épaule gauche, la plus proche du cœur. Son nez : il coulait toujours un peu. Chauve. De grands yeux expressifs, pleins de bonté, de sagesse, familiers des Écritures. Comme Chaïm Finkelstein.

Vous imaginez le choc que j'ai eu quand j'ai vu Shmuel Shmulevitch pour la première fois. J'ai lâché un pet de peur, mais Shmuel Shmulevitch a fait comme s'il n'avait rien remarqué. La boutique, pardon, le salon de coiffure était plein à craquer. Dix fauteuils occupés, garçons coiffeurs jacassant comme des pies, apprentis feignant d'être affairés, cireurs de chaussures au sourire figé, manucures arrogantes aux cheveux relevés. Une activité intense démultipliée par des miroirs luxueux. Bruits familiers depuis si longtemps : bribes de conversations sur ciseaux qui claquent, rasoirs qui grattent, tondeuses qui ronronnent.

Il y avait dans l'air de ce salon une odeur familière. L'odeur d'un salon de première classe. Cet air-là vous incitait à le humer avec délectation.

Quelques messieurs attendaient patiemment dans de confortables fauteuils en cuir, certains étaient chauves, fumaient des cigares, lisaient ou feuilletaient des magazines, d'autres avaient des cheveux, fumaient des cigarettes, ou ne fumaient rien du tout. Une clientèle mélangée. J'avais lâché un pet, mais Shmuel Shmulevitch m'a dit simplement : « Tous les fauteuils sont occupés, mais il y en aura bientôt un de libre. »

J'ai dit en bégayant : « Je ne suis pas un client. Je viens pour la place. »

Shmuel Shmulevitch m'a conduit dans une petite pièce attenante, un vestiaire j'ai pensé, en tout cas ça m'en avait tout l'air, où le personnel pouvait se changer ou se faire un café. Portemanteau, réchaud à alcool, toilettes séparées.

J'ai dit : « Je m'appelle Itzig Finkelstein. J'ai vu votre annonce dans le journal.

— Ah bon, a dit Shmuel Shmulevitch. Itzig Finkelstein ? »

J'ai hoché la tête et dit : « Peut-être avez-vous déjà entendu parler de mon père, Chaïm Finkelstein, coiffeur bien connu, auteur du célèbre manuel *La Coupe moderne sans faire d'escaliers*.

— Jamais entendu parler, a dit Shmuel Shmulevitch. Chaïm Finkelstein ? Jamais entendu parler. Mais le livre... oui, le titre me dit quelque chose. »

Moi : « Un classique. »

Shmuel Shmulevitch : « C'est comme ça avec la littérature d'aujourd'hui. Je veux dire contemporaine. »

Moi : « Hein ? »

Shmuel Shmulevitch : « Comme je vous le dis. On se souvient des titres, mais pas des auteurs. *La Coupe moderne sans faire d'escaliers*, oui, je me rappelle. Mais Chaïm Finkelstein, je ne me rappelle pas. »

Voilà l'histoire. Nous nous mîmes à bavarder. Nous prîmes même la peine de nous asseoir. Sur un banc branlant à côté du portemanteau. Je racontai mon histoire à Shmuel Shmulevitch, un peu trop vite et de façon un peu trop larmoyante. Je lui montrai même mon numéro d'Auschwitz.

Shmuel Shmulevitch m'écouta patiemment, et quand j'eus fini, il se contenta de hocher doucement sa tête chauve en disant : « Oui. Vous avez traversé bien des épreuves. Mais je suppose que... vous êtes un bon coiffeur ?

— Oui. Ça c'est sûr.

— Votre père était un auteur célèbre.

— Oui. Ça c'est sûr.

— Je me rappelle maintenant. Un livre unique en son genre. Écrit par un coiffeur hors pair.

— Oui. Exact.

— Vous avez eu là un bon maître.

— Oui. Exact.

— Quelques coiffeurs se sont déjà présentés... avant vous... mais ils ne valaient pas un clou. »

Je dis : « Oui. C'est comme ça. »

Et Shmuel Shmulevitch dit : « Voyez. C'est comme ça. »

Naturellement j'obtins la place. Je commençai le lendemain. Pour être précis : le 5 juillet 1947.

Permettez-moi de vous présenter mes nouveaux collègues : Isu Moskowitz, Yoine Chmatnik, Sigi Weinrauch, Max Weizenfeld, Lupu Gold, Michel Honig, Benjamin Jakobowitz et Itzig Spiegel. Comme vous le voyez : huit garçons coiffeurs. Je suis le neuvième.

Dix fauteuils pour seulement neuf coiffeurs ? Exact. Au dixième, c'est le patron qui officie, Shmuel Shmulevitch en personne.

Vous voyez, tout est parfaitement huilé.

J'ai oublié de citer les noms des deux apprentis, des manucures et des cireurs de chaussures. Pardonnez-moi. Les deux apprentis s'appellent Franzl et Motke, les manucures Rita et Irma, et les cireurs de chaussures Amos et Raphaël.

Je vous embrouille ? Trop de noms ? Votre esprit engourdi ne suit plus ? Comme vous voulez. Ne retenez qu'un seul nom pour l'instant, celui de mon collègue Itzig Spiegel. Aussi blond qu'Itzig Finkelstein – l'original – mais avec une moustache. Une moustache en croc, audacieusement relevée, aux deux pointes dangereuses. Ses yeux : pas bleus. Rien à voir avec ceux d'Itzig Finkelstein. Les yeux d'Itzig Spiegel sont verts. Plutôt gris vert. Sa voix : un peu grêle. Non-fumeur, je pense.

Itzig Spiegel est célibataire. Comme moi. Parents originaires de Galicie. Comme les miens. Dès le premier jour il m'a dit :

« Monsieur Finkelstein. Deux Itzig, ça fait beaucoup pour un seul salon. À partir d'aujourd'hui vous vous appellerez Yitzhak. »

Je lui ai dit : « Pas question. Je ne vais pas changer de nom.

— Très bien, il a dit. Alors c'est moi qui m'appellerai Yitzhak. » Je lui ai dit : « Comme vous voulez, Monsieur Spiegel. Je n'y vois pas d'inconvénient. À part que je ne pige pas pourquoi deux

fois le même prénom poserait problème à ce salon.

— À cause de sa femme, il a dit. Elle ne peut pas blairer les Juifs de l'Est. Alors, deux employés avec un prénom pareil... elle va péter les plombs, c'est sûr.

— De quelle femme parlez-vous, Monsieur Spiegel ?

— La femme de Shmuel Shmulevitch.

— Shmuel Shmulevitch ? C'est pas juif de l'Est ?

— Bien sûr que si. Justement, c'est là que le bât blesse. » Un sacré personnage ! La femme de Shmuel Shmulevitch.

J'ai complètement oublié de vous la présenter. Faut savoir qu'ici le patron, c'est elle. Elle et Shmuel. Vous pigez ? Oui ? Je l'avais oubliée. Mais elle est là. Oh que oui. Toujours là. Assise à la caisse. Servant parfois au coin parfumerie. En fait elle est partout, du moins avec les yeux.

Vous dites ? Que je décrive Madame plus en détail ? Une autre fois. Elle n'est pas facile à décrire, vous savez.

Madame Shmulevitch : visage de momie. Je lui donnerais facile quatre-vingt-dix ans. Mais ça ne peut pas être ça. Véronia, je lui en avais donné cent dix-huit, et ce n'était pas ça non plus. Non. Elle ne peut pas être aussi vieille, impossible. Car les yeux, dans son visage de momie, sont étrangement vivants. De furieux petits yeux d'oiseau, dont la force hypnotique cloue chacun au poste de travail qui lui est assigné : apprentis, coiffeurs, manucures, cireurs de chaussures et même Shmuel Shmulevitch, le patron. Comme on dit dans la boutique, pardon, dans le salon : « Quand elle vous regarde, on bosse. On met les bouchées doubles sans gaspiller son temps. » Oui. Quand Madame Shmulevitch lève les yeux, plus personne n'ose se curer le nez, se gratter le derche, voire fumer une cigarette : ça coupe, ça tond, ça rase, ça racle, ça masse, ça peigne, ça lotionne, en un mot : ça travaille.

Dernièrement Yitzhak Spiegel m'a dit : « Quand on y pense. Ces deux-là sont comme le jour et la nuit. Shmuel Shmulevitch est un homme au cœur d'or et sa femme une vipère ! »

Ses cheveux sont teints en blond platine. La plupart du temps on la voit en bigoudis, comme si elle voulait nous prouver qu'elle, la vieille, n'avait pas dit son dernier mot.

Elle porte une chaînette en argent. Quelque chose y est suspendu, quelque bijou secret, coincé entre ses seins fanés, profondément caché sous sa robe montante.

J'ai demandé à Yitzhak Spiegel : « Vous savez ce que c'est, ce bijou ?

— Personne ne l'a jamais vu, a dit Yitzhak Spiegel. Mais les rumeurs vont bon train.

— Quelles rumeurs ?

— Comme quoi ce serait une médaille allemande.

— Elle est juive allemande ?

— Oui. Prussienne.

— Et Shmuel Shmulevitch ?

— Russe.

— Je vois !

— Oui, voyez le tableau...

— Et c'est quoi comme médaille ?

— À en croire la rumeur, la croix de fer de première classe. Son premier mari était un officier prussien.

— Juif ?

— Oui. Un Juif.

— Un souvenir ? La croix de fer ?

— Oui. Un souvenir. »

Une Juive prussienne qui ne peut pas oublier la Prusse. Manquait plus que ça ! Ici, qui plus est, en Terre sainte.

Vous savez ce que Shmuel Shmulevitch m'a dit l'autre jour ? « Monsieur Finkelstein, il a dit, nous sommes deux compagnons d'infortune. Je suis russe et vous galicien, si je ne me trompe. Tous les deux nous devons nous méfier de ma femme. »

Je lui ai répondu : « Ce sont mes parents qui viennent de Galicie, moi, je suis né à Wieshalle, une ville allemande depuis toujours.

— Peu importe, il a dit. Vous êtes galicien, Monsieur Finkelstein. »

Je lui ai demandé : « Votre femme a voté à l'époque ? »

Il m'a demandé : « Voté pour qui ? »

J'ai dit : « Pour Adolf Hitler ! »

Non. Jusqu'à présent je n'ai pas eu de problème avec Madame Shmulevitch. Parfois, quand je parle yiddish avec des clients, elle me regarde un peu de travers, c'est vrai, mais ne dit rien. Elle sait que je travaille bien. Je suis un bon coiffeur. Je fais mon boulot.

9.

Je me suis dit : Itzig Finkelstein ! Fais gaffe ! Fais sacrément gaffe ! Pour le moment, elle te fiche la paix. Mais on ne sait jamais. T'as trop la gueule d'un Juif.

Beaucoup trop. Bien que tu n'en sois pas un. Mais elle, elle le croit. Avec ta gueule tout droit sortie du *Stürmer*.

Au petit matin, je suis le premier dans la boutique, pardon, le salon. Et le soir le dernier à partir. Mon zèle est proverbial. Je travaille même pendant la pause déjeuner, je ne gaspille pas mon temps, ne me cure pas le nez pendant le travail, ne me gratte pas le derche et ne fume pas.

Hier Shmuel Shmulevitch m'a confié sa clé, me disant :

« Monsieur Finkelstein. Ma femme est impressionnée. Comme de toute façon vous êtes le premier arrivé et le dernier parti, vous ouvrirez la boutique le matin et la fermerez le soir. »

Je vous l'avais dit !

Hier soir, assez tard, un client s'est pointé. Le personnel était déjà rentré chez lui. Madame Shmulevitch aussi. Ne restaient dans le salon que Shmuel Shmulevitch et moi.

Tandis que je mettais de l'ordre comme à chaque fermeture, rangeant, remettant les outils, crèmes, serviettes, flacons, etc. à leur place, vérifiant les prises, coupant le courant, fermant les robinets, Shmuel Shmulevitch bavardait avec le client retardataire. Puis il est venu me voir en me disant : « Un juif américain. Touriste. Faut le prendre. » Shmuel Shmulevitch a chuchoté :

« Il ne faut jamais froisser un Juif américain. Notre futur État coûtera cher et on aura besoin de fric. Ne perdez pas ça de vue ! » J'ai dit : « Allez-y, rentrez chez vous, Monsieur Shmulevitch.

Ne faites pas attendre votre épouse à table. Votre touriste est en de bonnes mains. Et pour ce qui est des heures sup', ne vous tracassez pas. De toute façon, je n'ai rien d'autre de prévu. »

Nous voilà seuls. Le client et moi. Nous parlons en yiddish.

Le client dit : « Je suis venu écrire un article sur la Palestine.

— Vous êtes journaliste ?

— Non. Président d'une organisation juive de bienfaisance. Nous publions un petit journal. Et parfois, je dois écrire quelque chose. Un article de fond, voyez le genre.

— Très intéressant. Journaliste amateur, alors ?

— Arrivé hier soir. Nuit noire. Rien vu. Suis allé d'abord voir ma tata. À Beth David. Là, dodo. Réveil avec un lumbago. Au lit toute la journée. Le soir, télégramme de New York. Ma femme va accoucher. Avant terme. Imprévu. Retour aujourd'hui. Pas le choix.

— Mes félicitations, alors. Espérons que ce sera un fils, hein ?

— Espérons.

— Dommage, quand on y pense. Vous êtes venu exprès pour écrire un article sur la Palestine et vous n'avez rien vu. Faute de temps !

— J'ai vu que dalle, rien du tout.

— Et votre article sur la Palestine ?
— Faut que je l'écrive quoi qu'il en soit.
— Même en ayant vu que dalle ?
— Oui.
— Comment allez-vous faire ?
— Aucune idée.
— Je peux peut-être vous aider.
— Oui. Pourquoi pas. »
« Comment pourriez-vous m'aider ?
— Je pourrais vous fournir de la matière.
— Pas con.
— Ça ne fait jamais que quelques semaines que je suis là, et je n'ai pas encore vu grand-chose, mais j'en ai vu bien plus que vous. Vu que vous n'avez rien vu.
— Racontez-moi ce que vous avez vu. Pour un article, ça suffira peut-être. »

Nous étions seuls dans le salon, le client et moi. Je lui fis enfiler la blouse, la nouai d'une main experte, dans les règles de l'art. Je manipulai d'un geste professionnel les boutons et leviers du fauteuil, je réglai le dossier de manière à incliner ce corps livré à ma merci dans la position idéale, j'ajustai le repose-tête, le repose-pieds, je montrai au client l'étendue de mon savoir-faire.

D'abord les compresses chaudes. Très important. Pour assouplir le poil. Le savon seul n'y suffit pas. Je prenais mon temps.

Le client est confortablement installé en position allongée, les yeux mi-clos. Je réfléchis à ce que je dois lui raconter. Ce que j'ai vu ? Oui. Mais plus tard. D'abord il faut faire un peu d'histoire. Car que serait ce pays sans son histoire ?

Bref. D'abord je fis un peu d'histoire. Je commençai par notre patriarche Abraham et sa femme Sarah, expliquai à mon client que nous, les Juifs, n'avions jamais prétendu que Sarah, notre matriarche, avait été engrossée par le bon Dieu en personne, comme cette Marie, la mère du Seigneur Jésus Christ, alors que légitimement nous aurions pu le prétendre: car cette affirmation, que nous n'avons jamais faite, aurait été tout à fait logique, évidente, puisque la grossesse de Sarah était un miracle, vu qu'elle était déjà d'un âge avancé, vieille, quoi, une mamie, tandis que cette Marie, la mère dudit Seigneur Jésus Christ, était encore une jeunette qui aurait pu tomber enceinte par voie normale, à savoir à l'aide d'une bite de mec tout ce qu'il y a d'ordinaire, une bite plantée entre deux jambes.

— Voyez-vous, dis-je à mon client. Nous aurions très bien pu prétendre que c'était Dieu qui avait engrossé Sarah. Et nous serions devenus, nous les Juifs, les descendants directs de Dieu en personne! »

Je lançai un large sourire de triomphe à la figure de mon client et dis: « Mais nous ne l'affirmons pas. Ç'aurait été d'une prétention éhontée. »

Après les compresses, je passai au blaireau, savonnai avec entrain, avec un soin crevant les yeux. Je parlai de la descendance d'Abraham et de Sarah. Je parlai de l'Égypte, des années de vaches grasses et de vaches maigres, de l'esclavage, d'un bébé pratiquant la rame au milieu des roseaux avant de devenir le chef de tout un peuple, du buisson ardent, de l'Exode d'Égypte, l'exode des enfants d'Israël, de la manne et de la chiasse – la manne étant un laxatif – du mont Sinaï, de Moïse qui n'était plus un bébé avançant à la rame mais un homme barbu, des Dix Commandements, des quarante longues années, du Veau d'or, de la Terre promise.

Je ne sais plus combien de temps j'ai savonné la tête de mon client, mais quand j'en arrivai à notre premier roi, la mousse était devenue dure comme du ciment. Je dus la gratter tant bien que mal des joues de mon client, que je resavonnai aussitôt. Savon frais, mousse fraîche.

Je parlai des nombreux rois, de la division du royaume, des ennemis victorieux ou vaincus, d'occupation et de libération, des nombreuses guerres, les grandes et les petites, de la destruction du Premier Temple, de l'exil babylonien, de la nostalgie et du mal du pays. Je citai : « Si je t'oublie, que ma main droite se dessèche, que ma langue s'attache à mon palais si je perds ton souvenir, si je ne mets pas Jérusalem au plus haut de ma joie... », je parlai du Talmud, du retour, du Second Temple. Arrivé aux Romains, je dus gratter à nouveau le savon durci, et resavonner encore. Ce n'est qu'à la destruction du Second Temple que je repris la procédure habituelle, rasai mon client en deux temps, trois mouvements, lavai son visage, le frictionnai à l'eau d'alun et de Cologne, le massai, le séchai, le poudrai légèrement, époussetant le trop-plein. Je dis : « Voilà. Monsieur désire-t-il aussi une petite coupe ? »

Naturellement que le client en voulait une. Tout en lui coupant les cheveux je parlai de l'exil et de la malédiction dudit Seigneur Jésus, disant : « D'accord, il a dit ce qu'il a dit, mais on l'a mal compris, il ne voulait pas aller aussi loin. Mais c'est vrai qu'il a dit : "Filles de Jérusalem, ne pleurez point sur moi, mais pleurez sur vous-mêmes et sur vos enfants ; car il viendra un temps où l'on dira : Bénies les stériles et les entrailles qui n'ont point porté d'enfants, et les mamelles qui n'en ont point nourri." »

Je parlai des souffrances du peuple juif, parlai du diable avec sa croix bidon, parlai du sang versé au nom du Seigneur qui n'en demandait pas tant, parlai du Seigneur qui était

Seigneur mais pas fils de Dieu comme il le croyait, ou peut-être pas, va savoir... car comment un Itzig Finkelstein pourrait-il en être sûr et l'affirmer formellement ? Je parlai des premiers pogroms et des derniers, ne sachant pas si le dernier était bien le dernier... car comment un Itzig Finkelstein pourrait-il en être sûr et l'affirmer formellement ? Je parlai de chiffres, citant le chiffre 2000, disant : « Ce pourraient être des années, longues ou courtes, des années d'exil. » Je dis : « Sacré chiffre ! »

Je dis : « Les chiffres sont les chiffres. » Je dis : « Je n'aime pas compter. À l'époque non plus, je n'ai pas compté les millions. » Je dis : « Les chiffres sont les chiffres. » Je dis : « Les années sont les années ! » Je dis : « Des années, rien de plus. » Je dis : « Des années d'agonie ! » Je dis : « Et parfois le mourant clignait des yeux ou son cœur se serrait, souvent il se cabrait. Oui, c'est ce qu'il faisait, il n'arrivait pas à mourir. » Je parlai d'assassinats, isolés ou en masse, de meurtres prémédités ou non, parlai de corbeaux noirs, du bois de chêne et de la toile des drapeaux, de moustache et de mèche sur le front, d'yeux de prophète, de bâtons de toutes les couleurs, de techniques de gazage et de crémation. Je dis : « C'est pas de la tarte ! » Je dis : « Quand même, c'est pas donné à tout le monde ! », parlai des charniers, dis : « Ils étaient là, debout ! Puis tombaient comme des mouches ! », dis : « Oui, comme ça. Voilà. Tout simplement. » J'avais coupé les cheveux de mon client trop court. Mais moi, Itzig Finkelstein alias le génocidaire Max Schulz, je ne pouvais plus les rallonger. Faut comprendre. Ce qui est fait est fait.

Et le client comprit.

Je donnai encore quelques coups de ciseaux çà et là pour le rassurer, parlai de l'arbre fruitier déraciné qui cherchait ses racines en lui-même pour continuer à fructifier, parlai des racines spirituelles, des vraies racines, parlai du lopin de terre, de sa propre terre et de la terre étrangère, de sol et de sang, du retour au pays, du réveil du peuple juif, parlai du présent et plus du passé. Je dis simplement : « Voilà ! Nous ne voulons plus être entre la vie et la mort. Faut comprendre. Puisqu'on ne meurt pas, choisissons la vie ! » Et le client comprit.

Quand j'eus fini et que mon client eut tout noté soigneusement, je me sentis l'envie de répéter certains épisodes. Alors moi, le génocidaire Max Schulz, je dictai au Juif américain Jack Pearlman – qui n'était pas aussi bon Juif que moi, lui vivant là-bas et moi ici – je lui dictai les lignes suivantes, lui disant : « Monsieur Pearlman, écrivez :

Le travail de construction entrepris par les Juifs en Palestine m'a profondément impressionné. Moi, Jack Pearlman, j'ai été impressionné non seulement par le tout-à-l'égout, le système de distribution d'eau et d'électricité, les rues, les villes, les écoles et les hôpitaux, mais aussi et surtout par les champs en plein désert et les jeunes arbres que les Juifs ont plantés dans la terre assoiffée.

Chers lecteurs. On dit que dans chaque arbre planté loge l'âme d'un mort. De l'un de nos morts. J'ai vu de nombreux arbres. Et nombreux sont ceux qu'on s'apprête à planter. On parle de millions !

Chers lecteurs. Je me suis demandé : "Mais qu'en est-il des Juifs vivants ? Sont-ils de faux vivants ? Les faux vivants de la diaspora ? Ne reviennent-ils à la vie qu'une fois venus ici ? Leur faut-il vivre en Terre sainte pour ressusciter ? Pour prendre racine ? Comme les arbres ? À peu de chose près."

Chers lecteurs. Que devons-nous faire, nous, les Juifs d'Amérique ? Ne devrions-nous pas retourner à la vie, nous aussi ? Voilà la question que je me suis posée, moi, Jack Pearlman, votre président. »

J'ai accompagné mon client à la station de taxis la plus proche. Non sans avoir éteint la lumière et fermé le salon à clé. Un homme, ça assume ses responsabilités.

10.

Ce matin un Anglais mort pendait devant ma fenêtre.

J'ai toujours eu du mal à me réveiller. Rapport à ma tension artérielle. Ou à mon plafond fêlé. C'est l'irrigation qui merde. Avant de démarrer, je dois d'abord me masser le crâne... avec mes mains d'assassin. Et pourtant ça déconne.

J'ai commencé par bâiller, à moitié endormi, puis je me suis étiré, j'ai massé un endroit précis de mon crâne, j'ai étiré mon dos et mes bras, puis mes jambes, puis en dernier mes pieds plats, j'ai même fait bouger mes orteils un petit coup, j'ai cligné des yeux, d'abord l'œil gauche puis l'œil droit, regardé le plafond de ma chambre et pensé : « Tiens, un plafond de chambre d'hôtel. »

À cet instant j'ai vu l'Anglais.

Vous pensez que j'ai bondi du lit comme si je m'étais pris une décharge, comme à l'époque dans la forêt polonaise, quand ça canardait sec, quand j'ai sauté du camion et couru comme si j'avais un bâton de dynamite dans le cul, la mèche allumée ? Vous vous gourez complètement.

Il m'arrive parfois de conserver mon sang-froid. Je me suis levé sans me presser, je me suis frotté les yeux, puis je me suis traîné à ma fenêtre, la fenêtre de ma chambre d'hôtel, j'ai repoussé l'Anglais juste un peu, pas trop, et je me suis dit : Itzig Finkelstein. Ce ne sont pas tes oignons. Ils vont pas te coller ça sur le dos quand même. C'est pas toi qui l'as pendu. D'ailleurs : tu as un argument béton ! Aucun assassin ne va pendre sa victime devant sa propre fenêtre. Ça tombe sous le sens !

Je me suis habillé et je suis sorti dans la rue. Je réfléchissais : ma fenêtre donne sur la cour. Raison pour laquelle probablement l'Anglais n'a pas encore été découvert. C'est tôt le matin, et dans les autres chambres donnant sur la cour les gens dorment encore. Ma fenêtre est au rez-de-chaussée. Pratique pour le bourreau. Pas besoin de grimper. Qui a pu faire le coup ? Des terroristes juifs ? Évidemment. Qui d'autre ? Ce ne sont pas mes oignons.

Tandis que je traversais la rue, il m'est revenu à l'esprit que nous étions samedi. Le samedi, ici, tout est fermé. Y compris notre salon. Par conséquent, je n'avais pas à aller bosser. J'ai décidé d'aller prendre mon petit-déjeuner au Trumpeldor dans la rue Ben-Yéhuda.

J'ai choisi une table sur la terrasse panoramique. La terrasse panoramique du Trumpeldor, célèbre pour sa vue splendide. Sur la gare routière par exemple. Une gare routière tout à fait banale de la compagnie Egged. Derrière, une rue bordée de baraquements où habitent les émigrants fraîchement débarqués. À vrai dire, de misérables huttes en bois avec des toits en tôle ondulée et de minuscules fenêtres comme des petits yeux regardant avec une envie contenue les belles maisons flambant neuves de Beth David. Les maisons de l'autre côté de la gare routière Egged. Encore heureux que je n'aie pas à habiter là-dedans. Car moi, Max Schulz alias Itzig Finkelstein, j'ai encore quelques dollars du marché noir en poche. Et un boulot stable.

Au sud de la ville on construit à tout va. Beth David s'étend. Un jour, nous dépasserons Tel-Aviv. J'en suis certain. Un jour, ces nouveaux émigrants quitteront leurs baraquements pour aménager dans ces nouveaux ensembles. Quand ? Un jour. Après le retrait des Anglais, je dirais. Après la création de l'État juif.

Aujourd'hui, c'est samedi. *Shabbat* comme on dit en hébreu. Les chantiers dorment. Les échafaudages sont déserts. Shabbat. Partout. Les magasins sont fermés. Même les bus de la compagnie Egged se reposent.

Le jour de shabbat la ville s'éveille plus tard que d'habitude. Il est encore tôt. Les rues s'étendent, comme mortes. Mais pas tout à fait non plus. Car les yeux de la rue battent déjà des cils. Je vois : au coin de la rue Ben-Yéhuda, deux chars anglais. Soldats fumant des cigarettes sur la tourelle. Plus tard : une jeep ! Sont-ils au courant ? Pour mon Anglais, je veux dire. Je suis le premier client du jour au Trumpeldor. Le serveur a l'air endormi. Il me connaît.

« Un crème, Monsieur Finkelstein ? » Je dis : « Oui. Un crème.

— Un jus d'orange ? Deux œufs ? Des toasts ? »

Je dis : « Non. Servez-moi un petit-déjeuner allemand, pauvre en vitamines et protéines. Un crème, des petits pains beurrés, de la confiture. »

Mes yeux de grenouille travaillent dur. Regard de grenouille au loin vers les dattiers et la mer, rouge du sang de mon Anglais. Pourtant la mer devrait être bleue. Je me dis : mais enfin Itzig Finkelstein, les Anglais ont le sang bleu.

Le serveur m'apporte le café, mes petits pains beurrés et la confiture. Pendant que je prends mon petit-déjeuner la mer change de couleur. Bleu badigeonné de rouge. Rouge se noyant dans le bleu.

Je me dis : Dommage que de cette terrasse panoramique on ne puisse pas voir la forêt des six millions !

Mon serveur a oublié le sucre. Il revient, mais j'ai déjà fini mon café.

— Vous pensez que cette nuit il y a encore eu du grabuge, Monsieur Finkelstein ?

— Possible. Il y a des chars sur la place Herzl. J'en ai vu aussi ce matin dans la rue du Roi-David, la rue Jabotinsky et la rue du Troisième-Temple. Et pas seulement au carrefour. Et plus qu'en temps normal. Il y a des chars jusqu'ici dans la rue Ben-Yéhuda.

— Peut-être que les terroristes se sont encore amusés à buter quelques Anglais ?

— C'est possible.

— Ou à les pendre ?

— C'est possible.

— Après tout les Anglais aussi pendent des Juifs. Vrai ou pas ?

— Ça va de soi.

— Dernièrement les Anglais ont pendu Moshe Kaplan. Et Ben Gidéon. Et Ben Amos. Et Shloïme Suppengrün. Quatre terroristes. Quatre héros du peuple.

— Bien vrai.

— Et vlan ! Pour chaque Juif pendu... un Anglais pendu. On leur rend la monnaie de leur pièce.

Je dis : « C'est pas tout à fait exact. Nous en tuons bien plus. On tire les Anglais comme des lapins. Vous n'avez pas lu les journaux d'hier ? L'attaque du camp Ziona ! Cent cinquante-quatre Anglais tués ! »

Mon serveur sourit. Il dit : « Tués au combat. C'est pas pareil. Mais on n'en pend que très peu. De temps en temps... quand ils pendent un des nôtres. La pendaison est une sanction. »

Les rues de Beth David s'éveillent. J'aperçois quelques lève-tôt. Le vert des eucalyptus s'éclaircit progressivement dans la rue Ben-Yéhuda sous le sourire de plus en plus radieux du soleil. Les maisons blanches du centre-ville s'arrachent de l'ombre, offrant leurs corps au soleil. Je demande à mon serveur quelques journaux palestiniens en langue allemande ou en yiddish et tandis qu'il s'éloigne, je bois les dernières gouttes de mon café.

Les organisations terroristes les plus redoutables en Terre sainte sont : le groupe Stern et Irgoun Tsvaï Leumi. Mais il y a encore plein d'autres groupuscules terroristes. Chez nous, à Beth David, c'est le règne du groupe Schwarz. Leur chef, c'est Yankl Schwarz, appelé communément Yankele.

Quand mon serveur revient et pose la pile de journaux sur ma table, je lui demande : « Pensez-vous que Yankl Schwarz irait pendre un Anglais dans une cour d'immeuble ? »

Le serveur dit : « Impossible, Monsieur Finkelstein. Ce n'est pas du tout le genre de Yankele. S'il veut pendre quelqu'un, il le fera au beau milieu de la rue principale. Pas de doute.

— Dans la rue du Troisième-Temple ?

— Oui, et à l'eucalyptus le plus haut !

— Et pourquoi pas dans une arrière-cour ? Pourquoi justement dans la rue principale ? Sur l'arbre le plus haut ?

— Pour que la presse s'en empare, dit le serveur. Pour que l'opinion publique mondiale soit au courant. Vous savez, Monsieur Finkelstein : l'enjeu c'est que les Nations Unies posent enfin leurs gros derches autour d'une table et prennent une décision ! »

Vous savez ce que c'est, l'opinion publique mondiale ? Ce sont des milliards d'oreilles bouchées. Et vous savez ce que je me suis dit ? Itzig Finkelstein, je me suis dit : la presse internationale doit faire un battage de tous les diables. Sinon l'opinion publique mondiale restera sourde. Ton serveur a raison. Ton Anglais ne peut pas pendre dans une arrière-cour. Sa place est dans la rue du Troisième-Temple. Là et nulle part ailleurs. Tu dois t'être trompé.

J'ai feuilleté la pile de journaux. Les informations sur le génocide ne font plus recette. Reléguées en dernière page. Ici comme partout ailleurs. J'ai fait mon petit découpage habituel, j'ai fourré les articles dans ma poche, j'ai survolé les premières pages sur l'insurrection et la terreur en Palestine, puis je me suis mis en route.

Je suis allé voir mon patron, Shmuel Shmulevitch, pour discuter avec lui de l'Anglais pendu.

Shmuel Shmulevitch habite dans la rue Sholem-Aleikhem. Un poète ashkénaze célèbre, ce Sholem Aleikhem. Je marche lentement. J'ai tout mon temps, pas vrai ? Aujourd'hui c'est shabbat. Je pense à mon Anglais. Je pense aussi aux histoires de Sholem Aleikhem qu'Itzig Finkelstein m'avait lues parmi d'autres à l'époque. Je m'arrête une minute devant le monument au milieu du carrefour. La statue de Tevye le laitier. Je me demande : Pourquoi les oiseaux de l'été ne l'ont pas souillé, lui ? Puis je continue mon chemin.

Shmuel Shmulevitch m'a reçu en robe de chambre. Sa femme dormait encore. Je me suis laissé inviter à un second petit-déjeuner pendant lequel je lui ai brièvement parlé de l'Anglais et de ma conversation avec le serveur du café Trumpeldor.

Shmuel Shmulevitch a réfléchi un bon moment, puis m'a dit :

« Le serveur a raison, Monsieur Finkelstein. C'est pas

le genre de Yankl Schwarz de pendre un Anglais dans une arrière-cour.

— Mais je l'ai vu, cet Anglais, Monsieur Shmulevitch. Je l'ai même poussé un petit peu.

— Alors, il n'y a qu'une seule explication, Monsieur Finkelstein.

— Laquelle ?

— Y a-t-il des crocs ou des crochets à votre fenêtre ?

— Oui, Monsieur Shmulevitch. L'autre jour j'ai voulu étendre du linge, alors j'ai fixé deux solides crochets.

— Votre fenêtre est-elle la seule dans l'arrière-cour avec des crochets ?

— Je crains que oui, Monsieur Shmulevitch. »

Shmuel Shmulevitch a poussé vers moi un autre petit pain, du beurre et de la confiture, et m'a versé encore du café. Il m'observait tandis que j'engloutissais le petit pain beurre-confiture et buvais mon café jusqu'à la dernière goutte.

— Tiens, un petit-déjeuner allemand !

— Oui. Ma femme y tient. »

Shmuel Shmulevitch m'a proposé une cigarette que j'ai refusée.

« Je ne fume pas pendant shabbat, Monsieur Shmulevitch.

— Tiens donc, j'ignorais que vous étiez pieux, Monsieur Finkelstein.

— Je ne suis pas pieux, Monsieur Shmulevitch.

— Mais alors, pourquoi vous ne fumez pas pendant shabbat ?

— Par tradition, Monsieur Shmulevitch.

— Donc, vous ne conduisez pas non plus pendant shabbat, Monsieur Finkelstein ?

— En général j'évite, Monsieur Shmulevitch. Uniquement si je ne peux pas faire autrement, en cas d'urgence. Fumer n'est pas indispensable, question de discipline, c'est tout. »

Shmuel Shmulevitch a hoché la tête. J'ai vu qu'il voulait s'en allumer une, mais il a réprimé son envie, par piété je suppose. Il ne voulait pas m'offenser.

« Vous venez d'une famille pieuse, j'imagine, Monsieur Finkelstein.

— Oui, mes parents étaient des gens pieux.

— Les miens aussi, a dit Shmuel Shmulevitch. Mais leur piété ne leur a servi à rien. »

J'ai demandé : « Auschwitz ?

— Non. Ils étaient trop vieux pour Auschwitz. Ils sont morts avant, en 1903. En Russie. Les pogroms. Mais pour en revenir à votre Anglais, Monsieur Finkelstein. Voici ce que j'imagine : Yankl Schwarz a chopé cet Anglais juste avant l'aube, je veux dire, lui et ses hommes. Ensuite ils l'ont traîné en direction de la rue du Troisième-Temple pour le pendre là-bas comme prévu sur l'arbre le plus haut, comme vous l'a très justement dit votre serveur. Mais ça a foiré. Vous comprenez, Monsieur Finkelstein... les patrouilles anglaises dans les rues...

— Oui. Je vois le tableau.

— Lui et ses hommes sont tombés nez à nez avec une patrouille anglaise. Et au dernier moment, ils se sont sauvés dans la première arrière-cour venue.

— La mienne ?

— C'est ça. L'arrière-cour de l'hôtel Beth David. Ils voulaient attendre que la voie soit libre. Puis ils ont vu votre fenêtre, les crochets, et ni une ni deux y ont pendu l'Anglais. Provisoirement.

— Logique, Monsieur Shmulevitch.

— Ils l'y ont laissé suspendu, disons une demi-heure.

Provisoirement, quoi. C'est à ce moment-là que vous vous êtes réveillé, Monsieur Finkelstein. Vous avez vu l'Anglais, vous vous êtes traîné à la fenêtre et vous lui avez donné une petite tape. Oui. Voilà toute l'histoire. Que l'Anglais n'y était suspendu que provisoirement, vous l'ignoriez. Vous ne pouviez pas le savoir.

— Oui, je l'ignorais.

— À l'heure qu'il est il doit certainement pendre dans la rue du Troisième-Temple.

— Je ne comprends pas.

— C'est pourtant simple, a dit Shmuel Shmulevitch. Je récapitule : Yankl Schwarz et ses hommes ont pendu provisoirement cet Anglais dans une arrière-cour. Puis, voyant que la voie était libre, l'ont décroché, traîné dans la rue du Troisième-Temple et l'ont rependu.

— À l'eucalyptus le plus haut ?

— À l'eucalyptus le plus haut.

— Pour la presse internationale ? Pour que l'incident ne passe pas inaperçu ?

— C'est ça.

— Donc, à l'heure qu'il est il ne pend plus devant ma fenêtre ?

— J'en mettrais ma main au feu. Ça fait un moment qu'il n'y est plus.

— Donc, aucune raison de me faire du mauvais sang ?

— Aucune raison, Monsieur Finkelstein. »

Une fois le petit-déjeuner terminé, Shmuel Shmulevitch et moi, nous nous sommes rendus dans mon arrière-cour, pour vérifier. L'Anglais avait disparu. Plus tard nous sommes allés dans la rue du Troisième-Temple. Là, il y avait foule. Nous n'avons pas vu grand-chose. La rue était bondée de badauds, de jeeps, de policiers et de soldats. J'ai interrogé une femme sur le trottoir. La femme m'a dit : « Un Anglais a été pendu là-haut. Ils l'ont déjà décroché. Un Anglais avec un petit papier accroché sur la poitrine. »

J'ai demandé : « Qui disait quoi ? »

Et la femme a dit : « Shloïme Suppengrün est vengé ! »

11.

Que fait un célibataire de plus de quarante ans, un type qui ne fume pas le samedi, qui ne prend ni le train ni la voiture – sauf en cas de force majeure – qui, arrivé depuis peu, ne connaît aucune personne du beau sexe, bref, que fait un type pareil un jour férié ?

Il pourrait aller voir un match de foot : Maccabi Tel-Aviv contre Hakoah Beth David au stade Max-Nordau, derrière le parc Herzl. Il pourrait aller nager, mater des cuisses grasses ou maigres, avec un peu de chance en frôler une sous l'eau, comme par accident, il pourrait contempler le soleil, il pourrait aller se promener. Par exemple dans la forêt des six millions à trois kilomètres d'ici. Mais c'est une forêt sans ombre, car les arbres fraîchement plantés sont encore bas. Il faut d'abord qu'ils poussent. Qu'ils poussent sérieusement. Il pourrait retourner au Trumpeldor, bavarder avec le serveur, prendre un café.

En allant au Trumpeldor, j'ai pensé à Hanna Lewisohn. Soudain j'ai eu des crampes d'estomac. Une idée fixe me hantait : il est arrivé quelque chose à Hanna !

J'ai fait demi-tour en direction de la gare routière Egged.

Je crevais de chaud. Mon pantalon kaki et ma chemise kaki me collaient à la peau. Ma barbe en pointe était trempée, les verres de mes lunettes embués, mes yeux de grenouille rougis, j'avais des éruptions rougeâtres sous les aisselles et entre les cuisses, je le savais même si je ne les voyais pas. Dieu que ça me démangeait !

Moi, Itzig Finkelstein, je me suis donc rendu à la gare routière Egged. Je me suis dit : Itzig Finkelstein ! Tu ne prends pas le bus le jour du shabbat, mais là c'est un cas de force majeure. Quelque chose est arrivé à Hanna !

Puis je me suis souvenu qu'il n'y avait pas de bus aujourd'hui, puisqu'ici, à Beth David, nous avons un pacte avec le bon Dieu : nul autobus en circulation ne profanera le jour sacré du shabbat ! Seuls sont autorisés les voitures des particuliers et les taxis : là c'est une affaire privée.

J'ai refait demi-tour en direction de la station de taxis qui se trouve près du parc Herzl.

Un jour de match de foot, pas facile de trouver un taxi. Faut avoir de la veine. J'en ai trouvé un et je suis monté. J'ai dit :

« Kibboutz Pardess Gidéon, sur la route Haïfa-Tel-Aviv ! Et que ça saute ! »

Qu'est-ce que je vous disais ! Quelque chose est arrivé à Hanna. Au kibboutz Pardess Gidéon on m'a donné le renseignement suivant :

« Elle est devenue dingue ! »

J'ai dit : « Elle a toujours été dingue.

— Pas à ce point. »

J'ai demandé : « Comment ça ?

— Elle a craqué. D'un coup elle s'est mise à hurler. Jour et nuit.

— Elle est où maintenant ?

— On est venu la chercher. L'asile Guggenstein. Tel-Aviv. »

Je m'y suis rendu sur-le-champ. Mais on ne m'a pas laissé

entrer. L'un des infirmiers m'a aimablement fait savoir : « Impossible de la voir !

— Je m'appelle Itzig Finkelstein. Elle sait qui je suis !

— Impossible de la voir, Monsieur Finkelstein. Elle est en camisole de force. »

J'ai demandé : « En camisole de force ? »

Et l'infirmier a dit : « En camisole de force. »

Puis nous avons bavardé peinardement, l'infirmier et moi.

J'ai dit : « Pendant la guerre Hanna est restée attachée pendant trois ans sur un banc. »

L'infirmier a dit : « Pur fruit de son imagination. Elle a été cachée, c'est tout. Comme bien d'autres.

— Elle est restée attachée pendant trois ans. Et maintenant qu'elle est dans un pays juif... on l'attache de nouveau.

— Que voulez-vous que je fasse, Monsieur Finkelstein, elle a voulu s'envoler !

— S'envoler ? Où ça ? »

L'infirmier a dit : « Du toit de la clinique Guggenstein sur le caroubier devant le portail d'entrée. »

J'ai demandé : « Comme un petit oiseau ? »

Et l'infirmier a dit : « Oui. Comme un petit oiseau. »

Mon taxi m'attendait devant la clinique Guggenstein.

Je dis à mon chauffeur : « Conduisez-moi au bordel le plus proche.

— C'est grave à ce point ? », demande le chauffeur de taxi. J'opine du chef et dis : « Oui. Grave à ce point. »

Nous nous faufilons dans les méandres du trafic de Tel-Aviv, roulant au pas, accélérant par à-coups, les freins grinçants, à travers les nuages de poussière et la lumière du soleil, coincés dans une file de voitures, au beau milieu des piétons insouciants qui préfèrent marcher sur la chaussée. La ville suffoque sous le soleil de shabbat. Les maisons et le bitume réfléchissent la lumière, et les arbres qui bordent la rue semblent transpirer. Nous prenons la rue du Roi-George, poussons tant bien que mal jusqu'à la place Mugrabi, et arrivons un peu plus tard rue Dizengoff, reconnaissable à ses cafés et ses petits caniches rigolos.

L'image me hante : Hanna en camisole. J'essaye de m'imaginer ses cuisses maigres et je suis pris de dégoût.

« Il m'en faut une avec un gros cul, je dis à mon chauffeur. C'est ça que je veux baiser aujourd'hui !

— Dans ce cas, nous allons dans la mauvaise direction, dit mon chauffeur. À l'hôtel de la Reine de Saba y a que des putes minces.

— Mince ! »

Mon chauffeur de taxi hoche la tête.

« Minces. Parfaitement. J'allais vous recommander Tsippora dite Tas d'os. Je me la suis faite une fois. Quand elle remue, ça fait clic-clac. »

Je dis : « Très peu pour moi. Vous ne connaîtriez pas un autre bordel ? Avec des filles bien en chair ?

— Pas à Tel-Aviv, dit mon chauffeur. Jaffa, à la rigueur. »

Nous sommes allés à Jaffa. Hôtel Abdullah !

« La grosse Fatma vous plaira, me dit mon chauffeur. Je me la suis faite aussi.

— Grosses miches ?

— Et comment ! dit mon chauffeur. Rondes comme la pleine lune. D'une peau couleur de miel. Avec en prime deux grains de beauté, un à droite, l'autre à gauche. Bien en chair. Puis, elle a des gros nichons, dégoulinants de sueur. Idéal pour la cravate espagnole, si le cœur vous en dit. »

Le samedi à Tel-Aviv, ça sent le soleil, les fleurs, les arbres, ça sent la poussière, les villas, les maisons blanches, ça sent le parfum bas de gamme et de luxe, les caniches fraîchement baignés, ça sent le café, la crème fouettée, les pâtisseries du monde entier, l'eau pétillante, le jus de fruits, la sueur des garçons de café, ça sent le talc sur les pieds, le talc sous les aisselles, le talc sur les cuisses, le talc sur les sexes, ça sent le capitalisme et le socialisme, la Méditerranée et la brise marine. Bien sûr, ça sent aussi les lotions après-rasage, les chaussures d'homme et de femme, et bien d'autres choses encore. Bref: ça sent comme Beth David, mais en plus grand.

À Jaffa, les odeurs sont tout autres. Ici, la brise marine se mélange à la puanteur des ordures. Ça sent le chat malade, le chien galeux, les maisons pourries, le poisson frit, le kebab, le café turc et l'arak, ça sent le poivre, les noix, la halva, les pieds qui suent, la syphilis, les mouches, le linge sale, les gosses, les chiottes et bien d'autres choses encore.

Arrivé à l'hôtel Abdullah, j'ai eu envie de gerber. Je ne suis pas tout de suite descendu de voiture.

Mes yeux de grenouille enregistrent: une ruelle étroite bordée de maisons hautes, décaties et tachées, des porches arrondis, une vieille fontaine au milieu de la ruelle. Ici aussi, foule: bambins déguenillés, femmes voilées ou non, hommes vêtus de longues robes sombres ou claires. Des Arabes. Devant l'hôtel Abdullah, assis en demi-cercle à même le trottoir, quelques hommes fument le narguilé en buvant du café turc dans de minuscules tasses rondes. Certains d'entre eux coiffés du keffieh, d'autres de toques brodées et bariolées. Hostiles, ils fixent notre taxi. Je m'allume une cigarette et me penche par la fenêtre. Esprit fin, je constate: le même soleil qu'à Tel-Aviv. Sauf qu'ici son pinceau applique d'autres teintes.

Mon chauffeur me dit en toussant : « Hier deux Juifs ont été assassinés à Jaffa. Vous l'avez lu dans le journal ? »

Je dis : « Oui.

— Avez-vous un revolver dans la poche ? » Je dis : « Euh, pas encore. »

Le chauffeur de taxi ricane : « Alors, je vous déconseille d'entrer seul dans l'hôtel Abdullah.

— Vous pensez qu'il pourrait m'arriver quelque chose ? Un mauvais coup ?

— Un couteau dans le dos, dit le chauffeur de taxi. Ou la gorge tranchée. L'un ou l'autre. Difficile à prédire. »

Mon chauffeur me demande une cigarette. Je lui en donne une.

« Mais vous, il ne vous est rien arrivé quand vous étiez avec la grosse Fatma.

— C'était il y a longtemps. À l'époque la situation politique n'avait rien à voir. »

Je me faisais une joie à l'idée de la grosse Fatma. Je m'imaginais déjà son énorme fessier, ses seins dégoulinants de sueur. Et aussi ma bite, ma bite taille moyenne, réveillée, raide, tremblante. Je me disais : Itzig Finkelstein. Ça fait un bail que tu n'as pas été avec une femme. Et aujourd'hui c'est shabbat. Et le jour du shabbat, un Juif ne se balade pas en voiture. Et toi tu ne le fais qu'en cas de force majeure. Et cette petite virée à Jaffa est un cas de force majeure. Car la baise, ça urge ! Mais ensuite, je me suis dit : Itzig Finkelstein. Mieux vaut grimper vivant Tsippora dite Tas d'os que se retrouver sur la grosse Fatma dans un bordel arabe à Jaffa, un couteau dans le dos ou la gorge tranchée !

Sur quoi j'ai dit à mon chauffeur : « Retour à Tel-Aviv ! »

Nous sommes retournés à Tel-Aviv. Arrêt devant l'hôtel de la Reine de Saba.

Je descends, j'entre, je regarde ces dames de près, y compris Tsippora dite Tas d'os, je les trouve toutes trop maigres, je fais demi-tour et retourne à mon taxi. Je dis à mon chauffeur : « Impossible de choisir. Retour à Jaffa ! »

Je me donne du courage. Je me dis : Itzig Finkelstein. C'est tiré par les cheveux. Personne ne va te planter un couteau dans le dos. Encore moins te trancher la gorge ! Mais une fois arrivés à Jaffa devant l'hôtel Abdullah, j'ai eu de nouveau une trouille bleue.

Nous avons fait encore quelques allers-retours entre l'hôtel Abdullah et l'hôtel de la Reine de Saba jusqu'à ce que, fatigué, je décide de rentrer chez moi.

12.

Je me suis acheté une méthode d'hébreu. Je fais des progrès notables. J'apprends aussi l'anglais, une langue cousine de l'allemand.

Je joue à des jeux passionnants. La semaine dernière j'ai compté des arbres. Tous les arbres de la rue du Troisième-Temple, ceux des rues Jabotinsky, Sholem-Aleikhem, Ruppin, An-Ski et Peretz. J'ai aussi voulu compter les arbres de la rue du Roi-David, des rues adjacentes, du parc Herzl ainsi que les dattiers de la plage. J'ai même pensé me rendre dans la forêt des six millions, mais je ne l'ai pas fait.

Un jeu dangereux. Je n'aime pas compter, comme vous savez. À l'époque non plus, je n'ai pas compté. Je me suis demandé : Pourquoi tu comptes, puisque tu n'aimes pas ça ?

Je me suis dit : Ça te donne des démangeaisons !

Je me suis dit : Si le Jugement dernier existe, et si on peut choisir son châtiment, tu diras au bon Dieu : « Tout ce que vous voulez, mais pas compter des arbres. Ni des âmes. Ça me donne des démangeaisons. »

Surtout n'allez pas croire que le génocidaire Max Schulz alias Itzig Finkelstein ne se préoccupe pas aussi de considérations d'ordre pratique. Pendant mes balades, je veux dire. Dernièrement, j'ai réfléchi à l'emplacement de ma future boutique, ou plutôt de mon futur salon de coiffure. Vous comprenez ce que je veux dire. Je ne veux pas rester employé à vie. Un jour, je me mettrai à mon compte.

J'ai inspecté toutes les rues de Beth David susceptibles d'accueillir ma boutique. Le salon ne peut se trouver qu'à un angle de rue, car L'Homme du monde, le salon de mon père, se trouvait également à un angle de rue : et pas n'importe lequel. Je me suis dit : Itzig Finkelstein ! Familiarise-toi avec le pays et ses gens. Apprends la langue. Fouine un peu. Ouvre les yeux et les oreilles. Mets tous les arguments dans la balance. Pèse le pour et le contre avec minutie. Lis les journaux. Attends encore. Les Anglais vont bientôt se retirer. Ce qui signifie la guerre. Et si tu dois aller à la guerre... c'est le mauvais moment pour monter une affaire.

Personne ne me suspecte. Quand je parle yiddish, je passe pour un Galicien. Mais un Galicien qui ne parle pas très bien yiddish puisque je n'ai jamais vécu en Galicie. Ça se tient, non ? Pas un vrai Galicien, quoi. On m'appelle le Galicien juste pour plaisanter.

— Quand je parle allemand, je passe pour un Juif allemand. Et quand j'emploie le vocabulaire des SS, je suis un rescapé des camps. Ça remonte à la surface. Et voilà. Est-ce de ma faute peut-être ? Je n'y ai pas été de mon plein gré tout de même !

Au salon de coiffure Shmuel Shmulevitch rien ne change. Pas même les conversations politiques. Mon tout dernier client régulier, le fabricant de textiles Daniel Rosenberg – notre prochain maire à ce qu'on dit – me pose tous les matins la même question : « Monsieur Finkelstein. Que pensez-vous de la situation politique ? »

Ma réponse est toujours la même: « Et vous, Monsieur le Maire ? »

Et lui de répondre: « Je ne suis pas encore maire. »

Et moi de répondre sur le ton de l'évidence: « Ça ne saurait tarder, Monsieur le Maire. J'en mets ma main au feu ! »

La situation politique est grave. Je dirais même: très grave. Les actes terroristes se multiplient. Dernièrement des terroristes juifs ont coulé deux navires anglais. Un général anglais a été assassiné. Neuf chars ont été brûlés par des cocktails Molotov. Un train de marchandises a été attaqué, un arsenal anglais a été...

La nuit dernière les maisons de Beth David ont tremblé. Une détonation énorme qui m'a fait tomber de mon lit. Je suis sorti dans la rue. Je n'ai pas pu voir grand-chose. J'ai vu des flammes. Le ciel rouge.

C'est ce matin seulement que j'ai appris ce qui s'était passé.

Yankl Schwarz et ses troupes:

Unité de choc A: Attaque de la prison de Beth David. Dynamitage du bâtiment. Libération de tous les terroristes prisonniers des Anglais. Quelques criminels de droit commun ont profité de l'action pour s'échapper. Dommage collatéral.

Unité de choc B: Nettoyage des rues. Destruction des chars anglais postés au coin des rues. D'autres patrouilles anglaises abattues. Slogan: Cette ville est juive !

Unité de choc C: Attaque du poste de police à l'angle des rues Sholem-Aleikhem et Pinsker. Vingt-cinq morts.

À Beth David, c'est l'état d'urgence.

Mais ce n'est rien encore. Vous avez lu le journal ? Jour après jour de nouvelles troupes anglaises arrivent. Je pisse de rire ! L'Angleterre est en faillite. Une guérilla pareille coûte bien trop cher ! Ils ne tiendront pas. Les Anglais vont se retirer. Et bientôt. J'en mets ma main au feu. Et qu'adviendra-t-il ensuite ? La Palestine, un no man's land. Deux populations, face à face. Les Juifs et les Arabes. La guerre. On prend les paris ? Bientôt ce sera la guerre ici.

Oui, bordel de merde. La situation politique est grave. Vous pouvez compter sur les Arabes. Ils sont déjà en train d'aiguiser leurs couteaux et de charger leurs fusils. Pour l'instant ils s'entraînent. Rien de plus.

Vous avez lu dans le journal ? C'est écrit noir sur blanc : « Des Juifs égorgés à Jaffa ! » Une chance que je ne sois pas allé voir la grosse Fatma. Oui. C'est écrit dans le journal. Gros titres : « Autocar juif tombé dans une embuscade dans les montagnes autour de Jérusalem : tireurs arabes ! », « Synagogue incendiée ! », « Attaque arabe du kibboutz Quar Joseph Ben Nathan ! »

Ces salauds ont mis le feu à nos champs. Brûlé les bananeraies. Hier. Et la semaine dernière ? L'affaire des trois villages juifs. Vous avez lu ça ? Ils se sont introduits comme ça, dans nos villages, des bandes d'Arabes armés, ils ont enlevé deux femmes, mis le feu aux maisons, pillé...

N'ayez pas peur. Une fois les Anglais partis, on leur réglera leur compte. On va leur faire la tête au carré. Et moi, Itzig Finkelstein alias le génocidaire Max Schulz, ou vice versa, je ne me contenterai pas de jouer les spectateurs. Je sortirai le grand jeu. Comptez là-dessus.

Trois jours d'état d'urgence ! Ça y est, c'est fini. On dit que les Anglais veulent négocier avec Yankl Schwarz. Moi, je n'en sais rien. De nouvelles troupes anglaises viennent d'entrer dans Beth David.

Si je sais où se cache Yankl Schwarz ? Pas la moindre idée. Même Shmuel Shmulevitch n'en sait fichtre rien. Et lui, c'est un coiffeur qui a pignon sur rue !

Personne ne sait où se cache Yankl Schwarz. Ni à quoi il ressemble. Je m'imagine un géant. Un géant juif ! Peut-être qu'il ressemble au fameux Samson de la Bible ?

13.

Parmi mes collègues, il y a deux Juifs allemands.

Sigi Weinrauch et Max Weizenfeld.

Personnellement, moi, Max Schulz, je considère Max Weizenfeld comme un bon Juif. J'ignore s'il est croyant. Mais sioniste, ça oui. Je dirais : un idéaliste. Membre actif de la Haganah, l'armée clandestine légale-illégale. Lui aussi a été au kibboutz. Il a planté les premiers arbres dans le désert du Néguev.

Mais l'autre, Sigi Weinrauch, c'est un ennemi du peuple. Il lance des vannes sur le sionisme. Ce que nous appelions dans le temps la « démoralisation ». Il insulte nos leaders. Autrefois nous parlions d'« insulte au Führer ». Il passe son temps à déblatérer sur la « cause perdue ». Autrefois nous appelions ça « propagande ennemie et défaitisme ». Mais le pire c'est que... Sigi Weinrauch aime l'Allemagne.

Vous comprenez ça, vous ? Un Juif qui aime l'Allemagne ? Malgré les six millions ! Il ne vaut pas mieux que ma patronne à la croix de fer, Madame Shmulevitch. La croix de fer cachée entre ses vieux nichons.

Ces deux-là sont de mèche. C'est clair. Ils vantent à qui mieux mieux la beauté du Rhin et de la Moselle, parlent de bière et de rôti de bœuf à l'aigre, de knödels et de saucisses blanches. Ces deux-là ne se plaisent pas ici.

L'autre jour j'ai dit à Sigi Weinrauch : « Si vous ne vous

plaisez pas ici, Monsieur Weinrauch, pourquoi ne rentrez-vous pas en Allemagne ? »

Il a dit : « J'attends que l'Allemagne se remette. »

Et Madame Shmulevitch a rajouté son grain de sel.

Elle a dit : « Oui. Moi pareil. »

Et mon patron, Shmuel Shmulevitch, a dit : « Tu ne veux quand même pas rentrer, dis ? »

Et Madame Shmulevitch a dit : « Bien sûr que je veux rentrer !

— Sans moi ! Et tu penses au salon ?

— On le vendra, le salon ! »

Sigi Weinrauch s'est contenté de ricaner. Sans rien dire. Il a juste ricané. Alors mon sang n'a fait qu'un tour.

Ça me dépasse ! Si peu d'idéalisme ! Je leur ai dit leurs quatre vérités à ces deux-là. Oubliant totalement que je devais faire attention... à mon emploi ! Mais Madame Shmulevitch n'a rien dit. Elle s'est contentée d'un rire de mépris.

Nous nous disputons à longueur de journée. Moi, le génocidaire Max Schulz, je suis d'avis que notre patrie c'est la Palestine, tandis que les deux Juifs allemands Sigi Weinrauch et Madame Shmulevitch soutiennent que leur patrie c'est l'Allemagne.

Un coiffeur doit savoir divertir son client. Moi, je parle presque toute la journée. De l'histoire, notre histoire, l'histoire juive.

Je répète toute l'histoire que j'ai apprise au Juif américain Jack Pearlman. Je parle fort et distinctement pour que tout le monde dans le salon puisse entendre, y compris Madame Shmulevitch et Sigi Weinrauch.

Voici mon planning : le dimanche – car ici nous travaillons le dimanche – je parle de l'exode des enfants d'Israël hors d'Égypte. Lundi : conquête du pays de Canaan. Mardi : partage du royaume. Mercredi : révolte des Macchabées. Jeudi : héros de la forteresse de Massada. Et vendredi : révolte de Bar Kokhba.

Cette semaine, j'ai changé mon programme... pour faire enrager Sigi Weinrauch et Madame Shmulevitch encore plus. Madame Shmulevitch ne m'intimide plus du tout. Pour moi, c'est une question d'honneur.

Dimanche j'ai évoqué succinctement l'exil des Juifs. Lundi j'ai parlé du tournant : un homme écrit un livre, inspiré par l'affaire Dreyfus. Son nom : Theodor Herzl. Le livre : *L'État des Juifs* ! Une idée est née, ou plutôt non, pas née : transformée, ravivée. Ahasvérus plonge dans la fontaine de Jouvence. Une étincelle. Le peuple s'éveille.

Mardi j'ai parlé des premières colonies en Palestine, en mentionnant au passage la Première Guerre mondiale et les actes de bravoure du corps des muletiers de Sion et de la légion juive luttant aux côtés des Anglais contre les Turcs, qu'ils finirent par mettre en déroute. J'ai parlé de la déclaration Balfour et de la promesse des Anglais d'œuvrer en faveur d'un foyer national juif en Palestine.

Mercredi j'ai parlé du génocide, et j'ai dit : « Les enfants d'Ahasvérus ! » J'ai dit : « Pourquoi ne sont-ils pas venus plus tôt ? Qu'attendaient-ils ? »

Jeudi j'ai parlé du présent. Et aujourd'hui, dernier jour de la semaine, j'ai parlé de l'avenir.

14.

Toute la matinée je me suis tenu tranquille. Je reprenais des forces. Je laissais la parole à mes collègues. Des vraies pies, faut savoir.

L'après-midi, mes collègues étaient fatigués de piailler. C'était le moment que j'attendais !

J'ai parlé longuement et en détail du retrait des Anglais. Tout en déroulant mon récit, décrivant par le menu toutes les phases à venir, je réalisais quelques coupes à la mode, sans escaliers, impeccables. Plus tard j'ai rasé quelques clients tout en parlant de la fondation de l'État juif, de guerres avec les Arabes, les guerres qui s'annonçaient. Je rasais proprement, sans coupures, sans laisser le moindre poil, dans les règles de l'art.

Plus je parlais, plus je m'excitais. Des petits marteaux se sont mis à tambouriner dans la partie fêlée de mon cerveau. Un épais brouillard voilait mes yeux de grenouille. J'ai fait encore une autre coupe à la mode impeccable.

À la coupe suivante je commençai à faire des erreurs, je me mis à parler comme un fou à tort et à travers, j'eus des visions, parlai de millions de nourrissons, de bombes atomiques, parlai d'expansion, de la Chine minuscule, de la domination du monde. Je sentis mes fesses me démanger, ma bite se raidir, j'ôtai mes lunettes, regardai dans la glace et vis deux énormes yeux de grenouille, vis une moustache et une mèche sur le front, parlai de plus en plus fort, m'enivrant du son de ma voix, cette voix qui sonnait un peu comme, non, exactement comme la voix sur l'autel du mont des Oliviers. J'avais fini mon discours et le salon entier tremblait, je veux dire tout ce qui n'était pas solidement cloué. Les miroirs étincelants renvoyaient des éclairs lumineux dans toute la salle. Je ne savais pas si les clients, le personnel, Shmuel Shmulevitch et sa femme avaient réellement compris la dernière partie de mon discours surpuissant, mais j'eus la certitude que le son de ma voix n'avait pas manqué son effet hypnotique. Car quand je me tus, on entendit pendant quelques secondes les mouches voler dans le salon, exactement comme à l'époque, après le discours surpuissant du mont des Oliviers. Puis, les clients bondirent de leurs fauteuils, et sans plus se soucier des ciseaux, ni des peignes, des rasoirs et des tondeuses, des blaireaux et du savon, crièrent comme des possédés : Amen ! Amen ! Amen ! Le personnel aussi cria : Amen ! Shmuel Shmulevitch et sa femme, idem.

Je me fous royalement de savoir si vous me croyez ou non. C'est votre problème. Moi, tout ce que je veux, c'est continuer mon récit. C'est tout.

C'est le genre d'événement qui s'ébruite à toute allure. Surtout que nous, le salon de coiffure Shmuel Shmulevitch, sommes le seul salon de Beth David. Tout le monde vient ici. Ici, toutes les classes sociales sont représentées, en un mot : le peuple.

Depuis mon discours, les gens font la queue. Des messieurs qui venaient se faire couper les cheveux une fois par mois viennent désormais plus souvent. Certains se font raser deux fois par jour ou viennent sous n'importe quel prétexte.

Exemple : un passage sous le casque. Ou un massage. Ou quelques petits raccords. Ou un soin antipelliculaire. Ou une manucure d'urgence. Le chiffre d'affaires explose. Madame Shmulevitch apprécie.

Elle n'a plus du tout l'intention de me mettre à la porte.

Récemment Shmuel Shmulevitch m'a dit : « Monsieur Finkelstein. Vous n'avez pas remarqué ? »

J'ai demandé : « Remarqué quoi ?

— Les gars de Yankl Schwarz... les terroristes.

— Eh bien, quoi ?

— Ils rôdent par ici... autour de mon salon. Ils lorgnent à travers la vitrine. Ils observent Itzig Finkelstein.

— Fantastique, Monsieur Schmulevitch. »

Shmuel Shmulevitch m'a regardé d'un air grave. Très grave. Il a dit : « Je le sens au fond de mes tripes. C'était les gars de Yankl Schwarz. Plus encore : je crois bien qu'il n'y a pas longtemps Yankl Schwarz en personne est venu pour vous regarder de près.

— Vous le croyez seulement... ou est-ce que vous connaissez Yankl Schwarz ? Dites-moi la vérité. Vous savez qui il est et à quoi il ressemble ?

— Non, Monsieur Finkelstein. Mais je n'arrive pas à me défaire de ce sentiment : Yankl Schwarz est venu dans ma boutique, pardon... dans mon salon. »

Un soir que je rentrais du Trumpeldor, deux hommes me barrèrent le passage.

Ville nouvelle ou pas, les rues sont mal éclairées ici. Les verres de mes lunettes étaient légèrement embués. Je comprenais à peine ce qui se passait. J'eus juste le temps de remarquer : uniformes kaki, visages bronzés, maisons endormies, fenêtres aux lumières tamisées. J'aperçus aussi les lampadaires devant le parc Herzl et me demandai : Pourquoi aussi es-tu passé par ici ? Je remarquai un char anglais qui partait dans le sens opposé. Puis moi, le génocidaire Max Schulz, je fus arraché au trottoir et poussé dans un taxi. Siège avant. Des hommes sur la banquette arrière me plaquèrent, me bandèrent les yeux, me bâillonnèrent avec un mouchoir – c'est fini, pensai-je, ils t'ont eu.

Pendant le trajet, je commençai à y voir plus clair. À qui avais-je affaire ? Aux agents des services secrets juifs en Palestine ? Aux gars de Yankl Schwarz ? Que cherchaient-ils ? Que me voulaient-ils ? Savaient-ils quelque chose ? Ne savaient-ils rien ?

Le taxi roulait doucement. Probablement pour ne pas attirer l'attention. Pourquoi m'avait-on installé sur le siège avant ? Ce n'est pas comme ça dans les films. Le kidnappé est toujours sur la banquette arrière, coincé entre ses ravisseurs. Bordel, mais qu'avaient-ils en tête ? M'abattre par-derrière ? Comme « l'autre », celui qui avait abattu Itzig Finkelstein ?

J'étais assis, tétanisé. Sans broncher. Aux aguets. Je me dis : Ha ! On vient de faire le tour du parc Herzl. Je ne vais pas me laisser embrouiller. Maintenant, direction sud. Les chantiers. Ha ! C'est cahoteux. On a quitté la route. Les chantiers ! Leur QG est là ?

Ils me poussèrent hors du taxi. Sol raboteux. La nuit avait une odeur de clair de lune, d'humidité, de ciment, de mortier, de brique, d'échafaudage en bois, de gravier, de sable... de bébés maisons en train de naître. Puis il y eut un escalier. On me fit descendre. Une odeur de cave.

Ils m'enlevèrent le bandeau des yeux et retirèrent le mouchoir de ma bouche. Je pouvais de nouveau parler. Et voir. Mais je ne dis rien. Je me contentai de regarder autour de moi : une cave, comme je l'avais supposé. Ici aussi on y voyait mal. Mais différemment. Une longue corde. Non, pas pour pendre quelqu'un. Juste une corde, accrochée au plafond bas de la cave, et sur laquelle on avait fixé quelques lampes de poche. Lumière aveuglante. Oui. Mais pas de vraies lampes électriques. Un chantier de construction, quoi. Comme je l'avais supposé.

Des yeux de grenouille… qui voient un large bureau. Derrière le bureau, un homme. Devant le bureau, d'autres personnes, assises en demi-cercle comme à Jaffa les Arabes devant le bordel de la grosse Fatma. Mais ce n'était pas des Arabes. Certains tout en kaki. D'autres pas. Deux hommes chauves. Les autres non. Une femme, aussi. Robe de cotonnade claire. Chaînette autour du cou. Mais pas de croix de fer. L'étoile de David.

Quelqu'un me glissa une chaise sous les miches.

Le QG de Yankl Schwarz ! Yankl Schwarz ne ressemble pas à ce que j'avais imaginé. Mais pas du tout : une tête d'hydrocéphale avec lunettes d'écaille. L'œil gauche myope, sombre, l'œil du ghetto. L'œil droit clair, presbyte, voyant loin, l'œil de la liberté. Deux yeux au regard opposé. Le passé et l'avenir derrière la même paire de lunettes. Et le présent ? Où est-il ?

Je ne saurais décrire son corps, car je ne vis que sa tête. Et ses yeux. Et je ne voulais pas me baisser. C'est dangereux de se baisser.

Il était assis derrière son bureau. L'homme derrière le bureau, c'était lui : Yankl Schwarz.

Sa voix était quelque peu enrouée. Probable que le passé lui restait encore en travers de la gorge comme une boule qu'il n'avait pas encore réussi à recracher.

Il me dit : « Monsieur Finkelstein. Vous avez récemment proclamé la domination du monde par les Juifs ! »

Je dis : « Prophétisé ! »

Yankl Schwarz sourit. Il plongea ses yeux dans mes yeux de grenouille, avec un œil pour le passé et l'autre pour l'avenir. Ses coups d'œil furent comme deux coups de bâton, même si ce n'était qu'un seul regard.

Yankl Schwarz dit : « C'est pas du tout ce que nous voulons, Monsieur Finkelstein. »

Je demandai : « Pas quoi ?

— Dominer le monde, dit Yankl Schwarz.

— Et que voulez-vous donc, Monsieur Schwarz ?

— Régler leur compte aux Anglais !

— Quoi d'autre ?

— Fonder l'État des Juifs.

— Où ça, Monsieur Schwarz ?

— Ici, Monsieur Finkelstein, à l'intérieur des frontières historiques.

— Et ensuite, Monsieur Schwarz ?

— Ensuite, rien, Monsieur Finkelstein. Ensuite nous voulons vivre ici et qu'on nous fiche la paix.

— Et les portes, Monsieur Schwarz ?

— Resteront ouvertes, dit Monsieur Schwarz.

— Pour les millions ?

— Pour tous ceux qui veulent venir », dit Monsieur Schwarz.

Yankl Schwarz enleva ses lunettes pendant quelques secondes, les nettoya puis les remit.

Je demandai : « Et pour les Arabes ?

— Je n'en sais rien pour l'instant, dit Yankl Schwarz, toujours souriant, mais sur un ton, me sembla-t-il, légèrement agacé.

— Nous avons peint les bancs du parc Herzl en blanc bleu, dit Yankl Schwarz. Puis nous avons fixé des panneaux en arabe disant : “Prenez place sur les bancs des Juifs !” Le moment venu, tous les bancs à l’intérieur de nos frontières historiques seront peints en blanc bleu. Et partout nous apposerons ces mêmes panneaux. Une offre généreuse, Monsieur Finkelstein.

— Effectivement, je dis. C’est vrai. Mais s’ils n’en ont pas envie ? Que ferons-nous ?

— Je n’en sais rien pour l’instant, dit Yankl Schwarz.

— C’est un problème.

— Oui, dit Yankl Schwarz. Un gros problème. » Je dis : « C’est comme ça. »

Et Yankl Schwarz dit : « Oui. C’est comme ça. »

Dans le groupe assis en demi-cercle, j’aperçus mon apprenti, Motke. Je ne l’avais pas vu. Tiens donc ! Lui aussi ! Un terroriste !

« Vos sermons sur l’histoire juive c’est du boulot d’amateur, dit Yankl Schwarz, mais vous prêchez avec enthousiasme, Monsieur Finkelstein. Cela nous a frappés. »

Je vis Motke sourire. Il me fit un clin d’œil entendu. Quel culot ! Un apprenti !

« Vous avez été dans un camp de concentration, Monsieur Finkelstein ?

— Oui.

— Et aussi en Russie du Sud ?

— Oui. Avant. En 1941.

— Nous sommes au courant, vous savez ! Dans votre salon de coiffure, enfin, le salon de Monsieur Shmulevitch, vous avez fait quelques allusions. Rapport à vos activités en Russie du Sud. Au cours d’une conversation. Vous vous êtes vanté même. Ai-je raison ?

— Possible. Je ne peux pas me souvenir de tout ce que je raconte, surtout pendant le travail. On parle, on parle. Vous voyez ?

— Alors, c'est vrai ? Vous y avez été ? En Russie du Sud ?

— Oui. J'y ai été.

— Et qu'avez-vous fait là-bas ? Réellement ?

— J'ai joué de la gâchette.

— Donc, c'est vrai ?

— Ben oui. J'ai joué de la gâchette. » Yankl Schwarz hocha la tête.

« C'est ce que Motke nous a raconté. Donc, c'est vrai ?

— Oui. C'est vrai.

— Vous avez tué combien de personnes, Monsieur Finkelstein ?

— Aucune idée. Je ne les ai pas comptées.

— D'où venaient les armes, Monsieur Finkelstein ? Étaient-ce des armes de fabrication russe ?

— Non. De fabrication allemande.

— Très bien, dit Yankl Schwarz. Excellent. »

J'avais des sueurs froides sur le front. Vous imaginez. Mais j'activai mes méninges. J'étais encore capable de penser.

Yankl Schwarz me prenait manifestement pour un ancien partisan qui avait combattu du bon côté, pas du mauvais, avec des armes prises aux Allemands.

« Tu sais encore tirer au fusil, khaver Itzig ? »

Vous avez remarqué ? Le changement de ton ? La façon dont il s'adresse à moi : khaver Itzig ?

Je dis : « Oui, je sais encore, khaver Yankl.

— Bien, dit khaver Yankl. Très bien. »

15.

Je pourrais décrire tout ce qui s'est passé ensuite dans la cave, mais je préfère n'ajouter qu'une petite précision :

Après la conversation avec Yankl Schwarz, on servit du café. Brin de causette décontractée. Le meurtrier de masse Max Schulz serra de nombreuses mains, fut présenté à l'ensemble de l'assistance, sauf à Motke qu'il connaissait déjà.

Après le café, on servit des alcools. Puis des brochettes. Puis encore du café. On fumait comme des pompiers. Faut savoir qu'il n'y a pas le moindre non-fumeur parmi eux. Ni de végétarien. Ils sont tous normaux. Du moins en apparence. C'est l'impression que j'ai eue.

Si je suis devenu membre ? Vous voulez le savoir ? Membre du terrible groupe terroriste Schwarz ?

Ce n'était pas à moi d'en décider. C'est Yankl Schwarz qui décide qui devient membre. La décision finale lui revient. À lui seul.

Évidemment qu'Itzig Finkelstein alias le génocidaire Max Schulz est devenu membre.

Les semaines qui suivirent, je n'entendis plus parler de Yankl Schwarz. Jusqu'à ma nuit de noces.

Qu'est-ce que j'ai dit ? Ma nuit de noces. J'anticipe. Je ne devrais pas. Permettez-moi de vous raconter les choses dans l'ordre.

Voici l'histoire :

À la fin du mois d'août, les deux manucures, Rita et Irma, furent renvoyées. Motif : arrogance !

Madame Shmulevitch : « Moi, à la rigueur, je peux me le permettre. Être arrogante ! Je tiens la caisse. Mais quand un monsieur confie ses mains à une dame, et en particulier ses ongles, qui trahissent, comme chacun sait, ce que l'on fait ou l'on ne fait pas, alors il est à fleur de peau. »

Oui. Voici l'histoire. Un jour, c'est parti en pétard. Un mot entraînant l'autre, comme on dit.

Quand j'étais gosse, je suis allé une fois au cirque. Là, j'ai vu la femme la plus grosse du monde. Son nom : Johanna. J'en suis tombé éperdument amoureux à l'époque. Elle était encore plus grosse que ma mère. Mais c'était il y a longtemps.

La nouvelle manucure s'appelle Miriam ou Mira. Elle est encore plus grosse que ma mère. Et plus grosse que Johanna, la femme la plus grosse du monde. Et, sauf erreur de ma part, plus grosse que la Fatma du bordel Abdullah, que je n'ai pourtant jamais vue.

Nous étions restés quelques jours sans manucure. Madame Shmulevitch était tendue. Shmuel Shmulevitch aussi. Les deux ont commencé à se chamailler.

Madame Shmulevitch a dit : « C'est vrai que deux manucures, c'est une bonne publicité pour un salon chic. Mais dans le fond, nous n'avons jamais eu besoin d'en avoir deux. Une seule suffira amplement. À condition qu'elle soit gentille et prévenante avec les clients.

— Tu as raison, a dit Shmuel Shmulevitch. Mais où la

trouver ? Il n'y en a pas à Beth David. J'ai passé une annonce dans le journal local, mais personne n'a répondu.

— Bien vrai, a dit Madame Shmulevitch. Personne n'a répondu.

— J'appellerai la Histadrut, a dit Shmuel Shmulevitch. La Histadrut de Tel-Aviv.

— Qu'est-ce que c'est que ce charabia ! La Histadrut, c'est quoi ça ?

— Il serait temps que tu te mettes à l'hébreu. C'est le syndicat des travailleurs !

— Je ne veux rien avoir à faire avec eux.

— Alors, le bureau de placement Mankelevitch !

— Encore moins. C'est eux qui nous ont envoyé Rita. Et Irma. »

Voici l'histoire. Ces deux-là n'arrivaient pas à se mettre d'accord. Cette fois, Madame Shmulevitch s'opposait même à une annonce dans un quotidien national... l'avant-dernière solution. Ne restait que la der des ders : Mira !

Mira ? La nièce de Shmuel Shmulevitch, du kibboutz Degania D. Pas loin d'ici.

Le soir même, après la grande décision en faveur de Mira, Shmuel Shmulevitch m'a invité à dîner.

Conversation décontractée.

« Elle a déjà travaillé au salon, a dit Shmuel Shmulevitch. Au printemps dernier. Elle a bien bossé d'ailleurs. Et puis elle s'est barrée. Au kibboutz.

— Et pourquoi, Monsieur Shmulevitch ?

— Parce que là-bas, y a plus à bouffer.

— Elle bouffe tant que ça ?

— Oui, a dit Shmuel Shmulevitch. Elle bouffe énormément. »

Ce soir-là, j'ai appris de la bouche de Shmuel Shmulevitch un tas de choses sur Mira. Mais pas tout :

Mira est originaire d'une petite ville d'Ukraine, Vapniarka-Podolsk. Elle a été exécutée en 1941 avec tous les autres Juifs de sa bourgade dans le cimetière local. Dans quel cimetière ? Dans le cimetière juif, pardi !

Non, elle n'est pas morte !

« Elle pète le feu, a dit Shmuel Shmulevitch. Bien qu'elle soit muette. Conséquence du choc. »

Retenez : muette !

Suite du récit : Miriam ou Mira a rampé à quatre pattes hors du charnier.

Nota bene : Je suppose que les SS avaient mal visé.

Suite du récit : Mira n'était pas la seule à ramper hors du charnier. Il y avait une autre femme. Une vieille.

Et cette vieille, qui vit aujourd'hui en Palestine et qui connaît Shmuel Shmulevitch, lui a raconté la chose suivante :

« Nous ne voulions pas rester près du cimetière. Alors, nous sommes parties. Au hasard. À pied. Mira était muette, incapable de parler. Mais elle avait de bonnes jambes. Meilleures que les miennes. Moi j'étais vieille et Mira jeune.

Et un jour, ils nous ont attrapées. Je ne sais où. Et ils nous ont déportées. Je ne sais où. Il y avait un camp de concentration pas loin. C'est là que nous sommes restées. Nous n'avons pas été fusillées. Ni gazées. Sauf qu'il n'y avait rien à manger. Ou presque rien.

Et quand nous sommes sorties en 1945, Mira n'avait plus que la peau sur les os : un squelette avec des yeux. Des yeux qui bougeaient encore.

Puis, Mira s'est mise à manger. Du matin au soir. Elle mastiquait même en dormant. »

Une machine à bouffer. Muette. Une machine à bouffer muette.

J'ai demandé à Shmuel Shmulevitch : « Et comment comptez-vous faire pour sortir ça du kibboutz ? Et la faire revenir dans votre salon ? »

Réponse de Shmuel Shmulevitch : « Avec une promesse, Monsieur Finkelstein. Je lui dirai : "Mira, ma petite, tu reviendras vivre chez nous, ça va de soi. Nous serons bons avec toi. Et pour ce qui est de la cuisine de ma femme : tu auras chez nous tous les jours du gâteau. Autant de gâteaux que tu veux." »

Quand, avec un peu de retard, Mira est arrivée sur son lieu de travail, j'ai eu un tel choc que mon rasoir m'est tombé des mains. Je n'avais jamais vu pareille chose ! Shmuel Shmulevitch avait raison : une machine à bouffer. D'un volume gigantesque. Muette. Une bouche condamnée au silence. Un gros derrière qui avait pris sa revanche sur les années de famine.

Mira a serré la main à tout le monde. Vingt-huit ans peut-être, j'ai pensé. Ou trente. Pas plus. Un joli visage avec des fossettes. Mais des yeux... de poisson, j'ai pensé. Un poisson mort dont les yeux bougent encore.

Je ne pensais plus à Yankl Schwarz. Je ne pensais plus qu'à Mira. Pendant la journée, à la boutique, pardon, au salon, j'avais du mal à me concentrer, ça se voyait. Je veux dire : à rester concentré sur mon travail, important, plein de responsabilités. Le midi, j'avais du mal à avaler mon repas, sachant à peine ce que je mangeais. Le petit-déjeuner, idem. Le dîner, idem. Je précise : je prends trois repas par jour.

La nourriture n'avait plus aucun goût. Ni de parfum. Rien.

La nuit je restais éveillé, pensant à Mira, me retournant en tous sens dans mon lit solitaire... devenu soudain un lieu de solitude. Je me disais : Voilà. Maintenant tu sais ce que c'est, un lit solitaire.

Depuis que Mira est entrée dans ma vie, avec toute sa graisse et tous ses cris muets, je me branle jour et nuit. J'arrive à peine à tenir sur mes jambes. Dans la journée je fais ça aux toilettes du salon de coiffure Shmuel Shmulevitch, et le soir dans mon lit solitaire.

Voyez, à mes yeux Mira incarne quelque chose que je crois connaître, mais que je n'arrive pas à saisir. Quand je pense à elle, l'envie me vient de frapper un coup, de détruire, de dévorer, d'ingurgiter. Je gâche ma précieuse semence, et une fois que je l'ai gâchée, je veux tout recoller, caresser, réconcilier, régurgiter... mais sans lâcher prise : serrer pour dévorer encore et encore.

Voyez, je ne suis plus le même. Et pourtant. Quand je pense à Mira je voudrais tout revivre. Le passé, mais différemment. Vous comprenez ? Le revivre avec Mira. Comme ça. Revivre ma vie, le type que j'ai été et que je ne suis plus, ou que je suis toujours en étant différent. Vous pouvez comprendre ça ? Le présent aussi, je veux le vivre avec elle. Et l'avenir !

Vous savez ce que c'est l'amour ? Moi, je ne sais pas très bien. Mais je crois que mes sentiments, les sentiments de Max Schulz, meurtrier de masse, pour Mira, ce doit être ça. Je crois. Je veux dire, c'est ça l'amour !

Si je suis passé par là ? Par Vapniarka-Podolsk ? Là où tous les Juifs ont été exécutés sauf deux femmes, une jeune et une vieille ? Qu'on avait fusillées mais ratées ?

Je ne sais pas. J'ai vu quantité de forêts et de cimetières, en Pologne, en Ukraine. Nous sommes bien passés par cette région, la région de Mira, j'entends, mais je n'ai retenu que les noms des grandes villes. Vapniarka-Podolsk était un patelin sans importance, un trou perdu. Je ne m'en souviens plus. Peut-être que j'y suis passé. Peut-être pas. On ne restait jamais bien longtemps. Quelques heures, ou une journée, je veux dire, dans les petites villes sans importance. Nous faisions notre travail, nous remplissions notre devoir et repartions sans nous attarder.

16.

Hier j'ai invité Mira. Où ça ? Au Trumpeldor ! Le garçon en est resté bouche bée, les yeux écarquillés.

J'ai commandé une part de tarte pour moi, le génocidaire Max Schulz, et dix gâteaux pour Mira, cinq parts de tarte aux pommes, trois parts de gâteau au chocolat, une brioche aux raisins et un millefeuille.

Comme Mira ne pouvait pas parler, je n'avais pas d'autre choix que de faire la conversation tout seul. Mais cela ne me gênait pas. Au contraire. Comme vous le savez : je suis un homme qui aime monologuer.

Ce que nous avons fait ensuite ? Vous voulez le savoir ? Nous sommes allés au cinéma. Un film avec Ingrid Bergmann. Les sièges étaient naturellement trop petits pour Mira. Mais le propriétaire de la salle, Monsieur Mandelstamm, a eu la gentillesse de lui apporter un des grands fauteuils club du vestibule qu'il a placé à côté de la sortie de secours. On se tenait la main. Je n'ai pas osé aller plus loin. Nous sommes à Beth David quand même ! Pas à Vapniarka-Podolsk !

Mira travaille bien quoique lentement. Faut dire qu'elle bouffe aussi en travaillant. Sans arrêt. Et bâfrer, ça prend du temps.

La blouse blanche qu'elle porte pour travailler est munie de grandes poches. Remplies à ras bord de tout un tas de friandises: figues, dattes, noix, raisins secs, mais aussi croûtes de pain dur, millet, boulettes composées d'ersatz de farine et de sciure de bois, une spécialité des camps qui continue d'attiser chaque fois l'appétit de Mira.

Les clients connaissent Mira. Ils lui apportent des bonbons et du chocolat, et aussi des petits pains rassis, les restes de repas, de la nourriture pour chien, car les clients savent qu'elle en raffole tout spécialement. Ce sont aussi des anciens déportés, du moins nombre d'entre eux.

Si tous les anciens déportés sont aussi voraces qu'elle? Pas tous. Quelques-uns seulement. La plupart sont guéris de la faim. Ils ont pris leur revanche autrement. Chacun à sa manière.

Pour ce qui est du personnel: nous nous montrons compréhensifs à l'égard de Mira. Nous laissons toujours traîner quelque chose de comestible pour elle. Des restes de nos tartines pour la collation du matin, et plein d'autres choses encore: épluchures ou trognons de pommes, miettes de gâteaux, noyaux de pêches ou de prunes s'il y reste un peu de chair. Nous les posons n'importe où, comme par négligence, la plupart du temps dans un coin à même le sol, au bout de la longue coiffeuse murale, ou ailleurs, car pour Mira ces denrées ne sont bonnes, je veux dire, vraiment bonnes, que lorsqu'elles ne sont pas à portée de main, difficiles à trouver, en un mot: quand elle doit les dégoter.

Aujourd'hui je suis resté à nouveau un long moment devant la glace à regarder mes dents en or. Que dirait ma mère si elle savait que je compte épouser Mira? Elle dirait certainement : « Tiens, Anton. Mon petit Max veut se marier. À quarante ans. Qu'en dis-tu ? »

Et Slavitzki répondrait certainement : « À quarante ans, tous les culs ne se valent plus. On devient plus difficile. »
Et ma mère dirait : « C'est vrai, ça, Anton. »
Et Slavitzki dirait : « Il doit être bien bon, ce cul ! »
Et ma mère dirait : « Un cul juif ! Et qui plus est, plus gros que le mien ! C'est ça qui l'excite, mon Max ! »

Ma décision est prise. J'ai demandé Mira en mariage. Elle s'est contentée de faire oui de la tête.

Ma future épouse : Miriam Shmulevitch ! Fille de Joseph Shmulevitch, exécuté le 9 juillet 1941. Au cimetière juif de Vapniarka-Podolsk.

17.

Je n'ai pas de famille ici. Mais mira, si, elle a de la famille Shmuel Shmulevitch et sa femme. Et d'autres gens aussi.

Non. Pas son père. Il a été exécuté à l'époque, vous dis-je. Pas sa mère non plus. Ni ses cinq frères. Ni ses six sœurs. Tous exécutés. Comme toutes ses tantes, ses oncles, cousins, cousines de Vapniarka-Podolsk. Nous les avons tous exécutés. Mais les Shmulevitch sont une grande tribu.

Oui, Mira a encore de la famille. Outre Shmuel Shmulevitch et sa femme. D'autres tantes et oncles, et cousins et cousines. Où est-ce qu'ils habitent ? À Méa Shéarim, le quartier juif orthodoxe de Jérusalem. Ce sont des Juifs pieux.

Je n'ai pas de famille ici. C'est vrai. Mais Mira, si, elle a de la famille. Et bientôt sa famille sera la mienne. Nous les avons tous invités. Au mariage. Tous.

Mira et moi fûmes mariés selon la loi juive le 3 septembre 1947 à Beth David par le rabbin Nachum Nussbaum. Comme mon père, Chaïm Finkelstein ; et ma mère, Sara Finkelstein : sous le dais nuptial !

Le rabbin Nachum Nussbaum avait à peine commencé la cérémonie que ma nouvelle famille s'était déjà mise à sangloter. Et quand je prononçai les paroles décisives, comme Chaïm Finkelstein mon père les avait dites à Sara Finkelstein ma mère, les sanglots de ma famille augmentèrent encore d'un cran. Je dis : « Tu m'es à présent sanctifiée par cet anneau, selon la loi de Moïse et d'Israël ! »

Le rabbin Nussbaum ayant lu le contrat de mariage et prononcé les sept bénédictions, nous bûmes à petits coups au verre de vin rituel, comme l'avait fait Chaïm Finkelstein mon père, comme l'avait fait Sara Finkelstein ma mère. Puis je pris le verre et le jetai par terre pour qu'il se brise en mille morceaux. C'était l'usage et Chaïm Finkelstein mon père avait fait de même.

Quand nous sortîmes de dessous le dais nuptial, nous étions de jeunes mariés. Ma nouvelle famille vint nous féliciter, ainsi que quelques clients du salon Shmuel Shmulevitch que j'avais conviés, et les membres du personnel. Tous nous serrèrent la main, criant : « Mazel Tov ! », criant « Zol Sayn Mit Mazel ! »

Par égard pour ma famille pieuse, la fête eut lieu dans un hôtel strictement casher : l'hôtel Cohen, à un saut de puce du Trumpeldor. Nous avions loué la salle pour la soirée.

Imaginez : de longues tables nappées de blanc. Un festin : gefilte fish, soupe aux vermicelles, bœuf bouilli aux pommes de terre et tsimmes – des carottes cuites et sucrées. En dessert : compote de pommes aux raisins secs, une sorte de charlotte que ma mère, Sara Finkelstein, appelait *kigel*, strudel aux noix, strudel aux pommes, strudel aux cerises, fruits, dattes, figues et, naturellement, du café et du thé.

Imaginez : un petit orchestre comme au temps jadis. Pas comme chez nous à Wieshalle, mais comme à Vapniarka Podolsk. Qui jouait des airs yiddish. Et de la musique tzigane aussi. Imaginez : un petit orchestre qui invite à la danse. Les Juifs pieux de Méa Shéarim en longs caftans noirs, kippas, chapeaux de fourrures qui dansent entre eux, formant des rondes, claquant des doigts, balançant leurs longues barbes. C'est ce qu'on appelle le *mitzve tenzel*.

Imaginez : les Juifs pieux, d'un geste amical, tirent le génocidaire Max Schulz de son siège pour l'inviter à danser avec eux. Imaginez : nous sommes déjà tous un peu éméchés. Les Juifs pieux rient, claquent des doigts, balancent leurs longues barbes, font gaiement la ronde. Ils m'entraînent avec eux. Je me joins à leur danse. Grisé. Je vois tout d'un autre œil. Je me vois, moi. Le sac d'or sur le dos. Je me vois danser. Je vois mes morts rejoindre la danse.

Une danse macabre. Qui nous emporte, nous les vivants. La musique nous entraîne.

Non ! Les morts ne me feront pas plier. Si les morts veulent danser avec moi, grand bien leur fasse.

Je retourne à ma place en titubant, me laisse tomber sur la chaise et prends ma tête entre mes mains. Quelqu'un de ma nouvelle famille éclate de rire. Je ne supporte pas. Ce rire ! Qu'est-ce qu'il y a de drôle ?

J'entends des voix : « Il a bien dansé. Voilà comme un jeune marié doit danser ! Mais il est bourré ! »

Bordel de merde ! Je suis pas bourré !

J'y ai été ? Ou pas ? À Vapniarka-Podolsk ?

Mais que fait la presse ? Mon nom n'est plus mentionné. Nulle part. Pourtant je continue obstinément ma collection d'articles sur le génocide. Je découvre d'autres noms. Pas le mien. Il ne vaut plus rien ?

Non. Je ne suis pas bourré. Pas vraiment bourré. Et pourquoi pas ? Pourquoi est-ce que je ne peux pas l'être ?

Ai vidé quelques bouteilles de vin. Du bon, quoiqu'un peu doux. Me suis écroulé sous la table. Pour cuver.

Mira m'a ramené à la maison.

Shmuel Shmulevitch nous a conseillé d'habiter pour le moment dans ma chambre d'hôtel en attendant que les nouveaux immeubles au sud de la ville soient terminés. Et Mira et moi avons pris son conseil à cœur. Ma chambre est bien assez grande. Sauf le lit ! Trop étroit. Beaucoup trop étroit.

Quand Mira et moi sommes rentrés à la maison après les festivités, une surprise de taille nous attendait : un nouveau lit ! Livré en catimini dans l'après-midi. Cadeau de Shmuel Shmulevitch et sa femme. Un lit gigantesque ! Comme vous n'en avez jamais vu ! Avec un petit mot : « Pour Itzig et Mira, tous nos vœux, Monsieur et Madame Shmuel Shmulevitch. »

Je vous vois venir. Vous voulez savoir si Mira était encore vierge, et si le génocidaire Max Schulz a percé ce secret dès la nuit de noces.

J'ai essayé de tirer la chose au clair. Sept fois. Mais sept est un chiffre maléfique.

Je me suis dit : « Itzig Finkelstein ! Tu es bourré ! Et ton crapaud dort comme une masse ! Il ne bronche plus. Et même la plus grosse femme du monde n'arrivera pas à le réveiller ! »

Sur quoi je me suis endormi moi aussi. À deux heures du matin, on frappe à la porte. D'abord doucement. Puis plus fort. Furieux, je vais voir. C'est qui ? Les terroristes !

18.

J'ai dit aux gars de Yankl Schwarz : Ç Fallait que ça tombe pendant ma nuit de noces ! »

Ils m'ont dit : « Habille-toi, Itzig Finkelstein. Aujourd'hui c'est le grand jour ! »

Je leur ai dit : « Vous savez quoi ? J'ai changé d'avis. Je n'ai plus envie. J'ai assez tué à l'époque. C'est fini tout ça. »

Et vous savez ce qu'ils m'ont dit ? « Dépêche-toi ! Habille-toi.

Fais pas d'histoires.

— Et si je ne veux pas ?

— Un ordre est un ordre. »

Et moi je leur ai dit : « C'est aussi ce qu'ils m'ont dit à l'époque. »

Je sais que ce n'est pas pareil : Les terroristes sont des combattants. Des vrais combattants pour la liberté ! Et vous, à l'époque, vous n'avez assassiné que des personnes sans défense. Et des innocents. Et des femmes. Et des enfants. Et des vieillards.

Je me suis habillé. J'ai donné un baiser à ma femme en guise d'adieu. Je lui ai dit : « Mira ! La patrie m'appelle ! »

Puis je suis parti.

Nous avons quitté la ville par des chemins détournés. Derrière les chantiers au sud commençait le désert. La nuit était humide, chaude, calme. Dans la forêt des six millions hurlaient les chacals. J'étais le dernier d'une longue file d'hommes et de femmes.

J'ai aperçu mon apprenti Motke qui ralentissait son allure pour m'attendre puis s'est mis à trotter à mes côtés.

Je lui ai dit : « Alors, khaver Motke. Me voilà dans de beaux draps.

— Khaver Itzig. T'avais qu'à pas te vanter tout le temps.

— Oui, khaver Motke. T'as raison. »

Nous avons traversé le lit d'une rivière à sec. Surplombant le paysage, une lune pâle brillait. Des animaux étranges tapis parmi la roche calcaire, effrayés, s'enfuyaient sans bruit comme des ombres. Nous trébuchions sur des squelettes blanchis de bêtes, ou d'hommes, difficile à dire dans la nuit. Des oiseaux croassant se cognaient les ailes contre les parois du ravin.

J'ai dit à Motke : « Aucun de nous n'a de fusil.

— On aura des fusils plus tard, a dit Motke.

— Où ça ?

— À l'oued el-Bakar, a dit Motke. Yankl Schwarz nous y attend avec le reste de ses hommes. C'est une vallée plus au sud. »

Motke a ri sous cape. Il a dit : « Nous aurons aussi des uniformes anglais, pour qu'on nous prenne pour des Anglais.

— Pour des Anglais ?

— Pour des Anglais, a dit mon apprenti Motke. Pour pouvoir nous approcher des casernes.

— Quelles casernes ?

— Les casernes anglaises, dit Motke. "Les casernes de l'Empire" près de Tulkarem.

— Et comment on y va ?

— En camion, dit Motke.

— Et qu'est-ce qu'on va faire dans les "casernes de l'Empire" ?

— Voler des armes, dit Motke. Par camions entiers, j'espère. On en aura besoin.

— La guerre de l'Avenir ?

— Exact », dit Motke.

Mon apprenti a trébuché, je l'ai retenu.

« Toujours garder les yeux ouverts, mon garçon.

— Oui, khaver Itzig.

— L'attaque est pour quand, Motke ?

— Une fois le soleil levé.

— Pourquoi pas de nuit ?

— Je ne sais pas, khaver Itzig. Je crois... parce qu'avec nos uniformes anglais nous allons former un convoi rejoignant les casernes. En plein jour, on n'y verra que du feu. »

Un peu plus tard, tandis que nous traversions la forêt des six millions, je fus pris de sueurs froides. Dans la forêt des six millions j'entendais prier les vieux arbres. Il n'y en avait pas encore, mais je les voyais. Je les entendais. Je voyais leurs yeux d'arbres tournés vers le ciel et j'entendais ces mots : « *Chema Israël Adonaï Elohenou Adonaï Ehad !* — Écoute Israël, l'Éternel, notre Dieu, l'Éternel est Un ! »

Je ne vis pas de reptiles, comme plus tôt dans le lit asséché de la rivière. Mais je vis de gigantesques oiseaux, bien plus grands que ceux de la vallée. Ces oiseaux immenses tournoyaient dans le ciel, par-dessus les cimes des arbres, long cou tordu, bec béant, comme s'ils manquaient d'air, tournoyaient tout là-haut, au-dessus des arbres, croassant en direction de la lune jaune.

Les arbres séculaires de la forêt des six millions bénissaient les plus jeunes, s'élevant plus haut qu'eux, leurs branches noueuses amplement déployées. Je vis les arbres mâles serrer les femelles contre leurs poitrines d'écorce, je vis les arbres femelles se laisser faire et caresser les mâles, mais d'une main seulement, car de l'autre, ramifiée, elles caressaient tendrement les têtes des arbrisseaux qui cachaient leurs visages feuillus dans les jupons de leurs mères.

Tout cela, je le vis tandis que nous traversions, et je sentis aussi l'odeur qu'exhalait la forêt. Une odeur étrange qui me retournait l'estomac et me remontait à la gorge. Je ne sais pas ce que c'était. Je crois que c'était une odeur de gaz, de poudre, de pantalon mouillé, de rouleau de prières, mais aussi une odeur de peur, de peur étouffée par la prière, l'odeur d'une peur singulière, différente de celle que nous avons connue. Et puis, cela sentait aussi le bon Dieu. Un peu. Un relent de bon Dieu.

J'ai dit à mon apprenti Motke : « Khaver Motke, j'aime pas l'odeur d'ici.

— Les jeunes arbres, khaver Itzig.

— Tu n'as pas vu les vieux arbres ?

— Non, khaver Itzig. Nous avons planté cette forêt il y a deux ans seulement.

— Tu as vu les six millions ?

— Non plus, a dit Motke. Nous n'en avons pas planté autant. On n'en est qu'au début. »

Et Motke a dit : « Au début, khaver Itzig. »

Yankl Schwarz attaqua les « casernes de l'Empire » avec deux cents hommes. Nous combattîmes, le soleil levant dans notre dos, fauchant les Anglais aveuglés avec nos mitraillettes avant même qu'ils aient eu le temps de rassembler leurs esprits et de se demander : « Qu'est-ce qui se passe ? »

Je combattis dans le groupe C. Notre unité arriva un peu plus tard, une fois que les unités A et B eurent pénétré à l'intérieur du camp et des cours de la caserne. Les barbelés avaient été cisaillés, le large portail et les trois miradors avaient sauté, réduits en sainte Poussière à coups de saintes Grenades et de sainte Dynamite.

Nos pertes furent minimes. Notre butin immense : dix camions d'armes et de munitions pour la guerre de notre avenir.

19.

Après sa première action, le meurtrier de masse Max Schulz avait pris part à six autres opérations. Il avait dynamité un pont, fait dérailler un train, braqué une banque, attaqué deux casernes ainsi qu'un convoi de chars et de camions sur la route Tel-Aviv-Jérusalem.

Des bruits courent à mon sujet. Personne ne sait rien de précis. Mais les rumeurs vont bon train. Surtout dans le salon de coiffure Shmuel Shmulevitch.

Non pas que mes « arrêts maladie » leur aient mis la puce à l'oreille. La faute incombe plutôt à la négligence de mon apprenti Motke. Dernièrement il a gaffé. Personne ne le soupçonne, lui. Mais Itzig Finkelstein...

Tout le monde au salon Shmuel Shmulevitch est au courant qu'Itzig Finkelstein est un terroriste, bien que personne ne sache rien de précis.

Madame Shmulevitch tremble à ma vue. Elle a enlevé la chaînette avec la croix de fer pour la remplacer par une étoile de David surdimensionnée. Qu'elle ne cache pas entre ses vieux seins, mais expose, bien en évidence. Récemment elle m'a dit : « Monsieur Finkelstein. Tous les soirs je prie pour la victoire finale. »

Elle cherche à me bluffer, la vieille sorcière. Je lui ai dit :

« C'est ce que disait le Führer aussi, Madame Shmulevitch ! »

Elle s'est reprise aussitôt et elle a dit : « Je prie pour la liberté du peuple juif ! Et pour sa résurrection ! »

Dans la rue, personne ne manque de me saluer. Jusqu'au serveur du Trumpeldor, qui se montre d'une attention si exagérée qu'elle en devient presque gênante. Il me met les journaux de côté, découpe pour moi les articles sur le génocide afin que – comme il dit – « Monsieur Finkelstein puisse boire son café en paix. Son café-crème ! »

J'ai remarqué : quand le serveur m'apporte mon café, ses mains tremblent.

Non ! Ici, pas de traîtres. Pour le moment, les Anglais ignorent tout.

Le temps passe. C'est vrai. Nous sommes déjà à la mi-octobre. J'ai participé à une action. Puis à six autres. Ça fait sept. Et le sept est un chiffre maléfique.

Lors de la septième attaque, un convoi de chars et de camions anglais sur la route Tel-Aviv-Jérusalem, nos hommes ont été pris en tenaille. Yankl Schwarz y est resté.

Après quoi le groupe Schwarz s'est dissous. Certains ont rejoint le groupe terroriste Irgoun Tsvaï Leumi, d'autres le groupe Stern, mais la majorité, dont moi, a rejoint les rangs de la Haganah, l'armée clandestine juive.

Je me suis dit : Max Schulz ! À l'époque, en 33, tu as fait le mauvais choix. Et tu as perdu. N'oublie pas : personne ne peut se permettre de perdre deux fois. Ou de faire deux fois le mauvais choix. Tu continueras de te battre pour l'État des Juifs. Corps et âme. Et si tu n'as pas d'âme, ton corps suffira ! Max Schulz ! Ces Juifs peuvent compter sur toi !

La bataille décisive pour l'avenir des Juifs est encore à

venir. Mais les exercices militaires... nous, la Haganah, nous en organisons toutes les semaines. Un coup là, un coup ailleurs. La plupart du temps dans les kibboutzim.

Mes nouveaux camarades de la Haganah sont en moyenne plus jeunes que moi. Mais ici, on a besoin de tout le monde. On ferme les yeux. Et je suis bon tireur. Très bon même. Un tel talent, ça ne se refuse pas.

20.

Il faudrait que je note les phrases suivantes dans mon journal intime :

Le 1er novembre 1947, au cours d'une manœuvre en rase campagne, Itzig Finkelstein se cassa les deux jambes.

Les hommes de la Haganah conduisirent Itzig Finkelstein à l'hôpital Hadassah de Beth David.

Il y resta jusqu'au 27 novembre.

Le 27 novembre Mira le ramena à la maison.

Le 29 novembre Itzig Finkelstein voulut écouter la radio, mais s'aperçut qu'elle était cassée. Heureusement la fenêtre était ouverte. Ainsi que la fenêtre d'un voisin qui avait mis sa radio à fond, heureux concours de circonstances grâce auquel Itzig Finkelstein put apprendre la résolution des Nations Unies, avant même que la grosse Mira, sa Mira, ait pu lui apporter la bonne nouvelle, puisqu'elle n'était pas là, c'est-à-dire à la maison.

Le 29 novembre 1947 Itzig Finkelstein entendit, au fond de son lit, que l'Assemblée générale des Nations Unies venait d'approuver le plan de partage de la Palestine par 33 voix pour, 13 voix contre et 10 abstentions !

Autrement dit, bye bye les Anglais !

Autrement dit, deux États indépendants en Palestine. Un État arabe. Un État juif.

Enfin !

Un État juif !

Quoique petit, coupé, rikiki. Quoique pas aussi long et gros qu'Itzig Finkelstein et Yankl Schwarz l'avaient espéré. Un État dans ses frontières historiques. petit ou pas : un État, c'est un État !

Mieux vaut petit que rien du tout. On pourra toujours l'agrandir !

Quand Itzig Finkelstein eut compris la portée de ce qu'il venait d'entendre à la radio, plâtre ou pas, de joie il sauta de son lit.

Trop tôt ! Car l'État n'existait pour l'heure que dans les tiroirs des Nations Unies.

Pas étonnant qu'Itzig Finkelstein se soit recassé les jambes.

Les os n'étaient pas encore consolidés.

Je fus réadmis à l'hôpital Hadassah et j'y restai jusqu'en janvier 1948.

Le 22 janvier 1948 ma femme me ramena à la maison. Je dus garder le lit jusqu'au 14 mai. Ce 14 mai je fis avec succès un second bond de joie. D'un seul saut, me voilà hors du lit !

Ce 14 mai, ou pour être précis le cinq du mois d'Iyar 5708 selon le calendrier juif, les dernières troupes anglaises quittèrent le pays et l'État des Juifs fut officiellement proclamé : Israël !

Quand je sautai, tôt le matin, d'un seul bond hors du lit, la chose n'était pas encore faite, mais je le savais : aujourd'hui, c'est le grand jour ! Le soleil s'était déjà levé et personne ne pouvait nous enlever cette journée. Cette fois, ma joie ne fut pas prématurée.

Shmuel Shmulevitch ferma son salon dès trois heures de l'après-midi pour rentrer chez lui à temps et écouter la radio. Mira et moi allâmes le chercher à la boutique car on était invités à dîner.

J'étais encore un peu faible sur mes jambes, comme notre jeune État, mais je ne laissai rien paraître. Nous prîmes tranquillement la rue du Troisième-Temple. La foule était excitée mais n'avait pas encore commencé à faire la fête, car tous attendaient encore la « proclamation historique » que les haut-parleurs dans la rue devaient bientôt retransmettre.

« Aujourd'hui, c'est soir de shabbat, dit Shmuel Shmulevitch comme nous tournions dans la rue Jabotinsky. Le shabbat, il y a toujours du gefilte fish chez nous, de la soupe aux vermicelles, des tsimmes, de la compote et du kigel que ma femme s'obstine à appeler charlotte. J'ai au moins réussi à imposer ça. »

Mira hocha la tête. Et je dis à sa place : « Oui. Mira aime bien ça.

— Moi aussi, dit Shmuel Shmulevitch. Mais pas ma femme.

— Qui l'eût cru... je dis.

— Mais aujourd'hui refus catégorique, dit Shmuel Shmulevitch, refus catégorique de cuisiner quelque chose que j'aime. Elle a préparé du rôti de bœuf à l'aigre avec des boulettes de pomme de terre. Rien à faire.

— Assez inopportun, je dis, le jour même où on proclame l'État juif.

— Parce qu'on s'est disputés hier soir, dit Shmuel Shmulevitch. Une petite vengeance de ma femme.

— Le rôti de bœuf à l'aigre et les boulettes ?

— Oui, dit Shmuel Shmulevitch. »

Je demandai : « On mangera ça ce soir ? Après avoir allumé les bougies du shabbat ?

— Non, dit Shmuel Shmulevitch. Ma femme n'a pas déjeuné aujourd'hui. Du coup, nous dînerons plus tôt.

— Avant d'allumer les bougies ?

— Dans l'après-midi », dit Shmuel Shmulevitch.

Shmuel Shmulevitch me fit vraiment de la peine. Une chance que le génocidaire Max Schulz n'ait pas épousé une femme pareille.

Madame Shmulevitch s'était visiblement donné du mal, le rôti de bœuf à l'aigre était exquis, tout comme les boulettes. Nous mangeâmes de bon appétit, même si ce n'était pas encore le soir. Quand la voix à la radio prononça les premiers mots de la déclaration d'indépendance, Mira leva sa tête massive, inquiète.

Je vis : une énorme boulette allemande lui restait coincée dans la bouche. Elle ne pouvait ni l'avaler ni la recracher.

Nous regardâmes Mira. La radio braillait. Le monde entier écoutait en même temps que nous. Un moment historique.

Soudain, je me penchai en avant, sortis la boule allemande de la bouche de Mira et la reposai sur son assiette. Mira me fixa du regard, les yeux étrangement glacés.

La voix de la radio continuait imperturbablement. Tout d'un coup Mira se mit à pleurer. Je ne l'avais encore jamais vue pleurer. Nous autres étions pétrifiés, comme cloués sur nos chaises. Et Mira qui pleurait. Et la voix de la radio qui parlait, nous disant qu'à présent tout était terminé. Ahasvérus avait posé son bâton de voyageur. Le Juif errant pouvait enfin se reposer. Et Mira qui pleurait. Je vis : ses yeux figés commençaient à se liquéfier, la glace fondait, ruisselant de ses yeux, se déversant du miroir de son âme, s'écoulant sur ses joues et son menton, tombant goutte à goutte sur la boulette écrasée au milieu de son assiette.

Mira pleurait sans bruit. Mais elle voulait pleurer bruyamment. Elle ouvrit la bouche toute grande. Mais aucun son ne s'échappait de cette bouche. Il doit y avoir encore beaucoup de boulettes qu'elle aurait besoin de recracher, pensai-je.

Les boulettes invisibles, pensai-je. Les vraies boulettes. Et je regardais Mira, espérant qu'elle parviendrait à les recracher.

Mira tremblait de tout son corps. Son visage gras luisait de sueur. Je voulus me pencher en avant pour la serrer dans mes bras, mais Shmuel Shmulevitch me retint.

La voix de la radio parlait à Mira. Et Mira pleurait. Pleurait la bouche ouverte. Elle recrachait ses boules. La voix de la radio continuait à parler. Sans se laisser troubler par Mira.

Soudain nous sursautâmes. Mira venait de pousser un cri. Puis, brusquement, Mira... la muette... se mit à parler.

21.

Je n'avais pas fermé l'œil de toute cette première nuit d'indépendance. La faute à Mira, ma femme, qui ne s'arrêtait plus de parler, comme pour rattraper le temps perdu. J'étais allongé, réveillé, mes yeux de grenouille ouverts, observant fatigués les boulettes de Mira qui s'envolaient dans la nuit.

À l'aube, je reçus mon ordre d'appel.

La guerre ! Dans la rue les haut-parleurs braillaient : cinq légions arabes ont franchi nos nouvelles frontières ! Vous vous souvenez de ma prophétie ? Un jour éclatera la grande guerre pour notre avenir !

La guéguerre avec les Arabes avait commencé depuis un moment. Je l'avais ratée à cause de mon histoire de jambes cassées. Mais elle ne me semblait pas si importante : une sorte de guerre civile entre des Juifs qui étaient pour le plan de partage de la Palestine et des Arabes qui étaient contre. Une guéguerre qui faisait déjà rage sous les yeux des Anglais furibards durant les derniers mois de leur mandat. Les grandes armées arabes au-delà des frontières de la Palestine mandataire ne s'en étaient pas directement mêlées. D'ailleurs, elles ne le pouvaient pas tant que les Anglais étaient encore là. Les grandes légions arabes se tenaient prêtes, tout simplement, pour entrer – le jour J ! – dans notre nouvel État, l'anéantir et jeter les Juifs à la mer, y compris moi, le barbier Itzig Finkelstein.

La Grande Guerre Officielle pour notre Avenir, que j'avais prédite et à laquelle je m'attendais, était une guerre pour préparer le futur. Elle commença logiquement à l'aube du « Nouvel Avenir ». Les légions arabes nous tombèrent dessus avec leurs gros blindés. Leurs avions fendaient l'air plus vite que le khamsin, ce vent perfide du désert, redouté déjà des anciens prophètes.

Je me suis dit alors : « Itzig Finkelstein ! Que les Juifs se signent ! »

Pendant les premières semaines de guerre nos colonnes blindées étaient essentiellement composées de vieux autobus, que nous avions bien sûr maquillés : plaques d'acier, hublots menaçants, mitraillettes montées à la hâte. Nous avions également des camions, des véhicules légers, des taxis. Tous maquillés à l'avenant. Et bien sûr, en tête de nos colonnes blindées, les camionnettes de lait et de miel, mobiles et rapides, de l'entreprise Nudelmann & co. Le miel et le lait nous avaient fait venir ici, dans le temps. Et quand on part au front armé de symboles, ça veut dire que c'est du sérieux.

Côté avions, nous n'étions pas mieux lotis durant les premières semaines de guerre. La Haganah les avait achetés n'importe où. M'est avis qu'ils avaient été dénichés dans un cimetière pour avions de collectionneurs antisémites qui espéraient que nous nous casserions la gueule. Les avions volaient, mais ils ne montaient pas plus haut que les nuages au-dessus de Beth David pendant la saison des pluies. Ni n'allaient plus vite. Nous avions aussi des bombes : des caisses en bois remplies de dynamite. Elles étaient plus lourdes que l'air, et tombaient – loi de la gravité oblige – de haut en bas. On n'en demandait pas plus.

Nous avions aussi des canons. Même des modèles récents. Mais la plupart étaient vieillots et me rappelaient les livres d'histoire que je lisais étant gosse : la bataille de Waterloo ! Les célèbres canons de Napoléon.

Oui. Voilà. C'était comme ça.

Naturellement nous avions des revolvers, des fusils et d'autres armes, même des grenades et des mortiers, et aussi des mitraillettes et des pistolets mitrailleurs, lourds et légers. Mais pas assez. C'est ça : nous n'en avions pas assez !

Quand on n'a pas de lance-roquettes, il reste toujours les poings ! Et l'esprit héroïque des Macchabées. Nos gars se jetaient sur les chars ennemis, armés de grenades et de cocktails Molotov. Les unités de la Haganah qui étaient dépourvues de mortiers attaquaient l'ennemi au Davidka, le petit David, un mortier artisanal de la Haganah bourré de dynamite et qui faisait un boucan de tous les diables au point – disait-on – de faire vaciller les murs de la mosquée d'Omar, avec toutes ses reliques à l'intérieur, le rocher Sakhra et les poils de la barbe du prophète.

Nous luttions contre un ennemi de loin supérieur en armement et équipement. Mais nous tenions nos positions. Nous nous battions vaillamment. Car nous savions pourquoi !

Puis des bateaux arrivèrent dans nos nouveaux ports, chargés d'armes modernes, distribuées à la hâte. Les premières divisions blindées juives – avec de vrais chars cette fois – roulèrent vers le front. De nouveaux canons firent leur apparition au sein de nos unités, d'autres mortiers, d'autres armes. Et tout en haut, dans le ciel, apparurent de nouveaux avions, des avions arborant l'étoile de David, volant plus haut que les nuages et plus vite que le khamsin.

Vous voulez certainement savoir si Itzig Finkelstein alias le génocidaire Max Schulz, homme cardiaque, était tout bonnement apte au service.

J'ai omis de vous dire une chose. Il y a quelque temps, j'ai passé un examen médical. Les médecins de la Haganah. Quand j'ai raconté l'histoire de mes crises cardiaques, ils m'ont ri au nez. Ils m'ont simplement dit : « Tu te fais des idées ! Tu es fort comme un bœuf, Itzig Finkelstein ! » J'ai essayé de leur expliquer mon cas, non pas pour me défiler – au contraire, je voulais combattre – mais pour jouer avec les médecins de la Haganah cartes sur table. Je voulais les convaincre que moi, Itzig Finkelstein, bien que cardiaque, j'étais prêt à combattre quand ils voulaient. Je leur ai dit : « À l'époque... Messieurs... on m'a... après ma crise cardiaque... muté aux lignes arrière... je veux dire... dans l'arrière-pays... sur ordre... du médecin capitaine ! »

Ils m'ont regardé, interdits, ne comprenant pas à quoi je faisais allusion, ne sachant pas de quel arrière-pays je parlais, de quel médecin capitaine. Ils se sont contentés de dire : « Ton médecin capitaine a voulu te faire une faveur, Itzig Finkelstein, en te déclarant malade. » J'ai dit : « Et mes coups de pompe, mes évanouissements à l'époque ?

— C'était autre chose.

— Et la crise cardiaque dans la cabane de Véronia ?

— Ce n'était pas une crise cardiaque, ont dit les médecins de la Haganah qui n'avaient pas la moindre idée de ce dont je parlais.

— Vous pensez que c'est parce que je suis fêlé ? » Ils ont ri et dit : « Pourquoi pas ? »

Dans les premières semaines de la grande guerre pour l'Avenir, Itzig Finkelstein alias le génocidaire Max Schulz combattit dans le « corridor de Jérusalem ». La ville de Jérusalem était assiégée. Il fallait la libérer par la force.

Puis, une fois qu'il eut libéré Jérusalem par la force, Itzig Finkelstein alias le génocidaire Max Schulz fut transféré sur le front égyptien, conquérant village après village, ville après ville, jusqu'à ce jour radieux d'automne où nous entrâmes dans Beer-Sheva.

Pendant les premiers mois de la saison des pluies, nous avions chassé les Égyptiens du Néguev. Nos troupes victorieuses se tenaient devant la péninsule du Sinaï. Mais interdiction d'aller plus loin, ordre formel de s'arrêter. Pourtant nos gars auraient bien voulu continuer jusqu'au Caire, ou plus loin encore.

Pendant les mois d'été de 1948, notre armée avait changé de visage. La Haganah, un méli-mélo de civils improvisés soldats, était devenue l'armée d'Israël en uniforme, bien équipée, Tsahal. Moi-même, Itzig Finkelstein alias le génocidaire Max Schulz, j'avais été promu sergent et j'étais vachement fier de mon grade. Voilà l'histoire. Mais vous savez ce que c'est : mieux on se porte, plus on devient exigeant. Pour notre armée c'était la même chose. Mes chers officiers commencèrent à regarder mes pieds d'un œil critique. Quelque chose les chiffonnait. Pourtant moi, Itzig Finkelstein alias le génocidaire Max Schulz, j'étais enfin sergent, un vrai de vrai.

Fin décembre 1948 je fus transféré au ravitaillement à cause de mes pieds plats. Rien à faire.

Puis il y eut cet incident :

Je reçus ordre de ravitailler en vivres le front silencieux. Il n'en restait plus grand-chose. Du front, j'entends. Les tirs l'avaient rendu muet, léthargique. Un rideau immobile, lumineux le jour, obscur la nuit, qui séparait notre armée victorieuse de l'armée égyptienne vaincue.

Je partis avec mes gars pour aller chercher les vivres. J'étais assis dans ma jeep à côté du conducteur. Mitraillette sur les genoux, ceinture à munitions sur l'épaule, grenades sur la hanche gauche, j'observais dans le rétroviseur les camions derrière moi. Et mes gars. Mon conducteur roulait tranquillement, direction l'arrière-pays. En principe. Car il était parti dans la mauvaise direction.

La faute me revient. J'avais oublié ma boussole. Voilà l'histoire.

Nous allâmes devant nous, toujours tout droit, et quand notre convoi s'arrêta enfin, nous étions devant le canal de Suez.

Je dis au conducteur : « Eh bien, Yankl (encore un Yankl), tu crois que c'est le Jourdain ? »

Et Yankl, le conducteur, dit : « Non, Itzig (il m'appelait simplement Itzig). Je ne crois pas.

— C'est quoi alors, Yankl ?

— Le canal de Suez. »

Je descendis de ma jeep, enlevai mes chaussures, lavai mes pieds plats dans le canal de Suez, rebroussai chemin et remontai dans la jeep.

J'étais assis dans ma jeep et réfléchissais. Nous n'avions croisé nulle part de troupes égyptiennes. Aucune résistance. Je pourrais donner ordre à mes gars de traverser le canal de Suez et de poursuivre jusqu'au Caire.

Mais que se passerait-il après ? Je pensais aux conséquences politiques. Pour l'heure, l'Égypte était encore sous influence anglaise. La péninsule du Sinaï aussi. Une opération juive dans ces zones obligerait l'Angleterre à intervenir. Un petit pays nouveau-né comme le nôtre pouvait-il se permettre une guerre avec l'Angleterre ?

Je fis part de mes doutes à mon conducteur.

Il dit : « En cas d'intervention anglaise, je pourrai télégraphier à mon oncle en Amérique. Il en toucherait un mot à la Maison-Blanche.

— Tu veux dire, pour que les Américains se grouillent de nous aider en envoyant des troupes ?

— Exactement », dit Yankl, mon conducteur.

Je dis : « Les Américains n'en feront rien. Pas contre l'Angleterre.

— T'as pas tort », dit Yankl.

Je demandai : « T'aurais pas encore un oncle en France, Yankl ?

— J'en ai un, dit Yankl. Mais je ne pense pas que les Français se battraient pour nous. »

Je dis : « Écoute-moi, Yankl. En cas d'intervention anglaise, notre ministre de la Défense n'aurait pas d'autres choix que d'appeler les troupes russes à la rescousse. Et tu sais ce que ça signifierait ? »

Yankl hocha la tête. Il dit : « La Troisième Guerre mondiale. »

Pour moi, le génocidaire Max Schulz, fini le temps de l'insouciance. De l'irresponsabilité. À présent j'étais Itzig Finkelstein ! Alors je donnai ordre à mes gars de procéder à une « retraite tactique » – à ne pas confondre avec « un repli stratégique ».

De retour dans nos lignes. Un temps en garde à vue.

Motif: avance contraire aux ordres. Cour martiale. Acquittement. Motif: Simple erreur!

L'incident fit les gros titres de la presse. Enjolivé, évidemment, à des fins diplomatiques. CITATION: « Le chef d'état-major en personne ramène le barbier et sergent Itzig Finkelstein. » Version destinée à l'étranger.

Je lus des tas de journaux, et des gros titres du style: Itzig Finkelstein, l'homme aux yeux de loup! Ou: Un héros juif! Ou: Judas Maccabé ressuscité! Ou: Fini le juif ghetto!

Peu après cet incident Itzig Finkelstein fut démobilisé. Quand je rentrai à Beth David, la ville savourait l'ivresse de la victoire. Partout des drapeaux blanc bleu. Aux fenêtres, sur les toits, aux balcons. Les drapeaux flottaient joyeusement au vent et se dressaient vers le soleil, qui, fourbu, lessivé, pointait le bout de son nez entre les nuages. Car c'était la saison des pluies. Et une épaisse couche de nuages plombait la ville.

On n'en était qu'au début. Beaucoup de choses restaient à venir.

En arrivant chez moi, je n'en crus pas mes yeux. Mira avait minci. Nous nous embrassâmes longuement, passionnément.

Mira demanda: « Et la guerre alors ? » Je dis: « Nous l'avons gagnée. »

Mira demanda: « Les Arabes ont signé ? »

Je dis: « Ils vont signer.

— Un accord de paix ?

— Non.

— Quoi alors ?

— Un armistice.

— Et la paix alors ?

— Il faut y croire, Mira. »

22.

Shmuel Shmulevitch est mort. Crise cardiaque !

Je suis allé à son enterrement, me suis carrément acheté un haut-de-forme noir, même si ça ne fait pas partie des coutumes locales.

J'ai pris quelques semaines de repos. Ce n'est qu'au début du mois de mars, quelques jours après la signature de l'armistice avec les Arabes, que je me suis repointé, moi, Itzig Finkelstein, à mon ancien lieu de travail : le salon de coiffure Shmuel Shmulevitch. Il s'appelait toujours ainsi.

Je fus étonné de voir combien le salon avait changé depuis la mort de Shmuel Shmulevitch. Les fauteuils portaient de grands numéros. Numéro un, numéro deux, numéro trois, numéro quatre et ainsi de suite. Il y avait des fauteuils supplémentaires aux vestiaires avec des numéros supplémentaires. Deux fauteuils sans numéro occupaient chacun un coin près de la large vitrine.

Je demandai à mon collègue Yitzhak Spiegel : « Qu'est-ce que ça signifie ?

— C'est le nouvel ordre de Madame Shmulevitch, Monsieur Finkelstein.

— Un nouvel ordre ?

— Oui, Monsieur Finkelstein. Voyez : Le fauteuil numéro un, près de la fenêtre, c'est le meilleur fauteuil du salon. La place à la fenêtre, vous comprenez, est réservée aux Juifs allemands.

— Tiens ! Et le fauteuil numéro deux ?

— Pour les Juifs d'Europe de l'Ouest.

— Et le trois ?

— Pour l'élite des Juifs de l'Est.

— Qui sont, Monsieur Spiegel ?

— Les Russes et les Lituaniens.

— Et le quatre ?

— Pour tous les autres Juifs d'Europe de l'Est. Sauf les Roumains.

— Et où vont les Juifs roumains ?

— Sur le fauteuil numéro cinq, le dernier des Juifs de l'Est. »

Je regardai Yitzhak Spiegel horrifié. Je pensai aux numéros de la rue : 33-45 ! Pensai : « Tiens, tiens. Je comprends mieux maintenant ! »

Yitzhak Spiegel m'expliqua ensuite que le numéro six était réservé à l'élite des juifs orientaux, les Yéménites. Puis venaient les autres. Le dernier fauteuil destiné aux Juifs orientaux était pour les Marocains.

Yitzhak Spiegel haussa les épaules, navré, puis m'expliqua la suite de l'enfilade qui continuait jusqu'aux vestiaires.

Je demandai encore : « Et qu'en est-il des deux fauteuils sans numéro près de la fenêtre ?

— L'un est réservé aux *Sabras*, dit Yitzhak Spiegel. Pour votre information, ce sont les Juifs nés dans ce pays, Monsieur Finkelstein. Nous ne savons pas où les classer.

— Et l'autre, Monsieur Spiegel ?

— Destiné aux non-Juifs. Aux nouveaux citoyens qui ne sont pas d'origine juive et aux étrangers. Nous les plaçons près de la fenêtre. Par courtoisie. »

Je me suis dit : Itzig Finkelstein ! Tout n'est pas encore en ordre ! Et pourquoi tout devrait-il être en ordre ? Ça ne se fait pas en un tournemain. Il nous faut du temps. Et de la patience. Oui, surtout : de la patience. Ahasvérus a avalé trop de poussière. Après tout, il a erré deux mille ans. Deux mille ans !

Attendez un peu ! Soyez patients avec nous ! Nous sommes capables de faire des miracles. Avoir un État à nous, c'est fait. Avoir un État modèle, ça viendra !

Pensez aux oiseaux qui planent au-dessus des jeunes arbres. Ne doivent-ils pas attendre que les arbres grandissent ? Que les feuilles poussent ? Et les fruits ?

On n'en est qu'au début.

LIVRE SIXIÈME

1.

1950 : déménagement !

Dans l'appartement de Monsieur le Maire Daniel Rosenberg, je veux dire, Monsieur le futur Maire de Beth David. Qui avait un grand appartement, mais des problèmes d'argent.

1951 : déménagement N° 2 ! Notre petite maison à nous ! Dans le quartier sud, enfin terminé, de Beth David. Maison individuelle, grande terrasse panoramique. L'apport... payé en dollars du marché noir, mais aussi en monnaie locale, les sous que ma femme a soigneusement mis de côté. Une petite maison toute mimi. Je n'ai pas à me plaindre. On s'est entièrement équipés, pour pas cher, mais avec goût.

1952 : héritage. L'oncle de Mira, celui de Méa Shéarim, Abraham Lewinsky, le frère de sa maman, qui avait émigré à temps. Mort en 1952 des suites d'une maladie foudroyante.

1953 : achat du salon de coiffure Shmuel Shmulevitch ! À qui ? À la veuve Shmulevitch !

Non. Elle n'est pas rentrée en Allemagne. Une vielle femme fatiguée. Partie chez des parents à elle, des Juifs pieux de Méa Shéarim.

Moi, Itzig Finkelstein alias le génocidaire Max Schulz, en 1953 j'ai eu ce dont j'avais toujours rêvé. Naturellement, j'ai rebaptisé la boutique, pardon, le salon. Je l'ai appelé L'homme du monde, propriétaire Itzig Finkelstein.

S'il se trouvait à un angle de rue? Comme je vous l'ai dit. Et pas n'importe lequel!

1954: réaménagement du salon. Fauteuils club confortables pour faire patienter le client. Tables basses. Cendriers sur pied. Desserte avec journaux et magazines. Tableaux aux murs.

À cause de la concurrence! Vous pigez? Nous n'étions plus le seul salon de coiffure. Après la grande victoire, Beth David s'est considérablement étendu. Nouvelles maisons, nouvelles boutiques de coiffure, nouveaux salons de coiffure.

La concurrence! Je me marre! Qui pourrait faire de l'ombre à Itzig Finkelstein? Un homme apprécié de toute la ville! Respecté! Idéaliste! Grand orateur! Terroriste! Un homme de la Haganah! Au front en première ligne! Un type qui s'est lavé les pieds dans le canal de Suez sous le signe de l'étoile de David! Un héros du peuple! Et avec ça: un bon coiffeur, excellent même, un artiste!

Les numéros! Sur les fauteuils de coiffure! Partis! Ce n'est pas moi qui les ai enlevés, même si moi, Itzig Finkelstein, j'étais contre ces numéros. Ce sont mes employés qui les ont enlevés! Ça vous en bouche un coin, hein?

Soit dit entre nous: un truc pareil ne tient pas la route! Le peuple rejette les fauteuils avec numéro. Certes, quelques boutiques et salons de coiffure par-ci par-là en ont encore. Mais il y en a de moins en moins. Ils disparaissent petit à petit. Notre État n'est pas encore un État modèle. On y travaille comme on peut. Ça progresse. Nous sommes sur la bonne voie.

Après la grande victoire de 1948-1949, quand nous avons ouvert les portes de la Terre sainte à tous les Juifs, une marée de nouveaux migrants est venue, un million, le premier de bien d'autres millions sur lesquels nous comptions et que nous attendions, nous disant qu'ils finiraient bien par venir un jour.

Parmi les nouveaux, il y avait beaucoup d'idéalistes, des gens de la trempe d'un Trumpeldor, le héros manchot de Tel Khaï. Mais pas que. Il y avait aussi des gens incapables de s'adapter, parce qu'ils n'en avaient ni la volonté ni la force. Ces gens-là voulaient se tirer : retourner en Europe, voire partir en Amérique.

Je suis du genre à me mettre en pétard quand un Juif me dit qu'il ne se plaît pas ici. Bon, il y en a certains, je peux les comprendre : les anciens détenus de nos camps de concentration. Certains s'en sont remis comme Mira. Mais d'autres n'ont pas pu. Nous les avions bousillés. Définitivement. Nous avions tué leurs âmes. Il n'y a rien à tirer de ces gens-là. Qu'ils fassent preuve d'enthousiasme ? Absurde !

Beaucoup de ces âmes mortes venaient dans mon salon de coiffure. J'ai pris ces gens sous mon aile. Je parlais avec eux d'histoire, de notre mission, de la grande œuvre de construction du peuple juif. Je leur disais : « Ici nous avons besoin de chaque main, de chaque bras et de chaque tête. » Je leur disais : « Celui qui rentre en Europe est un traître ! » Je leur disais : « Et celui qui part rejoindre ses tantes et ses oncles en Amérique est un salaud ! »

En vain, pas moyen de les convaincre. Mais les hypnotiser, oui. Ces gens ne sont pas repartis. Ils sont restés, et ils nous ont aidés à construire.

Oui. Voilà l'histoire. Et un jour... un jour, Monsieur le Maire Daniel Rosenberg, à l'époque encore futur maire, m'a dit : « Monsieur Finkelstein ! Tout finit par se savoir ! Même les bonnes actions ! C'est bien, ce que vous avez fait ! » Puis il a dit : « Et la prochaine fois que je prendrai le café avec le ministre de la Culture, je n'oublierai pas de mentionner votre nom. »

L'événement le plus important de l'année 1954 a été pour moi la découverte d'une annonce dans le journal.

Un salon de coiffure distingué reçoit aussi la presse internationale, ça va sans dire. Et un beau jour, qu'est-ce que je découvre ? Une annonce. Et pas n'importe laquelle. Dans L'Observateur de Munich :

Salon de coiffure Anton Slavitzki, 23 rue Hubert-Rosner, proche Stachus, Munich.

Alors, qu'est-ce que vous dites de ça ? Donc, il était à Munich. Et ma mère aussi à coup sûr !

Si j'ai écrit à ces deux-là ? Si j'ai essayé de renouer contact avec eux d'une manière ou d'une autre ? Non. Je ne suis pas aussi con ! À tous les coups ils étaient surveillés par la police. Qui n'attendait qu'une chose : que le génocidaire Max Schulz finisse par tomber dans le piège !

2.

Après la grande victoire de 1948-1949, la victoire de la volonté la plus forte, notre petit pays est entré dans une phase de développement frénétique. Le désert était enfin débarrassé de la mainmise des goys. Il nous avait retrouvés et piaffait d'impatience, roulant rageusement ses gros yeux sablonneux, découvrant ses dents de terre craquelée, lâchant des vents brûlants, bref, envieux des quelques parcelles déjà rendues fertiles.

Voilà l'histoire. Oui, voilà. Vous devez comprendre. Avec le désert, on ne rigole pas. Et notre gouvernement l'a très bien compris, lui aussi. Des plans ambitieux ont été élaborés, un nouveau programme global de construction censé reléguer dans l'ombre tout ce que les anciens pionniers avaient réalisé pour nous avant même la fondation de notre État. Le gouvernement a fait construire de nouvelles routes, meilleures que les nouvelles routes des anciens pionniers, de nouvelles villes et de nouveaux villages, meilleurs que les nouvelles villes et les nouveaux villages bâtis par les anciens pionniers. De nouveaux noms fleurissaient sur la carte du pays, et nos nouveaux khaloutzim se mettaient en quatre pour surpasser les anciens. Le désert réclamait à cor et à cri toutes sortes de choses, surtout plus d'arbres. Entre autres, je suppose, parce que les arbres attirent la pluie. À ce qu'on dit.

Voilà l'histoire. Le désert criait. Et nos nouveaux khaloutzim entendirent son cri.

Tout ça je l'ai vu de mes yeux de grenouille que je gardais grands ouverts. J'ai vu comment ici tout se transformait, prospérait, croissait. J'étais heureux de voir ces nouvelles villes et ces nouveaux villages, ces nouvelles prairies et ces nouveaux champs... et surtout, surtout, ces arbres fraîchement plantés.

Non. Je n'ai pas compté les arbres. Plus cette fois. Pas voulu réessayer. Échec garanti. Il y en avait beaucoup trop. Pour que ça se remette à me démanger ? J'ai donné !

1955 ! L'événement : création d'une SPA locale ! Président : Itzig Finkelstein !

Moi, Itzig Finkelstein alias le génocidaire Max Schulz, je me suis beaucoup impliqué dans cette cause humanitaire à l'époque, en 1955, et mon article – une charge en règle contre la méthode moderne de l'élevage des poulets en batterie – a paru dans le plus grand quotidien de Beth David.

Gros titre : « Liberté de mouvement pour les poules ! »

Oui. Voilà l'histoire. En 1956, il ne s'est pas passé grand-chose. À part une courte guerre qui n'a duré que quelques jours. Pour ce qui est de moi, hélas, je l'ai ratée. J'avais la grippe. Et quand j'ai été de nouveau sur pied, hélas, la guerre était déjà passée.

Notez sur vos tablettes : la campagne du Sinaï !

3.

En 1957, j'ai accroché un énorme écriteau dans la vitrine du salon de coiffure L'Homme du monde. L'écriteau disait : « Itzig Finkelstein, inventeur de la nouvelle lotion capillaire Samson V 2. » Pour réconcilier le nouveau et l'ancien, j'ai fixé à côté un deuxième écriteau, plus petit et moins joli, avec une recette aussi réputée que basique de crème de nuit.

« La crème de nuit Itzig Finkelstein pour homme, recette traditionnelle :

200 g de cire d'abeille
300 g de blanc de baleine
500 g de lanoline
500 g d'huile d'olive
10 g de borax
10 g d'huile de rose »

Au cours des deux années suivantes, le meurtrier de masse Max Schulz s'était aménagé un petit jardin de fleurs, et derrière son idyllique petite maison individuelle il avait aussi planté un potager avec tomates, oignons, radis et herbes aromatiques. Max Schulz avait également installé un clapier et un poulailler. Permettez-moi d'ajouter ici que les portes du poulailler, de même que celles du clapier, étaient toujours ouvertes, et le sont encore, afin que ces chères petites bestioles aient le loisir de rester dans leur cage ou de gambader selon leur bon plaisir.

À part ça, il ne s'est rien passé d'important, je veux dire, au cours des deux années suivantes. Mais en 1960... j'ai eu cette petite contrariété : l'affaire des réparations.

C'est un de mes clients, l'avocat Dr Franz Bauer, un Juif allemand, qui un jour a mis la question sur le tapis tandis que je lui coupais les cheveux. Il a dit : « Monsieur Finkelstein ! Vous savez que le nouveau gouvernement allemand, côté ouest, côté miracle économique, verse des réparations aux Juifs ? »

J'ai dit : « Qui ne le sait pas. »

Le Dr Bauer a dit alors : « Les Allemands raquent pour la poudre d'os, les savonnettes, les crises de claustrophobie, la diarrhée, la peur de mourir, les dommages matériels, etc. Et même pour les préjudices professionnels, les problèmes de santé, etc., en plus des indemnisations pour détention abusive. Vous, Monsieur Finkelstein, en tant qu'ancien déporté d'Auschwitz, vous pourriez toucher le pactole ! »

Le Dr Bauer a dit encore : « Si vous le souhaitez, je peux m'occuper de votre dossier ! »

J'ai senti des sueurs froides me parcourir le dos. Surtout pas d'enquête. Pas question de remplir des formulaires, de fournir des indications, de produire des papiers, de rechercher des témoins, de faire des demandes de documents. Je ne voulais rien de tout ça.

J'ai dit : « Dr Bauer. Mon honneur juif m'interdit d'accepter cet argent. Comment voulez-vous convertir la peur de mourir en deutschmarks ? Je ne veux même pas en entendre parler. Même pas des dommages matériels ! Cet argent pue la poudre d'os ! Laissez mes parents reposer en paix ! » J'avais fait exprès de hausser un peu la voix. Et comme d'habitude, la rumeur a fait le reste.

Le lendemain, un de mes clients est venu me voir en disant : « Monsieur Finkelstein. Puisque vous êtes déjà président de la SPA de Beth David, vous ne pourriez pas aussi présider une ligue antiréparations ? »

Pas con. J'ai dit : « Comptez sur moi ! »

Et le client a dit : « Oui, Monsieur Finkelstein. On compte sur vous ! »

Le 3 février 1960, Itzig Finkelstein alias le meurtrier de masse Max Schulz a fondé la « ligue antiréparations ».

Comme le nombre de nos adhérents était malheureusement très limité, je passais une fois par semaine une annonce dans notre quotidien local. Et pour rendre l'affaire un peu plus attrayante, notamment auprès des demoiselles, Itzig Finkelstein alias le meurtrier de masse Max Schulz a inventé la « coupe garçonne antiréparations pour dames ».

Effet garanti. Des demoiselles – mais aussi quelques dames plus mûres – sont venues rejoindre notre mouvement. Elles affluaient dans mon salon de coiffure pour se faire faire la « coupe garçonne antiréparations pour dames » par le président de la ligue antiréparations en personne. Un commerce juteux !

L'avocat Dr Franz Bauer, un bon client, est malheureusement passé à la concurrence, non sans m'avoir écrit une lettre au préalable. Il a écrit : « Monsieur Finkelstein ! Vous avez refusé les indemnités, et maintenant vous osez exploiter l'indignation de vos adhérents ! »

Remarque au passage : j'ai rasé ma barbe ! Balancé mes lunettes ! Prétexte : je n'en ai plus besoin. Ma vue est remontée. Je me suis laissé repousser les cheveux ! Ils sont presque blancs, alors que je n'ai que cinquante-trois ans. Mais c'est comme ça. Je n'y peux rien. En plus maintenant je suis gros et j'ai un double menton. Qui pourrait me reconnaître ?

En 1961, mon cousin de Pologne est venu. Ephraïm Finkelstein, dit Froïke, ancien communiste, désormais sioniste, le seul fils survivant de Moshe Finkelstein, le frère de mon père Chaïm Finkelstein. La femme de mon cousin avait été gazée avec ses dix enfants. Mais mon cousin s'était remarié, il avait à nouveau une femme, et à nouveau dix enfants.

Vous pensez comme Mira et moi étions contents. Le même mois un autre cousin est venu, celui-ci d'Amérique. Il se trouvait là par hasard, en touriste, et il avait vu mon annonce dans le journal. Froïke aussi, mon autre cousin, avait lu l'annonce, mais lui n'était pas là en touriste.

On a fait une fête, je vous dis pas. Pas besoin de vous faire un dessin : une fête de famille, comme à Pohodna.

Mon cousin Froïke a dit : « Un jour, ta mère nous a écrit une lettre. Il y a des années. Elle disait que tu étais blond et que tu avais les yeux bleus ! Et elle a aussi mentionné en passant ton nez droit ! »

Et moi j'ai dit : « Eh ben, mon cher Froïke, qu'est-ce que tu veux ? Le temps passe, ça laisse des traces. Quand on en prend plein la gueule, le nez n'en ressort pas indemne – je parle des camps. Même les cheveux blonds deviennent gris avec le temps. Et quand on a vu ce que j'ai vu, mon cher Froïke, les yeux bleus deviennent des yeux de poisson. » Et j'ai ajouté, sur le ton de la plaisanterie : « Ou des yeux de grenouille ! »

Mon cousin n'y trouva rien à redire.

4.

Si seulement nous avions la paix ! Oui, si seulement !

Mais nous ne l'avons pas !

Je ne vous ai jamais parlé des réfugiés arabes, de tous ceux qui ont fui en masse à l'époque... pendant la première grande bataille décisive.

Nous ne les avons pas chassés. Au contraire. Nous avions peint nos bancs en blanc et bleu. Nous voulions qu'ils s'asseyent avec nous, pas vrai ? Mais la plupart ne voulaient pas.

Beaucoup à l'époque sont restés. Beaucoup ont fui. Pourquoi ils ont fui ? Je ne sais pas. Peut-être par peur de gens comme Yankl Schwarz, même si Yankl Schwarz n'était pas contre les panneaux... vous savez bien... les panneaux en arabe, qui les invitaient à s'asseoir avec nous : sur les bancs blanc et bleu.

Mais maintenant ils ne peuvent plus revenir. Nous ne voulons plus d'eux. Il faut que vous compreniez. À cause des bancs peints en blanc et bleu.

Parce qu'eux ils veulent revenir pour repeindre nos bancs couleur blanc bleu de leurs propres couleurs. On le sait. Et ils le savent aussi. Et ça, c'est inenvisageable. Songez un peu : nous sommes un petit peuple. Et nous avons erré si longtemps. Il faut bien poser nos bancs blanc et bleu quelque part ! Il faut bien qu'ils trouvent leur place quelque part ! Car il faut bien qu'il y ait quelque part un endroit où nous puissions décider par nous-mêmes si nous avons le droit de poser ou non nos fesses ! Vous pouvez comprendre ça ?

Je ne vous ai jamais rien dit à ce sujet. Mais je ne peux pas tout raconter. Je ne vous ai pas parlé non plus des troubles à nos frontières. Ni des terroristes arabes qui la nuit passent les frontières. Ni des mines. Ni des tirs en embuscade. Ce n'est pas vraiment paisible ici, mais que c'est beau. J'ai vu ce pays grandir. Et j'aime ce pays. Et j'aime les bancs couleur blanc bleu.

Au printemps 1967, ça sentait déjà la guerre. On n'en était pas encore là. Mais il y avait quelque chose dans l'air. Je le savais.

« Itzig Finkelstein, je me suis dit. Les grands États arabes nous mijotent quelque chose. Et les petits aussi. Sont là, derrière les baraques de réfugiés. Veulent notre pays. Prennent les baraques de réfugiés comme prétexte. Voilà l'histoire. Et derrière les baraques de réfugiés, derrière les grands et les petits États arabes, il y a l'Union soviétique qui veut nous gober tout rond. Ça sent pas bon, tout ça. Pas bon du tout. »

Mais moi, j'avais d'autres chats à fouetter. Ma Mira est tombée enceinte, comme ça, d'un coup. Vous y croyez ? Après tant d'années de mariage sans enfants ! Et puis paf, en cloque !

Nous sommes allés chez le médecin. Il a demandé : « Quel âge a votre femme ? » J'ai dit : « Cinquante. Ou quarante-huit. Je ne sais pas exactement. »

Et Mira a dit : « Quarante-cinq. »

Et j'ai dit au médecin : « On demande pas son âge à une femme, bordel. C'est quoi ça ? On s'en fout. Elle est enceinte. Basta ! »

Pour Mira et moi, pas de doute : ce ne pouvait être qu'un fils. Et nous avons décidé, Mira et moi, de l'appeler, notre fils, Judas, comme Judas Macchabée, le grand combattant juif pour la liberté. Et puis Mira a dit : « Ou alors Yéhuda ! Ça sonne mieux ! » Et là-dessus j'ai dit : « Si tu veux. Ou alors Yéhuda ! »

Avec un petit sourire, j'ai parlé à Mira du faire-part de naissance de 1907, quand moi, Itzig Finkelstein, je suis venu au monde. Je lui ai parlé de ce faire-part de naissance, unique en son genre, que mon père, Chaïm Finkelstein, avait passé en mon honneur dans *Le Courrier juif*, et j'ai dit à Mira : « On doit faire pareil ! En l'honneur de notre petit Judas ou Yéhuda ! » J'ai dit :

« Faisons tout de suite un brouillon !

— N'est-ce pas un peu prématuré, Itzig ? »

J'ai dit : « Non. Les choses importantes, ça se prépare ! »

Je me suis mis au travail sur-le-champ. Tout à ma joie anticipée, au sentiment de ma paternité à venir, j'ai fait un premier jet du faire-part de naissance, qui ressemblait furieusement à celui de 1907 :

Moi, Itzig Finkelstein, coiffeur, propriétaire du salon en vue L'Homme du monde, ancien membre du groupe Schwarz, soldat de la Haganah, sergent de l'armée israélienne, vétéran de 48, à la tête de la première unité à avoir atteint le canal de Suez le 30 décembre 1948, président de la Société pour la Protection des Animaux de Beth David, président de la Ligue Antiréparations Locale, inventeur de la célèbre lotion capillaire « Samson V 2 », j'ai l'honneur d'annoncer la naissance de mon fils et successeur Judas ou Yéhuda Finkelstein.

Puis j'ai écrit le premier jet de la réponse des citoyens de Beth David, que je comptais transmettre en temps et en heure à Monsieur le Maire Daniel Rosenberg – lequel, j'ai oublié de le dire, était devenu maire entre-temps. Elle disait :

Nous, citoyens de Beth David, avons le plaisir de féliciter chaleureusement le coiffeur Itzig Finkelstein, propriétaire du salon en vue L'Homme du monde, ancien membre du groupe Schwarz, soldat de la Haganah, sergent de l'armée israélienne, vétéran de 48, à la tête de la première unité à avoir atteint le canal de Suez le 30 décembre 1948, président de la Société pour la Protection des Animaux de Beth David, président de la Ligue Antiréparations Locale, inventeur de la célèbre lotion capillaire « Samson V 2 », pour la naissance de son fils et successeur Judas ou Yéhuda Finkelstein.

5.

Puis la guerre est arrivée. Une guerre aussi brève que celle de 56. Tout s'est fait en un tournemain.

Bien sûr que j'ai voulu aller au front. Je me suis dit : Itzig Finkelstein. Ta femme est enceinte. Et elle va te donner un fils. Je veux qu'un jour il soit fier de toi. Et cette guerre-là, Itzig Finkelstein, est importante. Tu dois la faire. C'est la troisième bataille décisive. Toutes les bonnes choses vont par trois. Et cette fois l'enjeu est de taille. L'enjeu, c'est les bancs blanc et bleu. L'enjeu, c'est les frontières historiques qui vont bien au-delà de nos frontières actuelles. L'enjeu, c'est Jérusalem. L'enjeu, c'est la vieille ville. Parce que là-bas, dans la vieille ville, il y a le mur des Lamentations ! Les derniers vestiges du Grand Temple, le site le plus sacré du judaïsme !

Et puis je me suis dit : Itzig Finkelstein. Je veux qu'un jour ton fils puisse dire : « Mon père, Itzig Finkelstein, c'est le premier soldat juif à avoir atteint le mur des Lamentations. »

Mais ils n'ont pas voulu de moi. Trop vieux, qu'ils ont dit. Alors j'ai sorti mon vieil uniforme de la naphtaline, et mon ordre de marche périmé de la boîte à souvenirs. Et ma mitraillette de la cachette dans la cave. Et des munitions. Et mon casque d'acier. Et des grenades. Et des provisions de la cuisine. Et aussi la vieille jeep, criblée de balles, du garage.

Mira était à Tel-Aviv chez mon cousin Froïke Finkelstein. En visite. Mira ignorait tout, ignorait que moi, Itzig Finkelstein, je voulais partir à la guerre.

J'ai fait réparer ma jeep à la hâte et suis parti le jour suivant; l'attirail au grand complet, et l'ordre de marche dans la poche, l'ordre de marche avec une nouvelle date.

Je suis parti de bon matin. Je voulais rejoindre Jérusalem. Au-dessus de ma tête, tout là-haut, volaient les escadrilles aériennes, des nouveaux jets avec l'étoile de David. Le soleil était obscurci, le ciel presque méconnaissable. Et les rues, ici-bas, étaient bloquées par les colonnes blindées. Mais j'ai réussi à passer.

Comme je traversais la forêt des six millions, je suis tombé en panne. Aucune idée de ce que c'était.

Je me suis dit: « Itzig Finkelstein ! Qu'est-ce que ça veut dire ? Tu viens juste de faire réparer la jeep, non ? »

Je me suis dit : « Le temps qu'on vienne la dépanner, la guerre sera finie depuis belle lurette ! »

Je me suis dit : « Et le mur des Lamentations conquis depuis longtemps ! »

Je me suis dit: « Cette maudite forêt ! Et ces satanés arbres ! C'est leur faute ! »

Je me suis dit: « Les six millions ! »

Je me suis dit: « C'est pas de bol ! »

Je me suis demandé : « Et qui va conquérir le mur des Lamentations ? »

Je me suis dit: « Un Juif ! Personne d'autre n'a le droit de le conquérir ! »

Je me suis demandé: « T'es juif, oui ou non ? »

Je me suis dit : « Tu l'es. Mais pas du point de vue des arbres qui sont là. Des six millions ! »

Je me suis dit : « Parce qu'eux seuls connaissent la vérité ! »

Je me suis dit : « Tu ne peux pas les mener en bateau. T'as beau être circoncis, ils savent très bien qui tu es. »

Je me suis dit : « Oui, bordel de Dieu. Ils savent que ta circoncision n'a aucune valeur. Ils savent que la circoncision est une alliance avec le Seigneur, le Dieu unique et éternel. Et Dieu n'a jamais conclu d'alliance avec toi, Max Schulz ! »

Je me suis demandé : « Ça veut dire que Dieu aussi sait ? »

Je me suis dit : « Dieu, je l'emmerde ! »

Je me suis demandé : « Mais toi, t'es qui ? Si t'es pas un Juif, pas un vrai ? »

C'est alors que j'ai entendu la réponse des arbres : « Tu es le dernier. Le dernier dans la hiérarchie. Le dernier des circoncis. Et le dernier des non-circoncis. »

J'ai demandé aux arbres : « Le dernier ? Pourquoi ? »

Et les arbres m'ont dit : « Le dernier parmi les derniers ! »

J'ai demandé aux arbres : « Et pourquoi ? Est-ce que j'aurais abattu différemment, pendu différemment, tabassé à mort différemment... que les autres derniers parmi les derniers ? »

Et les arbres m'ont dit : « Parce que tu n'avoues rien ! Parce que tu nies ! Parce que tu te caches ! Derrière tes victimes qui plus est. Les morts et les survivants ! »

Vous aimeriez bien savoir si Mira a accouché d'un fils, pas vrai ? Oui. C'était un fils. Il n'avait ni bras ni jambes. Pas de corps, pas de visage. Seulement des yeux. D'énormes yeux de grenouille. Qui m'ont regardé une fois et se sont fermés pour toujours.

6.

Le vaisseau fantôme ! *L'Exitus* ! *La Résurrection* ! Vous vous souvenez ? Un spectre, ce vaisseau fantôme. Comme la vie. Existe, existe pas ? Fiction, réalité ? Tout cela n'était-il qu'un rêve ?

Je ne suis jamais retourné voir Hanna Lewisohn, n'ai plus entendu parler de Tirésias Pappas, sauf par les journaux une fois de temps en temps, n'ai plus jamais revu Max Rosenfeld, ni les autres non plus... sauf un !

Oui. Un des passagers de *L'Exitus*, alias *La Résurrection*, est réapparu, une fois, plus tard. Après la troisième bataille décisive. En décembre 1967.

Vous vous rappelez ? Le juge de tribunal d'instance Wolfgang La Schüsstiß. Le petit juge d'Allemagne. Le Juif sans l'odeur de l'âme juive, sentant un peu la bière, la brasserie, la boulette de pomme de terre et la choucroute-saucisses. Il s'était intéressé à moi à l'époque. Et au cas Max Schulz !

À quoi il ressemblait ? Vous ne vous souvenez vraiment de rien ? À Churchill. Amateur de cigares lui aussi !

Un jour, le voilà qui débarque dans mon salon de coiffure.

Le juge de tribunal d'instance Wolfgang La Schüsstiß est un vieil homme fatigué. Quatre-vingts piges. Au bas mot ! Domicilié pas loin de chez nous. Vivant d'une pension et de l'argent des réparations. Venu s'installer à Beth David, parce que Beth David ressemble un peu à Tel-Aviv, mais en plus petit, du moins pour l'instant, et en moins humide et moins bruyant. Il tombe sur mon salon de coiffure. Difficile de passer à côté, vous pensez bien. Il voit mon nom, au-dessus de la porte, et sur les placards publicitaires accrochés dans la vitrine. Il se dit, enfin il a dû se dire : « Tiens, tiens ! Itzig Finkelstein ! »

Le juge de tribunal d'instance Wolfgang La Schüsstiß : un vieil homme fatigué.

Et seul, très seul.

Mira l'invite souvent à dîner. Elle a pitié de lui. C'est comme ça. En général, on n'aime pas beaucoup les vieux garçons, mais quand ils sont vieux comme le juge de tribunal d'instance Wolfgang La Schüsstiß, aussi vieux, aussi fatigués, aussi seuls, on a pitié d'eux.

Une fois, pendant le dîner, Mira lui a dit : « Itzig vous a déjà montré sa collection ? »

Et le juge de tribunal d'instance Wolfgang La Schüsstiß a dit : « Non. Mais ça m'intéresse. »

« Itzig est un vrai collectionneur, a dit Mira. Il s'est installé une armoire à dossiers, avec des dossiers de toutes les couleurs. Il a une collection de timbres. Une collection de papillons. Et d'autres collections. Toutes les collections possibles et imaginables ! »

J'ai dit en blaguant : « Je collectionne aussi des lettres. Mais je ne les montre pas. C'est privé.

— Les lettres ne m'intéressent pas, a dit le juge.

— Les plus importantes sont en écriture chiffrée, j'ai dit. Personne ne peut les lire de toute façon.

— Les lettres ne m'intéressent pas », a dit le juge.

Mira s'est mise à rire. Elle a dit : « Itzig est parfois un peu zinzin. »

Après le repas, nous nous sommes retirés dans la salle de séjour, vu que nous n'avons pas de fumoir. Le juge de tribunal d'instance La Schüsstiß a fumé un cigare et moi mes Camel habituelles.

« Je me souviens, a dit La Schüsstiß. Déjà sur le bateau vous étiez collectionneur. Si je ne m'abuse, vous collectionniez à l'époque les articles sur le génocide ?

— Exact, j'ai dit. Je continue d'ailleurs.

— Dans le temps vous m'aviez raconté quelque chose... à propos d'un certain Max Schulz. »

J'ai hoché la tête : « Exact. Un meurtrier de masse, que j'ai connu personnellement.

— On l'a attrapé ?

— On ne l'a jamais attrapé. »

Nous fumions. Puis nous avons bu du cognac. Mira était à la cuisine. Nous n'étions pas dérangés.

« En 1945, j'ai dit lentement, j'ai mis la main sur un article que j'ai découpé. Qui disait un tas de choses au sujet de Max Schulz !

— Qui disait quoi ? demanda La Schüsstiß.

— Un tas de choses, j'ai dit. Un tas de choses. Allons, vous savez bien ! J'avais l'article dans ma poche. Sur le bateau. En 1947. Je vous ai même montré l'article. Vous l'avez lu.

— Possible, a dit La Schüsstiß. Après tout, ça remonte à plus de vingt ans. Je ne me rappelle pas ce qu'il y avait dedans. »

Le cognac était bon. Français. Le juge de tribunal d'instance Wolfgang La Schüsstiß était étonné de boire un aussi bon cognac chez un coiffeur. Ce cognac lui plaisait. Je lui ai raconté tout ce qu'il y avait dans l'article : les premiers assassinats en Pologne, puis les exécutions massives dans le sud de la Russie, la prétendue crise cardiaque de Max Schulz, son transfert aux lignes arrières – retour en Pologne –, oui, à l'arrière, même si le sud de la Russie, à l'époque, c'était déjà les lignes arrières. J'ai raconté Laubwalde, le camp de concentration sans chambres à gaz, et les exécutions de masse là-bas, semblables à celles dans le sud de la Russie, quoique pas tout à fait pareilles. J'ai raconté les documents qu'on avait trouvés au sujet de Laubwalde. J'ai raconté ce qu'il y avait dans l'article, j'ai raconté aussi les premières troupes de l'Armée rouge. La fuite des SS à travers la forêt polonaise. Les partisans. Le dernier combat. Et comment c'en était fait de la SS cette fois-là. Que personne n'en avait réchappé sauf deux : Hans Müller et Max Schulz. Je lui ai raconté tout ce qu'il y avait dans l'article.

J'ai dit : « Les noms des deux criminels recherchés ont continué d'apparaître de temps à autre dans les journaux, puis plus rien. »

La Schüsstiß fumait en buvant son cognac. Il a dit : « Hans Müller ne m'intéresse pas. C'est Max Schulz qui m'intéresse ! »

J'ai dit : « Moi aussi. Seulement Max Schulz ! »

Mira est sortie de la cuisine et s'est assise avec nous, puis elle est repartie voyant que nous ne voulions pas être dérangés.

« Vous vous étiez beaucoup intéressé à ce cas sur le bateau, j'ai dit, au cas Max Schulz. Vous ne vous rappelez vraiment pas ?

Vous m'avez même promis de faire un jour la lumière sur cette affaire !

— Aucun souvenir, a dit La Schüsstiß. Trop loin tout ça.

— Mais si. Forcément. Nous avions même parié ce jour-là. Une bouteille de champagne !

— Aucun souvenir, a dit La Schüsstiß. Trop loin tout ça. »

Le vieil homme ne mentait pas. Trop loin tout ça. Il ne s'était souvenu que du nom, le nom Max Schulz, et aussi que j'étais un collectionneur, un collectionneur d'articles sur le génocide. Rien d'autre. Je venais de rafraîchir sa mémoire.

Cette conversation commençait à m'amuser. J'attendais encore un peu avant d'abattre mon jeu. Pour l'instant je ne lui racontais que l'enfance de Max Schulz, du point de vue de son compagnon de jeu, Itzig Finkelstein. Après lui avoir fait un rapport détaillé sur l'enfance de Max Schulz, j'ai dit : « Monsieur le juge. Il y a des années, je vous avais raconté que Max Schulz avait abattu mes parents. Ou plutôt : j'y avais fait allusion. Sur le bateau. Dans le feu de la conversation. Vous vous souvenez ?

— Non, a dit La Schüsstiß.

— Ils étaient aussi à Laubwalde, voyez.

— Je vois..., a dit La Schüsstiß. Et vous êtes toujours convaincu que c'est Max Schulz qui a abattu vos parents ?

— Toujours, j'ai dit. Aujourd'hui comme hier !

— Vous ne pouvez pas le savoir, a dit La Schüsstiß. Puisque vous n'y étiez pas ! »

J'ai dit : « C'est que je m'imagine.

— Max Schulz n'était pas le seul SS à Laubwalde !

— C'est juste, j'ai dit. Malgré tout c'est ce que je m'imagine. »

Là-dessus, j'ai abattu mon jeu. « Voyez-vous, j'ai dit à La Schüsstiß, je m'imagine la scène suivante : un convoi de Juifs arrive à Laubwalde. On fait sortir les Juifs des wagons. Coups de fouet, chiens qui aboient. Parmi ces Juifs, il y a mes parents. Et parmi les SS, il y a Max Schulz. Mes parents voient Max Schulz ! Max Schulz voit mes parents !

Mes parents savent ce qui les attend. Avant ils ne savaient pas. Du moins pas exactement. Mais maintenant, derrière les barbelés, leurs yeux se dessillent. Ils voient les chiens. Et les SS. Et les longues fosses ouvertes. Et les corps abattus dans les fosses. Ils sentent l'odeur. Ils savent.

Mon père découvre Max Schulz le premier. Il le voit, là-bas, debout... entre les autres SS, se précipite vers lui, tombe à genoux, demande grâce. Non. Pas pour sa vie à lui. Pour la vie de sa femme.

Ma mère voit mon père, voit Max Schulz, se précipite vers eux deux, tombe à genoux, demande grâce. Non. Pas pour sa vie à elle. Seulement pour la vie de son mari.

Mon père pleure. Crie : "Max Schulz ! Tu étais mon apprenti, non ? Nous avons été bons avec toi." Et ma mère crie : "Que t'avons-nous fait ?" Les SS rigolent. Regardent Max Schulz. Max Schulz flaire la question : "Tu connais ces Juifs ? C'est tes amis ?"

Max Schulz veut se blanchir. Il ne peut pas nier qu'il a connu ces Juifs, vu qu'ils connaissent son nom. Mais ce n'était pas ses amis. Comment pourrait-il l'admettre ? Ce n'étaient que des Juifs. Rien de plus. Dont le sort lui était indifférent.

Max Schulz dirige le canon de son arme vers les têtes des deux agenouillés. Max Schulz les abat.

— Oui, ça se tient, a dit La Schüsstiß. Votre récit m'a presque convaincu. »

Nous avons gardé le silence un petit moment. J'ai proposé à La Schüsstiß quelques galettes préparées par Mira, qu'il a refusées.

« Itzig Finkelstein aussi, il l'aurait abattu », j'ai dit à La Schüsstiß.

« Peut-être, a dit La Schüsstiß. Mais Max Schulz n'a pas

pu le faire vu qu'Itzig Finkelstein n'y était pas. Après tout, vous êtes là, non ? »

J'ai dit : « Ben oui, je suis là. Mais ça aurait pu. »

Le juge a souri. J'ai dit : « Imaginez un peu. Itzig Finkelstein. Arrivant à Laubwalde dans un deuxième convoi...

— Il aurait subi le même sort ? »

Je démens d'un geste et dis : « Non. Vous vous trompez. Itzig Finkelstein ne se serait jamais mis à genoux.

— Donc non. »

J'ai dit : « Pas comme ça ! »

La Schüsstiß a demandé : « Alors comment ?

— À peu près comme ça, j'ai dit. Vous voyez...

Laubwalde, comme chacun sait, était un camp de la mort, pas un camp de travail. Mais même dans un camp de la mort on a besoin de main-d'œuvre. Vous comprenez... pour creuser les fosses, brûler les cadavres, nettoyer les latrines et les baraques, que sais-je encore. Ils avaient sûrement besoin de gens à la cuisine !

Voilà ce que je m'imagine :

Max Schulz voit Itzig Finkelstein. Le découvre tout à coup dans le nouvel arrivage.

Max Schulz attire l'attention de ses supérieurs sur Itzig Finkelstein, et leur dit : "Celui-là, il a l'air costaud ! Il peut encore travailler !" Et l'un de ses supérieurs dit : "Oui. Sortez ce type du groupe !"

— Et alors ? Qu'est-ce qui s'est passé ?

— Itzig Finkelstein travaille dans la cuisine du camp. Max Schulz lui rend souvent visite et discute avec lui. Quand même, ils étaient copains, avant.

Les autres SS s'en aperçoivent. Un de ses camarades lui dit un jour : "Fais gaffe, Max Schulz. Parle pas trop avec ce Juif. Les amis des Juifs, on les envoie au front !"

Max Schulz veut se blanchir. Il faut qu'il fasse quelque chose ! Max Schulz abat Itzig Finkelstein ! Mais pas par devant : dans le dos !

— Et pourquoi dans le dos, Monsieur Finkelstein ? » J'ai dit : « À cause des yeux ! »

La Schüsstiß m'a pris pour un baratineur. Nous avons discuté encore un peu. Puis La Schüsstiß a piqué du nez. Plus tard, Mira est entrée dans le salon, l'a réveillé et a dit : « Monsieur le juge. Il est dix heures passées. C'est une famille bourgeoise ici. On se couche tôt. Et mon mari doit être au salon de coiffure à la première heure. »

J'ai accompagné La Schüsstiß un bout de chemin. Question de politesse. Au moment de prendre congé, La Schüsstiß a demandé :

« Nous avions vraiment parié une bouteille de champagne... à l'époque, il y a plus de vingt ans... sur le bateau ? »

J'ai dit : « Oui. Si vous faisiez la lumière sur le cas Max Schulz.

— Bizarre que j'aie oublié. Que voulez-vous, on se fait vieux. »

J'ai dit : « C'est la vie. »

La Schüsstiß a demandé : « Et le pari tient toujours ? » J'ai dit : « Bien entendu. »

7.

La Schüsstiß n'avait plus donné signe de vie pendant un certain temps. Un jour, le voilà qui rentre dans mon salon de coiffure avec un air de triomphe : « Monsieur Finkelstein. À moi la bouteille de champagne. J'ai percé le mystère ! » J'ai demandé : « Quel mystère ? »

Je me suis dit : « La planque de Max Schulz. Et pour quoi la presse se tait depuis des années ! »

J'étais en train de raser Monsieur le Maire Daniel Rosenberg. Quand je rase je dois veiller à ne pas trembler, mais là, je me suis mis à trembler malgré moi. Je l'ai coupé net sous le menton. Une chance que ça n'ait pas été la carotide. J'ai laissé tomber mon rasoir, l'ai ramassé, me suis excusé, disant : « Ma tension. »

L'affaire était la suivante :

Le juge de tribunal d'instance Wolfgang La Schüsstiß est un homme qui s'emmerde, qui ne travaille plus, qui n'a aucune occupation sérieuse, qui vit d'une pension et de l'argent des réparations, bref : un homme qui a du temps, suffisamment de temps pour écrire des lettres barbantes... des lettres aux autorités. Les autorités compétentes, compétentes en matière de poursuite des génocidaires en cavale !

Est-ce qu'il a obtenu ce qu'il voulait, le juge de tribunal d'instance Wolfgang La Schüsstiß ? Naturellement qu'il a obtenu ce qu'il voulait.

Il a résolu l'affaire !

Résultat des investigations du juge de tribunal d'instance Wolfgang La Schüsstiß :

Max Schulz est mort ! Sa dépouille a été retrouvée par les autorités polonaises le 2 juin 1947 ! Le juge de tribunal d'instance Wolfgang La Schüsstiß a même réussi à mettre la main sur un article de journal, daté du 10 juin 1947, qui relatait brièvement les circonstances de la mort de Max Schulz ! Un article paru dans un petit journal régional allemand : *La Gazette de Warthenau* ! Apparemment la seule feuille de chou qui ait attaché suffisamment d'importance à ma mort pour juger digne d'en dire un mot.

J'ai lu l'article : moi, Max Schulz, je suis mort de froid dans la forêt polonaise en hiver 1945. Mon cadavre a été retrouvé par des paysans polonais, près de la partie de la forêt où autrefois une colonne de camions SS en fuite avait été attaquée par des partisans, à quelques kilomètres de Laubwalde, un ancien camp de concentration. Les paysans polonais qui m'ont retrouvé m'ont coupé la tête et le sexe, m'ont pris mes bottes, mon argent, mes papiers et tout ce que j'avais sur moi, ont brûlé ce dont ils n'avaient pas besoin, mais m'ont laissé mon uniforme !

C'est quand même inouï ! Ils n'ont même pas signalé l'incident, les paysans. Ont attendu juin 1947 pour le faire, quand des bûcherons ont découvert mon cadavre putréfié. Sans tête. Sans queue. Sans bottes. Sans papiers. Mais en uniforme !

Vous pouvez me croire. Personne n'est à mes trousses. Nulle part. Aucune institution au monde.

Le monde m'a oublié. Qui suis-je ? Max Schulz, Oberscharführer ! Un grade qui dans d'autres corps d'armée correspond à celui de sergent. Sergent, donc ! J'étais sergent dans l'armée israélienne. Et sergent dans la SS. Ce n'est pas pareil. Mais je suis sergent. Et un sergent, ça ne pèse pas lourd. Un petit poisson non plus ne pèse pas lourd. Et moi, je n'étais qu'un petit poisson parmi plein d'autres petits poissons. Il y en avait des milliers comme moi, des petits génocidaires de rien du tout. Planqués quelque part, après. Naturellement il y avait aussi les gros poissons génocidaires, dont les noms avaient fait les gros titres des grands quotidiens, et continuent à le faire.

Le monde m'a oublié. Le juge de tribunal d'instance Wolfgang La Schüsstiß s'était bien renseigné, avec une minutie *typisch deutsch*. Aucun journal n'a parlé de ma mort. Sauf un. Pas assez importante. Quelle tristesse.

J'ai dit à La Schüsstiß : « Dommage qu'à l'époque j'aie loupé l'article dans *La Gazette de Warthenau*. »

La Schüsstiß a dit : « Daté du 10 juin 1947 ! Ce jour-là nous étions en haute mer, et là-bas il n'y avait pas de journal pour nous donner des nouvelles fraîches ! »

J'ai dit à La Schüsstiß : « D'où elles savent, les autorités, que le cadavre était vraiment celui de Max Schulz ?

— Tout a été scrupuleusement vérifié, a dit La Schüsstiß. Date du décès, lieu, uniforme et tout le tintouin ! En tant qu'ancien juge, je pourrais vous en dire un paquet, mais après tout, ça remonte à plus de vingt ans. Ça n'a plus d'importance. Oubliez cette affaire !

— À l'époque, il y avait d'autres unités SS dans la forêt polonaise, j'ai dit mordicus. Qui traversaient la forêt polonaise, en plein repli vers l'Allemagne. Ç'aurait pu être un autre SS, non ?

— C'était Max Schulz, a dit La Schüsstiß.

— Ou Hans Müller, j'ai dit, le commandant du camp qui avait fui avec Max Schulz. Oui, tiens, pourquoi pas Hans Müller ? Il était aussi là-bas, non ?

— Je ne sais pas, a dit La Schüsstiß. Mais croyez l'ancien juge que je suis : les autorités ont des preuves comme quoi le mort est bien Max Schulz... et pas Hans Müller. Y a pas à tortiller, il faut faire confiance aux conclusions des autorités. »

J'ai dit : « Ce n'était pas Max Schulz ! »

Et La Schüsstiß a dit : « Preuve a été faite ! Eh, quoi ! Vous vous croyez plus fin que les autorités ? »

8.

En mars 1968 a eu lieu mon procès. Un jeudi.

Voici l'histoire :

Nous – je veux dire Mira et moi – avons souvent de la visite. La plupart du temps des voisins. Je pourrais vous les décrire, et je ne m'en priverais pas d'ailleurs si je ne les trouvais pas franchement rasoir. Et décrire des gens rasoir, là, moi, Itzig Finkelstein, je n'ai pas la patience. Les seuls parmi nos fréquents visiteurs qui ne soient pas rasoir sont Yitzhak Spiegel, le coiffeur, une relation de travail à soigner, et Daniel Rosenberg, le maire, qui est un homme important. Mais je n'ai pas besoin de les décrire, vu que vous les connaissez déjà.

Le dimanche viennent chez nous les Ruckenstein, propriétaires d'une épicerie fine, le lundi les Blumenthal, lingerie féminine, le mardi le mécanicien Moshe Levi, qui avait réparé ma vieille jeep, le mercredi, Yitzhak Spiegel et madame, et le vendredi, Daniel Rosenberg, le maire, avec toute sa famille.

Bien vu : j'ai délibérément omis le samedi et le jeudi. Le samedi, jour de shabbat, Mira et moi partons habituellement en excursion. Et le jeudi, Mira, ma femme, a ses petites réunions entre dames. Elles commencent l'après-midi et durent jusqu'à dix heures du soir. Moi, Itzig Finkelstein alias le meurtrier de masse Max Schulz, j'y suis *persona non grata*. Réunion réservée aux dames ! Des maigres, des grosses, des jolies, des moins jolies, des encore jeunes, des plus toutes jeunes... Les copines de Mira, quoi.

Le jeudi je joue aux cartes : rami ! Avec Monsieur le Juge de tribunal d'instance Wolfgang La Schüsstiß. Comme les messieurs ne sont pas les bienvenus dans mon appartement le jeudi, pour cause de réunion des copines, nous jouons au salon de coiffure L'Homme du monde.

Donc, voici l'histoire :

Nous jouions aux cartes, La Schüsstiß et moi. Nous nous arrêtâmes vers dix heures moins dix. Faut savoir que je me couche à dix heures. Bref, nous nous arrêtâmes de jouer, rangeâmes nos cartes, posâmes le paquet sur la desserte des journaux et revues convertie pour l'occasion en table de jeu. Nous nous apprêtions à partir quand une remarque de La Schüsstiß me fit perdre, à moi, coiffeur bourgeois qui se couche tôt, toute notion du temps. La Schüsstiß dit : « Sans sa queue qu'ils l'ont enterré, et sans sa tête ! Il ne méritait pas mieux ! »

Je demandai : « Qui ça ? »

Et La Schüsstiß dit : « Max Schulz ! »

Je ne sais pas pourquoi La Schüsstiß remit ça sur le tapis.

À l'évidence La Schüsstiß n'avait aucune envie de rentrer chez lui, dans sa chambre solitaire, dans son lit solitaire, les yeux rivés sur ses quatre murs et son plafond nus. Il avait envie de faire encore un brin de causette et savait que moi, Itzig Finkelstein, j'oublierais le temps, j'oublierais qu'il était presque dix heures, que j'étais un bon bourgeois et que ma femme attendait à la maison, il savait que je resterais faire la causette avec lui, s'il commençait à parler... de Max Schulz. Il savait que c'était là mon point faible et abusait de ma faiblesse.

La Schüsstiß commença à ironiser sur la mort de Max Schulz, en particulier sur la tête tranchée et la bite coupée.

Il me lorgnait d'un œil goguenard, me provoquait, tant et si bien qu'il réussit à me faire commettre une bévue. Je dis : « Il est pas mort ! Il est vivant ! Aussi fringant qu'une carpe de shabbat qui leur aurait filé entre les doigts !

— Comment pouvez-vous en être aussi certain ? » J'ai dit, furieux : « Je le sais, c'est tout !

— Je vous comprends, Monsieur Finkelstein ! Vous le traquez. Vous le traquez dans vos pensées. Vous n'êtes pas content que lui, Max Schulz, soit mort sans avoir eu son procès. Ni vu ni connu ! Je vous comprends. Vous aimeriez qu'il vive, qu'on l'attrape, qu'on le juge, qu'on l'exécute. Il vous obsède. Je comprends. Après tout, vous pensez qu'il a tué vos parents. Et qu'il vous aurait tué aussi si vous, Monsieur Finkelstein, vous aviez été là, dans ce camp de concentration... à Laubwalde. Mais il est mort ! Fin de l'histoire ! Mort de froid dans la forêt polonaise. Et on l'a retrouvé. Sans tête ! Et sans queue ! »

Le manque d'imagination peut m'amuser à l'occasion, quand il s'agit d'une femme comme Madame Holle. Mais de la part d'un homme comme le juge de tribunal d'instance Wolfgang La Schüsstiß, honnêtement, j'attendais mieux. Piqué au vif, je dis :

« Pour vous les choses sont simples. Vous n'avez pas envie de vous creuser la cervelle. Typique d'un petit juge de tribunal d'instance. Max Schulz est mort de froid. Mort. Affaire classée. Mais moi, je vous dis, Monsieur le juge, que les choses sont beaucoup plus compliquées que vous, Monsieur le Juge, vous vous le figurez. »

Nous nous étions rassis à la table de jeu.

Je dis : « Dans la forêt polonaise il fait froid. En hiver, je veux dire. Et ce jour-là c'était l'hiver. Et ce jour-là il faisait froid. Si froid que la salive vous gelait dans la bouche. Et les larmes sur les cils. Parfaitement. Sur les cils. Où Max Schulz aurait-il pu aller ? La forêt grouillait de partisans. Et l'Armée rouge venait d'arriver. La veille au soir. Et au lever du jour elle occupait toute la forêt. L'Armée rouge. Où Max Schulz aurait-il pu aller ? Chez les paysans, vous pensez ? Ils l'auraient saigné vivant. Dans leurs cabanes ! »

Je respirai un grand coup et repris : « Logiquement, Max Schulz aurait dû mourir dans la forêt. Car la forêt polonaise, c'est la forêt polonaise. Un type comme ça ne pouvait pas en réchapper. Pas dans ces conditions, à ce moment de l'année. On peut supposer qu'il n'avait pas de provisions, ou pas le temps d'emporter des provisions, vu qu'il a sauté du camion, comme Hans Müller... c'est notoire... enfin, c'était notoire... il a sauté et pris ses jambes à son cou ! Rien à manger ! Et pas d'abri où se cacher ! Et ce froid de chien en Pologne ! Mort de faim ! Mort de froid ! Foutu ! Fin de l'histoire ! Les choses ne sont pas aussi simples, Monsieur le Juge ! »

J'eus un rire dédaigneux, et poursuivis : « Max Schulz a pris ses jambes à son cou et s'est enfoncé dans la forêt. Plus tard, il a cherché un bunker, un bunker abandonné par les partisans. Il en a trouvé un, par hasard. Il est pour ainsi dire tombé dedans. Là, il faisait chaud. Enfin, chaud, pas aussi froid que dehors, enfin, au-dessus. Vous comprenez ? Et puis, le lendemain matin, Max Schulz a grimpé hors du bunker, a erré un bout de temps dans la forêt, a trouvé les morts, ses camarades, mais ne s'est pas attardé... près des morts, je veux dire... il a continué son chemin, ou plutôt son errance... il a cherché et trouvé une cabane de paysans pour se mettre au chaud ! »

La Schüsstiß se mit à rire. « Vous avez de l'imagination à revendre, Monsieur Finkelstein ! Ça on peut le dire ! Et qu'est-ce qu'il y avait dans cette cabane ? Un paysan polonais, je parie ? Qui l'a tabassé à mort ? C'est ça ? »

Je dis : « Vous vous trompez. Dans la cabane ne vivait pas un paysan, mais une sorcière. Elle a vu Max Schulz et elle s'est dit que c'était un dieu. Mais un dieu qui avait perdu ses pouvoirs. Alors elle l'a gardé dans sa cabane, pour rouer de coups le dieu déchu. Et le violer ! Et l'humilier ! — Vous êtes cinglé, Monsieur Finkelstein. Vous allez trop loin. C'est n'importe quoi. »

Je dis prudemment : « Je ne fais que m'imaginer. Dans le seul but de vous prouver qu'il existe, ou qu'il a existé, des possibilités... pour Max Schulz, je veux dire... des possibilités !

— De survie ?

— Oui, Monsieur le Juge. »

Je racontai mon histoire à La Schüsstiß. Parlai de l'hiver. Du printemps. De ma traversée de la forêt polonaise en direction de l'Allemagne avec les dents en or, dans le sac, sur mon dos. Parlai de ma circoncision. Parlai du changement de nom de Max Schulz. Parlai de son nouveau nom. Parlai d'Itzig Finkelstein. Parlai de la comtesse. Et de l'hôtel de la Patrie. De *L'Exitus*. De *La Résurrection*. Toute l'histoire. Arrivé au bout, je dis : « Monsieur le juge. Je me présente : Max Schulz. »

Le téléphone sonna.

Bien sûr que j'ai un téléphone ! Deux, même. Un à la maison. Et un à la boutique, pardon : au salon. Dieu merci, ça roule pour moi !

À la première sonnerie, La Schüsstiß se leva, décrocha en toute hâte et s'écria : « Ah, c'est vous, Madame Finkelstein. Oui. Nous sommes encore là ! Votre mari est devenu fou ! » Puis ajouta, un peu plus calme : « Non, non. Pas la peine de venir. Vaut mieux pas ! Je vais m'occuper de lui ! »

9.

Je dis : « Imaginez que je sois vraiment Max Schulz !

Et imaginez... que ce salon de coiffure soit une salle de tribunal ! Et imaginez... que je sois l'accusé ! Et imaginez... que vous soyez mon juge ! »

Je suis convaincu que La Schüsstiß me prenait pour un cinglé et ne rentrait dans mon jeu que pour ne pas m'exciter plus encore. Possible aussi que le jeu l'ait amusé. Car Itzig Finkelstein alias le génocidaire Max Schulz l'avait encore une fois – une dernière fois – remis dans son fauteuil de juge, lui, le vieillard pensionné depuis des lustres. Mais surtout moi, Max Schulz, j'offrais au petit juge de tribunal d'instance le procès de sa vie : un procès pour meurtre !

Question de La Schüsstiß : « Où sont les jurés ? Où est le greffier ? Où sont les témoins oculaires ? Où est le procureur ? Où est votre avocat ? Où est le médecin légiste ? Et la police ? Et le public ? Et les reporters ? Et tous les autres ? »

Je dis : « On n'en a pas besoin !

— Et pourquoi non, Monsieur Finkelstein ? »

Je dis : « Monsieur Schulz, s'il vous plaît. Monsieur Schulz !

— Et pourquoi non, Monsieur Schulz ? »

Je dévisageai La Schüsstiß un long moment. J'aperçus quelques petits poils dans ses narines et ses oreilles. Je me dis : « Il faudra que je les lui coupe à l'occasion. » Pensai :

« Ou alors tout de suite. » Je tirai La Schüsstiß de sa chaise, le poussai sur le premier fauteuil de coiffure près de la vitrine, attrapai une paire de ciseaux, et lui coupai les poils des narines et des oreilles, puis je m'assis à côté de lui, dans le deuxième fauteuil, et dis : « Voilà. Vous avez remarqué ? L'accusé ne comparaît pas devant le juge ! Il est assis à côté de lui ! Ils sont assis côte à côte : juge et accusé !

— Et qu'est ce que ça signifie, Monsieur Schulz ?

— Un procès insolite, Monsieur le Juge. Nous nous passons de la procédure courante. Pas besoin de procureur, ni d'avocat, ni de personne d'autre. Nous travaillons ensemble. Vous et moi, nous sommes des alliés !

— Alliés ?

— Parfaitement, Monsieur le Juge. Je vous assure que moi, Max Schulz, je poursuis le même but que vous !

— Qui est ?

— Une peine contre moi-même qui puisse satisfaire mes victimes ! »

Je vous ai déjà parlé de mon nouveau frigo ? Dans les vestiaires. Oui. Il est là le nouveau frigo.

J'allai prendre une bouteille de vin. Du vin blanc. Frais. Rafraîchissant. Je pris aussi deux verres à vin et retournai dans le salon. Je remplis les verres. Trinquai avec La Schüsstiß. Dis :

« Laissons tomber le cérémonial pour sceller notre alliance ! Pas de chichis.

— Le cérémonial ?

— Parfaitement. Nous pouvons même nous tutoyer. Et nous appeler par nos prénoms. Moi, c'est Max. Toi, c'est Wolfgang. D'accord ? »

La Schüsstiß but son vin, commença un cigare, me convia

à prendre place et dit : « Bien, Max ! Assieds-toi à côté de moi ! » Il dit : « Jamais vu de procès pareil ! »

Un salon de coiffure ! Deux messieurs ! Dans un salon de coiffure !

Imaginez la scène comme suit : un long mur de miroirs. Quatre yeux. Un miroir. Les yeux de la justice. Et les yeux de l'accusé.

— Coupable ?

— J'ai suivi le courant. J'ai juste suivi le courant. Comme d'autres. À l'époque c'était légal !

— Coupable !

— En plus, j'ai le plafond fêlé, Wolfgang. Ne l'oublie pas. Depuis toujours.

— Coupable !

— C'est ça ! Coupable ! Question de point de vue ! Mais si tu y tiens, Wolfgang, je te suis. Donc : je suis coupable !

— Dans ce cas, tel est mon verdict : le coupable sera pendu !

— Combien de fois, Wolfgang ?

— Six millions de fois !

— Mais nous ne savons pas s'ils étaient six millions, Wolfgang. Il y en avait peut-être plus, peut-être moins. Et puis je ne les ai pas tous tués. Je veux dire : les six millions. J'ai juste participé.

— Combien en as-tu tué de tes propres mains, Max ?

— Je ne sais pas exactement, Wolfgang. Je ne les ai pas comptés.

— À vue de nez, Max ?

— À vue de nez, dix mille. Peut-être plus, peut-être moins. Histoire de donner un chiffre rond : dix mille !

— Mettons-nous d'accord, Max.

— Oui, Wolfgang.

— On dit dix mille ?

— Oui, Wolfgang !

— Alors tel est mon verdict : le coupable sera pendu dix mille fois !

— Écoute, Wolfgang. Tu ne vas pas me faire pendre dix mille fois ?

— Si, Max.

— Mais ce n'est pas possible, Wolfgang. Je n'ai qu'un seul cou !

— C'est vrai, ça, Max. Comment on va faire ?

— Je ne sais pas, Wolfgang.

— Eh bien on ne te pendra qu'une seule fois, et puis voilà, Max !

— Ce n'est pas possible, Wolfgang.

— Et pourquoi ce n'est pas possible, Max ?

— Parce que nous nous sommes promis de faire une chose, Wolfgang !

— Quoi donc, Max ?

— De trouver une solution qui satisfasse mes victimes.

— Et alors, Max ?

— Et alors cette sentence ne les satisferait pas.

— Que veux-tu dire, Max ?

— Ma mort ne serait qu'une mort. Une mort pour dix mille morts. Ce serait injuste.

— C'est un problème, Max.

— Oui, Wolfgang. C'est un problème ! »

« Supposons, Wolfgang... supposons que j'aie dix mille cous. Et que tu puisses me pendre dix mille fois. Crois-tu que mes victimes seraient satisfaites ?

— Je ne sais pas, Max. Faut que je réfléchisse à la question.

— Sûr que non, Wolfgang. Mes victimes ne seraient pas satisfaites.

— Pourquoi pas, Max ?

— À quoi ça les avancerait, Wolfgang ? Elles sont mortes !

— Oui, Max.

— D'accord, elles sont parmi nous sous forme d'arbres, Wolfgang. Mais ce n'est pas la même chose.

— Que veux-tu dire, Max ?

— Je veux dire... que c'est une autre forme de vie... pas celle que moi, Max Schulz, j'ai tuée.

— Je ne comprends pas, Max.

— Réfléchis, Wolfgang. Ce que j'ai tué, je ne peux pas le rendre. Même si je voulais. Je ne peux pas... Tu comprends, Wolfgang ? Je ne peux pas. Ce n'est pas en mon pouvoir.

— Et alors, Max ?

— Comment ça, et alors ?... Wolfgang ! Comment ça se fait que tu n'arrives pas à piger ça ? C'est ça qu'ils veulent. Mes morts. Mes victimes. Récupérer leur vie ! Ils ne veulent pas qu'on me pende. Ou qu'on me frappe à mort. Ou qu'on me fusille. Même dix mille fois. Ils veulent seulement récupérer leur vie. Rien d'autre. Et ça, je ne le peux pas, Wolfgang. Wolfgang, moi, Max Schulz, je ne pourrai jamais la leur rendre. Je ne peux même pas effacer la peur de mourir, et même pas le pressentiment de la mort. Ce n'est pas possible, Wolfgang. Aucun châtiment n'apaisera mes victimes. »

Nos voix se firent plus basses. Seul l'écho de nos paroles fusait à travers la pièce, fendant désespérément l'air devant les miroirs polis, rencontrant nos yeux, les yeux dans le miroir, qui cherchaient ce qu'ils ne pouvaient pas trouver.

La Schüsstiß était désemparée. Je lui proposai encore un

peu de vin, mais il refusa. Pendant un certain temps nous gardâmes le silence. Puis Lachüstiss dit : « Le mieux c'est d'ajourner le procès ! »

Je dis : « Ajourner ne changera rien. Il n'y a pas de solution. Pas plus maintenant que dans un prochain procès ! »

Nous recommençâmes à jouer aux cartes. Aucun de nous deux ne voulait rentrer chez lui.

La Schüsstiß réfléchissait. Il cherchait une solution. Je le voyais à sa figure. Il n'était pas concentré sur ses cartes. Pas comme d'habitude. Nous fîmes encore deux parties. Puis La Schüsstiß piqua du nez.

Imaginez un peu la scène ! Deux hommes désemparés. Qui ont joué aux cartes. Qui sont fatigués. Surtout le juge. Qui a piqué du nez. Il se réveille. Il me regarde. Il dit : « Max Schulz. Il n'y a pas de solution. Les cartes sont truquées. »

Je dis : « Il faut rendre un verdict ! »

La Schüsstiß opine et dit : « Je suis fatigué. Quel est le verdict ? »

Je dis : « Acquittement ! »

Et le vieil homme fatigué opine... et dit : « Acquittement ! »

10.

La Schüsstiß vient se faire raser tous les jours : visage et crâne. Il entre dans le magasin avec un sourire en coin. Me salue tous les matins : « Shalom, Monsieur Schulz ! Comment ça va, Monsieur Schulz ? Pourquoi votre célèbre lotion s'appelle-t-elle "Samson V 2" ? Quel rapport entre la chevelure de Samson et les fusées allemandes ? Croyez-vous, Monsieur Schulz, que je devrais essayer un jour ? À mon âge ? Quel besoin du reste aurais-je d'avoir des cheveux ? Un vieil homme comme moi ? À qui pourrais-je encore plaire ? Qu'est-ce que vous en dites, Monsieur Schulz ? »

Les clients du salon de coiffure L'Homme du monde connaissent notre petit jeu. Ils font des blagues. Ou ils me plaignent. Le maire Daniel Rosenberg m'a recommandé son médecin de famille. Il a dit : « Ce n'est pas un psychiatre. Plutôt un médecin de campagne. Mais c'est un homme qui a du cœur. Vous devriez vous confier à lui. »

Même ma femme ne me prend pas au sérieux. Pendant quelques semaines, je me suis mis en grève. Quand nous avons de la visite, je préfère me retirer. Où ça ? Dans mon bureau, pour étudier et travailler. Je veux qu'on me fiche la paix.

Maintenant je vais souvent dans la forêt des six millions ! Je parle aux arbres, leur raconte des histoires, parle du sel de la terre, qui n'est pas du sel mais seulement de la poussière, la poussière de ceux qui ne sont plus, des créatures de Dieu qui n'est pas un dieu. Je parle de la poussière errante. Je parle de la poussière qui parcourt le monde.

« Et puis un jour la poussière se posa. Et se métamorphosa. »

Je parle de croissance et de devenir. Raconte comment les hommes et les plantes s'enracinent. Et pourquoi.

J'étais assis à l'ombre des arbres et me laissais apostropher. Les arbres me dirent : « Un jour, tu mourras. Tu n'es plus de la première jeunesse, Max Schulz ! »

Je dis : « Je ne prétends pas le contraire. Même si, de nos jours, on n'est pas vieux... à soixante et un ans. De nos jours, les gens vivent plus longtemps. »

Et les arbres dirent : « C'est vrai ! »

Et je dis : « C'est vrai ! »

Et les arbres dirent : « Mais un jour tu mourras. »

Et je dis : « Sûr. Un jour ou l'autre chacun finit par casser sa pipe. »

Je laissai les arbres deviner.

Je leur dis : « Allez, un petit effort. Creusez un peu vos cervelles d'arbre ! Comment vais-je mourir ? Essayez de trouver : la cause de ma mort ! »

Et les arbres dirent : « On s'en fout ! »

Je dis : « Tant pis ! Devinez quand même. C'est juste un jeu !

— Tu te feras prendre et tu seras pendu », dirent les arbres.

Je ris et dis : « C'est hautement improbable. La plupart des génocidaires courent toujours. Certains sont à l'étranger. La plupart sont retournés au pays, comme au bon vieux temps. Vous n'avez pas lu les journaux ? Ils se portent à merveille, les génocidaires ! Ils sont coiffeurs. Ou autre chose. Beaucoup ont leur propre commerce. Beaucoup possèdent des usines, sont de gros industriels. Beaucoup se sont remis à la politique, siègent au gouvernement, sont respectés, considérés, ont une famille. »

Je ricanai et dis : « En vérité, je vous le dis : c'est la vérité vraie. Ils vivent en liberté et Dieu et le monde les font bien rigoler. Oui. Et le mot "justice" aussi ! »

Je dis aux arbres : « Je pourrais, par exemple, mourir un soir de shabbat ! Ma femme fait du très bon poisson. Pour shabbat. Du poisson comme sa mère en faisait à Vapniarka-Podolsk. Je pourrais, par exemple... avaler une arête. Je pourrais m'étrangler. Ce serait plus probable ! »

Je dis : « Je pourrais aussi avaler autre chose : un gros éclat d'os. Ce serait plus probable ! »

Je dis : « Je pourrais faire une mauvaise chute. Dans la rue. Ce serait aussi plus probable ! »

Je dis : « Je pourrais mourir d'une maladie ! Ce serait possible ! Ou mourir de ma belle mort. Possible aussi ! Mais très probablement, ce sera mon cœur. Crise cardiaque, comme on dit. De nos jours c'est courant. »

Je dis : « Ça pourrait m'arriver la nuit. Dans mon sommeil. Sans même que je m'en rende compte.

Et bien sûr, ça pourrait aussi m'arriver le soir. Dans mon appartement. À dix heures moins cinq. Juste avant de m'endormir. C'est l'heure où il m'arrive de grimper ma chère et tendre. À dix heures moins cinq. La ponctualité faite homme.

En bon bourgeois que je suis. Juste avant de m'endormir. Uniquement. C'est convenu entre nous : de temps en temps, pas trop souvent. Une fois mon cœur pourrait lâcher. C'est possible, après tout ! »

Je parlai encore longtemps aux arbres. Je fis des propositions, leur demandai de choisir la cause de ma mort.

Mais les arbres ne purent se résoudre à choisir.

11.

Hier, après le déjeuner, j'étais allongé sur le canapé du salon. J'étais parti pour ma sieste habituelle, mais je n'arrivais pas à m'endormir. J'étais allongé là, les yeux mi-clos.

Il faisait une chaleur accablante. Temps de khamsin. Vent d'est. Venu du désert arabe pour harceler les hommes et les bêtes et les plantes. C'est comme ça. Les Arabes n'osent pas envoyer leurs avions. Alors ils nous envoient leur vent.

J'étais allongé sur le canapé, j'avais du mal à respirer et je redoutais déjà le pire. Ma femme s'affairait dans la buanderie. Par la porte à moitié ouverte, la vapeur d'eau pénétrait dans le salon. Rampant le long des murs, elle s'est faufilée peu à peu autour du canapé, et a fini par m'envelopper tout entier.

J'ai fait un rêve éveillé. J'avais l'impression d'être à l'article de la mort. Pour de bon.

Au téléphone, la voix excitée de ma femme : « Docteur. C'est arrivé. Mon mari ! Une crise cardiaque ! Après le déjeuner ! Quoi ? Qu'est-ce que vous dites ? Une transplantation du cœur ? Vous avez trois Arabes en stock ? Et deux touristes ? Un Anglais et un Allemand ? Cinq cœurs sous la main ? Attendez. Faut que je demande à mon mari. Oui. Il peut encore chuchoter.

Hors de question, docteur. J'ai demandé à mon mari. Hors de question. Il ne veut pas d'un cœur arabe. Ni anglais. Et encore moins allemand. Mon mari veut un cœur juif !

Qu'est-ce que vous dites ? Vous n'en avez pas en stock ? Pas de cœur juif ? Pas un seul ?

Comment ? Peut-être demain ? Ou après-demain ? On ne sait jamais ce qui peut se passer ? Dans les territoires occupés ? Une mine ? Une bombe ? Des tirs d'embuscade ? Possible aussi que quelqu'un meure dans son lit ? Ah bon ? Faut attendre ?

Qu'est-ce que vous dites ? Un coup de chance ? Quelqu'un vient de mourir ? Pas encore ? Sur le point de mourir ? Veut faire don de son cœur ?

Je vous demande pardon ? Qu'est-ce que vous dites ? Un rabbin ? Le cœur d'un rabbin ? Si mon mari est d'accord ? »

Je suis couché sur une civière. On m'emmène. Je perds conscience. Puis je me réveille à nouveau.

Où suis-je ? Probablement à l'hôpital Hadassa. En salle de réanimation. Je ne peux rien voir. Seulement du brouillard. Rien que du brouillard. Mais j'entends des voix. Des voix que je ne reconnais pas.

— Il est resté longtemps inconscient. Il ne sait même pas qu'il a été opéré. Il ne sait rien.

— C'est vrai ? Qu'il a le cœur d'un rabbin maintenant ?

— C'est vrai.

— C'était qui ?

— Je ne sais pas. Un rabbin.

— Est-ce qu'il va vivre ?

— Je ne crois pas. Ça n'a pas pris.

— Alors, il est à nouveau... à l'article de la mort ?

— Oui.

Des voix, des voix, des voix : « Oui. Oui. Oui. »

« Oui. »

« Oui. Oui. Oui. »

Qu'est-ce qui se passe, bordel ? Je n'entends plus de voix. Je ne vois rien. Obscurité. Silence.

Non. Je ne vois rien. Et pourtant si, je vois. Je peux m'imaginer les choses :

Je vois mes pensées s'échapper de mon plafond fêlé, se libérer, glisser tout autour de mes globes oculaires, jaillir de mes yeux de grenouille, commencer à flotter, planer partout dans la pièce, se blottir au plafond, me regarder fixement, me murmurer quelque chose.

Le juge de première instance Wolfgang La Schüsstiß me dit :

« Max ! Tu es à l'article de la mort ! »

Et mes pensées, accrochées au plafond, échappées depuis longtemps de la masse glaireuse, de la bouillie grise derrière les yeux de grenouille, mes pensées disent : « Oui. Je sais, Wolfgang. »

— Je n'ai pas pu te juger ici, Max. Pas ici-bas. Mais j'ai un plan.

— Quel plan, Wolfgang ?

— Un plan tout à fait original !

— Qui est ?

— Je transmets ton dossier à un autre tribunal.

— Ça n'a rien d'original.

— Je transmets ton dossier au bon Dieu, Max.

— Il n'est pas dit qu'il existe...

— Je le savais.

— Quoi ?... Qu'est-ce que tu savais ?

— Que tu as les jetons, Max.

— Comment le sais-tu, Wolfgang ?

— Je vois les sueurs d'angoisse sur ton front. Et ta bouche ouverte.

— Ce n'est pas possible, Wolfgang. Comment mon corps pourrait-il transpirer... de peur... si ma peur est fichée au plafond ?

— C'est ce que tu t'imagines, Max.

— Oui. J'ai peur.

— Oui.

— Quelle mine j'ai, Wolfgang ?

— Comme ci comme ça, Max. C'est ambigu. Dommage que tu ne puisses pas te voir. Tes yeux de grenouille sont grands ouverts. Et ta bouche aussi.

— C'est comme ça ?

— Oui. Comme ça. À la fin des fins, un type comme toi meurt... avec "leur" peur.

— La peur de qui ?

— La peur de tes victimes, avant qu'elles meurent.

— C'est donc ça, la juste sentence ?

— Non. »

Et tout à coup je recouvre la vue. Je vois des rideaux blancs. Et je vois la fenêtre ouverte. Et je peux voir aussi le vent. Je peux le voir !

Et il me semble que le vent vient de la forêt des six millions. Le vent ! Et le vent agrippe les rideaux blancs devant ma fenêtre. Et les secoue.

Et peu à peu ils s'obscurcissent, les rideaux de la fenêtre. Deviennent de plus en plus sombres, se décrochent, deviennent des ailes, des ailes noires, commencent à battre, se laissent porter par le vent, le vent venu de la forêt, de la forêt des six millions. Et les ailes me saisissent, agrippent mes bras écartés. Et le vent me soulève, porte mes ailes, et me porte aussi. Quelque part. Là-bas !

Là-bas il y avait une salle de tribunal. Où se tenait un procès. Le procès de Max Schulz.

Debout devant mon juge. Debout devant Lui, l'Unique et l'Éternel.

Et l'Unique et l'Éternel demande : « Es-tu le génocidaire Max Schulz ? »

Et je dis : « Oui, je suis le génocidaire Max Schulz.

— Es-tu circoncis ?

— Non. Je ne suis pas circoncis. Le petit bout de peau a repoussé. En chemin. En venant ici.

— As-tu le cœur d'un rabbin ?

— Non. Il est tombé. En chemin. En venant ici. J'ai retrouvé mon propre cœur.

— Où est ton faux numéro d'Auschwitz ?

— Disparu.

— Ton tatouage SS ?

— Revenu. Là où il y avait la cicatrice.

— Es-tu réellement le génocidaire Max Schulz ?

— Je suis réellement le génocidaire Max Schulz. »

Et l'Unique et l'Éternel demande : « Coupable ? »

Et je dis : « J'ai suivi le courant. J'ai juste suivi le courant. Comme d'autres. À l'époque c'était légal.

— C'est là ta seule excuse ?

— Ma seule excuse.

— Et ton plafond fêlé ?

— Pas de plafond fêlé.

— Coupable ?

— Coupable.

— Veux-tu que justice soit faite ?

— Oui. Que justice soit faite. Moi, Max Schulz, j'attends la juste sentence d'un juste. »

Et l'Unique et l'Éternel proclame d'une voix de stentor :

« Ainsi, je te condamne ! »

Mais moi, je dis : « Minute ! Faut d'abord que je te demande un truc. »

Et l'Unique et l'Éternel dit : « Demande. Mais fais vite.

— T'étais où ? À l'époque ?

— Comment ça... à l'époque ?

— À l'époque... pendant la mise à mort.

— De quoi parles-tu ?

— La mise à mort des sans-défense.

— Quand ça ?

— À l'époque ! »

Je demande : « Tu dormais ? »

Et l'Unique et l'Éternel dit : « Je ne dors jamais !

— T'étais où ?

— Quand ça ?

— À l'époque.

— À l'époque ?

— Si tu ne dormais pas, t'étais où alors ?

— Ici !

— Ici ?

— Ici !

— Et tu faisais quoi si tu ne dormais pas ?

— À l'époque ?

— Oui. À l’époque. »

Et l’Unique et l’Éternel dit : « J’ai été spectateur.

— Spectateur ? C’est tout ?

— Oui, spectateur, c’est tout.

— Alors ta faute est plus grande que la mienne, je dis. Et s’il en est ainsi, tu ne peux pas être mon juge.

— Très juste, dit l’Unique et l’Éternel. Je ne peux pas être ton juge.

— Très juste ! »

L’Unique et l’Éternel dit : « Très juste. »

Je demande : « On fait quoi maintenant ?

— On fait quoi ?

— On a un problème ! »

L’Unique et l’Éternel dit : « Oui. On a un problème. »

Et l’Unique et l’Éternel descendit de sa chaise de juge et se plaça à mes côtés.

Nous attendons. Tous les deux. La juste sentence. Mais qui pourrait la prononcer ?

LE CATALOGUE
DU TRIPODE

JACQUES ABEILLE
- *Les Jardins statuaires*
- *Le Veilleur du jour*
- *Les Barbares*
- *La Barbarie*
- *Les Voyages du fils*
- *La Grande Danse de la réconciliation*
- *Les Mers perdues (avec François Schuiten)*

ROBERT ALEXIS
- *L'Homme qui s'aime*
- *Le Majestic*

JEAN-BAPTISTE ALMÉRAS
- *Peut mieux faire*

BERNARD AMY
- *L'Alpiniste*
- *Anabase (avec J.-M. Rochette)*

SERGIO AQUINDO & PIERRE SENGES
- *Cendres des hommes et des bulletins*

NICOLÁS ARISPE
- *Le Livre*
- *La Mère et la Mort – Le Départ (avec Laiseca et Chimal)*

LÉO BARTHE
- *Chroniques scandaleuses de Terrèbre*
- *Histoire de la bergère*

STEPHEN BENATAR
- *La Vie rêvée de Rachel Waring*
- *Daisy, Daisy*

KENNETH BERNARD
- *Extraits des archives du district*
- *La Femme qui pensait être belle*

BOLL

- *Le Vaillant Petit Tambour Major*
- *L'affaire est dans le sac en papier*

ANNA BOULANGER

- *Le Haret québécois*
- *Birds*
- *L'Absence*

CÉCILE BRIAND

- *Où faire pipi à Paris ?*

OLIVIER BRUNEAU

- *Dirty Sexy Valley*

JOËL CASSEUS

- *Crépuscules*

ERMANNO CAVAZZONI

- *Les Idiots*
- *Les Écrivains inutiles*

BÉRENGÈRE COURNUT

- *Née contente à Oraibi*

PIERRE CENDORS

- *Archives du vent*
- *Minuit en mon silence*
- *Vie posthume d'Edward Markham*

PATRICK DA SILVA

- *Au Cirque*
- *Les Pas d'Odette*
- *et filii*

RÉMI DAVID

- *Lava*

RÉMY DISDÉRO

- *L'Homme au sexe usuel*

DENIS DUBOIS

- *On the Beach*
- *Zoo*
- *Ecce Homo*

CÉCILE GAMBINI

- *Au secours mémé*

EDWARD GOREY

- *Les Enfants fichus*
- *Le Couple détestable*
- *Total Zoo*
- *L'Invité douteux*
- *L'Enfant guigne*
- *L'Aile ouest*
- *La Vague déchaînée*
- *La Harpe hagarde*
- *Le Testament d'Awdrey Gore*
- *Les Jumblies*
- *Le Rapetissement de Treehorn*
- *Le Trésor de Treehorn*
- *Le Souhait de Treehorn* *(avec Florence P. Heide)*
- *Les Histoires de Donald* *(avec Peter F. Neumeyer)*

EDGAR HILSENRATH

- *Fuck America*
- *Le Nazi et le Barbier*
- *Nuit*
- *Orgasme à Moscou*
- *Le Conte de la dernière pensée*
- *Le Retour au pays de Jossel Wassermann*
- *Les Aventures de Ruben Jablonski*

JÉRÉMIE HORVILLER

- *Imastu*

RAFAEL HORZON

- *Le Livre blanc*

JORGE IBARGÜENGOITIA

- *Le tyran meurt au quatrième coup*

ANDREÏ IVANOV

- *Le Voyage de Hanumân*

JULIA

- *Roulio fauche le poil*

ANDRUS KIVIRÄHK
- *L'Homme qui savait la langue des serpents*
- *Les Groseilles de novembre*
- *Le Papillon*

HADRIEN KLENT
- *Et qu'advienne le chaos*
- *La Grande Panne*

MICHAEL KÖHLMEIER
- *Manger ou être mangé*

SAMUEL LÉVÊQUE
- *Toto, 30 ans*

VALÉRIE MANTEAU
- *Calme et tranquille*

RAPHAËL MELTZ
- *Urbs*

JEAN-PIERRE MINAUDIER
- *Poésie du gérondif*

DIDIER PAQUIGNON
- *Le Coup du lapin*

JEAN-JACQUES PAUVERT
- *Sade vivant*

ANGELO PELLEGRINO
- *Goliarda Sapienza, telle que je l'ai connue*

MARIE REDONNET
- *La Femme au colt 45*
- *Héritières*
- *Trio pour un monde égaré*

EMMANUEL RÉGNIEZ
- *Notre château*

YAK RIVAIS
- *Aventures du général Francoquin au pays des frères Cyclopus*

JACQUES ROUBAUD

- *Ode à la ligne 29 des autobus parisiens*
- *Tokyo infra-ordinaire*

ANTONIO RUBINO

- *L'École des jouets (6 vol.)*

LEV RUBINSTEIN

- *La Cartothèque*

MARIE-LUCE RUFFIEUX

- *Les Jurons*

D.A.F. DE SADE

- *Les 120 Journées de Sodome*

JUAN JOSÉ SAER

- *Glose*
- *L'Ancêtre*
- *Le Fleuve sans rives*

CHARLOTTE SALOMON

- *Vie ? ou Théâtre ?*

GOLIARDA SAPIENZA

- *L'Art de la joie*
- *Moi, Jean Gabin*
- *L'Université de Rebibbia*
- *Les Certitudes du doute*
- *Rendez-vous à Positano*

TOPOR

- *Défouloir*

ÉTIENNE VERHASSELT

- *Les Pas perdus*

SIGOLÈNE VINSON

- *Le Caillou*

FABIO VISCOGLIOSI

- *Ma vie de garçon*

MAROUSSIA VOSSEN

- *Chris Marker (le livre impossible)*

JONATHAN WABLE

- *Six photos noircies*

LOUIS WOLFSON

- *Ma mère, musicienne...*

FRANÇOIS SZABOWSKI

- *L'amour est une maladie ordinaire*

CHARLES STEVENSON WRIGHT

- *Le Messager*
- *Les Tifs*

FABIENNE YVERT

- *L'Endiguement des renseignements*
- *Papa part, maman ment, mémé meurt*
- *Télescopages*
- *Sampler*
- *Rose & Madeleine (avec Véronique Vassiliou)*

ALI ZAMIR

- *Anguille sous roche*
- *Mon Étincelle*

NICOLAS ZEISLER

- *Beauté du geste*

« Oui, cher Itzig. C'est un vaisseau fantôme. Je sais enfin pourquoi on parle de la Marche des millions. Nous n'étions pas des millions. Mais les morts nous accompagnaient. »

Ce livre a été imprimé en juin 2020
par l'imprimerie Corlet Numéric
Z.A. Charles Tellier - 14110 Condé-en-Normandie - France
pour la collection Météores.
Numéro d'imprimeur : 166326

Illustration de couverture : Henning Wagenbreth
Conception graphique de la collection : Oskar
ISBN : 978-2-37055-161-0 | d.l. : printemps 2018